Träume
des
Sommers

Ina Christiane Sasida

4. Auflage

© 2025 Ina Christiane Sasida

Alle Rechte vorbehalten.

Coverbild 1: 123rf.de/pixzot

Coverbild 2: adobe.com /sa-photo

Lektorat: Kerstin Thierschmidt

Verlag: BoD · Books on Demand GmbH,

Überseering 33, 22297 Hamburg, bod@bod.de

Druck: Libri Plureos GmbH, Friedensallee 273,

22763 Hamburg

ISBN: 978-3-7693-8869-5

www.sasida.de

Mein Gott, was war das für ein Tag, Denise! dachte ich. Es war dein letzter Arbeitstag in diesem verhassten Job. Was war geschehen? Ich hatte die Nase gestrichen voll von meinem öden Leben in Deutschland. Meine Kinder waren aus dem Haus, ich war Ende 40 und jetzt musste etwas geschehen. Mein Job, naja, es war halt ein Job und mehr nicht. So wollte ich nicht bis zu meiner Rente weitermachen. Irgendetwas musste anders werden. Aber was? Wie so oft suchte ich mal wieder im Internet nach entsprechenden Angeboten. Ich hatte im Moment keine Ahnung, was ich machen wollte, ich wusste nur, es sollte irgendetwas anderes sein. Etwas, was Freude und Abwechslung in mein Leben bringt und wo es nicht nur, wie es bisher eigentlich immer war, um das liebe Geld geht. Ich schaute schon seit Wochen immer mal wieder die Jobanzeigen durch, aber ich hatte noch nichts Interessantes gefunden. Alles, was ich bisher gesehen hatte, fand ich langweilig. Ich hatte schon so einen faden, langweiligen Job in der Klinik, noch so einen brauchte ich nun wirklich nicht. Aber was wollte ich eigentlich? Was konnte ich mir vorstellen zu tun? Ich wusste es absolut nicht. Das Einzige, was ich wusste, war, dass ich total unzufrieden war – mit meinem Job, mit mir, ja, mit meinem ganzen Leben. So saß ich dann eines Tages mal wieder an meinem Computer und suchte im Internet, als ich mehr durch Zufall auf eine Seite stieß, wo Jobs in die Schweiz vermittelt wurden. Schweiz, dachte ich, das hört sich ja nun nicht schlecht an. Das wäre doch vielleicht mal ein Abenteuer wert. Mein Interesse war geweckt und ich sah mir diese Seite etwas genauer an. Es waren durch die Bank lauter Jobs in der Gastronomie, die dort angeboten wurden. Wieder einmal Kellnern, dachte ich, warum nicht? Das hatte ich früher schon getan und das hatte mir immer viel Spaß gemacht. Ich sagte mir: Denise, jetzt oder nie! Wenn du jetzt nicht deinen Hintern bewegst und etwas unternimmst, wirst du hier versauern und in deinem Leben wird sich nie etwas ändern! Also überlegte ich nicht mehr lange, sondern schickte sofort online einige Bewerbungen. Nachdem ich sie abgeschickt hatte, überkam mich doch ein etwas flaues Gefühl. Würde ich in meinem Alter überhaupt eine Chance haben einen Job zu finden? War ich vielleicht doch etwas vorschnell gewesen? Tausend Gedanken gingen mir durch den Kopf und ich konnte in dieser Nacht kaum schlafen. Der nächste Tag begann daher auch etwas zögerlich, aber es war zum Glück Sonntag und ich musste nicht arbeiten, sodass ich es gemütlich angehen konnte. Ich frühstückte erst einmal ausgiebig und setzte mich dann an meinen Computer, um nach meinen E-Mails zu sehen. Das tat ich eigentlich immer einmal am Tag, aber heute war ich irgendwie etwas angespannt. Hatte sich vielleicht schon jemand auf meine Bewerbung gemeldet? Ich konnte es mir zwar nicht wirklich vorstellen, aber gehofft hatte ich es natürlich trotzdem. Ich öffnete mein Postfach und traute meinen Augen kaum: Ich hatte sechs Angebote aus der Schweiz, in denen mir in den schillerndsten Farben die jeweiligen Hotels und Restaurants angepriesen wurden. Ich konnte es nicht glauben, was ich da sah. Das war wirklich unglaublich! Das hätte ich mir in meinen kühnsten Träumen nicht vorstellen können. Ich saß etwas irritiert vor meinem PC. Was sollte ich jetzt tun? Ich fing an, mir die Webseiten der einzelnen Hotels anzusehen und sortierte dann so nach und nach aus, was für mich nicht in Frage kam. Zum Schluss blieb ein kleines Restaurant auf einer Alb übrig. Es machte einen netten Eindruck und was ich so beim Recherchieren gefunden hatte, gefiel mir. Denise, sagte ich mir, das ist deine Chance. Nutze sie – jetzt! Und so schrieb ich eine E-Mail zurück und vereinbarte tatsächlich einen Termin.

Es war ein wunderschöner Herbsttag, als ich mich zu meinem Vorstellungsgespräch aufmachte. Einige Stunden Zugfahrt, dann eine halbe Stunde Seilbahn fahren und schon war ich auf knapp 2.000 Metern Höhe in den Alpen. Neugierig suchte ich mir meinen Weg zu meiner, vielleicht bald neuen, Arbeitsstelle. Ich fand es schnell, und als ich mit klopfendem Herzen vor der Tür stand, drückte ich ohne lange zu überlegen, auf den Klingelknopf. Es öffnete mir eine nette Dame, die sich auch gleich als die Chefin des Hauses entpuppte. Sie begrüßte mich freundlich und führte mich in das kleine Restaurant. Ich wurde gebeten Platz zu nehmen und einen Moment zu warten, denn sie wollte ihren Mann holen. Während ich so allein in der Gaststube saß, schaute ich mich ein bisschen um und was ich sah, gefiel mir. Der Raum war nicht besonders groß, aber freundlich eingerichtet. Die Tische waren aus hellem Holz, es gab eine kleine Nische mit einer Bank, im vorderen Teil gab es zwei Stehtische und eine kleine Theke. Auch diese war mit Holz verkleidet und es wirkte alles ein bisschen rustikal, aber auch ein wenig heimelig. Ich versuchte mir vorzustellen, wie das wohl im Winter hier sein würde, wenn der Schnee meterhoch vor der Tür lag und man von der warmen Stube aus in eine verschneite Winterlandschaft blicken konnte, denn an der Außenwand gab es eine lange Fensterfront, durch die man die hohen Berge im Hintergrund sehen konnte. Das musste ein Paradies für Ski- und Snowboard-Fans sein. Ich versuchte mir auszumalen, wie es wohl sein würde, wurde aber abrupt aus meinen Gedanken gerissen, denn die Chefin kam mit ihrem Mann im Schlepptau wieder zurück. Er begrüßte mich ebenfalls sehr freundlich und wir setzen uns an einen der gemütlichen Tische. Beide machten einen wirklich sehr netten Eindruck auf mich und wir unterhielten uns angeregt miteinander. Schnell waren die Dinge geklärt und wir waren uns einig. So verabschiedete ich mich nach etwa einer Stunde wieder und war überglücklich, als ich draußen stand, denn ich hatte einen Job für die Wintersaison. Ich hätte schreien können vor Glück. So einfach ging das. Es war wie ein Traum für mich.

Ich ging ein paar Schritte in Richtung der Seilbahn, wusste eigentlich gar nicht so recht was ich jetzt tun sollte, und sah mich dabei ein wenig um. Mir fiel mit einem Mal ein, dass ja jetzt die Fahrt mit der Seilbahn wieder vor mir lag und dass mir das Ding schon beim Hochfahren nicht besonders angenehm war, aber jetzt beim Hinunterfahren war das doch bestimmt noch schlimmer. Alles, was mit der Luft zu tun hatte, war nun einmal nicht meine Welt. Nein, dachte ich, das kann noch ein bisschen warten. Wenn ich nun schon einmal hier oben war, wollte ich mich auch noch ein bisschen umsehen. Ich ging einen Weg entlang, der ganz am Rande der Alb verlief und von dem man nach unten ins Tal schauen konnte. Man musste wirklich aufpassen, dass man vor lauter neugierigem nach unten Schauen nicht zu nahe an den Rand kam, denn es war hier alles ungesichert. Es gab keine Leitplanken oder etwas Ähnliches. Ganz schön gefährlich, dachte ich, aber es war trotzdem unsagbar schön. Auf der einen Seite ging es fast senkrecht nach unten und im Gegensatz dazu schaute ich auf der anderen Seite fast senkrecht nach oben. Man konnte die herrlichen Berge sehen und die Vorstellung, dass ich hier auf 2.000 Metern Höhe stand, war einfach gigantisch. Es war ein toller Ausblick, sowohl nach unten als auch nach oben. Ich ging noch ein bisschen weiter und entdeckte am Ende des Weges ein kleines Café mit einer hübschen Terrasse, die fast frei über dem Abhang hing. Wenn man über das Geländer sah, konnte man meinen, es gab nichts mehr darunter. Ein merkwürdiges Gefühl beschlich mich, als ich mich an einen kleinen Tisch in der Ecke setzte. Es war ein bisschen unheimlich, aber die Aussicht war einfach zu schön. Ich war gefesselt von dem Anblick der riesigen Berge, die direkt um mich herum zum Greifen nah waren, aber genauso von denen, die man in der Ferne sehen konnte. Und durch eine kleine Lücke zwischendurch konnte man sogar das Matterhorn erkennen. Das war wirklich ein Traum. Ich saß völlig versunken in diesen schönen Anblick an meinem kleinen Tisch und genoss meinen Kuchen und ich wusste, dass ich nicht zum letzten Mal hier war. Aber für dieses Mal musste es jetzt reichen, denn ich sollte mich so langsam auf den Weg nach unten machen. Ich bezahlte, verabschiedete mich und ging in Richtung der Seilbahn. Seilbahn – ja, da waren sie schon wieder, die Problemchen. Dieses Ding würde mir wohl immer ein bisschen unheimlich bleiben, aber es nutzte alles nichts, ich musste nach unten. Also stieg ich schweren Herzens in die Gondel und setzte mich auf einen der wenigen Plätze. Die meisten Leute blieben stehen und ich hatte den Eindruck, dass es für sie die normalste Sache der Welt war, irgendwo zwischen

Himmel und Erde ins Tal zu gleiten. Ich jedenfalls war froh, als wir unten waren. Ich stieg aus und mit festem Boden unter den Füßen fühlte ich mich gleich viel wohler. Ich sah noch einmal zurück und konnte es selber kaum glauben, dass ich eben noch dort oben war. Nachdem ich noch einen letzten Blick auf dieses riesige Bergmassiv geworfen hatte, machte ich mich endgültig zur Bahnstation auf. Ich musste nicht lange warten, bis der Zug kam. Es war eine kleine „Bimmelbahn", die mich ein paar Stationen weiter zu einem größeren Bahnhof brachte, wo ich dann in meinen Zug nach Hause einsteigen konnte. Ich fuhr mit einem guten Gefühl nach Hause. Drei Tage später hatte ich, wie versprochen, meinen Arbeitsvertrag im Briefkasten. Ich unterschrieb ihn und schickte ihn postwendend wieder zurück, glücklich darüber, dass ich es so schnell und einfach geschafft hatte, für die kommende Wintersaison eine Stelle zu finden. Es waren noch gut zwei Monate Zeit, denn ich musste erst Anfang Dezember anfangen. Ich war total happy.

Als ich meinen Kindern und meiner Freundin davon erzählte, was ich gemacht hatte, konnte ich anfangs in große Augen sehen, aber nachdem der erste Schock vorbei war, fanden es alle super. Ich kündigte meinen Job in der Klinik, und da ich ja noch einige Wochen Zeit hatte, beschloss ich noch ein bisschen Urlaub zu machen und so fuhr ich zu meiner Freundin nach Tschechien, wo sie seit circa einem Jahr mit ihrem Mann lebte. Sie hatten dort ein schönes Haus mit Garten und lebten mit Hund und Katz' in einer wunderschönen Naturlandschaft. Ich fuhr mit dem Zug und sie holte mich am Bahnhof ab. Was für eine Wiedersehensfreude, wir hatten uns schließlich eine Ewigkeit nicht gesehen. Es war einfach schön. Wir verbrachten ein paar wunderschöne Tage miteinander. Sie zeigte mir einiges von dem Land, aus dem zwar mein Vater stammte, das ich selber aber noch nie besucht hatte. Natürlich hatten wir uns auch viel zu erzählen und so kam es, dass ich ihr auch von meinen Plänen für den Winter berichtete.

Sie war zuerst etwas sprachlos, aber dann lachte sie und meinte: „Denise, du bist komplett verrückt. Wie kommst du denn auf diese Idee?"

Ja, wie kam ich darauf? Das wusste ich eigentlich selber schon nicht mehr so genau. Irgendwann war die Idee einfach da und ließ mich nicht mehr los. Auch wenn meine Freundin doch einige Zweifel daran hatte, ob das wirklich eine so gute Idee war, freute sie sich mit mir und wünschte mir viel Glück für mein „großes Abenteuer", wie sie es nannte. Als ich aus dem Urlaub zurück war, fing ich an, alles für meine Abreise vorzubereiten. Ich war noch nie so lange von meinem Zuhause weg gewesen und das musste schon gut organisiert werden. Aber ich schaffte alles wunderbar und als dann der Dezember kam, konnte ich mit gutem Gewissen auf mein „Bergli" fahren.

Es war also Anfang Dezember, als ich Deutschland verließ. Meine Kinder brachten mich zum Bahnhof und verabschiedeten mich. Für mich bedeutete es nun noch einmal einige Stunden Zug fahren, bis ich wieder vor meiner wenig geliebten Seilbahn stehen würde. Aber das kannte ich ja jetzt alles schon, mit dem einzigen Unterschied, dass es das letzte Mal, als ich hier war noch Herbst war und jetzt war es Winter. Es schneite, als ich oben ankam, und das sollte auch noch zwei Tage und Nächte so weitergehen. Es sah traumhaft schön aus, wie mit Puderzucker bestäubt. Ich war etwas überrascht, als ich aus der Seilbahn ausstieg. Im Herbst war ja noch alles ein bisschen grün und vor allem gab es noch erkennbare Straßen, aber jetzt war alles zugeschneit und Straßen waren keine mehr sichtbar. Es waren nur irgendwo zwischen den Skipisten Wege platt gewalzt. Aber eigentlich sah es so aus, als wäre die ganze Alb eine einzige Skipiste. Autos gab es hier oben sowieso keine, denn die Alb war autofrei, dafür gab es aber umso mehr Schneemobile. Ich stand etwas irritiert an der Seilbahnstation und musste mich zuerst einmal orientieren, denn es war, wohin man auch blickte, einfach nur weiß. Aber nach kurzem Überlegen fand ich mich dann auch in dieser weißen Welt zurecht. Nur der Transport meiner zwei Koffer war nicht ganz unproblematisch. Aber auch das schaffte ich letztendlich und stand irgendwann vollgepackt vor meinem neuen Arbeitsplatz. Ich klingelte wieder wie beim letzten Mal und wurde sehr herzlich von meinen Chefs empfangen. Nach einem kurzen Begrüßungsgespräch wurde mir gezeigt, wo meine Wohnung war und ich musste mit Schrecken feststellen, dass sie mitten zwischen den Skipisten lag. Das hieß also auf jeden Fall, den verschneiten Berg hinaufgehen zu müssen. Ich stand da und überlegte schon, wie ich mein Gepäck da hinauf bekommen sollte, als mein Chef, als hätte er meine Gedanken gelesen, kurz verschwand und mit einem Schlitten zurückkam. Wir befestigten meine beiden Koffer darauf und los ging es. Es war trotz Schlitten eine recht beschwerliche Angelegenheit und ich war froh, als ich oben war. Nach einer kurzen Verschnaufpause fing ich an, mich häuslich einzurichten. Ich packte meine Koffer aus und sah mich etwas um. Da ich noch zwei Tage Zeit hatte, bis ich anfangen musste, konnte ich noch in aller Ruhe die Alb erkunden und vor allem „mein" Café wieder besuchen. Aber das wollte ich auf den nächsten Tag verschieben. Für heute reichte es mir erst einmal. Ich ging früh ins Bett und schlief wie ein Bär in dieser guten Bergluft. Auch die zwei Tage, die ich noch frei hatte, verbrachte ich viel draußen in diesem herrlichen Schnee und dann fing ich an zu arbeiten. Den ersten Tag ging ich voller Tatendrang zur Arbeit und lernte so meinen neuen Arbeitsplatz kennen. Die Arbeit an sich war mir ja nicht fremd und ich kam auch gleich gut damit zurecht. Am Abend kamen die ersten Gäste. Da die Saison noch nicht begonnen hatte, waren noch keine Touristen da und so waren es zuerst einmal die Einheimischen, die an der Theke saßen und ihr Bier oder ihren Wein tranken und dort wurde auch geraucht. Im Restaurant selber war das nicht so schlimm, da der Rauch nach oben abzog, aber an der Theke bekam man so ziemlich alles ab. Und so war mein erster Arbeitstag eigentlich auch schon der Anfang vom Ende. Nach Feierabend war ich ziemlich frustriert. Zum einen wegen der Sache mit dem Rauchen, zum anderen, weil einfach so gut wie nichts los war und ich mich nur gelangweilt hatte. Doch ich dachte mir: Denise, das war dein erster Tag, das wird schon noch!

Am nächsten Tag fragte mich mein Chef, wie mir denn mein erster Arbeitstag so gefallen hatte. Ich sagte ihm, dass mir das viele Rauchen an der Theke nicht so gefällt und dass ich etwas enttäuscht darüber war, wie wenig es hier zu tun gab, doch er meinte, dass sich das schon noch ändern würde, wenn die Saison erst richtig beginnt. Dann hätten wir auch mehr Gäste, die zum Essen kommen würden. Gut, dachte ich, hoffen wir, dass alles so sein wird. Zwei Wochen später bekam ich noch einen Kollegen und dann begann an Weihnachten die ersehnte Wintersaison. Doch an meiner Arbeit und den Problemen änderte sich überhaupt nichts. Wir hatten zwar wesentlich mehr Gäste als am Anfang, und einige saßen auch tatsächlich zum Essen an den Tischen, aber die anderen – und das war der weitaus größere Teil – stand nach wie vor an der Theke und an den Stehtischen und trank. Sobald die Sonne untergegangen war, kamen sie in Scharen von den Pisten, denn man konnte direkt bis vor unsere Tür fahren. Ich wunderte mich jeden Tag aufs Neue, wie viel Alkohol Menschen in sich hineinschütten konnten. Es war, um es kurz zu machen, eine einzige Sauferei. Von dem Restaurant, wie man es mir vorgestellt hatte, waren wir hier Lichtjahre entfernt Après-Ski-Bar wäre die treffendere Bezeichnung gewesen. Saufen und Rauchen, daraus schien das Leben der Menschen hier zu bestehen. Mir fiel es von Tag zu Tag schwerer, das zu ertragen. Ich hatte mittlerweile einen Husten entwickelt, den man wirklich als Raucherhusten bezeichnen konnte, obwohl ich selber nicht rauchte, und ich hatte absolut keine Lust mehr auf diese Arbeit. Ich glaube, in den zwei Monaten, die ich jetzt hier war, verging kein Tag, an dem ich nicht abends nach dem Arbeiten in meiner Wohnung saß und mich fragte, ob es wirklich die richtige Entscheidung war, hierher zu kommen. Ich zweifelte immer mehr daran. Zwei Monate jeden Tag das gleiche Spiel und ich fand, es reichte jetzt. Meine Gesundheit war mir wichtiger als jeder Job auf dieser Welt. Ich sprach mit meinem Chef und sagte ihm, dass ich aufhören möchte. Natürlich war er nicht begeistert. Schließlich musste er dann während der laufenden Saison jemand Neuen finden, aber ich konnte es nicht ändern. Ich hatte mir mein Arbeiten hier auch anders vorgestellt. Hätte er mir von Anfang an die Wahrheit gesagt, dann hätten wir uns das gleich sparen können, denn ich hätte hier nämlich gar nicht erst angefangen. Also selber schuld, dachte ich.

Wie ein Lauffeuer sprach es sich herum, dass ich gehen würde. Und eines Abends, ich würde es heute fast wirklich als schicksalhaft bezeichnen, sprach mich einer unserer Stammgäste darauf an, warum ich denn hier aufhören möchte. Er hieß Jörn und war ein ziemlich netter Typ, irgendwie anders als die anderen. Er kam zwar öfter mal vorbei, trank aber immer nur ein Bier und ging wieder. Er war keiner von denen, die ihre Abende saufend in der Kneipe verbrachten. Und so kamen wir ins Gespräch. Ich erzählte ihm, dass ich mir unter einem Restaurant etwas anderes vorgestellt hatte und dass mich dieser ständige Qualm hier krank macht.

Daraufhin lachte er und sagte: „Ja, dann musst du halt zu uns ins Tessin kommen, dort ist alles rauchfrei."

„Wirklich?", fragte ich erstaunt.

„Ja, wirklich", bestätigte er.

Das war ja interessant! Darüber hatte ich ja nun überhaupt noch nicht nachgedacht, dass es woanders auch anders sein könnte, doch der Gedanke gefiel mir.

„Aber, was heißt hier zu uns ins Tessin kommen. Was sollte das bedeuten?", fragte ich, und er erzählte mir, dass er eigentlich im Tessin zu Hause ist und nur den Winter hier oben verbringt.

Ja, das war natürlich eine Überraschung. Da sieht man jemanden fast jeden Tag, denkt, dass er ein Einheimischer ist, und erfährt dann so ganz nebenbei einmal, dass es eigentlich ganz anders ist. Ich war sprachlos.

Er musste lachen, drückte mir einen Zettel mit seiner Adresse und Telefonnummer in die Hand und meinte: „Wenn du dort bist, melde dich mal. Vielleicht können wir uns auf einen Kaffee treffen, wenn du willst!"

Damit verschwand er aus dem Lokal und ließ mich völlig verwirrt zurück.

Es war schon spät und er war zum Glück der letzte Gast gewesen, sodass ich jetzt Schluss machen und nach Hause gehen konnte. Ich machte mich langsam und sehr nachdenklich auf den Heimweg. Zu Hause lag ich im Bett und konnte nicht einschlafen, denn ich musste ständig an dieses Gespräch denken. Und je länger ich darüber nachdachte, desto besser gefiel mir der Gedanke, den Sommer im Tessin zu verbringen. Ich konnte es jetzt kaum noch erwarten, hier wegzukommen und sehnte meinen letzten Arbeitstag herbei. Jeder einzelne Tag war eine Qual für mich, aber irgendwann war es dann doch soweit und ich hatte es endlich geschafft. Und es war seltsam, dass Jörn seit dem Tag, an dem er mir seine Adresse in die Hand gedrückt hatte, nicht mehr da war. Ich hatte jeden Tag damit gerechnet und auch herbeigesehnt, dass er vorbeikommen würde, denn ich hätte so gerne noch mehr über sein Tessin erfahren, aber er kam nicht und so konnte ich mich nicht einmal von ihm verabschieden. Ich war mittlerweile körperlich wirklich angeschlagen, richtig kraft- und saftlos, und ich machte mir schon Gedanken darüber, wie ich es nur schaffen sollte, mein Gepäck von meiner Wohnung zur Seilbahnstation zu bringen, denn auf den Schlitten vom Chef brauchte ich dieses Mal nicht zu hoffen. Er war so sauer. Zum einen natürlich auf mich, weil ich aufgehört hatte, zum anderen aber auch deshalb, weil er noch immer keinen Ersatz gefunden hatte. Ich machte mir wirklich Sorgen, wie ich das alleine schaffen sollte. Aber manche Dinge lösen sich eben manchmal von alleine. Ich hatte, nachdem ich meinen Job gekündigt hatte, meine Kinder angerufen und erzählt, was passiert war und gesagt, dass ich nach Hause kommen werde, da es mir absolut schlecht geht.

Einige Tage vor meiner Abreise rief meine Tochter an und meinte: „Gib mir mal deine genaue Adresse, ich komme dich abholen."

Das war natürlich die genialste Lösung für mein Problem. Nun konnte ich mich in aller Ruhe und ohne mir weitere Sorgen machen zu müssen, auf meine Abreise vorbereiten. Zwei Tage später war es dann soweit, meine Tochter war „im Anflug". Sie rief mich von unterwegs ein paar Mal an, um mir zu sagen, wo sie gerade war und wie lange sie noch etwa brauchen wird, damit ich rechtzeitig mit der Seilbahn ins Tal fahren konnte, um sie unten abzuholen. Sie hatte sich etwas verspätet und so war es schon gegen Abend, als ich mich auf den Weg nach unten machte. Es war Februar und bitterkalt und ich stand zitternd in der Kälte und wartete. Und endlich war es soweit. Sie war da. Wie habe ich mich gefreut, sie zu sehen! Doch die Freude wurde noch größer, als ich sah, dass sie nicht alleine, sondern in Begleitung meiner jüngeren Tochter war. Wir begrüßten uns herzlich und es war ein schönes Gefühl, die beiden Mädels wiederzusehen. Aber viel Zeit für unsere Freude blieb nicht, denn es war schon ziemlich spät und wir mussten uns beeilen, um die letzte Seilbahn nach oben noch zu erreichen. Doch es klappte alles wunderbar und wir verbrachten alle drei einen schönen Abend in meiner Wohnung. Am nächsten Morgen schleppten wir mein Gepäck den Berg hinunter zur Seilbahnstation, fuhren ins Tal und packten alles in ihr Auto. Dann machten wir uns auf den Heimweg. Ich war einfach nur noch froh, von hier wegzukommen. Wir fuhren gemütlich, machten unterwegs ausgiebig Mittagspause und kamen so gegen Spätnachmittag zu Hause an. Mein Sohn begrüßte mich und alle wollten nun natürlich wissen, was denn genau passiert war. Ich erzählte ihnen alles ausführlich während des Abendessens. Danach verabschiedeten sich meine Mädels und fuhren nach Hause. Ich ging auch recht früh schlafen, denn ich war wirklich müde und ich merkte auch immer mehr, dass es mir gesundheitlich nicht gut ging. Aber als ich im Bett lag, konnte ich nicht schlafen. Zu viele Dinge gingen mir durch den Kopf. Warum war das nun wieder geschehen? So hatte ich mir mein Leben in der Schweiz nicht vorgestellt. Ich war ziemlich frustriert. Wie sollte es jetzt nur weitergehen? Irgendwann bin ich dann wohl doch eingeschlafen. Als ich am nächsten Morgen aufwachte, hatte ich überhaupt keine Lust aufzustehen, also blieb ich erst einmal im Bett. Es war schon gegen Mittag, als ich mich endlich überwinden konnte, aus dem Bett zu kriechen. Völlig lustlos und deprimiert setzte ich mich in die Küche. Ich machte mir einen Tee und dachte traurig über die letzten zwei Monate nach. Aber ich konnte es drehen und wenden, wie ich wollte, ich konnte der Sache nichts Gutes abgewinnen. Nur der Gedanke ans Tessin ließ mich nicht mehr los. Als ich meinen Tee ausgetrunken hatte, setzte ich mich an meinen Computer und recherchierte ein bisschen. Was genau war das Tessin? Und wo lag das? Ich wusste das alles nicht so richtig, aber ich fand sehr schnell heraus, dass es sich dabei um den südlichsten Zipfel der Schweiz handelte, der direkt an Italien grenzte. Und dann fiel mir auch ein, dass ich einmal auf einer meiner unzähligen Reisen nach Italien am Lago Maggiore einen kurzen Aufenthalt sehr genossen hatte. Ich konnte mich allerdings nicht mehr so genau daran erinnern, ob das auf der italienischen oder der schweizerischen Seite war. Und dass dieser obere Teil des Lago Maggiore zum Tessin gehörte, wusste ich auch nicht. Aber ich kannte mich bis dahin mit den Kantonen in der Schweiz auch nicht gut aus. Was ich jetzt herausgefunden hatte, gefiel mir, denn der Lago Maggiore war mir gut in Erinnerung geblieben und die Nähe zu meinem geliebten Italien war natürlich ein Traum. Aber sollte ich es nach dieser Pleite, die ich gerade hinter mir hatte, wirklich wagen noch einmal in die Schweiz zurückzukehren? Ich war mir im Moment nicht so sicher, ob das eine gute Idee war. Doch was ich auch tat, der Gedanke wollte nicht mehr aus meinem Kopf. Also machte ich mich die nächsten Tage daran, mir die Sommerjobs im Internet anzusehen. Es waren auch tatsächlich schon Stellen ausgeschrieben, aber irgendwie war nicht das Richtige dabei. Eigentlich lag es an mir selber, dass mich nichts wirklich angesprochen hat, denn ich war noch immer nicht überzeugt, ob es gut für mich war. Doch es war im Moment sowieso egal was ich tat, denn mir machte überhaupt nichts mehr Freude. Ich war und blieb einfach frustriert. Dieser verkorkste Winter steckte mir noch in den Knochen oder besser gesagt, hatte sich rabenschwarz auf meiner Seele ausgebreitet. Ich war todunglücklich und badete in meinem Selbstmitleid. So verging etwa eine Woche, als ich eines Morgens aufwachte, und obwohl es erst Anfang März war, lachte mir die Sonne ins Gesicht. Ich war so überrascht über diesen wunderschönen Morgen, dass ich meine depressive Stimmung, in der ich mich seit meiner Ankunft befand, total vergaß und mich an diesem schönen Morgen freute. Ich blieb noch eine Weile im Bett und dachte nach. Und je länger ich nachdachte, desto klarer wurden meine Gedanken und ich dachte mir: Denise, wie lange willst du dich noch selbst bedauern? Ja, dieser Winter war eine Pleite und so hattest du dir das auch nicht vorgestellt, aber es ist nun einmal passiert und du kannst es nicht mehr ändern – aber an deiner miesen Laune kannst du etwas ändern! Und irgendwie, als hätte die Sonne die Schatten auf meiner Seele aufgelöst, bekam ich plötzlich gute Laune und war voller Tatendrang. Ich sprang aus dem Bett, ging unter die Dusche und anschließend richtete ich mir mein Frühstück. Während ich so in der Küche saß und auf meinem Honigbrötchen herumkaute, überlegte ich, was ich denn jetzt tun wollte. Zuerst einmal musste ich diese bescheuerte Wintersaison für mich abhaken, denn sie bestimmte im Moment mein Leben. Doch damit war jetzt Schluss. Ich merkte, wie ich langsam wütend wurde, wütend auf mich selbst, dass ich mich durch so eine dumme Sache dermaßen habe aus der Bahn werfen lassen, dass mir nichts mehr Freude machte. Nachdem ich gefrühstückt hatte, setzte ich mich an meinen Computer und fing an, nach Sommerstellen im Tessin zu suchen. Und dieses Mal richtig, denn ich war jetzt wild entschlossen, es noch einmal zu probieren. Es gab relativ wenig Angebote im Moment und es war wirklich nichts Gescheites dabei. Aber so schnell wollte ich nicht aufgeben. Ich suchte mir eine Karte vom Lago Maggiore und schaute mir die Orte auf der Schweizer Seite genau an. Ich fand Ascona und Locarno und suchte dort gezielt nach Hotels. Allen, die einen guten Eindruck machten, schickte ich spontan eine Bewerbung per E-Mail. Ob sie gerade Personal suchten oder nicht, war mir ganz egal. Ich wollte jetzt da hin, koste es, was es wolle. Und man glaubt es kaum, ich hatte innerhalb von zwei Tagen drei Angebote. Eines davon gefiel mir nicht so gut, aber die anderen beiden hörten sich vielversprechend an. Ich schrieb beiden sofort eine E-Mail, machte einen Termin für ein Vorstellungsgespräch aus und fuhr eine Woche später hin. Beide Hotels lagen auf der Piazza, nur ein paar Meter auseinander, direkt am See. Als ich ankam, es war immerhin erst Anfang März, schien schon die Sonne und der Blick auf den See war einfach traumhaft schön. Ich stand zuerst einmal völlig überwältigt am Ufer und war fasziniert von dieser atemberaubenden Kulisse. Ich konnte es kaum glauben und alle Zweifel, die ich je gehabt hatte, waren mit einem Schlag verflogen. Hier wollte ich bleiben! Das war meine Welt! Ich ging ein paar Schritte am See entlang und bewunderte diese herrliche Umgebung. Es war einfach unglaublich schön. Ich hätte den ganzen Tag hier verbringen können, ohne auch nur irgendetwas zu tun. Ich konnte mich nicht sattsehen. Aber leider ging das natürlich nicht, denn es hatte ja schließlich einen Grund, warum ich hier war. Da ich keine genaue Uhrzeit mit den Hotels vereinbart hatte, konnte ich mir eigentlich auch noch etwas Zeit lassen. Andererseits hätte ich es auch gerne hinter mich gebracht, denn was wäre, wenn ich den Job gar nicht bekommen würde? Das wäre schrecklich. Doch daran mochte ich jetzt gar nicht denken. Die Vorstellung, den Sommer nicht an diesem See verbringen zu dürfen, war einfach furchtbar. Aber was sollte ich tun, wenn doch nicht? Nein, so wollte ich jetzt gar nicht denken. Es musste einfach klappen. Also machte ich mich auf und steuerte das erste Hotel an. Ich betrat das Restaurant und wurde auch gleich von einer Mitarbeiterin angesprochen, natürlich in Italienisch. Na prima, das fing ja schon toll an. Ich suchte krampfhaft die paar italienischen Worte zusammen, die ich sprechen konnte und versuchte ihr klar zu machen, dass ich den Chef sprechen wollte. Zum Glück verstand sie, was ich wollte, denn sie machte eine Handbewegung, dass ich mitkommen sollte. Wir verließen das Restaurant und sie führte mich durch einen kleinen, schmalen Gang zur Rezeption. Dort saß ein Herr, dem sie in kurzen Worten mitteilte, dass ich ihn sprechen wollte. Dann verschwand sie wieder und ließ mich mit dem Herrn alleine. Er kam auf mich zu und begrüßte mich freundlich. Wir gingen zurück in das Restaurant, wo wir uns an einen kleinen Tisch setzten, um uns in Ruhe zu unterhalten. Er fragte, ob ich etwas trinken möchte und als ich das bejahte, bestellte er und kurz darauf erschien die Kellnerin von vorhin und servierte mir ein gut gekühltes Mineralwasser. Mit einem Lächeln und einem meiner Meinung nach etwas merkwürdigem Blick in Richtung Chef verschwand sie wieder. Ich war etwas irritiert. Was ging hier ab? Wo war ich hier gelandet? Erst viel später sollte ich erfahren, dass ich an diesem Tag voller Neugier erwartet wurde, und zwar nicht nur von meinem Chef, sondern auch von den Mitarbeitern, da er ihnen von meiner Bewerbung erzählt hatte und alle schon ziemlich gespannt waren, wie denn „die Neue" so ist. Aber da ich das alles nicht wusste, fand ich diese Blicke zwischen den beiden eben etwas sonderbar. Später hatte ich dann verstanden, dass dies Zustimmung bedeutet hatte. Sie hatte dem Chef signalisiert, dass ich zu ihnen passte.

Nun saß ich also mit dem Chef an einem kleinen Tisch und wir unterhielten uns. Und obwohl das Gespräch sehr nett verlief, beschlich mich irgendwie ein seltsames Gefühl, denn auch wenn hier alles einen sehr guten Eindruck auf mich machte, musste ich unwillkürlich an meine letzte Saison denken. Auch da hatte beim Vorstellungsgespräch alles gut ausgesehen und es war trotzdem ein Chaos daraus geworden. Der Gedanke daran machte mich etwas nervös. Aber der Herr mir gegenüber hatte so eine offene, freundliche Art, dass ich mich hier trotz meiner schlechten Erinnerung sehr wohl fühlte. Wir unterhielten uns sehr angeregt miteinander und ich fragte ihm wirklich ein Loch in den Bauch. Ich wollte dieses Mal einfach alles wissen. Tausend Dinge fielen mir ein, wonach ich fragen musste. Doch egal was und wie viel ich ihn auch fragte, er saß mir in einer Seelenruhe gegenüber und beantwortete mir alles in seiner netten, charmanten Art. Irgendwann gingen mir die Fragen aus, denn es war mittlerweile eigentlich alles geklärt und es gab absolut nichts, was mir nicht gefallen hätte. Aber gab es so etwas tatsächlich? Ein Job, an dem alles stimmte? Ich konnte es kaum glauben. Das wäre ein Traum! Von seiner Seite aus war es sowieso überhaupt kein Problem, er war total begeistert von mir und ich hätte sofort den Arbeitsvertrag unterschreiben können. Doch so schnell ging das ja nun nicht, denn ich hatte ja noch den anderen Termin, aber das konnte er natürlich nicht wissen. Also sagte ich ihm, dass ich noch einmal darüber nachdenken möchte und wollte ihm nach dem Wochenende Bescheid geben. Er war damit einverstanden und wir verabschiedeten uns. Er wünschte mir eine gute Heimfahrt und sagte, dass er sich sehr freuen würde, wenn ich mich dafür entscheide zu kommen. Ich freute mich sehr über diese netten Worte und verließ ziemlich zufrieden das Hotel. Draußen ging ich wieder ein paar Schritte am See entlang und setzte mich auf eine Bank. Ich genoss die warmen Sonnenstrahlen und dachte dabei noch einmal über das Gespräch nach. Es war eigentlich zu schön, um wahr zu sein. Wo war dabei nur der Haken? Aber egal wie sehr ich auch noch einmal darüber nachdachte, ich konnte keinen finden. Ich war hin- und hergerissen zwischen meinem Wunsch, hier den Sommer zu verbringen und der Angst, noch einmal so eine Pleite zu erleben wie im Winter. Ich saß nun schon bestimmt eine halbe Stunde in der Sonne, aber ich fand keine Ruhe. Also stand ich auf und machte mich auf den Weg zu meinem nächsten Termin. Da die Hotels ja quasi nebeneinander lagen, ging ich den Weg wieder zurück. Von außen sah es ja eigentlich noch besser aus als das Andere. Die Terrasse war noch größer und für meinen Geschmack auch noch schöner hergerichtet. Nicht schlecht, dachte ich und betrat dabei das Hotel. Ich stand auch gleich im Restaurant und sah mich etwas verloren um. Dann bemerkte ich jemanden hinter der Theke und ging zu ihm hin. Ich fragte nach dem Chef und zu meiner Überraschung sprach dieser „Jemand" hier auch deutsch und so erfuhr ich, dass der Chef im Moment nicht im Hause war, aber bestimmt bald wiederkommen würde. Wann genau, konnte mir aber nicht gesagt werden. Gut, dachte ich, dann werde ich eben warten. Der „Jemand" hinter der Theke kümmerte sich nicht weiter um mich und überließ mich mir selbst. Ich sah mich etwas um und musste feststellen, dass es mir hier sehr gut gefiel. Das Restaurant war, genau wie ich das auch schon auf der Terrasse gesehen hatte, sehr geschmackvoll eingerichtet. Es hatte alles so einen leichten italienischen Touch, was mir natürlich sehr gut gefiel. Italien war und blieb nun einmal das Land meiner Träume. Ich hing so ein bisschen meinen Gedanken nach, als mich plötzlich jemand ansprach. Ich erschrak, denn ich hatte niemanden reinkommen gehört. Ich drehte mich um und vor mir stand ein mittelgroßer, schlanker Herr, der sich als Chef des Hauses vorstellte. Er lächelte mich kurz an und bat mich, Platz zu nehmen. Er erzählte mir einiges über sich und sein Geschäft und fragte mich auch das Eine oder Andere, aber es war irgendwie merkwürdig. Es war eigentlich nur ein Frage- und Antwortspiel. Ein richtiges Gespräch wollte nicht so recht entstehen. Wenn ich ihm eine Frage stellen wollte, war er ziemlich kurz angebunden. Kein Vergleich zu dem netten Herrn von vorhin. Ich war etwas verunsichert. Was war das Problem? Ich hatte irgendwie das Gefühl, dass er nicht richtig bei der Sache war. Ich wusste im Moment nicht, was ich ihn noch hätte fragen sollen, da ich den Eindruck hatte, dass ihm alles zu viel war. Ich verstand es nicht so ganz, denn schließlich hatte er mich ja zu diesem Termin hier eingeladen. Hatte er sich schon für jemanden anderen entschieden oder war ich ihm schlichtweg nicht sympathisch? Wenn ja, dann beruhte das auf Gegenseitigkeit. Ich fand ihn nämlich sehr unsympathisch. Alles an ihm machte keinen besonders guten Eindruck. Schon sein Lächeln zu Anfang war eher kühl und hatte nicht viel Herzlichkeit. Und auch das ganze Gespräch mit ihm verlief nicht sehr angenehm. Nein, Denise, dachte ich, den brauchst du nicht als Chef! Ich beendete dann auch das Gespräch und denke, dass er froh darüber war und ich war es auch. Umso überraschter war ich, als er mich plötzlich anlächelte und sagte, ich solle mir über das Wochenende alles in Ruhe überlegen und mich am Montag melden, um ihm meine Entscheidung mitzuteilen. Er würde sich freuen, wenn ich käme. Ich glaubte mich verhört zu haben. Das konnte doch wohl jetzt nicht wahr sein! Also diesen Eindruck, dass er sich freut, hatte ich während des ganzen Gespräches nicht. Aber gut, was auch immer ihn zu dieser Aussage bewogen haben mag, es war mir ziemlich egal, denn ich glaubte ihm kein Wort. Ich verließ das Hotel mit dem sicheren Gefühl, dass ich hier auf gar keinen Fall arbeiten wollte.

Ich trat wieder hinaus auf die Piazza und war ein weiteres Mal fasziniert von dieser atemberaubenden Kulisse. War das schön hier! Ich freute mich meines Lebens. Was wollte ich denn jetzt tun? Schließlich hatte ich meine Aufgabe hier, wie ich meinte, erfolgreich gemeistert, denn für mich war ganz klar, dass nur das erste Hotel in Frage kam. Der andere komische Kauz konnte mir gestohlen bleiben, mit dem wollte ich nichts zu tun haben. Ich hatte meine Entscheidung getroffen. Der Chef des ersten Hotels hatte so einen netten Eindruck gemacht, dass ich gar keine andere Wahl hatte, als „Ja" zu sagen, wenn ich den Sommer hier verbringen wollte. Und das wollte ich ja eigentlich schon, bevor ich hierhergekommen war. Aber jetzt, nachdem ich diesen Ort gesehen hatte, wollte ich am liebsten gleich hierbleiben. Leider ging das natürlich nicht. Doch ich wollte heute auf jeden Fall so lange wie nur irgend möglich hierbleiben. Ich ging noch einmal den Weg zurück, den ich gekommen war und da ich mittlerweile Hunger hatte, überlegte ich mir, wo ich etwas Essbares bekommen könnte. Während ich so über die Piazza schlenderte und alles in mich aufsog wie ein Schwamm, blieb ich vor einem kleinen Lokal stehen, wo Pizza angeboten wurde. Ein großes Schild lud in die kleine, nette „Bar" ein. Das Wort „Bar" verunsicherte mich zwar etwas, denn das, was ich unter „Bar" kannte, war nicht das, wo ich verkehren wollte. Aber da ich sah, dass an den Tischen draußen gegessen wurde, nahm ich meinen Mut zusammen und setzte mich auch an einen der kleinen Tische. Es war zwar erst Mitte März, aber die Sonnenstrahlen waren schon recht warm und man konnte tatsächlich draußen sitzen. Ich nahm die Speisekarte zur Hand und sah sie mir an. Es gab ein paar nette Kleinigkeiten zu essen und dann natürlich, wie das Schild am Anfang schon sagte, Pizza. Ja, Pizza, das war nicht schlecht. Kaum hatte ich die Karte zur Seite gelegt, stand auch schon eine Kellnerin an meinem Tisch und nahm meine Bestellung auf. Ich bestellte mir eine Pizza und etwas zu trinken. Sie war unheimlich nett, sprach auch etwas deutsch und hatte eine sehr angenehme Art mit Menschen umzugehen. Mir gefiel es jedenfalls sehr gut hier. Ich musste auch nicht lange warten, bis meine Pizza serviert wurde und ich ließ sie mir schmecken. Ich saß in der Sonne und genoss sowohl meine Pizza als auch die warmen Sonnenstrahlen und den herrlichen Blick auf den See. War das ein Leben! So konnte man das aushalten. Ich beneidete die Menschen, die hier lebten, wirklich sehr. Die hatten das Paradies auf Erden hier gefunden. Aber ich gehörte leider nicht dazu, denn ich musste wieder gehen. Mein Zug würde sicher nicht auf mich warten, nur weil ich mich nicht von diesem Anblick hier trennen konnte. Also bezahlte ich schweren Herzens und machte mich auf den Heimweg.

Zuerst musste ich zurück zur Bushaltestelle, um mit dem Bus zum Bahnhof zu fahren. Ich wusste, dass bis 23.00 Uhr jede Stunde ein Zug fährt. Den sollte ich dann aber unbedingt bekommen. Besser wäre allerdings schon ein früherer, da ich einmal umsteigen musste und es etwas früher bessere Anschlussmöglichkeiten gab. Ich fuhr also zum Bahnhof und suchte mir einen Fahrplan. Es war jetzt so gegen halb drei und der nächste würde schon in einer halben Stunde fahren. Nein, dachte ich, das ist zu früh, einen später reicht auch noch! Auf der Fahrt zum Bahnhof hatte ich nämlich gesehen, dass man durch einen Hinterausgang in wenigen Schritten am See war, und da wollte ich unbedingt noch einmal hin. Und das tat ich auch. Nachdem ich mir die Zugverbindungen notiert hatte, ging ich hinunter zum See. Man gelangte direkt zum Schiffsanlegesteg, der aber ziemlich einsam und verlassen lag. So wie es aussah, fuhren keine Schiffe. Schade, dachte ich. Trotzdem fand ich es unbeschreiblich schön hier. Dieser See hatte es mir angetan. Ich fand in der Nähe eine kleine Eisdiele und man glaubte es kaum, aber auch hier saßen die Menschen schon draußen auf der Terrasse. Ich setzte mich dazu und bestellte mir einen Eisbecher. Mein Gott, Denise, sagte ich mir, heute willst du es aber wissen! Zuerst Pizza, dann einen Eisbecher. Hoffentlich vertragen die zwei nachher auch das Zugfahren. Aber egal, es musste sein, auch auf die Gefahr hin, dass mir später übel sein würde. Ich saß nun schon zum zweiten Mal an diesem Tag auf einer Terrasse am See und ließ es mir gut gehen. Ich schob die Heimfahrt wirklich hinaus, solange es nur ging. Ich wollte nicht gehen. Aber plötzlich wurde mir das Gehen sehr leicht gemacht, denn mit einem Mal war die Sonne verschwunden und es wurde ziemlich kühl. Das war ja ein krasser Unterschied! Eben hatte ich noch warme Sonnenstrahlen im Gesicht und jetzt zog ich meine Jacke bis zur Kinnspitze. Nein, jetzt wollte ich nicht mehr hier bleiben. Ich winkte den Kellner heran, bezahlte und machte mich auf dem schnellsten Weg auf zum Bahnhof. Ich hatte dabei gar nicht auf die Uhr gesehen und oben angekommen sah ich, dass der Zug gerade vor fünf Minuten abgefahren war. Das war Pech, denn jetzt musste ich eine Stunde warten. Aber es ließ sich nun einmal nicht ändern. Die Frage war nur, was tun in dieser Zeit? Ich verließ das Bahnhofsgebäude durch den vorderen Ausgang und stand damit wieder an der Stelle, wo ich heute Morgen angekommen war. Auf der anderen Straßenseite lag die Bushaltestelle, von der ich abgefahren war und dahinter war eine Reihe mit Geschäften. Ich überquerte die Straße und schlenderte an den Geschäften entlang. Es war zwar auch hier etwas kühl, aber bei Weitem nicht so sehr wie unten am See. Ich hatte keine Ahnung, wohin ich gehen sollte, also ging ich einfach den Geschäften folgend weiter, bis ich mich plötzlich mitten in der Stadt auf einem großen Platz wiederfand. Der Platz war riesig, und als ich ein Straßenschild mit dem Namen „Piazza Grande" sah, dachte ich, dass der seinem Namen alle Ehre machte. Rechts und links davon gab es unzählige Geschäfte und Lokale und ich konnte mir gut vorstellen, dass hier bei schönem Wetter viel los sein würde, aber im Moment konnte von schönem Wetter keine Rede mehr sein und so machte ich mich auf den Rückweg. Ich schlenderte langsam den Weg, den ich gekommen war zurück, und als ich am Bahnhof ankam, war es gerade noch eine Viertelstunde bis zur Abfahrt des Zuges. Ich setzte mich auf eine Bank und wartete. Als der Zug kurze Zeit später einfuhr, stieg ich ein und suchte mir einen schönen Fensterplatz. Somit konnte ich, als der Zug abfuhr, noch kilometerweit den See an mir vorbeigleiten sehen. Doch irgendwann war es dann doch endgültig vorbei. Ein letzter sehnsüchtiger Blick und weg war er. Schade!

Ich lehnte mich in meinem Sitz zurück und hing meinen Gedanken nach, als plötzlich die Tür des Wagens aufging und der Schaffner zur Fahrscheinkontrolle herein kam. Ich kramte mein Ticket aus meiner Tasche und zeigte es ihm. Er knipste es mit einer Zange ab und gab es mir zurück. Nachdem er mir eine gute Weiterfahrt gewünscht hatte, ging er weiter. Da es nur wenige Leute in diesem Wagen gab, hatte er hier nicht viel zu tun und war schnell wieder draußen. Es war ziemlich ruhig hier drinnen und ich war nach kurzer Zeit eingeschlafen. Der Tag war, obwohl sehr angenehm, doch auch ziemlich anstrengend gewesen. Als ich aufwachte, war es draußen schon stockdunkel, aber nach einem kurzen Blick auf die Uhr absolut verständlich, denn es war schon 19 Uhr. Das hieß, dass ich gut zwei Stunden geschlafen hatte! Ich musste mich zuerst einmal ein bisschen strecken, denn ich fühlte mich etwas „verbogen". Das Schlafen im Zug war alles andere als bequem, aber nach ein paar Lockerungsübungen war alles wieder in Ordnung. Ich war immer noch oder vielleicht auch schon wieder – das wusste ich nicht so genau – allein in diesem Abteil. Das fand ich sehr angenehm, denn dadurch war es ziemlich ruhig hier. Nur das Rattern des Zuges hallte durch die Nacht. Ich saß am Fenster und sah hinaus. Ich hatte keine Ahnung, wo wir gerade waren, ich wusste nur, dass ich in gut einer Stunde umsteigen musste, also sollte ich jetzt besser nicht mehr einschlafen, sonst würde ich wohl Gott-weiß-wo landen. Ich lehnte mich in meinem Sitz zurück und hing wieder einmal so meinen Gedanken nach. Was war das heute für ein Tag, Denise, dachte ich. Ein unglaublich schöner, auf jeden Fall. Es war einfach fantastisch. Wenn jetzt nichts mehr schief ging, hatte ich einen Job für die Sommersaison und durfte für einige Monate an diesem herrlichen See leben. Auch wenn ich noch das Wochenende zum Nachdenken hatte, gebraucht hätte ich es nicht. Ich würde den Arbeitsvertrag in diesem ersten Hotel sofort unterschreiben und ich freute mich schon auf den Montag, wenn ich endlich anrufen konnte. Aber auch wenn dieser Chef bei mir einen noch so netten Eindruck hinterlassen hatte, was wäre, wenn er es sich bis dahin anders überlegte? Schließlich hatte ich nur eine mündliche Abrede und absolut nichts Schriftliches in der Hand. Oh Gott, nein, das durfte nicht passieren. Allein bei dieser Vorstellung wurde ich nervös. Nein, sagte ich mir, das wird nicht passieren. Das ist dein neuer Sommerjob. Ich wollte einfach, dass es so war und das musste ich mir jetzt auch selber einreden, denn der Gedanke daran, dass es anders sein könnte, brachte mich fast um. Aber egal, wie es auch war, ich musste mich bis Montag gedulden. Und Geduld, das war so eine Sache, die auf jeden Fall nicht zu meinen Stärken gehörte. So saß ich also in Gedanken versunken in meinem Zugabteil, als plötzlich eine Lautsprecherdurchsage kam, dass wir gleich in einen Bahnhof einfahren würden. Das brachte mich erst einmal wieder in die Realität zurück, denn das war der Bahnhof, an dem ich umsteigen musste. Da ich vorher aber auf jeden Fall noch einmal auf die Toilette gehen wollte, musste ich mich jetzt ein wenig beeilen. Als ich zurück an meinem Platz kam, zog ich mir meine Jacke an, denn mittlerweile war es fast 20.30 Uhr und draußen bestimmt ziemlich kühl. Wir hatten ja schließlich erst Mitte März. Kurz darauf fuhr der Zug mit quietschenden Bremsen in den Bahnhof ein und ich stieg aus.

Trotz der späten Stunde herrschte ein reger Betrieb. Ich hatte etwa eine halbe Stunde Aufenthalt und brauchte mich deshalb nicht zu beeilen. Da ich nicht wusste, auf welchem Gleis mein nächster Zug abfahren sollte, machte ich mich auf die Suche nach einem Fahrplan. Ich fand ihn am Ende des Bahnsteiges und sah, dass ein gutes Stück Weg zwischen mir und Gleis 12, wo ich hin musste, lag. Also machte ich mich langsam auf den Weg. Als ich dort ankam, sah ich, dass der Zug schon bereitstand, sodass ich gleich einsteigen konnte. Das war gut, denn zum einen war mir ziemlich kalt und zum anderen war ich auch total müde. Ich stieg ein und suchte mir ein ruhiges Plätzchen, ließ mich in den Sitz fallen und machte es mir bequem. Ich beobachtete das Treiben auf dem Bahnsteig und dachte daran, dass ich in knapp zwei Stunden wieder zu Hause sein würde. Und darauf freute ich mich mittlerweile doch sehr, denn ich sehnte mich nach meinem Bett. Dieser letzte Abschnitt meiner Reise ging dann auch ziemlich schnell vorbei und als der Zug endlich in meinen Heimatbahnhof einrollte, war ich glücklich, denn ich wollte nur noch eines: schlafen! Ich war total erledigt und ging auch sofort ins Bett. Elf Stunden hatte ich heute allein im Zug verbracht und das war anstrengend. Entsprechend gut schlief ich in dieser Nacht.

Als ich am nächsten Morgen aufwachte, lag ich im Bett und meine Gedanken waren schon wieder bei dem gestrigen Tag. Verflixt noch mal, es war nun einmal heute erst Samstag und ich würde eben erst am Montag wissen, ob ich den Job nun auch wirklich sicher hatte. Es waren noch zwei Tage und die würden wohl richtig lang werden. Nachmittags rief meine Freundin an und fragte neugierig, wie es denn gelaufen war. Ich erzählte ihr von diesem grandiosen Tag. Wie schön alles war und dass ich am liebsten gleich dort geblieben wäre. Wir verabredeten uns für den Abend und beschlossen, zusammen unseren Lieblings-Italiener zu beehren. Das war auch eine richtig gute Idee, denn es wurde ein wunderschöner Abend. Den Sonntag verbrachte ich dann ziemlich nervös alleine zu Hause, denn mein Sohn war bei seiner Freundin. Die Nacht schlief ich mehr als schlecht und als ich am Montagmorgen aufwachte, fühlte ich mich auch dementsprechend. Rein körperlich zumindest, ansonsten sprühte ich vor Energie. Es war Montag heute und ich konnte endlich anrufen. Ich sprang aus dem Bett und hüpfte sofort unter die Dusche. Danach ging ich in die Küche und richtete mir mein Frühstück. Jetzt frühstückst du in Ruhe, Denise, dachte ich, und danach rufst du an. Ich setzte mich an den Tisch in der Küche und begann auf meinem Brötchen herumzukauen, aber eigentlich hatte ich gar keinen Hunger. Oder war ich vielleicht nur zu aufgeregt? Da ich beim genaueren Nachdenken darüber zu dem Entschluss kam, dass es das wohl sein könnte, legte ich mein Brötchen aus der Hand, stand auf, ging zum Telefon und rief ohne weiter darüber nachzudenken im Hotel an. Jetzt oder nie! Ich musste es einfach wissen, sonst würde ich nicht mehr zur Ruhe kommen. Ich nahm den Hörer ab, wählte, und während es auf der anderen Seite klingelte, schlug mein Herz bis zum Hals. Plötzlich nahm jemand ab und ich erkannte die Stimme des netten Herrn, mit dem ich am Freitag gesprochen hatte. Nachdem ich mich gemeldet hatte, kam ein sehr freundliches „Guten Morgen!" von der anderen Seite. Er freute sich total, mich zu hören, und als ich ihm mit klopfendem Herzen sagte, dass ich die Sommersaison gerne bei ihm arbeiten wollte, wartete ich gespannt auf eine Reaktion. Und die kam sofort. Man hörte es seiner Stimme an, dass er sich freute, und er sagte, dass er gehofft hatte, dass ich mich so entscheiden würde. Den Arbeitsvertrag wollte er noch am gleichen Tag abschicken. Ich sollte ihn bitte gleich unterschreiben und ihn so schnell wie möglich zurückschicken. Ich sagte, dass ich das sehr gerne tun würde und wir verabschiedeten uns. Ich legte auf und hüpfte vor Freude im Wohnzimmer umher. Ich hatte einen Sommerjob! Nun ja, noch nicht ganz sicher, schließlich hatte ich den Vertrag ja noch nicht unterschrieben, aber so gut wie. Dieser Chef machte einen so angenehmen Eindruck, dass ich mir nicht vorstellen konnte, dass er es nicht ehrlich meinte. Ich ging zurück in die Küche und wollte mein Frühstück jetzt in aller Ruhe genießen. Doch so recht wollte mir das nicht gelingen, denn ich war total aufgeregt. Aber dieses Mal vor lauter Freude. Drei Tage später lag tatsächlich ein Brief aus der Schweiz in meinem Briefkasten. Ich riss ihn schon auf dem Weg zurück in die Wohnung auf, so neugierig war ich. Und es war unglaublich: Ich hielt meinen Arbeitsvertrag in meinen Händen. Es war ein nettes Schreiben dabei, in dem stand, dass ich den Vertrag schnellstmöglich zurückschicken sollte. Schnellstmöglich war viel zu langsam, wie der Blitz würde das sein! Ich setzte mich an meinen Schreibtisch und las den Vertrag durch. Es war alles genauso, wie wir es beim Vorstellungsgespräch besprochen hatten und ich unterschrieb mit einem sehr guten Gefühl. Ich war total happy und lief sofort zum Briefkasten und warf den Brief ein. Auf dem Weg zurück nach Hause ging ich wie auf Wolken. Ich hatte einen Job an diesem herrlichen See! Zu Hause angekommen, rief ich sofort meine Freundin an und erzählte ihr alles. Wir telefonierten fast eine Stunde miteinander, denn es gab jetzt, wo alles unter Dach und Fach war, so viel zu erzählen. Ich war total aus dem Häuschen. Als wir das Gespräch beendet hatten, fing ich an darüber nachzudenken, was ich jetzt alles organisieren musste, denn ich hatte nur noch zwei Wochen Zeit. Ich machte mich auf die Suche nach meinem Koffer. Was wollte ich denn alles mitnehmen? Die nächsten Tage hatte ich ziemlich viel zu tun. Was alles vor der Abreise noch erledigt werden musste, wollte kein Ende nehmen. Wenn ich dachte: Jetzt hast du alles, fiel mir immer noch etwas ein. Und je knapper die Zeit bis zur Abreise wurde, desto nervöser wurde ich. Aber dann war es doch irgendwann geschafft und der letzte Abend zu Hause war gekommen. Mittags waren meine Kinder vorbeigekommen, um sich von mir zu verabschieden und den Abend verbrachte ich mit meiner Freundin. Am nächsten Morgen fuhr mich mein Sohn recht früh zum Bahnhof. Wie überrascht war ich, als plötzlich auch meine beiden Töchter auftauchten. Sie wollten es sich nicht nehmen lassen und mich zum Bahnhof begleiten. Schließlich würden sie mich ja für eine lange Zeit nicht sehen, meinten sie. Als der Zug einfuhr, verabschiedeten wir uns dann endgültig voneinander. Mein Sohn schleppte meine beiden Koffer in den Zug und schon ging es los. Der Zug fuhr ab, noch ein kurzer Blick aus dem Fenster und dann begann mein neues Abenteuer.

Die Zugfahrt verlief recht ruhig und als ich einige Stunden später ankam, war ich unendlich glücklich. Ich war an meinem geliebten See angekommen. Ich verließ den Bahnhof, nahm den nächsten Bus und fuhr zum Hotel. Ich betrat das Hotel durch einen Seiteneingang, durch den ich direkt zur Rezeption gelangte und ich lief auch gleich dem Chef in die Arme. Er begrüßte mich freundlich und auch die Mitarbeiterin an der Rezeption kam gleich auf mich zu, begrüßte mich mit einem Lächeln und stellte sich als Margareta vor. Es war ein sehr herzlicher Empfang und ich fühlte mich auf Anhieb unheimlich wohl. Vor der Rezeption standen einige Stühle und der Chef bat mich, dort einen Moment Platz zu nehmen, denn er wollte seine Frau holen. Kurz darauf kamen die beiden zurück und ich lernte auch meine Chefin kennen, die ebenfalls einen sehr netten Eindruck machte. Wir unterhielten uns kurz miteinander und dann zeigte sie mir meine Unterkunft. Sie lag quasi um die Ecke, keine fünf Minuten vom Hotel entfernt, direkt in der Fußgängerzone. Super! Die Wohnung lag oberhalb einer Apotheke und es gab außer meiner noch sechs andere. Der Zugang zu den Wohnungen ging über einen Innenhof, der sehr schön hergerichtet war. Hier konnte man wohnen, dachte ich. Dass es dann doch nicht ganz so idyllisch sein würde, sollte sich bald zeigen. Im Moment war ich total begeistert. Ich hatte im zweiten Stock eine kleine Einzimmerwohnung mit Küche, Bad und Balkon. Der Balkon lag nach vorne zur Straßenseite und so konnte man von oben das Treiben auf der Straße beobachten. Nachdem die Chefin mir alles gezeigt hatte, verabschiedete sie sich und ich war alleine in meinem kleinen Reich. Ich begann meine beiden Koffer auszupacken und legte alles ordentlich in den Schrank. Eigentlich wollte ich auch gleich anfangen alles ein bisschen zu dekorieren und nett herzurichten, aber ich war einfach zu müde dazu. Ich musste mich zuerst etwas ausruhen. Da mein Bett noch ohne Bettwäsche war, legte ich mich auf meine Couch und schlief auch sofort ein. Als ich aufwachte, erschrak ich, denn es war draußen schon fast dunkel. Ich stand auf und tastete mich langsam zum Lichtschalter. Von dem hellen Licht geblendet, stand ich blinzelnd im Raum und wartete einen Moment, bis sich meine Augen an die Helligkeit gewöhnt hatten. Ich sah auf die Uhr und stellte fest, dass ich zwei Stunden geschlafen hatte. Kein Wunder, dass ich mich jetzt topfit fühlte. Voller Tatendrang wollte ich mich gleich wieder daran machen, mein Zimmer zu dekorieren, aber irgendwie merkte ich, dass ich so langsam Hunger hatte. Zu Mittag hatte ich nichts gegessen und das Frühstück war doch schon ziemlich lange her. Also ließ ich das Dekorieren sein und überlegte stattdessen, wo ich wohl am besten etwas essen könnte. Ich verließ meine Wohnung und schlenderte zur Piazza hinunter. Sie lag nur wenige Meter von meinem Zuhause entfernt und ich war wieder einmal total fasziniert, als ich um die letzte Häuserecke bog und diesen wunderschönen See vor mir sah. Mir wurde ganz warm ums Herz. Es war einfach unbeschreiblich. Ich schlenderte die Piazza entlang und mein Blick hing an diesem See. Es gab unheimlich viele Lokale entlang der Promenade und ich entschied mich für eine Pizzeria, die sehr einladend aussah. Davor standen auch schon einige Tische, aber obwohl den ganzen Tag über die Sonne geschienen hatte, war es jetzt in den frühen Abendstunden doch recht kühl geworden und so setzte ich mich lieber nach drinnen. Ich suchte mir einen kleinen Tisch direkt am Fenster. Es war trotz des frühen Abends schon einiges los, aber ich wurde trotzdem sehr schnell und sehr zuvorkommend mit einem Touch italienischen Charmes bedient. Ich arbeitete mich durch die italienische Speisekarte, und als der charmante Kellner an meinen Tisch kam, um die Bestellung aufzunehmen, konnte ich das sogar in Italienisch. Ich war ganz stolz auf mich, dass ich das so gut hin bekommen hatte, aber daran musste ich mich am besten gleich gewöhnen, denn das war nun einmal hier die Amtssprache. Während ich auf das Essen wartete, konnte ich durch das Fenster auf die Piazza hinausblicken und mich überkam plötzlich ein Gefühl der Dankbarkeit, dass ich hier sein durfte. Und wenn ich genauer darüber nachdachte, war daran ja dieser Jörn schuld, den ich im Winter kennengelernt hatte, da er mir ja so von „seinem" Tessin vorgeschwärmt hatte. Eigentlich müsste ich ihm jetzt eine SMS schicken und ihm sagen, dass ich tatsächlich hier gelandet bin. Das würde ich nachher zu Hause machen, denn irgendwo in meinem Adressbuch hatte ich diesen Zettel mit seiner Handynummer.

Nachdem ich gegessen hatte, machte ich mich auf den Heimweg. Ich schlenderte wieder am See entlang und genoss den Ausblick nun zum ersten Mal bei Nacht. Mittlerweile war es nämlich stockdunkel und man konnte am See entlang die Lage der einzelnen Orte erkennen, da die Häuser alle beleuchtet waren. Man sah auch einige Häuser hoch oben in den Bergen, die bei Tageslicht gar nicht aufgefallen waren, da sie sehr versteckt lagen. Es war auch oder vielleicht gerade nachts ein traumhaft schöner Anblick. Ich ließ mir Zeit, denn ich hatte es überhaupt nicht eilig. Im Vorbeigehen sah ich, dass in den vielen Restaurants am See entlang nicht viel Betrieb war und manche sogar schon geschlossen hatten. Ich brauchte etwa 15 Minuten, bis ich zu Hause war. „Zu Hause", das war auch noch etwas ungewohnt. Ich betrat meine neue Wohnung und tastete nach dem Lichtschalter. Da war es also wieder, mein „Zuhause". Ich fühlte mich eigentlich recht wohl hier in meinen vier Wänden. In der Küche machte ich mir eine Tasse Tee und setzte mich gemütlich auf meine Couch. Ich war noch überhaupt nicht müde, aber das war ja auch kein Wunder, schließlich hatte ich ja heute Nachmittag zwei Stunden geschlafen. Ich kramte eines meiner Bücher aus meinem Koffer, um noch ein wenig zu lesen. Aber vorher wollte ich noch diesem Jörn eine SMS schicken und ihm sagen, dass es mir in „seinem" Tessin sehr gut gefällt. Ich suchte die Nummer und schickte ihm eine Nachricht. Dann steckte ich meine Nase in mein Buch, aber ich konnte mich nicht recht auf den Inhalt konzentrieren. Irgendwie waren meine Gedanken nicht bei der Sache. Immer wieder schweifte ich ab und so gab ich es nach einer halben Stunde auf und nahm stattdessen meine Strickarbeit. Stricken oder vielmehr Handarbeit allgemein, war meine große Leidenschaft. Das ging fast von selbst, da musste ich nicht viel nachdenken. Ich fing also an zu stricken und hing dabei so meinen Gedanken nach. Was würde mich wohl in diesem Sommer hier so alles erwarten? Ich war gespannt. Jedenfalls hatte ich morgen noch frei, denn ich musste erst in zwei Tagen anfangen zu arbeiten.

Ich ging an diesem Abend erst ziemlich spät schlafen und stand dementsprechend am nächsten Morgen auch spät auf. Nachdem ich geduscht hatte, wollte ich eigentlich gerne frühstücken, aber außer den Überresten von meiner Zugfahrt gestern hatte ich nichts zu Hause. Also war erst einmal einkaufen angesagt. Aber wo? Ich hatte keine Ahnung, wo ich hier einkaufen konnte. Ich kannte bisher nur die Seepromenade und da gab es keine Einkaufmöglichkeit, sondern nur Lokale und Souvenir-Shops. Aber die nützten mir jetzt im Moment gar nichts. Da ich absolut nicht wusste, wohin ich mich wenden sollte und auch überhaupt keine Lust hatte, den ganzen Ort nach einer Einkaufsmöglichkeit abzusuchen, dachte ich, dass es wohl am einfachsten wäre, wenn ich im Hotel nachfragen würde. Ich machte mich also auf den Weg zum Hotel und traf dort auch prompt auf Margareta.

Sie erkannte mich gleich und begrüßte mich etwas überrascht. „Nanu, was machst denn du hier?", fragte sie, „du musst doch heute noch gar nicht arbeiten."

Ich musste lachen.

„Ja, ja", sagte ich, „das weiß ich schon, deswegen bin ich ja auch gar nicht hier, sondern weil ich fast am Verhungern bin und nicht weiß, wo ich einkaufen kann".

Jetzt musste sie lachen.

„Ja, das kann ich dir sagen", meinte sie.

Sie erklärte mir den Weg und es stellte sich heraus, dass ich das eigentlich hätte wissen müssen, denn der Supermarkt lag schräg gegenüber der Bushaltestelle, an der ich gestern ausgestiegen war. Warum nur hatte ich den nicht gesehen? Ich war wohl so aufgeregt und so auf den See fixiert, dass ich das gar nicht wahrgenommen hatte. Aber egal, auf jeden Fall wusste ich ja jetzt, wo ich hin musste. Der Weg war kurz und führte mich an der Altstadt vorbei. Noch schnell eine Straße überquert und schon war ich da. Der Supermarkt lag auf einem großen Platz, daneben ein Kiosk und die Post. Das passte ja prima. Alles Wichtige zusammen. Ich kaufte ein paar Lebensmittel ein und machte mich wieder auf den Weg nach Hause. Ich hatte mittlerweile wirklich richtig Hunger und freute mich auf mein Frühstück. Zu Hause angekommen, machte ich mir einen Tee und richtete mir alles schön auf meinen kleinen Tisch in der Küche. Ich ließ mir die frischen Brötchen schmecken und überlegte, was ich denn heute noch so anstellen wollte. Diesen letzten Tag musste man ja schließlich noch genießen. Nach dem Frühstück räumte ich noch meine letzten Sachen aus dem Koffer und verließ dann meine Wohnung. Ich wollte den Ort etwas erkunden. Ich hatte keine Ahnung, wann ich das nächst Mal einen freien Tag haben würde und so schlenderte ich den mir schon vertrauten Weg am See entlang. Und obwohl das Wetter heute nicht ganz so schön war, waren doch eine ganze Menge Leute unterwegs. Als ich ein Stück weiter ging, sah ich auch warum. Heute war Markt. Auf der Piazza herrschte ein buntes Treiben und ich ging neugierig von Stand zu Stand. Es wurde alles Mögliche angeboten und ich fand an einem kleinen Stand eine wunderschöne Tasche, die mir sehr gut gefiel. Ich kaufte sie und war total glücklich, dass ich gleich an meinem ersten Tag hier so etwas Schönes gefunden hatte. Der Markt war nicht sehr groß, sodass ich ziemlich schnell am Ende angelangt war. Was sollte ich nun tun? Ich dachte kurz nach und entschloss mich mit dem Bus nach Locarno rüber zu fahren und dort ein bisschen zu bummeln. Schließlich kannte ich dort bisher nur den Bahnhof und die Bushaltestelle. Ach nein, das stimmte ja gar nicht, das kleine Eiscafé am See unten kannte ich ja vom letzten Mal auch. Ich ging zur Bushaltestelle und stieg in den nächsten Bus, der nach Locarno fuhr. Dort angekommen, stand ich erst einmal etwas hilflos an der Haltestelle. Wo sollte ich zuerst hin? Mir fiel ein, dass ich das letzte Mal, als ich hier war, die Straße überquert hatte und geradeaus weitergegangen war. Also gut dachte ich, das war ja schon einmal ein Anfang. Ich überquerte also die Straße und ging in die mir bekannte Richtung. Neben ein paar kleineren Geschäften lag ein Selbstbedienungsrestaurant. Es sah von außen sehr einladend aus und da ich so langsam auch etwas Hunger bekam, dachte ich: Nichts wie hinein. Es war wirklich sehr schön hier. Es gab ein riesiges Buffet mit allem Möglichen und es fiel mir schwer, mich zu entscheiden. Als ich es endlich doch geschafft hatte, meinen Teller zu füllen, ging ich zur Kasse und bezahlte. Ja, und dann stand ich schon vor dem nächsten Problem. Es gab so viele Möglichkeiten, wo man sitzen konnte. An der Fensterfront entlang standen einige Tische, von wo man das Treiben auf dem Bahnhof beobachten konnte. Vor mir ging eine Treppe nach oben. Was dort war, konnte ich von hier unten nicht einsehen und im hinteren Teil gab es eine kleine, sehr ruhige Ecke. Ich entschied mich dafür, suchte mir dort einen freien Tisch und putzte meinen Teller leer. Auch ein Dessert gönnte ich mir. Nachdem ich fertig war, räumte ich mein Tablett ab. An der Wand hing ein Schild, das auf eine Toilette hinwies. Toilette, ja, da müsste ich auch noch dringend hin. Also folgte ich dem Hinweis auf dem Schild. Es führte mich diese Treppe, vor der ich vorhin schon einmal gestanden war, hinauf und von dort aus noch einmal eine Etage weiter. „Mein Gott, ist das groß", dachte ich.

Auch diese zwei Stockwerke waren sehr angenehm eingerichtet und man hatte von hier aus einen ganz anderen Ausblick in beziehungsweise auf die Stadt. Das nächste Mal, dachte ich, würde ich hier oben sitzen und die Aussicht genießen. Als ich von der Toilette zurückkam, verließ ich das Lokal mit einem vollen Bauch. Jetzt so genussvoll durch die Straßen bummeln, dachte ich, das wäre doch ein schöner Abschluss für diesen Tag. Doch irgendjemand hatte da wohl etwas dagegen, denn als ich nach draußen kam, sah es so aus, als wenn es gleich anfangen würde zu regnen. Oh nein, das musste jetzt nicht sein. Bummeln im Regen, das macht absolut keinen Spaß. Während ich noch überlegte, was ich jetzt machen wollte, fielen auch schon die ersten Regentropfen. Ein Blick zum Himmel verriet, dass es nicht nur bei ein paar Tropfen bleiben würde. Also entschied ich mich zurückzufahren. Die Bushaltestelle kannte ich ja und sie war auch nur wenige Schritte entfernt. Und man glaubt es kaum, genau in diesem Moment fuhr der Bus nach Ascona vor. Ich rannte die paar Meter zur Bushaltstelle und sprang in den Bus. Da ich bei der Hinfahrt vorhin ein Tagesticket gelöst hatte, brauchte ich mich jetzt, Gott sei Dank, nicht mehr um das Bezahlen zu kümmern. Ich suchte mir einen freien Platz und schon ging es los. Die Fahrt dauerte etwa eine Viertelstunde, und als ich ankam, beeilte ich mich nach Hause zu kommen. Es regnete mittlerweile richtig heftig und es war ziemlich kühl geworden. Ich war froh, als ich in meiner Wohnung war. Ich wollte gerade meine Haustür aufschließen, als mein Handy piepste, weil eine SMS kam. Bestimmt von meinen Kindern, dachte ich. Als ich drinnen war, musste ich zuerst einmal meinen Regenschirm versorgen. Auch meine Jacke fühlte sich etwas feucht an und ich musste mich umziehen. Ich zog mir bequeme Sachen an, schnappte mir mein Handy und ließ mich auf die Couch fallen. Mal sehen, wer da was von mir wollte. Oh, welche Überraschung. Die SMS war nicht von meinen Kindern, sondern von Jörn. Er schrieb, dass er im Moment noch in der Wintersaison war, er sich aber bei mir melden würde, wenn er ins Tessin kommt. Nun gut, dachte ich, dann warten wir mal ab, wann das sein wird. Jetzt musste ich zuerst einmal meinen neuen Job auf die Reihe bringen und der begann morgen. Ja morgen, das war gut, aber mir fiel ein, dass ich nicht wusste, wann. Das hatte ich doch tatsächlich vergessen zu fragen. Also rief ich im Hotel an, um nachzufragen und hatte prompt wieder Margareta an der Strippe.

Sie musste lachen und meinte: „Ja, du schon wieder!"

Ich musste auch lachen und sagte: „Ja, nachdem ich nun eingekauft und mir den Bauch vollgeschlagen habe, müsste ich nur noch wissen, wann ich morgen zum Arbeiten kommen soll."

Ich hörte am anderen Ende nur noch ihr schallendes Gelächter. Nachdem sie sich wieder beruhigt hatte, sagte sie: „Warte kurz, ich sehe auf dem Dienstplan nach." Einen Moment später war sie schon zurück und sagte: „Du stehst ab 14 Uhr im Plan."

„Oh, das ist gut", sagte ich. „Ich danke dir, bis morgen dann."

„Ja, bis morgen."

Ich schlief auch in dieser Nacht wunderbar und als ich am nächsten Morgen aufwachte, freute ich mich total auf meinen Job, der heute begann. Nach einem kleinen Frühstück und einem etwas ausgiebigeren Mittagessen machte ich mich auf den Weg zur Arbeit, neugierig, was mich erwarten würde. Ich wurde, man glaubt es kaum, von Margareta in Empfang genommen. Sie begrüßte mich herzlich und wir mussten schon wieder lachen, als wir uns sahen. Sie nahm mich mit in ihr „Revier", nämlich die Rezeption und rief von dort aus die Chefin an, um ihr zu sagen, dass ich da bin. Ich musste auch nur kurz warten, da rauschte die Chefin herein und begrüßte mich freundlich. Sie nahm mich unter ihre Fittiche und zeigte mir das Haus, wo die Umkleideräume waren und wo ich meine frisch gebügelte Arbeitskleidung finden würde. Ich zog mich gleich um und dann ging es los. Aufgeregt war ich schon ein bisschen, schließlich war es doch etwas anderes als das, was ich bisher gemacht hatte. Dazu noch in einem fremden Land mit einer fremden Sprache. Aber ich hatte es mir so ausgesucht und jetzt musste ich sehen, wie ich damit zurechtkommen würde. Aber als ich unten im Restaurant stand und diesen gigantischen Blick auf den See hatte, war ich wieder einmal überwältigt. Es war einfach ein Traum.

Plötzlich hörte ich die Stimme des Chefs, der auch gleich darauf hereinkam.

„Hallo, Denise!", rief er mir schon entgegen, kam auf mich zu und begrüßte mich.

Und da war wieder das zufriedene Gefühl, das ich schon von Anfang an bei ihm gehabt hatte. Man sah es ihm an, dass er sich freute mich zu sehen und mir ging es genauso. Wir unterhielten uns kurz miteinander, als auf einmal von draußen die Kellnerin, die ich damals bei meinem Vorstellungsgespräch hier gesehen hatte, herein kam und mir als Maria vorgestellt wurde. Sie war Italienerin und sprach nur wenig deutsch, aber sie lächelte mich sympathisch an und ich fand sie ziemlich nett. An der Theke wurde mir noch eine weitere Mitarbeiterin vorgestellt, sie hieß Samira und war Portugiesin. Auch sie sprach nur Italienisch und kein Deutsch. Na prima, dachte ich, das kann ja lustig werden. Aber wie sich ziemlich schnell herausstellen sollte, war sie eine Frohnatur – immer guter Laune und jederzeit zu einem Scherz aufgelegt. Die Sprachprobleme mit ihr waren weit geringer als ich zu Anfang gedacht hatte und konnten immer mit einem Lachen beseitigt werden. Wir lernten beide voneinander und lachten uns oft halb kaputt über unsere Probleme mit der Aussprache. Der erste Arbeitstag ist natürlich meistens von gegenseitiger Neugier geprägt und man versucht über den anderen etwas zu erfahren. So auch bei uns. Sie fragte mir gestenreich ein Loch in den Bauch und ich versuchte mit Händen und Füßen ihre Fragen zu beantworten. Es war wirklich sehr lustig und obwohl es noch nicht viel zu tun gab, verging dieser erste Tag trotzdem wie im Fluge. Maria zeigte mir die Abläufe im Restaurant und versuchte mir, ebenfalls mit Händen und Füßen, so manches zu vermitteln. Auch wir beide mussten oft über uns lachen, aber obwohl ich sie von Anfang an eigentlich sehr nett gefunden hatte, hatte ich das Gefühl, bei ihr vorsichtig sein zu müssen. Aber im Moment war alles in Ordnung und ich war froh, als ich meinen ersten Arbeitstag überstanden hatte und gegen 21 Uhr nach Hause gehen konnte. Ich verabschiedete mich, warf noch einen Blick auf den Dienstplan, der mir sagte, dass ich morgen um die gleiche Zeit arbeiten musste, und verließ das Hotel. Es war auch heute Abend wieder ziemlich kühl draußen, deshalb zog ich meine Jacke etwas enger an mich und lief wieder am See entlang nach Hause und es war auch heute ein schönes Gefühl, nach Hause zu kommen. Es war total verrückt. Jetzt war ich gerade mal zwei Tage hier und ich fühlte mich in meiner Wohnung wirklich schon zu Hause. Ich schlief auch in dieser Nacht wie ein Bär.

Der nächste Tag begann wie der letzte auch. Nachdem ich aufgestanden war, ging ich schnell unter die Dusche und danach frühstückte ich eine Kleinigkeit. Ich hatte keine Lust, heute in die Stadt zu gehen und da ich ja gestern großzügig eingekauft hatte, war das auch nicht zwingend notwendig und so blieb ich zu Hause. Da die Sonne ein wenig durch mein Küchenfenster schaute, öffnete ich meine Balkontüre und ließ sie großzügig herein. Es war herrlich. Ich nahm mir eine Decke und mein Buch und setzte mich auf meinen Balkon. Ich fing an zu lesen, aber ich konnte mich nicht so richtig darauf konzentrieren, denn unten auf der Straße war so einiges los. Die Sonne lockte die Menschen nach draußen und es herrschte ein reges Treiben. Es war interessant zuzusehen. So legte ich nach kurzer Zeit mein Buch beiseite und beobachtete lieber die Leute. Es war spannend. Ab und zu drangen ein paar Wortfetzen zur mir auf den Balkon oder man konnte ein schallendes Lachen hören. Die Menschen freuten sich und ich freute mich mit ihnen. Ich fühlte mich einfach rundherum wohl und hätte wohl den ganzen Tag hier auf meinem Balkon verbringen können, wäre da nicht die Arbeit gewesen. Nachdem ich mir ein leckeres Mittagessen zubereitet hatte, ging ich um 14 Uhr zur Arbeit. Es war schon sehr bequem, dass ich nur fünf Minuten brauchte, um dorthin zu kommen. Einmal kurz über die Piazza gehuscht und schon war ich da. Heute wusste ich ja auch schon, wo ich mich umziehen musste und fand auch gleich den Weg dorthin. Und es war genauso, wie mir die Chefin gestern gesagt hatte, die frisch gebügelte Arbeitskleidung hing am Haken und ich brauchte nur hineinzuschlüpfen. Perfekt! Ich zog mich also um und ging hinunter in das Restaurant, in der Annahme dort wieder meine Kolleginnen von gestern zu treffen. Aber dem war nicht so. Schon während ich die Treppe hinunter ging, hörte ich von unten Stimmen. Die eine kannte ich, das war Samira, das

Thekenmädchen, aber die andere war mir fremd. Ich betrat das Restaurant und Samira sah mich auch gleich. Sie rief mir schon von weitem lachend etwas zu. Dann sagte sie kurz etwas zu der anderen Kollegin und als ich bei den beiden angekommen war, wurde ich von dieser auch gleich begrüßt – zu meiner großen Überraschung sogar auf Deutsch. Das hatte ich nicht erwartet und war etwas verblüfft, aber natürlich auch froh, dass es jemanden hier gab, der meine Sprache spricht. Wir stellten uns vor. Meine deutsch sprechende Kollegin hieß Hannelie und war Holländerin. Es war wirklich fast nicht zu glauben. Wir verstanden uns vom ersten Augenblick an super, aber ich konnte damals noch nicht erahnen, welch großartige Freundschaft daraus entstehen sollte. Für den Moment war ich einfach nur froh und glücklich, dass ich mit ihr in meiner Sprache sprechen konnte. Es war wieder nicht sehr viel los an diesem Tag und so hatten wir Zeit, miteinander zu reden. Es stellte sich heraus, dass sie schon seit vier Jahren hier arbeitete und sich somit natürlich bestens auskannte. Sie konnte mir vieles erklären, was ich gestern bei der Arbeit mit Maria nicht so ganz verstanden hatte. Und so verging auch mein zweiter Arbeitstag wie im Flug und auch an diesem Abend konnten wir schon recht früh nach Hause gehen. Hannelie und ich verließen gemeinsam das Hotel, mussten uns dann aber gleich trennen, denn unsere Wohnungen lagen genau in entgegengesetzter Richtung. So verabschiedeten wir uns also und gingen nach Hause.

„Bis morgen dann", sagte Hannelie.

„Ja, bis morgen", sagte auch ich, denn wir hatten morgen wieder die gleiche Schicht und würden uns also wiedersehen.

So vergingen die ersten Wochen. Hannelie und ich arbeiteten sehr oft zusammen und verstanden uns einfach super. In der Zwischenzeit kamen noch einige Kolleginnen dazu und irgendwann war unser Team komplett. Wir waren eine bunt gemischte Truppe aus fünf Nationen und verstanden uns alle untereinander recht gut, aber Hannelie war mir trotz allem die Allerliebste von allen. Dass wir auf derselben Wellenlänge waren, hatten wir ja ziemlich schnell gemerkt, aber als wir eines Tages dann herausgefunden hatten, dass wir auch noch am selben Tag Geburtstag hatten und nur ein Jahr auseinanderlagen, war schon der Oberknaller.

So ging die Zeit dahin. Das Wetter wurde immer schöner und beständiger und dadurch kamen auch immer mehr Gäste, deshalb hatten wir auch immer mehr zu tun. Die Arbeitszeiten wurden länger, aber egal, was auch geschah, es war einfach wunderschön zu arbeiten und ich fühlte mich auch nach Wochen immer noch pudelwohl in meiner Haut. Das Einzige, was mir nicht gefiel, war mit der Zeit meine Wohnung. Das heißt, es war eigentlich nicht die Wohnung an sich, sondern die Lage der Wohnung und das Drumherum. Im hinteren Teil des Hauses lebte die Tochter meiner Vermieter, die gerade Zwillinge bekommen hatte und der vordere Teil meiner Wohnung ging ja zur Fußgängerzone hin und da war jetzt natürlich auch immer mehr Betrieb und vor allem auch nachts. Es war zum Verrücktwerden. Entweder schrien hinten die Babys oder vorne auf der Straße war Lärm. Es gab so manche Nacht, wo ich kaum schlafen konnte und war dann am nächsten Tag natürlich todmüde, wenn ich zur Arbeit gehen musste. Ein paar Tage mag man das aushalten, aber nicht auf Dauer. Meine Arbeit forderte immer mehr Einsatz von mir und ich musste einfach ausgeschlafen sein. So ging es jedenfalls nicht mehr weiter.

Als ich wieder einmal völlig übermüdet zur Arbeit kam, fragte mich Hannelie: „Was ist denn mit dir los?"

Und ich erzählte ihr von dem Chaos, das bei mir herrschte und dass ich einfach nicht schlafen konnte. Ich sagte, eigentlich mehr aus Verzweiflung als im tierischen Ernst, dass ich eine andere Wohnung brauchen würde – aber woher sollte ich die denn nehmen? Aber Hannelie nahm das völlig ernst und sagte, dass sie sich darum kümmern würde. Ich hatte keine Ahnung, wie sie das anstellen wollte, aber wenn sie das hinbekommen würde, sollte mir das recht sein, denn ich wäre wirklich sehr glücklich darüber. Ich konnte es mir zwar nicht vorstellen, aber es sollte tatsächlich passieren, und zwar schneller, als ich mir das nur je hätte vorstellen können, nämlich zwei Tage später.

Sie kam zur Arbeit und sagte: „Denise, du kannst dir an deinem freien Tag eine Wohnung anschauen, wenn du willst."

Ich sah sie ziemlich verdutzt an und wusste nicht, ob das ein Scherz sein sollte.

Sie musste lachen und meinte: „Nein, das meine ich ernst!"

Sie hatte wirklich eine Wohnung für mich gefunden, das war ja unglaublich. Und sie erzählte mir, wie sich das zugetragen hatte. Ich war völlig aus dem Häuschen und konnte es kaum glauben, aber es war tatsächlich wahr. Und so begleitete sie mich an meinem freien Tag zu dieser Wohnung. Sie hatte an diesem Tag Frühdienst, da eines unserer Frühstücksmädchen ausgefallen war, und somit schon am Nachmittag Feierabend. Die Dame, die mir diese Wohnung zeigen wollte, war eine Bekannte von Hannelie. Sie hieß Barbara und arbeitete für den Vermieter dieser Wohnung. Hannelie hatte mit ihr einen Treffpunkt ausgemacht und schleppte mich dorthin. Die Wohnung lag circa 10 - 15 Minuten Fußweg vom Hotel entfernt, aber das störte mich nicht. Das war jeden Tag ein schöner Spaziergang für mich, und wenn ich dafür eine ruhige Wohnung haben würde, völlig in Ordnung. Auf dem Weg zu unserem Treffpunkt fragte ich sie, wie die Wohnung denn aussehen würde, aber sie konnte mir darüber nicht viel sagen, da sie diese selber nicht kannte. Sie hatte wohl nur mit Barbara darüber gesprochen, dass ich eine andere Wohnung brauchen würde und dann hatte ihr Barbara diesen Vorschlag gemacht. Also, war nicht nur ich jetzt neugierig auf diese Wohnung, sondern auch Hannelie. Nach kurzem Fußweg kamen wir an unserem Treffpunkt an. Barbara war schon da und Hannelie begrüßte sie. Sie stellte mich vor und wir machten uns auf den Weg. Die Wohnung lag im obersten Stockwerk eines Wohnblocks. Das war schon einmal etwas, was mir nicht so gut gefiel und ich war etwas enttäuscht darüber, als wir vor dem Haus standen und ich diese nichtssagende Fassade sah. Aber ich ließ mir nichts anmerken und wir fuhren mit dem Aufzug nach oben. In diesem obersten

Stockwerk lagen zwei Wohnungen, die diesem Vermieter gehörten. Er benutzte im Moment eine davon als Ferienwohnung, wenn er hier am See war, denn er selbst wohnte nicht ständig hier. Die andere Wohnung war nicht vermietet und stand derzeit leer. Das wiederum war natürlich sehr erfreulich, denn das bedeutete, dass ich, wenn er nicht hier war, hier oben ganz alleine wäre. Das gefiel mir dann wieder sehr gut und relativierte den Wohnblock etwas. So jagten die Gedanken durch meinen Kopf, während Barbara die Tür aufschloss. Sie zeigte uns die Wohnung und was ich sah, gefiel mir ausnehmend gut. Es war unglaublich: eine riesige Penthouse-Wohnung mit Dachterrasse rundherum und Schwimmbad und Sauna im Keller. Von jedem Zimmer aus, sogar vom Badezimmer, kam man nach draußen. So etwas hatte ich noch nie gesehen und ich war ziemlich überwältigt. Hier durfte ich wohnen, das war ja mega cool. Ich freute mich riesig. Barbara und Hannelie sahen mich an und Hannelie fragte: „Und, ist das etwas für dich?"

Ich sah sie an, als wenn sie von einem anderen Stern käme. Was heißt da „… ist das etwas für dich? …" Ja, und wie das etwas für mich war! Natürlich. Yippie Hurra. Ich würde am liebsten sofort hier bleiben. Ich hätte Luftsprünge machen können vor lauter Freude. Ich malte mir schon in Gedanken aus, wie ich hier auf dieser tollen Dachterrasse den Sommer verbringen würde. Es war eine grandiose Vorstellung.

„Gut", sagte Barbara, „dann sage ich dem Vermieter Bescheid, dass du die Wohnung haben möchtest, und mache den Mietvertrag fertig. Ich sage Hannelie Bescheid, wenn alles vorbereitet ist."

Ja, das hörte sich gut an und genau so war es dann auch. Zwei Tage später, ich hatte mit Hannelie zusammen Frühdienst, sagte sie mir, dass Barbara angerufen hatte und ich heute Abend schnell bei ihr vorbeischauen sollte, um den Mietvertrag zu unterschreiben und den Schlüssel abzuholen. Ja, super, das passte ja optimal. Meinem Chef, der ja meine jetzige Wohnung für mich organisiert hatte, hatte ich schon vor einer Woche gesagt, dass ich mich nach einer anderen

Wohnung umschauen würde, da es mir in dieser Wohnung zu laut war. Ich konnte jetzt schon nachts kaum schlafen, wie sollte das dann im Sommer werden, wenn wir Hochsaison hatten und sich hier Tausende von Touristen durch die engen Gassen drängten, die die Nacht zum Tage machten? Nein, das wollte ich mir gar nicht vorstellen, vorher musste ich hier weg sein. Er war zwar etwas überrascht, aber er zeigte auch Verständnis dafür.

Nach dem Arbeiten machte ich mich also in Begleitung von Hannelie auf den Weg zu Barbara. Sie hatte alles vorbereitet, ich unterschrieb den Mietvertrag, bezahlte die erste Miete und bekam den Schlüssel zu meiner Wohnung. Ich war superglücklich. Nun konnte ich einziehen. Doch da zeigte sich schon das nächste Problem: Wie sollte ich mein Gepäck nur dorthin bringen? Es lagen gut 15 Minuten Fußweg zwischen den Wohnungen und da ich ja mit dem Zug angereist war und kein Auto hatte, musste ich mir jetzt etwas einfallen lassen. Als wir uns von Barbara verabschiedet hatten und wieder unten auf der Straße standen, fragte ich Hannelie, ob sie eine Ahnung hatte, wie ich mein Gepäck dorthin bringen könnte.
Sie sah mich an, fing an zu lachen und sagte: „Ja, mit meinem Auto natürlich."
Ich war total verblüfft.
„Du hast ein Auto?"
Ich kam aus dem Staunen nicht heraus. Das wusste ich nicht. Nun arbeiteten wir schon einige Wochen zusammen und ich wusste noch nicht einmal, dass sie ein Auto hatte. Aber da wir nun einmal auf der Piazza, die autofrei war, arbeiteten und auch sonst in unserem täglichen Leben kein Auto brauchten, war das bisher einfach nicht aufgefallen. Aber das war natürlich prima. Und da wir am nächsten Tag auch noch zusammen Frühdienst hatten, verabredeten wir uns gleich für den nächsten Abend. Wir verabschiedeten uns und ich ging freudestrahlend nach Hause und fing sofort an, Koffer zu packen.

Am nächsten Morgen beim Arbeiten fragte sie dann: „Und hast du alles gepackt, können wir heute starten?"

Und wie wir das konnten! Die Koffer hatten sich fast von alleine gepackt, so froh war ich, dass ich ausziehen konnte. Und so kam es dann auch. Nach dem Arbeiten holte Hannelie ihr Auto und wir transportierten mein Gepäck zu meiner neuen Wohnung. Wir packten alles in den Aufzug und fuhren nach oben. Ich schloss meine Wohnung auf und freute mich meines Lebens. Es war einfach nur schön hier. Hannelie schnappte sich einen meiner beiden Koffer und schleppte ihn hinein. Ich kam mit dem anderen nach.

Wir stellten sie ab und stürmten auf die Terrasse, denn nicht nur mir gefiel es hier oben ausgesprochen gut, sondern auch sie meinte: „Also, hier könnte ich es auch aushalten!"

Wir machten es uns gemütlich und unterhielten uns. Es war das erste Mal, wo wir wirklich richtig Zeit hatten, um miteinander zu reden, da wir uns bis jetzt immer nur beim Arbeiten gesehen hatten und dort private Gespräche doch nur sehr bedingt möglich waren. Wir verbrachten einen wunderschönen Abend in meiner neuen Wohnung und Hannelie erzählte mir aus ihrem Leben. Es faszinierte mich sehr, denn was diese Frau schon alles erlebt und getan hatte, fand meinen ganzen Respekt. So erfuhr ich zum Beispiel, dass sie schon zehn Jahre hier am See lebte und sich deshalb hier natürlich auch erstklassig auskannte. Und in den Genuss dieser Ortskenntnisse sollte ich in der folgenden Zeit noch öfters kommen. Aber jetzt saßen wir erst einmal hier bei mir und ließen es uns gut gehen. Die Zeit verging wie im Fluge und so langsam bekamen wir Hunger. Das war gut so, denn ich hatte sowieso vorgehabt sie zum Dank für ihre Hilfe zum Essen einzuladen und so machten wir uns auf den Weg. Da sie sich gut auskannte, überließ ich es ihr, ein Restaurant auszusuchen. Es war ein italienisches Restaurant auf der Piazza. Wir suchten uns einen kleinen Tisch am Fenster und bestellten unser Essen und die Getränke.

Nachdem der Kellner, seltsamerweise gab es in diesem Lokal auch tatsächlich nur Kellner und keine Kellnerinnen, unsere Getränke serviert hatte und wir auf unser Essen warteten, sagte Hannelie: „Und, was hat dich ausgerechnet hierher ins Tessin verschlagen?"

„Ja, das ist eine Geschichte für sich", sagte ich, und dann erzählte ich ihr von meiner verkorksten Wintersaison und von Jörn.

Sie musste lachen, als ich ihr von seiner Schwärmerei fürs Tessin erzählte.

„Ja, ja", meinte sie, „das Tessin hat schon was, nicht wahr?"

Das, was ich bisher davon gesehen hatte, konnte sich wirklich sehen lassen, da war ich absolut ihrer Meinung, aber ich wusste an diesem Abend noch nicht, wie viel ich davon noch zu sehen bekommen würde. So verbrachten wir einen wunderschönen Abend zusammen und dieser sollte der Auftakt für noch viele weitere gemeinsame Abende sein, denn aus dem anfänglichen „sich nur gut verstehen" entwickelte sich eine wunderbare Freundschaft. Uns verband viel miteinander und wir waren wie zwei Schwestern. Aber auch der schönste Abend geht irgendwann einmal zu Ende, so auch bei uns. Nachdem wir gut gegessen und uns natürlich auch noch ein leckeres Dessert gegönnt hatten – man gönnt sich ja schließlich sonst nichts –, machten wir uns auf den Weg. Und da ich ja jetzt in die andere Richtung musste als vorher, konnten wir am Feierabend auch noch ein gutes Stück gemeinsam unseren Nachhauseweg gehen. Als wir an ihrer Wohnung angekommen waren, verabschiedeten wir uns und ich bedankte mich noch einmal für ihre Hilfe. Dann ging ich das letzte Stück alleine bis zu meiner neuen Wohnung. Ich fuhr wieder mit dem Aufzug hinauf und betrat mein kleines Reich. Eigentlich hatte ich mir vorgenommen die Koffer auszupacken, aber ich hatte keine Lust mehr dazu. So suchte ich mir nur schnell ein paar Sachen heraus, die ich für die Nacht brauchte und ging schlafen. Und da ich die nächsten zwei Tage frei hatte, brauchte ich auch keinen Wecker zu richten. Das war ein schönes Gefühl. Ich liebte diese Tage, an denen ich frei hatte oder auch meinen Spätdienst, da ich da morgens schlafen konnte, bis ich wirklich ausgeschlafen war und nicht bis irgend ein dummer Wecker mir sagte, dass ich jetzt ausgeschlafen haben musste. Ich hasse das. Aber wie gesagt, mir standen zwei freie Tage bevor, auf die ich mich sehr freute und so konnte ich das Kofferauspacken getrost auf morgen verschieben. Ich hüpfte ins Bett und schlief auch sofort ein. Am nächsten Morgen ging ich zuerst einmal auf Entdeckungsreise in meiner Wohnung und inspizierte die Küche. Aber welchen Schrank auch immer ich öffnete, er war voll. Es war einfach alles da, was man in einer Küche so brauchte. Das gefiel mir sehr und ich richtete mir gleich mein Frühstück. Nach dem Frühstück sprang ich unter die Dusche und dann fing ich an meine Koffer auszupacken. Ich konnte alles gemütlich angehen, denn ich hatte ja Zeit. Nachdem der Himmel am Morgen noch sehr bedeckt war, wurde es gegen Mittag immer schöner und die Sonne war schon angenehm warm. So beschloss ich etwas nach draußen zu gehen und das schöne Wetter zu genießen. Auspacken konnte ich auch noch heute Abend, wenn ich wieder zu Hause war. Draußen in der Sonne war es wirklich sehr angenehm warm und ich wollte ein wenig zum See hinunter laufen und mich irgendwo faul in die Sonne zu pflanzen. Ich hatte mein Buch dabei und verbrachte einen schönen ruhigen Nachmittag. Immer wieder legte ich mein Buch zur Seite und streckte mein Gesicht in die Sonne. Es war einfach wunderschön, die warmen Sonnenstrahlen auf der Haut zu spüren und ich hing meinen Gedanken nach. Was hatte ich doch für ein Glück gehabt, hier zu landen. Ich genoss diesen Augenblick in vollen Zügen, bis ich auf einmal von meinem Handy aus meinen Tagträumen gerissen wurde, da ich eine SMS von meinen Kindern erhalten hatte. Sie wollten wissen, wie es mir so geht, mit der Arbeit und ob es mir gefällt und so weiter. Ich schrieb zurück, dass ich gerade erst in meine neue Wohnung gezogen bin und ich es jetzt einfach nur noch schön hatte, dass ich mich dort super wohlfühlte und mein Leben einfach ein Traum war. So ging es eine Weile hin und her, bis alles gesagt war. Sie drückten mir weiterhin die Daumen, dass auch alles so schön bleibt. Dann war wieder

Stille um mich herum und ich las noch etwas in meinem Buch, als eine halbe Stunde später mein Handy sich erneut meldete. Nanu, dachte ich, haben die Kinder etwas vergessen? Aber es waren nicht meine Kinder und ich traute meinen Augen kaum: die SMS war von Jörn. Er schrieb mir, dass er seit gestern auch wieder hier im Tessin war und im Moment mit ein paar Freunden zusammen in einem kleinen Lokal saß und fragte mich, ob ich denn nicht Lust hätte, vorbeizukommen. Er beschrieb mir, wo das Lokal war und ich konnte es wirklich kaum glauben, denn es lag drei Häuser neben meiner Wohnung. War das tatsächlich alles möglich? Ich war etwas verwirrt in meinem Kopf. So viele Zufälle auf einmal! Ich dachte kurz darüber nach. Jörn, das war Erinnerung pur an meine katastrophale Wintersaison. Er konnte natürlich nichts dafür, war aber unweigerlich in meiner Erinnerung damit verbunden. Aber – eben nicht nur, denn ich hatte es ihm zu verdanken, dass ich jetzt hier war, denn ohne sein „Dann musst du halt zu uns ins Tessin kommen!", wäre ich wohl nie hier gelandet, und dafür war ich ihm unendlich dankbar. Und das wollte ich ihm auch gerne persönlich sagen. Also schrieb ich eine SMS zurück, dass ich in einer halben Stunde dort sein würde. Ich packte mein Buch ein und ging nach Hause. Dort zog ich mich um und machte mich ein bisschen zurecht. Dann ging ich los und suchte nach dem Lokal. Von meiner Wohnung aus eins, zwei, drei und schon war ich da. Als ich draußen vor dem Lokal stand, dachte ich kurz darüber nach, ob ich ihn denn überhaupt noch erkennen würde, schließlich war es ja nun doch schon einige Zeit her, als ich ihn das letzte Mal gesehen hatte, dazu noch eingemummelt in dicke Winterkleidung. Na, ja, ich musste es darauf ankommen lassen. Ich ging an einer kleinen Terrasse vorbei, auf der einige kleine Tische standen, an denen ein paar Männer saßen und betrat das kleine Lokal. Ich blieb an der Tür stehen und sah mich um. Es war nicht besonders groß und außer ein paar Gästen an der Theke auch sonst niemand da. Ich war etwas irritiert. Sollte er vielleicht einer dieser Männer da draußen sein, an denen ich vorbeigegangen war? Hatte ich ihn nicht erkannt?

Ich stand etwas verloren da und überlegte, was ich jetzt tun sollte, als auf einmal eine Tür im hinteren Teil des Gastraumes auf ging und ein Mann herauskam. Er kam direkt auf mich zu, aber ich achtete nicht weiter auf ihn, denn ich wollte mich gerade umdrehen und wieder hinausgehen, um mir die Männer auf der Terrasse noch einmal anzusehen, als ich diesen Mann plötzlich meinen Namen rufen hörte. Zuerst stand ich wie angewurzelt, denn ich war total überrascht. Dann drehte ich mich langsam um und da stand er nun. Er war der Mann, der aus dieser Tür im hinteren Teil des Gastraumes gekommen war. Ich stand wie vom Donner gerührt. Das konnte doch wohl nicht wahr sein! Ein Mann wie aus dem Bilderbuch: Groß, schlank, braun gebrannt mit strahlend blauen Augen. So stand er da und lachte mich an.

„Hey, Denise!", rief er fröhlich. „Welch Freude dich zu sehen!"

Ich stand da, schaute ihn an und brachte kein Wort über meine Lippen. Er kam die letzten Schritte auf mich zu, nahm mich in den Arm und küsste mich überschwänglich rechts und links auf die Wange. Ich ließ es willenlos über mich ergehen, ich war total geschockt. So umwerfend hatte ich ihn nicht in Erinnerung. Was war nur los mit mir?

Nachdem er mich wieder losgelassen hatte, fiel ihm wohl meine Unsicherheit auf, denn er fragte: „Hey, Denise, alles in Ordnung mit dir?"

„Äh, ja, ja", stammelte ich und rang um Fassung. Allein wie der mich ansah ... So eine Situation hatte ich in meinem ganzen Leben noch nicht erlebt, dass mich eine Begegnung mit einem Mann so von der Rolle gehauen hat. Ich wusste nicht, was ich sagen oder tun sollte. Ich war einfach nur fasziniert von dieser Ausstrahlung.

Aber er rettete die Situation, in dem er einfach den Arm um mich legte und sagte: „Komm, ich sitze draußen mit ein paar Kollegen, denen möchte ich dich gerne vorstellen." Und schon schob er mich sanft zur Tür hinaus.

Ich hing in seinem Arm und die Nähe zu ihm raubte mir fast den Atem. Er roch unverschämt gut nach einem tollen

Parfüm und alles an ihm strahlte Männlichkeit aus. Was war denn nur los mit mir? So etwas gab es doch gar nicht. Jedenfalls nicht bei mir. Ich ging mit weichen Knien neben ihm her. Er steuerte zielgenau auf einen der kleinen Tische zu, an dem eine Handvoll Männer saßen, zog mich noch ein wenig enger an sich heran und sagte: „Hey Jungs, das ist Denise, von der ich euch erzählt habe.

Ein wohlwollendes Gemurmel ging durch die Runde und ich wurde mit großem „Hallo!" begrüßt.

Mir war ganz schwindelig im Kopf. Hatte ich das eben richtig gehört, er hatte den Jungs von mir erzählt? Ich wusste im Moment gar nicht, wie ich das finden sollte. Aber ich hatte auch keine Zeit lange darüber nachzudenken, denn die Jungs, das waren Antonio, Riccardo, Felipe und Mango – Mango hieß eigentlich Maurizio, aber, weiß der Himmel warum, alle nannten ihn nur Mango – verwickelten mich gleich in ein angeregtes Gespräch. Sie waren sehr angetan von mir und fragten mir ein Loch in den Bauch. Es wurde ein sehr lustiger Nachmittag und wir hatten wirklich viel Spaß miteinander. Die Jungs scherzten mit mir, als würden wir uns schon ewig kennen und wären die besten Freunde, nur Jörn war etwas ruhig. Er saß direkt neben mir, lehnte sich aber oft in seinem Stuhl zurück und wenn ich mich nach ihm umdrehte, sah ich, dass er sehr nachdenklich war. Aber ich hatte nicht viel Zeit darüber nachzudenken. Immer wenn die Unterhaltung etwas weniger wurde, fiel garantiert einem wieder ein neuer Blödsinn ein, über den wir uns halb totlachen konnten. Es war wirklich ein sehr vergnüglicher Nachmittag. Mir gefiel die Gegenwart der Jungs und ihre Art mich ständig zum Lachen zu bringen.

So verging die Zeit viel zu schnell. Mittlerweile war es schon Abend geworden und Antonio, Riccardo und Felipe verabschiedeten sich, denn sie sollten alle zum Abendessen zu Hause sein. Mango scherzte auch darüber schon wieder und meinte, dass brave Jungs schön folgsam zu ihren Frauen nach Hause müssten, bevor sie Ärger bekämen. Ich bedauerte es fast ein bisschen, dass sich unsere Runde so schnell auflöste, aber ich hatte natürlich auch Verständnis dafür, und fand das absolut in Ordnung, dass sie jetzt zu ihren Familien nach Hause wollten. Nur Mango blieb noch, denn er hatte niemanden, der zu Hause auf ihn wartete und deshalb war es völlig egal, wann er nach Hause kam.

Ich saß nach wie vor neben Jörn, der, wie schon gesagt, die meiste Zeit in seinem Stuhl zurückgelehnt war. Plötzlich aber rutschte er nach vorne, legte seinen Arm um mich und fragte: „Hast du Hunger?"

Dabei sah er mich sehr liebevoll an. Ich war wieder völlig irritiert und wusste nicht recht, war es eher die Frage, die ziemlich unvermittelt kam, oder sein Blick. Aber ich hatte tatsächlich ein wenig Hunger und das sagte ich auch.

Sein Blick ging zu Mango hinüber und er fragte: „Mango, und du?"

Ja, Mango sowieso, so wie der aussah, konnte der immer essen. Jörn stand auf und verschwand im Lokal.

Als er weg war, grinste mich Mango breit an und meinte: „Den hat es aber ziemlich erwischt!"

Ich schaute ihn völlig verwirrt an und fragte ihn, wie er das denn meinte.

Er grinste weiterhin und sagte: „Ich kenne Jörn lange genug. Der ist doch total in dich verknallt!"

„Rede doch keinen Blödsinn!", war das Einzige, was ich darauf noch erwidern konnte, denn in diesem Augenblick kam Jörn aus dem Lokal und setzte sich wieder neben mich. Aber dieses Mal saß er nicht im Stuhl zurückgelehnt, sondern richtig neben mir. Ich spürte seine Nähe und mir wurde ganz heiß.

Plötzlich kam der Wirt, er hieß Silvio, wie ich gerade erfuhr, mit einer Platte italienischer Vorspeisen und frischem Weißbrot zu uns und stellte alles auf unseren Tisch. Dann verschwand er noch einmal kurz und kam mit Besteck zurück, das er ebenfalls auf den Tisch stellte.

„Buon appetito, ragazzi" meinte er und war wieder verschwunden. Es sah köstlich aus, was Silvio da auf die Platte gezaubert hatte.

Jörn sagte: „Ich hoffe, du magst italienische Vorspeisen."
Und wie ich die mochte! „Ich liebe sie", antwortete ich.

„Na, dann ist ja gut", meinte er, drückte mir ein Stück Weißbrot in die Hand und legte mir ein paar getrocknete, in Öl eingelegte Tomaten, ein Stück Schafskäse und ein paar Oliven auf den Teller.

„Dann lass es dir schmecken", hörte ich seine Stimme ganz nah an meinem Ohr.

Ich blickte zu Mango hinüber, der sich auch gerade seinen Teller füllte, und sah, dass der ein Grinsen im Gesicht hatte, wie es breiter wohl kaum noch möglich gewesen wäre. Ich wusste ja genau, was das zu bedeuten hatte, aber darüber wollte ich jetzt nicht weiter nachdenken.

So saßen wir nun alle drei am Tisch, aßen diese verdammt leckeren Sachen und unterhielten uns, wobei Mango und Jörn sich zwischendurch immer mal wieder kurz über berufliche Dinge austauschten, bei denen ich natürlich nicht mitreden konnte. In dieser Zeit hing ich meinen Gedanken nach und versuchte wenigstens stückweise zu realisieren, was denn heute passiert war. Plötzlich wurde ich aus meinen Gedanken gerissen, als Mango verkündete, dass er jetzt nach Hause gehen müsste. Wir hatten fast alles aufgegessen und waren angenehm gesättigt. Mango zündete sich eine Zigarette an und holte seinen Geldbeutel hervor. Er rief nach Silvio, dass er zum Kassieren kommen sollte und mir wurde schlagartig bewusst, dass ich in ein paar Minuten mit Jörn hier alleine sein würde. Nein, das ging nicht. Auf gar keinen Fall. So zog ich ebenfalls schnell meinen Geldbeutel aus meiner Tasche und sagte, dass ich auch müde sei und nach Hause gehen wollte. Und dann kam auch schon Silvio daher. Mango wollte als Erster bezahlen, als sich Jörn ihn beiseite schnappte und sagte, die Rechnung geht an ihn, was Mango sehr wohlwollend hinnahm. Mir hingegen war es nicht ganz so wohl.

Während Jörn noch am Bezahlen war, nahm sich Mango seine Jacke, rief uns ein saloppes „Ciao und grazie amico" zu und war weg.

Ich glaube, mein Blutdruck stieg innerhalb von Sekunden auf 300. Jetzt hatte ich genau die Situation, die ich vermeiden wollte – ich war mit Jörn alleine. Mir war gleichzeitig heiß und kalt und mein Herz klopfte wie wild. Seine Nähe war prickelnd ohne Ende, aber auch unerträglich. Ich musste diese Situation beenden und zwar sofort. Gerade als ich Luft holte, um ihm zu sagen, dass ich jetzt nach Hause gehen möchte, hörte ich ihn fragen: „Trinkst du noch ein Glas Wein mit mir?"

Seine Stimme hatte einen so unglaublich liebevollen Klang, wenn er mit mir sprach, dass mir immer ganz anders wurde.

Ich nahm allen Mut zusammen, sah ihn an und sagte: „Sei mir bitte nicht böse, aber das möchte ich nicht, denn ich trinke keinen Alkohol."

Das stimmte zwar, aber es war im Moment trotzdem nur die halbe Wahrheit, denn ich musste hier weg. Ich hielt das nicht aus – seine Nähe, seine Blicke, es ging einfach nicht. Zum Glück akzeptierte er das problemlos.

„Gut", sagte er, „dann bringe ich dich jetzt nach Hause, wo wohnst du?"

Ich musste lachen und sagte: „ Drei Häuser nebenan".

Er sah mich überrascht an und meinte: „Wirklich?"

„Ja, wirklich", sagte ich, „seit gestern" und ich erzählte ihm kurz von meinem Umzug hierher.

Wir standen auf, und während er mir sehr galant in meine Jacke half, kam Silvio angelaufen und verabschiedete uns. Nach einem kurzen Abschiedsplausch mit ihm gingen wir los.

Die ersten Schritte gingen wir schweigend nebeneinander her, als er plötzlich seinen Arm um mich legte. Ich zitterte und er fragte mich: „Ist dir kalt?"

Was sollte ich auf diese Frage nur antworten ... Mir war heiß und kalt abwechselnd und gleichzeitig und weiß ich was sonst noch, aber das konnte ich ja schlecht sagen. Also sagte ich: „Ja, ein bisschen."

Daraufhin zog er mich sanft ein Stückchen näher zu sich heran und ich spürte seinen warmen Körper, was nicht gerade dazu beitrug, dass mein Zittern weniger wurde. So gingen wir, wie ein altes Ehepaar, die wenigen Schritte bis zu meiner Wohnung. Er nahm seinen Arm weg und drehte mich zu sich um.

„Was machst du morgen?" hörte ich ihn plötzlich fragen. „Wollen wir uns vielleicht mittags treffen?" Er hatte nämlich morgen auch frei und das hätte natürlich gut gepasst.

Aber das würde auch bedeuten, dass ich den ganzen Tag mit ihm alleine wäre. Nein, das ging nicht! Das würde ich nicht aushalten. Wir standen uns gegenüber und ich konnte im Mondlicht sein Gesicht sehen. Mein Herz schlug bis zum Hals und ich war nicht in der Lage, etwas zu sagen. Er sah mir in die Augen und dieser Blick ging mir durch und durch. Als ich gerade meinen Mund aufmachen wollte, um ihm zu antworten, nahm er seine Hand und strich mir liebevoll eine Haarsträhne aus dem Gesicht. Diese Berührung war unsagbar zärtlich und ich schmolz dahin wie Himbeereis in der Sonne, und ehe ich auch nur irgendetwas sagen konnte, zog er mich sanft zu sich hin, nahm mich in den Arm und küsste mich. Ich versuchte erst gar nicht mehr mich dagegen zu wehren, denn es war einfach nur noch schön und ich konnte absolut nicht mehr klar denken. Dieser Kuss löste Gefühle in mir aus, die ich so noch nie erlebt hatte. Wie war das möglich? Wie konnte ein Kuss meinen Körper so in Flammen bringen? Ich kannte mich selbst nicht mehr. Was geschah nur mit mir? Mein Herz raste, meine Knie zitterten und mein Kopf war völlig ausgeschaltet. Wir hingen aneinander wie zwei Ertrinkende. Nach einer Ewigkeit trennten sich unsere Lippen wieder. Er nahm meinen Kopf in seine Arme und zog ihn zu sich an die Brust und verbarg sein Gesicht in meinen Haaren. Dabei hielt er mich fest umschlungen und ich hörte, wie er tief atmete. Die Situation war sehr erregend, und wie ich feststellte, nicht nur für mich. Aber gerade deswegen musste sie jetzt beendet werden, wenn sie nicht ganz in einer Katastrophe enden sollte. Ich musste jetzt meinen Kopf einschalten, auch wenn es mir noch so schwer fiel. Und so sehr ich den ganzen Abend über Angst davor hatte, mit ihm alleine zu sein, so sehr hatte ich jetzt Angst davor, ohne ihn alleine sein zu müssen. Aber es ging nicht anders. Wir mussten jetzt und hier aufhören. Ich versuchte mich vorsichtig aus seinen Armen zu lösen und sagte zu ihm, dass ich jetzt gehen muss.

Er antwortete mit leiser Stimme: „Ja, ich weiß, aber es fällt mir unendlich schwer, dich jetzt gehen zu lassen."

„Ja, ich weiß", sagte ich, „aber es muss sein." Ich löste mich nun vollends aus seinen Armen und war gerade zwei Schritte von ihm weggegangen, als er mich noch einmal zu sich hin zog. Er streichelte über mein Gesicht, ich schloss meine Augen und genoss diese Berührung unheimlich.

Dann sagte er: „Versprich mir, dass wir uns morgen sehen, ich kann nicht ohne dich sein." Es kam fast flehend über seine Lippen.

Ich sah in seine Augen und es breitete sich so ein warmes Gefühl in mir aus, dass ich gar nicht anders konnte, als ja zu sagen. Er sah mich überglücklich an und sagte voll Freude: „Ich hole dich ab!" Dann trennten wir uns endgültig.

Ich fuhr mit dem Aufzug nach oben in meine Wohnung. In meinem Kopf war das totale Chaos. Ich war absolut unfähig, auch nur einen klaren Gedanken zu fassen. Alles ging wild durcheinander. Meine Gedanken überschlugen sich und ich war außerstande, irgendetwas Vernünftiges zu tun. Ich ließ mich rücklings auf das Bett fallen und starrte an die Decke. Ich dachte darüber nach, was da gerade eben geschehen war. Allein der Gedanke daran brachte mein Herz zum Rasen. Ich versuchte mir auszumalen, was wohl morgen passieren würde, wenn wir uns wiedersehen. Der Gedanke daran, dass er mich wieder so küssen würde, ließ mir einen Schauer über den Rücken laufen. Es war ein unbeschreibliches Gefühl und mein Herz schlug dabei noch einen Takt schneller. Ich war total aufgewühlt und an Schlaf war nicht zu denken. Deshalb stand ich auf und ging in die Küche. Aber was wollte ich da? Ich hatte keine Ahnung. Ich drehte mich zweimal um mich selbst, in der Hoffnung irgendetwas zu sehen, was ich jetzt tun könnte, aber es gab nichts. Also ging ich wieder zurück ins Schlafzimmer. Nein, verdammt noch mal, schlafen konnte ich jetzt absolut nicht. Was sollte ich nur tun? Ich musste mich irgendwie beruhigen, aber wie? Ich rannte in meiner Wohnung herum, wie eine aufgescheuchte Henne und wusste nicht was ich tun sollte. Ich war einfach zu nichts fähig. Ich rannte zum x-ten Mal in die Küche und wieder zurück. Irgendwann fiel mein Blick auf die Uhr. Es war halb drei in der Nacht und an schlafen war noch immer nicht zu denken. Wie sollte das nur weitergehen? Wir hatten für morgen ja überhaupt keine Uhrzeit ausgemacht, wann wir uns sehen wollten und so wusste ich auch nicht, wann Jörn hier auftauchen würde. Es musste etwas geschehen, und zwar sofort. Ich ging wieder in die Küche und machte mir einen Tee. Tee war gut, dachte ich, der beruhigt dich. Ich schnappte mir die Teetasse und ging auf die Dachterrasse hinaus. Der Mond hing rund und leuchtend am Himmel und hüllte meine Terrasse in sanftes Licht. Ich setzte mich auf einen der Stühle, an denen man die Rückenlehne nach hinten klappen und so einen Liegestuhl daraus machen konnte, und nippte an meinem Tee. Er war noch ziemlich heiß und so stellte ich ihn auf einen kleinen Tisch, der neben dem Liegestuhl stand. Die Nacht war zwar nicht wirklich kalt, aber ich fröstelte etwas. Auf einem der Stühle neben mir lag eine Decke und die nahm ich mir und wickelte mich darin ein. Ja, das fühlte sich schon besser an. So lag ich in meinem Liegestuhl, nippte hin und wieder an meinem Tee und beobachtete den Mond. Die kühle Nachtluft tat meinem erhitzten Gemüt gut und mein Kopf wurde wieder etwas klarer. Denise, sagte ich zu mir, was tust du hier? Du bist in einem fremden Land mit einem fremden Kerl, den du kaum kennst und du stehst in Flammen wie ein 16-jähriger Teenager, der zum ersten Mal verknallt ist. Bist du eigentlich noch ganz normal? Diese Einwände waren ja völlig berechtigt und ich hätte sie jedem anderen genauso gesagt, aber ich konnte nichts daran ändern. Meine Gefühlswelt stand Kopf. Ja, so schnell konnte das gehen. Im Traum hätte ich nicht daran gedacht, dass mir jemals so etwas passieren konnte. Ich war hier ins Tessin gekommen, um zu arbeiten, nicht um mich zu verlieben. Ich überlegte hin und her. Was sollte das bloß werden? Ich konnte es mir im Moment nicht vorstellen. So hatte ich mein Leben nicht geplant. Das passte überhaupt nicht zu mir. Ich wollte hier einen schönen Sommer verbringen und mehr nicht. Und jetzt das. Mein Kopf und mein Verstand sagten nein, aber mein Herz sagte etwas ganz anderes. Verdammt noch mal, was für eine Situation! Und über dieser ganzen verflixten Nachdenkerei war ich dann irgendwann doch eingeschlafen.

Ich weiß nicht, wie spät es war, aber als ich aufwachte, war es heller Tag und die Sonne stand am Himmel und lachte mir ins Gesicht. Ich war völlig verwirrt, mich im Liegestuhl auf meiner Terrasse vorzufinden und musste mich erst einmal sortieren. Was um alles in der Welt machte ich hier, und vor allem wie spät war es denn? Aber in der gleichen Sekunde fiel mir alles wieder ein. Der gestrige Abend mit Jörn und dass ich mich auf die Terrasse gesetzt hatte, weil ich nicht schlafen konnte. Und dass ich heute mit ihm verabredet war und nicht wusste wann. Oh, mein Gott, wie spät war es denn jetzt? Ich sprang von meinem Liegestuhl und rannte hinein, um auf die Uhr zu sehen. Es war 10 Uhr. Ich wusste nicht, wie lange ich geschlafen hatte, aber so wie ich mich fühlte wohl eher kurz. Aber ich war jetzt total aufgedreht. Ich wusste nicht, was ich zuerst machen sollte. In meinem Kopf war ständig nur die Frage: Wann kommt er? Ich rannte in meiner Wohnung herum, unfähig einen klaren Gedanken zu fassen, als sich plötzlich mein Handy meldete. Aber wo war das? Wo hatte ich das gestern Abend nur hingelegt? Ich konnte mich gerade nicht erinnern. Also machte ich mich in Windeseile auf die Suche und fand es endlich in der Küche neben dem Wasserkocher. Da hatte ich mir doch gestern Abend den Tee gemacht und es wohl dort liegen gelassen. Aber so verwirrt, wie ich da war, war es kein Wunder, dass ich mich daran nicht mehr erinnern konnte. Auf jeden Fall war ich glücklich, als ich es gefunden hatte. Es zeigte mir eine ungelesene Nachricht an. Ich sah, dass sie von Jörn war und öffnete sie. Dabei merkte ich, wie sich ein Lächeln auf mein Gesicht schlich. Allein schon seinen

Namen zu lesen genügte, um ein schönes Gefühl in mir aus-zulösen. „Guten Morgen meine Lotusblüte, vermisse dich, kann es kaum erwarten dich wieder zu sehen. Möchte dich am liebsten gleich abholen kommen." Gleich!? In mir erwachte helle Panik. Nein, das ging auf gar keinen Fall. So wie ich hier herumlief, war ich absolut nicht salonfähig. So konnte und wollte ich ihm nicht unter die Augen treten. Das musste auf alle Fälle verhindert werden. Ich brauchte noch mindestens eine Stunde Zeit und das schrieb ich ihm dann auch zurück.

Daraufhin kam die Antwort: „Hole dich um 12 Uhr ab, freue mich auf dich."

Uff, das wäre geschafft. Bis 12 Uhr waren es noch knapp eineinhalb Stunden, das war genug. Da konnte ich in aller Ruhe duschen gehen und mich richten. Nachdem diese Zeit-frage nun geklärt war, hatte sich auch meine Panik ziemlich schnell wieder gelegt und ich dachte an die erste Nachricht, die er mir geschrieben hatte. „Lotusblüte" hatte er mich da genannt. Das hatte auch noch niemals zuvor jemand zu mir gesagt. Also, einfallsreich schien er ja jedenfalls zu sein. Und ich hatte das seltsame Gefühl, dass das noch nicht alles war. Mal sehen, was da noch so kommen wird, dachte ich. Aber jetzt schwebte die „Lotusblüte" erst einmal ins Badezimmer und verschwand unter der Dusche.

Das warme Wasser tat unendlich gut und so langsam merk-te ich, dass das Schlafen im Liegestuhl nicht das Bequemste gewesen war, denn ich fühlte mich wie gerädert. Aber da musste ich jetzt durch. Ich stieg aus der Dusche, trocknete mich ab und verwöhnte meine Haut mit einem herrlich duf-tenden Mandelöl. Dann föhnte ich mir die Haare und über-legte dabei, was ich denn anziehen wollte. Man wusste noch nicht so recht, was das Wetter machen würde. Im Moment schien zwar hin und wieder die Sonne, aber der Himmel war ziemlich bedeckt. Ich entschied mich trotzdem für ein som-merliches Outfit mit passender Jacke. Nun, nachdem die Kleidungsfrage doch ziemlich schnell entschieden war, mach-te ich mich daran, meine Wohnung etwas aufzuräumen. Vor allem mein nächtliches Lager auf der Terrasse. Ich legte die

Decke zusammen und trug die Teetasse zurück in die Küche. Eine Tasse Tee, das könnte ich jetzt auch noch vertragen, dachte ich. Und so brühte ich mir eine schöne Tasse Tee auf und setzte mich an den Küchentisch. Ich war fertig und hatte nun noch eine knappe halbe Stunde Zeit, bis Jörn kommen würde. Und da fingen die Gedanken in meinem Kopf wieder an zu kreisen. Was würde heute passieren? Was hatte er vor? Ich dachte an den gestrigen Abend mit ihm und mir wurde ganz schwindelig. Mein Gott, seine Nähe war wirklich unglaublich und gleich würde er wieder hier leibhaftig vor mir stehen. Ich merkte, wie mein Herz schneller schlug. Und ich merkte auch, dass ich mich trotz aller Ungewissheit auf ihn freute. Ich hatte so ein warmes Gefühl in mir, wie ich es niemals zuvor in meinem Leben erlebt hatte. Es war mir fast unheimlich. Ich merkte, wie ich schon wieder in meinen Gedanken gefangen war. Ich weiß nicht, wie lange ich so dasaß, aber plötzlich schreckte ich auf und sah auf die Uhr. Oh, mein Gott, es war zehn Minuten vor zwölf, gleich würde er da sein. Ich hatte noch immer meine Teetasse in der Hand, von der ich noch keinen einzigen Schluck getrunken hatte. Na, jedenfalls war er jetzt abgekühlt, sodass ich ihn schnell trinken konnte. Ich räumte die Teetasse in die Spülmaschine und rannte ins Bad. Noch ein letzter Blick in den Spiegel, dann nahm ich meine Jacke und meine Handtasche und verließ meine Wohnung.

Ich fuhr mit dem Aufzug nach unten und als ich ausstieg, merkte ich, wie nervös ich plötzlich wurde. Ich wollte am liebsten wieder umkehren. Oder doch nicht? Ich war schon wieder total durch den Wind. Aber irgendwie freute ich mich ja auch auf Jörn. Also ging ich durch die Haustür nach draußen und dabei fiel mir ein, dass ich ja gar nicht wusste, was für ein Auto er fuhr. Wonach sollte ich schauen? Aber es erübrigte sich alles, denn als ich durch die Haustür trat, sah ich, dass ein Auto direkt in der Einfahrt stand und er sich, ganz in James Dean Art, gegen die Fahrertür gelehnt hatte. Mein Herz schlug bis zum Hals und meine Knie flatterten. Denise, sagte ich mir, nimm dich zusammen. Du bist kein Teenager mehr, benutz' endlich deinen Kopf. Aber das war leichter gesagt als getan. Was sollte ich nur tun? Ich ging langsam die Treppe hinunter und in dem Moment sah er mich und kam sofort lächelnd auf mich zu. Kurz bevor ich bei ihm war, blieb ich stehen. Ich wusste einfach nicht, was ich tun sollte. Irgendwie hat ihn das wohl etwas irritiert, denn er hielt ebenfalls kurz inne und sah mich an. Aber sein Lächeln strahlte so viel Wärme aus, dass ich einfach weitergehen musste. Und dann standen wir uns gegenüber. Mein Herz klopfte so laut, dass ich dachte, er müsste es hören. Mein Hals war wie zugeschnürt und ich brachte kein Wort heraus, ich sah ihn nur an.

Sein Lächeln ließ in seinen Augen kleine glitzernde Punkte tanzen und ich hörte ihn sagen: „Guten Morgen, Kleines, hast du gut geschlafen?"

Gleichzeitig zog er mich in seine Arme und küsste mich leicht auf die Stirn. Er hielt mich einfach nur fest und das war wunderschön. Von mir aus hätte jetzt die Welt untergehen können, es hätte mir nichts ausgemacht. Aber das tat sie nicht, ganz im Gegenteil. Wie auf Kommando schob sich gerade jetzt wieder die Sonne durch die Wolken und ich spürte ihre warmen Strahlen. Das passte ja perfekt zu der Situation. Er war da und für mich ging die Sonne auf – im wahrsten Sinne des Wortes! Wir standen einige Augenblicke so da, dann schob er mich etwas von sich weg und sah mich an. Es war wieder so ein zärtlicher Blick, dass ich hätte dahinschmelzen können.

„Wollen wir gehen?", fragte er.

„Ja, gerne", antwortete ich.

Und so stiegen wir in das Auto und er fuhr los. Wohin wir fahren würden, wusste ich nicht, aber das war mir im Moment auch total egal. Ich genoss es einfach nur, neben ihm zu sitzen. Wir schlängelten uns durch die engen Straßen an das Ende der Stadt. Dort angelangt, bog er links ab. Ich hatte keine Ahnung, wohin dieser Weg führte, denn in diese Richtung war ich noch nie gefahren, auch nicht mit meiner Freundin. Wenn wir zusammen unterwegs waren, ging unsere Fahrt immer am See entlang und dann auch meistens bis nach Italien hinunter. Aber das hier war die ganz andere Richtung. Eigentlich schade, dachte ich, denn ich wäre mit ihm auch gerne am See entlanggefahren, da ich diese Strecke sehr mochte. Ich liebte diesen See nun einmal und mein geliebtes Italien ja sowieso über alles.

„Warst du hier schon einmal?", fragte Jörn und riss mich aus meinen Gedanken.

„Nein", sagte ich, „ich habe hier überhaupt keine Ahnung."

„Das habe ich mir schon gedacht", meinte er, „dann lass dich mal überraschen, ich denke es wird dir gefallen."

Er schien sich richtig Gedanken darüber gemacht zu haben, was mir gefallen könnte und was nicht. Das freute mich sehr.

Der Sonne gelang es immer besser, sich gegen die hartnäckigen Wolken durchzusetzen und es war mittlerweile angenehm warm geworden. Wir unterhielten uns nicht sehr viel, denn Jörn musste sich voll auf die Straße und den doch regen Verkehr konzentrieren. Die Straße war sehr schmal und führte in Serpentinen den Berg hinauf. Manche kamen uns mit einer Geschwindigkeit entgegen, als wären sie auf einer Rennstrecke und nicht auf einer schmalen Gebirgsstraße. Ich sah Jörn oft von der Seite her an und hätte mich am liebsten an seine Schulter angelehnt, aber das ließ ich dann doch sein, denn ich wollte nicht seine Konzentration auf den Straßenverkehr stören. So kämpften wir uns etwa zwei Stunden durch den Berg und ich bekam so langsam Hunger. Wie lange wir wohl noch fahren würden? Da ich ja keine Ahnung hatte, wohin die Fahrt gehen sollte, hatte ich auch keine Vorstellung, wie lange sie noch dauern würde und als ob Jörn meine Gedanken hätte lesen können, sagte er in genau diesem Moment: „Wir sind gleich da, es dauert nicht mehr lange."

Wir waren mittlerweile auch schon ziemlich hoch in den Bergen und man hätte meinen können, wir fahren in den Himmel hinein. Die Sonne lachte mittlerweile von einem wolkenlosen Himmel, der zum Greifen nah schien, und je höher wir kamen, desto weniger war auf der Straße los. Es sah aus, als ob wir die Zivilisation immer weiter hinter uns lassen würden und irgendwie beschlich mich ein seltsamer Gedanke und ich merkte plötzlich, wie mein Herz schneller schlug. Ich war mit einem Kerl unterwegs, den ich kaum kannte, auf einer Straße, von der ich nicht wusste, wohin sie führte und in einer Gegend, wo ich noch niemals zuvor war. Was hatte er mit mir vor? Im Moment blieb mir fast die Luft weg, bei dem Gedanken daran, dass ich ihm hier total ausgeliefert war. Mir gingen tausend Gedanken gleichzeitig durch den Kopf. Was sollte ich tun? War ich denn total bescheuert? Wie konnte ich mich nur auf so eine Sache einlassen? Warum hatte ich nicht vorher nachgefragt, wohin wir fahren würden? Warum bin ich überhaupt mitgefahren? Ich merkte, wie langsam Panik in mir hochstieg und sich in meinem Kopf alles zu drehen begann. Ich nahm nichts mehr um mich herum wahr, in meinem Gedanken jagten sich die Horrorvorstellungen.

Ich war so in meine Gedankenwelt verstrickt, dass ich nicht einmal hörte, dass Jörn etwas zu mir sagte. Erst als er mich leicht am Arm berührte, registrierte ich, wie er sagte: „Hallo Denise, alles in Ordnung bei dir?"

Ich zuckte zusammen und saß wie versteinert in meinem Sitz. Ich sah zu ihm hinüber und erst jetzt merkte ich, dass wir angehalten hatten und irgendwo im Wald standen. Die Straße schien sich im Nirgendwo aufgelöst zu haben, denn außer uns war weit und breit niemand zu sehen. Wir waren ganz alleine. Ich saß da, wie ein verschrecktes Kaninchen und wusste nicht, was ich machen sollte.

Da hörte ich ihn noch einmal sagen: „Hallo Denise, was ist los mit dir?" Er hielt mich an beiden Armen fest und drehte mich zu sich um.

Ich konnte keinen klaren Gedanken fassen. Ich wollte nur noch weg hier. Am liebsten wäre ich ausgestiegen und weggelaufen. Aber wohin? Wir standen hier mitten in der Pampa. Es war aussichtslos. Plötzlich merkte ich, wie er mich leicht schüttelte und anfing auf mich einzureden.

„Denise, was ist los, so sag doch etwas. Ist dir übel vom Autofahren oder was hast du denn? Komm, steig aus und lass uns reingehen, dort kannst du dich hinlegen."

Reingehen … hinlegen – wovon sprach der denn?

Jörn stieg aus, lief um das Auto herum und öffnete meine Tür. Erst jetzt sah ich, dass ein Stück von unserem Auto entfernt eine kleine Holzhütte stand, was meine Gedanken nicht gerade beruhigte. Als ich ihm noch immer keine Antwort gegeben hatte und ihn mit noch größeren Augen anschaute, hob er mich kurzerhand hoch und trug mich in Richtung der Hütte. Ich zitterte am ganzen Körper. Was nun? Bei der Hütte angekommen, fingerte er mit einer Hand in seiner Hosentasche herum und zog plötzlich einen Schlüssel heraus. Er schloss die Tür auf und trug mich hinein. Er lief mit mir auf den Armen in den hinteren Teil der Hütte, wo ein Bett stand. Dort legte er mich sanft ab und setzte sich neben mich. Normalerweise wäre das eine ziemlich romantische Situation gewesen, aber momentan konnte ich mit Romantik nicht wirklich etwas anfangen, denn in meinem Kopf ging alles drunter und drüber. Was jetzt? Was hat er vor mit mir?

Jörn stand auf und ging in den vorderen Teil der Hütte. Gleich darauf kam er mit einem Glas Wasser wieder zurück. Er hielt es mir hin und sagte: „Trink mal was, das wird dir gut tun, du bist ja ganz blass im Gesicht."

Normalerweise eine liebe Geste, aber mein erster Gedanke war: „Was ist da drin? Hat er da etwas hineingemischt?"

Oh, mein Gott!, dachte ich und machte keine Anstalten das Glas zu nehmen. Da schob er seine Hand unter meinen Kopf und hielt mir das Glas an die Lippen, sodass ich trinken hätte können, aber ich wollte nicht.

„Komm, trink das", hörte ich ihn noch einmal sagen und es klang wieder so liebevoll, wie ich das eigentlich von ihm gewohnt war.

„Was ist denn bloß los mit dir?"

Ja, diese Frage ließ sich nun einmal nicht so leicht beantworten. Er strich mir zärtlich eine Haarsträhne aus dem Gesicht und küsste mich ganz sanft auf den Mund. Nur ein

Hauch einer Berührung und doch durchfuhr es mich wie ein Blitz. Da war es wieder, das Gefühl wie am Abend vorher, als er mich das erste Mal geküsst hatte. Ich sah zu ihm hin und konnte sehen, dass er wirklich besorgt um mich war. Das beruhigte mich etwas und meine Gedanken wirbelten nicht mehr ganz so wild durcheinander. Er nahm meine Hand und zuckte etwas zusammen, denn sie war eiskalt. Ja, ich hatte eiskalte Hände und ich fröstelte etwas. Er stand auf, ging zu einem Schrank und kam mit einer Decke wieder zurück, mit der er mich zudeckte. Dann legte er sich vorsichtig ganz dicht neben mich und hielt mich fest. Ich spürte die Wärme seines Körpers und trotz all der wirren Gedanken in meinem Kopf fand ich seine Nähe sehr angenehm. Ich merkte, wie sich mein Körper langsam entspannte und irgendwann schlief ich ein. Jetzt machte sich wohl das Schlafdefizit der letzten Nacht bemerkbar. Als ich aufwachte, sah ich direkt in sein Gesicht, denn er lag ganz dicht vor mir und beobachtete mich. Er begrüßte mich mit einem Lächeln, welches so viel Wärme ausstrahlte, dass ich im Moment gar nicht mehr an die Situation dachte, in der ich mich befand. Es war einfach schön, in seine Augen zu schauen. Und dieser Blick, wie er mich dabei ansah, verursachte mir eine Gänsehaut.

„Hallo, mein Schatz, schön, dass du wieder da bist", hörte ich ihn sagen, „geht es dir wieder besser?"

Nachdem ich diesen liebevollen Blick gesehen hatte, ging es mir tatsächlich wieder besser und ich war mir jetzt sicher, dass meine Sorgen unbegründet waren.

„Ja", sagte ich, „es geht mir wieder besser, aber ich habe Durst."

„Das hört sich doch schon einmal gut an!", meinte er, beugte sich über mich und gab mir das Glas, aus dem ich vorher nicht trinken wollte. Jetzt nahm ich es ohne Probleme an und trank es auch in einem Zug aus. Er sah mich dabei an und ich wusste im Moment nicht, ob er ahnte, warum es mir vorhin so schlecht gegangen war. Er sagte jedenfalls nichts dazu und ich konnte ihm das nicht so ohne Weiteres erklären. Also beließ ich es dabei und sagte auch nichts. Dann setzte ich mich hin und sah mich etwas um.

„Wie kann man denn in dieser Einöde hier eine Hütte bauen?", fragte ich ihn.

Er lachte und erzählte mir, dass sie einem guten Freund von ihm gehörte, der aber momentan im Ausland unterwegs sei und er sie deshalb nutzen konnte, so oft er wollte. Aha, so war das also. Damit waren auch meine letzten Zweifel verflogen und ich konnte mich jetzt richtig freuen mit ihm hier zu sein.

So langsam merkte ich, dass ich Hunger hatte und das sagte ich ihm auch. Er stand auf, verließ die Hütte und kam kurz darauf mit einem Picknickkorb voll leckerer Sachen wieder zurück. Ich staunte nicht schlecht. Dieser Mann überraschte mich doch immer wieder.

„Komm, lass uns draußen essen!", sagte er.

Also stand ich auf und folgte ihm. Als ich aus der Hütte hinaustrat, musste ich gegen die Sonne anblinzeln, denn sie stand strahlend am Himmel. Als ich mich an das grelle Licht gewöhnt hatte, traute ich meinen Augen nicht. Vor uns lag ein blauer, kristallklarer Bergsee.

Jörn kam zu mir, legte seinen Arm um meine Schulter und fragte: „Na, gefällt es dir?"

Welche Frage – natürlich gefiel mir das. Es war traumhaft schön. Ich konnte meinen Blick gar nicht abwenden von dieser wunderschönen Kulisse. Während ich noch immer dastand und auf den See schaute, fing er an, den Picknickkorb auszupacken. Er hatte eine große Decke dabei, die er am Ufer des Sees ins Gras legte und dann „deckte" er den Tisch mit all den leckeren Sachen, die er eingepackt hatte. Ich wunderte mich wieder einmal mehr, wie toll und selbstverständlich er alles arrangierte. Wir setzten uns nebeneinander auf die Decke und begannen zu essen. Er hatte so viel eingepackt, dass ich gar nicht wusste, was ich zuerst probieren sollte. Aber er nahm mir diese Entscheidung ab, indem er mir einfach etwas in den Mund steckte und meinte, das müsste ich unbedingt probieren. Ich wusste nicht, was ich da aß, aber es schmeckte sehr gut und kaum hatte ich den Mund leer, kam schon das Nächste, was ich unbedingt probieren musste. Er fütterte mich mit den leckersten Sachen, und als wir fertig waren, war ich pappsatt. Ich streckte mich auf der Decke aus und reckte mein Gesicht in die Sonne. Jörn setzte sich neben mich und streichelte mir über die Wange. Ich dachte nach, wie spät es wohl sein könnte, denn die Sonne stand schon tief. Ich hatte keine Ahnung, wie lange wir schon hier waren, da ich nicht wusste, wie lange ich geschlafen hatte. Ich wollte ihn gerade fragen, als wir von der Ferne ein tiefes Donnergrollen hörten. Jörn schaute zum Himmel und runzelte die Stirn.

„Das hört sich nicht gut an!", meinte er. „Ich glaube, wir packen hier mal schnell zusammen."

Wir standen auf und fingen an alles wieder in den Picknickkorb zu packen, legten die Decke zusammen und trugen sie ins Haus. Es ging mittlerweile ein heftiger Wind und obwohl der Weg zur Hütte nur ein paar Meter betrug, waren wir total zerzaust, als wir drinnen ankamen. Die ganze Situation war alles andere als lustig. Er sagte, dass ein Gewitter hier oben ziemlich heftig werden konnte und wir jetzt sofort hier weg müssten. Er war total aufgeregt und trieb mich zur Eile an. Wir räumten in Windeseile die Hütte auf, trugen unsere Sachen in das Auto und fuhren los. Da draußen braute sich wirklich etwas zusammen. Der Himmel war mittlerweile schwarz wie die Nacht und die Berge sahen irgendwie bedrohlich aus. Es stürmte schon heftig und die Bäume bogen sich im Wind. Dann fielen die ersten Regentropfen und es wurde richtig ungemütlich. Immer wieder wurde das Auto von einer Windböe erfasst und hin und her gerüttelt und Jörn musste wirklich aufpassen, um nicht von der Straße zu fliegen. Wir fuhren den Weg zurück, den wir auch gekommen waren, aber es sah jetzt draußen alles ganz anders aus. Ich hätte nicht sagen können, dass mir hier irgendetwas bekannt vorkam oder dass ich hier schon einmal war. Mir kam alles fremd und unbekannt vor. Jörn hingegen schien sich gut auszukennen, denn für ihn war es kein Problem, den Weg zu finden. Es dauerte eine ganze Weile, bis wir den Wald hinter uns gelassen hatten. Auf der Straße, die schon ziemlich aufgeweicht war, lagen überall Blätter und kleinere Äste, die von den Bäumen gefallen waren. Ich hoffte nur, dass es bei den kleinen Ästen blieb und nicht irgendwo ein umgefallener Baum die Straße versperren würde. Aber wir hatten Glück und kamen gut durch und ich war mehr als froh, als wir unten waren. Hier regnete es zwar auch und es ging auch ein ziemlich heftiger Wind, aber es war absolut nicht mit dem vergleichbar, was da oben los war. Obwohl wir hier unten wieder gut angekommen waren, war Jörn merkwürdig angespannt.

Ich sah ihn an und sagte: „So, das hätten wir geschafft!"

Er sah zu mir und sagte: „ Ja, Gott sei Dank." Und das klang sehr erleichtert.

Irgendwie fand ich das etwas merkwürdig. Natürlich war das da oben keine schöne Situation und ich war ja auch froh, dass wir ohne größere Probleme durchgekommen waren, aber bei ihm klang das so, als hätten wir in Lebensgefahr geschwebt. Also so dramatisch war das ja nun aber auch nicht! Ich verstand diese Reaktion nicht so ganz. Aber gut, egal wie es war, es war auf jeden Fall vorbei.

„Wollen wir bei Silvio noch etwas trinken gehen?", hörte ich ihn plötzlich fragen.

„Oh, ja, gerne", sagte ich.

Ich hatte Silvio zwar erst gestern kennengelernt, aber ich mochte ihn und sein kleines Lokal. Wir fuhren also dorthin und parkten das Auto auf dem kleinen Parkplatz vor dem Haus. Jörn öffnete die Tür und wir traten ein. Es war nicht sehr viel los. An der Theke standen ein paar Männer, die sich unterhielten und an zwei Tischen saßen ein paar Leute beim Essen. Silvio stand hinter der Theke und zapfte gerade ein Bier, als er uns sah.

Er rief fröhlich: „Ciao amici", und war sichtlich erfreut uns zu sehen.

An der Theke waren noch einige Plätze frei und wir setzten uns. Silvio stellte das Bier, das er gerade gezapft hatte, dem Gast hin und kam zu uns.

„Schön euch zu sehen!", sagte er. „Wie geht es euch?"

Jörn sagte: „Na ja, ganz gut."

Ich sah ihn fragend an, denn das klang irgendwie bedrückt.

Silvio sah mich an und fragte: „Was hat er?"

Das wusste ich aber auch nicht. Ich hatte nur wieder einmal mehr das Gefühl, dass er sich, seit wir wieder hier unten waren, irgendwie seltsam benahm.

Ich erzählte Silvio von unserem abenteuerlichen Nachmittag. Er hörte zu und machte große Augen. Er sah oft zu Jörn hin während ich erzählte und ich hatte manchmal den Eindruck, dass er ihn fragend ansah, so als ob er eine Antwort von ihm erwartete, aber Jörn sagte nichts. Ich war so in mein Erzählen vertieft, dass ich mir aber darüber keine Gedanken machte. Als ich fertig erzählt hatte, drehte ich mich zu Jörn um und sah, dass er sehr nachdenklich auf seinem Stuhl saß.

Silvio fragte ihn: „Du warst oben?"

Jörn sah irgendwie verschreckt aus, sah Silvio sehr merkwürdig an und nickte stumm.

Silvios Augen wurden noch größer und er sah ihn ungläubig an. Was zum Teufel war denn mit den beiden los? Irgendetwas stimmte doch hier nicht. Nicht nur, dass Jörn sich, seit wir wieder hier unten waren, sehr sonderbar verhielt, auch die Reaktion von Silvio war alles andere als normal. Was also ging hier vor sich?

Ich sah Jörn fragend an: „Was ist los mit euch? Stimmt etwas nicht?"

Er sah mich an und sagte: „Nein, nein, es ist alles in Ordnung. Dabei warf er Silvio einen Blick zu, der zu sagen schien: Halt den Mund!

Mir kam das alles sehr spanisch vor. Ich spürte, dass hier etwas nicht stimmte, aber anscheinend wollte keiner der beiden mir dazu etwas sagen. Auf der anderen Seite der Theke wollte ein Gast etwas bestellen, sodass Silvio uns alleine lassen musste.

Ich sah Jörn an und wollte gerade noch etwas sagen, als er sich plötzlich zu mir umdrehte, mich liebevoll ansah und sagte: „Was möchtest du trinken, Liebes?"

Da war wieder der Jörn, den ich kannte. Er legte den Arm um mich und zog mich ein Stückchen näher zu sich hin, so als wollte er mich ganz nah spüren und hielt mich fest, als wollte er mich nie mehr wieder loslassen. Er drückte sein Gesicht in meine Haare und atmete tief ein und aus, so als wäre eine Last von ihm abgefallen. Ich verstand die ganze Situation nicht, aber er war anscheinend nicht willens, mir irgendetwas dazu zu sagen.

„Also", hörte ich ihn sagen, „was trinken wir?"

Ich war noch am Überlegen, als er plötzlich sagte:

„Oh, ich weiß, was dir vielleicht schmecken würde!" Er rief nach Silvio, der auch sogleich angewackelt kam und fragte: „Hast du noch was von eurer hausgemachten Limonade?"

„Ja, natürlich", antwortete Silvio.

„Prima", sagte Jörn, „dann bring uns doch bitte zwei Gläser davon." Er wandte sich zu mir um: „Die macht Silvios Frau selbst und sie schmeckt Weltklasse. Die musst du probieren!"

„O.k.", sagte ich, „dann auf zur Limo."

Wir saßen an der Theke und warteten, bis Silvio mit der Limonade aus der Küche kam. Im Schlepptau hatte er seine Frau Lucia. Die hatte ich bisher noch nicht kennengelernt. Ich wusste noch nicht einmal, dass Silvio verheiratet war. Sie hatte Jörn wohl schon längere Zeit nicht mehr gesehen und begrüßte ihn überschwänglich.

„Und du musst Denise sein", sagte sie zu mir. „Silvio hat mir von dir erzählt."

„Ja, das stimmt", sagte ich und musste lachen.

Es entwickelte sich eine fröhliche Unterhaltung, denn Lucia war wirklich für jeden Scherz zu haben. Mir gefiel ihre unheimlich nette, humorvolle Art von Anfang an. Auch die anderen Gäste an der Theke wurden in die Unterhaltung mit einbezogen und jeder hatte irgendetwas zu erzählen. Auch Jörn beteiligte sich mit viel Witz daran, und er benahm sich jetzt auch wieder ganz normal. Das gefiel mir, denn so kannte ich ihn. Immer wieder nahm er mich in den Arm und drückte mich an sich. Es war schon spät, als wir den Abend beendeten und er mich nach Hause brachte.

Es hatte mittlerweile aufgehört zu regnen und wir gingen die paar Schritte zu mir zu Fuß.

Unterwegs fragte er mich: „Du hast morgen auch noch frei, oder?"

„Ja, das habe ich", sagte ich und sah ihn von der Seite an.

Er blieb stehen und schaute mir in die Augen. „Wollen wir wegfahren? Irgendwohin, wo es schön ist?"

Ich spürte, wie mein Herz heftig zu klopfen anfing bei der Vorstellung, wieder einen ganzen Tag mit ihm zusammen sein zu können.

„Na ja", sagte ich und zwinkerte ihm zu, „wenn du nichts Besseres vorhast – ja."

Er zog mich in den Arm und sagte: „Etwas Besseres als dich kann es für mich gar nicht geben."

Er küsste mich liebevoll und hielt mich eng umschlungen fest. Ich befreite mich sanft aus seiner Umarmung und wir gingen die letzten Schritte bis zu meiner Haustür.

„Gute Nacht, mein Schatz", sagte er zärtlich, „bis morgen. Schlaf gut!"

Ich sah ihn an. Dabei überkam mich ein unsagbar schönes Gefühl. Ich ging noch einmal einen Schritt auf ihn zu und gab ihm einen Kuss. Dann schloss ich ganz schnell meine Haustür auf und verschwand im Treppenhaus.

Ich fuhr mit dem Aufzug nach oben in meine Wohnung. Dort ließ ich mich lang ausgestreckt auf mein Bett fallen und dachte nur: Was für ein Tag! Ich lag auf dem Rücken und hing meinen Gedanken nach. Ich weiß nicht, wie lange ich so da lag, aber irgendwann war ich eingeschlafen. Ich wachte nachts auf, weil mir kalt war, und musste feststellen, dass ich noch komplett angezogen war. Ich huschte schnell ins Bade-zimmer, zog mir das Kleid aus und verkroch mich in mein Bett, wo ich auch sofort wieder einschlief. Als ich erwach-te, war es heller Tag und ich wusste nicht, wie spät es war. Langsam erinnerte ich mich wieder an den vergangenen Tag... dass es sehr spät in der Nacht war, als ich nach Hause gekommen war und dass ich die halbe Nacht in meinen Klamotten geschlafen hatte. Und plötzlich fiel mir auch wieder ein, dass ich mit Jörn verabredet war und ich mal wieder nicht wusste, um welche Uhrzeit. Ich sah auf die Uhr. Oh, mein Gott, es war schon 11 Uhr! Ich sprang aus dem Bett und raste unter die Dusche. Als ich fertig war, schlüpfte ich in meinen Bademantel und föhnte mir schnell die Haare. Ich rannte noch wie ein aufgescheuchtes Huhn durch meine Wohnung und wusste nicht, was ich zuerst machen sollte, als es plötzlich klingelte. Oh, nein, dachte ich, das kann jetzt nicht wahr sein! Er ist schon da und ich renne noch halb nackt hier durch die Gegend. Was mache ich jetzt nur? Ich rannte in das Schlafzimmer und schnappte mir mein Strandkleid, das ich zum Trocknen an die Tür gehängt hatte. Es war ein schlichtes Jerseykleid, das man sich einfach über den Kopf ziehen konnte, ohne Reißverschluss oder Knöpfe. Zum Glück, denn so ging das ziemlich schnell. Der Nachteil dabei war, dass die Haare zerzaust wurden und man aussah, als hätte man in eine Steckdose gegriffen. Und obwohl das Anziehen damit schnell erledigt war, klingelte es nun schon zum zweiten Mal. Ich musste mich beeilen, denn ich wollte ihn ja nicht warten lassen, aber andererseits wollte ich natürlich auch nicht so an die Türe gehen. Ich rannte in den Flur. Beim Vorbeirennen am Garderobenspiegel warf ich noch schnell einen Blick hinein, fuhr mit den Händen zweimal durch die Haare und nahm den Hörer der Türsprechanlage ab.

„Ja, bitte", hauchte ich in die Sprechanlage und wartete auf seine tiefe, angenehm klingende Stimme, die in mir immer so ein angenehmes Gefühl auslöste. Umso mehr erschrak ich, als sich am anderen Ende plötzlich eine fremde, ganz anders klingende Stimme meldete und mir ein Schwall Italienisch entgegen kam, das so schnell war, dass ich kein Wort verstand. Ich suchte meine paar Brocken Italienisch zusammen und bat, langsamer zu sprechen, in der Hoffnung, dass ich dann wenigstens etwas verstehen würde. Aber entweder war mein Italienisch so schlecht oder ich wurde nicht gehört, denn die Stimme sprach im gleichen Tempo weiter. Ich verstand nur „Bahnhof". Noch einmal versuchte ich den Wortschwall zu unterbrechen, aber es nutzte nichts. Entweder konnte oder wollte man mich nicht verstehen. Ich war etwas genervt. Ich stand völlig unter Zeitdruck. Schließlich konnte Jörn jeden Moment auftauchen und ich stand hier mit zerzausten Haaren und im Strandkleid. Plötzlich hörte ich in der Sprechanlage noch eine Frauenstimme. Auch diese Stimme sprach italienisch und die beiden unterhielten sich kurz und heftig miteinander. Ich verstand nach wie vor kein einziges Wort und wusste absolut nicht, was ich tun sollte. Da ich nicht verstand, worum es ging, sah ich mich auch außerstande zu helfen. Ich war total nervös. Einerseits, weil ich unter einem enormen Zeitdruck stand, andererseits, weil ich nichts tun konnte. Vielleicht war etwas geschehen und jemand brauchte Hilfe. Ich wusste es einfach nicht und deshalb konnte ich nicht einfach den Hörer einhängen. Zumindest hätte ich das nicht ohne schlechtes Gewissen tun können. Mir brannte es unter den Nägeln. Ich musste mich eigentlich umziehen und zurechtmachen, denn ich wusste schließlich nicht, wie viel Zeit ich noch hatte, bis Jörn auftauchen würde. Und die Vorstellung ihm so unter die Augen zu treten, war schrecklich. Plötzlich hörte ich durch die Sprechanlage, dass die Haustür geöffnet wurde und im gleichen Moment hörte ich eine Frauenstimme in meinem Hörer, die zu mir sagte:

„Es ist alles in Ordnung, Signora, das Problem hat sich erledigt."

„Oh", antwortete ich, „na Gott sei Dank!"

Ich hatte zwar noch immer keine Ahnung, um was für ein Problem es sich gehandelt hatte, aber das war mir im Moment auch total egal, Hauptsache, es war gelöst. Ich hängte den Hörer zurück in die Sprechanlage und huschte in mein Schlafzimmer, um mich endlich umzuziehen. Ich stand vor dem geöffneten Kleiderschrank und überlegte, was ich anziehen sollte. Ein Blick aus dem Fenster zeigte mir, dass die Sonne schien und beim Öffnen der Balkontür kam mir eine warme Brise entgegen. So stand ich vor meinem Kleiderschrank und entschied mich für einen leichten, ärmellosen Overall mit einer dünnen Jacke, denn dieser Wetterumschwung, von gestern war mir eine Warnung. Schließlich hatte ich selber erlebt, was das in den Bergen bedeuten kann. Und da ich nicht wusste, was Jörn heute vor hatte, war ich mit „Hosen" nicht schlecht beraten, dachte ich mir. Ich wollte mir gerade mein Strandkleid über den Kopf ziehen, als es plötzlich erneut klingelte. Oh nein, nicht schon wieder … Ich rannte zur Tür. Die Haare waren vom Ausziehversuch meines Kleides noch mehr zerzaust und genervt nahm ich den Hörer der Sprechanlage ab und sagte: „Ja, bitte!" Ich musste zugeben, mein Ton war nicht mehr ganz so freundlich wie vorher, denn ich war wirklich total genervt und dachte bloß: Was wollen die denn jetzt schon wieder? Am anderen Ende Schweigen. Ich rief noch einmal „Hallo!" in den Hörer, aber keine Antwort. Dafür hörte ich ein immer lauter werdendes Stimmengewirr im Treppenhaus und plötzlich klopfte es an meiner Wohnungstür. Jetzt reichte es mir. Egal, was da draußen los war, die sollten mich in Ruhe lassen. Ich riss die Wohnungstür auf und hatte schon ein paar nicht sehr schöne Worte auf den Lippen, als ich in zwei strahlend blaue Augen und ein umwerfendes Lächeln blickte. Was im Treppenhaus los war, wusste ich zwar immer noch nicht, aber eines dafür umso mehr: Jörn stand vor mir! Ich war total geschockt, denn ich hatte mit allem gerechnet, nur nicht damit, dass er direkt vor meiner Wohnungstür stehen würde. Ich war total perplex und wusste nicht, was ich sagen oder tun sollte. In meinem Kopf wirbelten die Gedanken durcheinander. Wie kam der hier ins Haus ohne zu klingeln? Im nächsten Moment dachte ich, ja was für eine blöde Frage, wahrscheinlich hat gerade jemand das Haus verlassen und er konnte so reinkommen. Es war ja eigentlich auch völlig egal. Tatsache war, er stand vor mir.

Er sah mich an, grinste und sagte: „Sehe ich so schlimm aus? Du schaust, als würdest du ein Gespenst sehen."

Ich hörte zwar seine Worte, aber es dauerte noch einen Moment, bis sie auch zu meinem Gehirn durchgedrungen waren und ich reagieren konnte. Ich schüttelte kurz meinen Kopf, so als wenn man schlechte Gedanken vertreiben möchte und wollte gerade anfangen zu sprechen, als er, immer noch lächelnd, zu mir sagte: „Süß siehst du aus!"

In diesem Moment war mir schlagartig bewusst, wie ich vor ihm stand: Strandkleid an mit total wilden Haaren. Das nannte er „süß"! Ich wollte gerade den Mund öffnen und versuchen zu erklären, warum ich so zerrupft aussah, als er sich vom Türrahmen, an den er lässig anlehnte, abstieß, einen Schritt in meine Wohnung machte, die Tür hinter sich schloss und mich einfach in seine Arme nahm. Ich wollte etwas sagen, aber er verschloss meinen Mund mit seinen Lippen und ich ließ es willenlos geschehen. Er strich mir die wilden Haare aus dem Gesicht und küsste mich unendlich zärtlich und liebevoll auf den Hals. Es war der Wahnsinn, was er damit für Gefühlsstürme in mir auslöste. Jeder Widerstand meinerseits, wenn es denn welchen gegeben hatte, war völlig zwecklos. Ich konnte mich gegen diese Gefühle einfach nicht wehren. Es war wie an unserem ersten Tag. Jörn berührte mich und ich schmolz dahin wie Himbeereis unter der Sonne. Als er für einen kurzen Augenblick meine Lippen freigab, unternahm ich einen erneuten Versuch mein wildes Aussehen zu erklären. Er lachte nur und meinte: „Mich stört es nicht." Dabei sah er mich unendlich liebevoll an.

Er fing an mich zu streicheln und schob ganz langsam und gefühlvoll den rechten Träger meines Kleides von meiner Schulter. Dabei sah er mir tief in die Augen, so als ob er um Erlaubnis fragen wollte. Ich konnte nichts sagen, denn ich war wie gebannt. Da keine Gegenwehr kam, fühlte er sich wohl ermutigt weiterzumachen. Er streifte auch den anderen Träger von meiner Schulter. Das Kleid fiel zu Boden, und bevor ich auch nur irgendetwas sagen oder tun konnte, hob er mich auf seine Arme, lächelte mich an und fragte: „Wohin?"

Ich hielt mich mit beiden Händen an seinem Nacken fest und deutete mit einem leichten Kopfnicken nach rechts. Er ging in die gezeigte Richtung und trug mich direkt in mein Schlafzimmer. Auf dem Bett lagen mein Overall und meine Jacke, die ich vorher aus dem Schrank genommen hatte. Durch die Bewegung der Decke, als er mich sanft auf das Bett legte, rutschten die Kleidungsstücke auf den Boden und das Bett war frei. Jörn begann sein Hemd aufzuknöpfen, streifte es von seinem braun gebrannten Oberkörper und legte sich zu mir. Ich rutschte ein wenig zur Seite, um ihm Platz zu machen, aber er zog mich sofort wieder zu sich heran und hielt mich fest. Er begann mich zu küssen und zu streicheln. Überall! Und wenn ich sage überall, dann meine ich auch überall. Seine Hände strichen zärtlich über meine Brüste. Es war ein Gefühl, als ob ein loderndes Feuer in mir brennen würde. Seine Hände glitten über die Innenseiten meiner Oberschenkel und brachten mich fast um den Verstand. Er verstand es sehr gekonnt, meinen Körper in ein Flammenmeer zu verwandeln und ich war hoffnungslos verloren. Er erweckte Gefühle in mir, von denen ich bisher nicht einmal geahnt hatte, dass sie existieren. Ich stand in Flammen und mein Verstand war völlig ausgelöscht. Rationales Denken war nicht mehr möglich. Was machte er nur mit mir? Er war ja schließlich nicht der erste Mann, mit dem ich Sex hatte, aber solche Gefühle hatte ich noch nie erlebt. Es war der pure Wahnsinn. Er entführte mich in eine Welt der Leidenschaft und Ekstase und es gefiel ihm, wie mein Körper auf seine Zärtlichkeiten reagierte. Aber nicht nur mein Körper reagierte, seiner auch. Und wie. Wir brachten uns gegenseitig in lustvolle Höhen und danach hielten wir uns schwer atmend eng umschlungen. Er lag auf dem Rücken, mein Kopf auf seiner Brust und mit seiner Hand streichelte er leicht über meinen Rücken. Es war noch immer eine prickelnde Stimmung zwischen uns. Irgendwie etwas Magisches. Ich konnte es nicht erklären.

Jörn sah mich an, streichelte mein Gesicht und sagte voller Zärtlichkeit: „Was machst du da mit mir?"

„Ich mit dir?"; fragte ich. „Was machst du mit mir?"

Ich spielte leicht mit seinen Brusthaaren und kuschelte mich ganz eng an ihn. Bis auf den Abdruck einer Badehose war er am ganzen Körper braun gebrannt und sehr muskulös. Er vermittelte mir den Eindruck von Sicherheit und Geborgenheit. Ein unheimlich schönes Gefühl. Dazu roch er unheimlich gut. So lagen wir eng umschlungen auf meinem Bett.

Durch die offene Balkontür kamen die Sonnenstrahlen und man konnte einen strahlend blauen Himmel erkennen. Er sah, dass ich nach draußen schaute und seine Augen folgten meinem Blick.

„Ein herrlicher Tag heute, nicht wahr?"

Ich stimmte ihm zu, wusste aber nicht so genau, ob er damit nur das Wetter gemeint hatte, und musste lachen. Er sah mich fragend an und ich sagte mit einem Augenzwinkern, dass mir der Tag bisher ausgesprochen gut gefällt.
Jörn lachte, zog mich noch ein bisschen fester in seine Arme und küsste mich auf die Stirn. Ich löste mich etwas aus seiner Umarmung und stützte mich auf die Ellbogen.

Ich sah ihn an und fragte: „Was hattest du für heute eigentlich geplant?"

Er lachte laut und meinte: „Na, das auf jeden Fall nicht."
„Nein? Na, wie konnte das dann nur passieren?", scherzte ich.

„Ja, das weiß ich auch nicht. Nein, ganz im Ernst, ich wollte dich wirklich abholen und mit dir irgendwohin fahren, wo es dir bestimmt gefallen hätte. Aber als ich dich dann so in der Tür stehen sah, so zerzaust und wild, da fing mein Herz noch heftiger an zu schlagen, als es das ohnehin schon getan hat, dass ich dich einfach in den Arm nehmen und küssen musste. Du sahst so unheimlich süß aus, genau wie jetzt auch. Auch wenn deine Haare jetzt noch ein bisschen mehr zerzaust sind, als sie das ohnehin schon waren."

Allein seine Worte brachten mein Herz zum Schmelzen. Es war nicht nur das, was er sagte, sondern vielmehr, wie er es sagte. Er war ein Bär von einem Mann, aber er sprach mit mir in einem so liebevollen und zärtlichen Ton, dass mir ganz anders wurde. Es tat unheimlich gut seine Stimme zu hören. Jedes Wort war wie ein sanftes Streicheln meiner Haut und tat meiner Seele unheimlich gut. Und wie er mich dabei ansah. Ich war eingehüllt in diese Atmosphäre, die er verbreitete und ich fühlte mich wirklich wie auf Wolke sieben. Es war ein so wunderschönes Gefühl, dass ich am ganzen Körper eine Gänsehaut bekam. Dabei kam mir kurz in den Sinn, was ich gestern noch für eine Panik hatte, als wir in die Berge gefahren waren, da ich nicht wusste, was er mit mir vorhatte und er mir ja fremd war. Von fremd konnte heute keine Rede mehr sein, denn ich fühlte mich ihm so unendlich nahe, so, als ob wir uns schon eine Ewigkeit kennen würden.

Irgendwie spürte er meine kurze geistige Abwesenheit. Er drehte sich zu mir um und fragte, was denn los wäre.

Ich sah ihn an und sagte: „Nichts!" Das stimmte so zwar nicht ganz, aber ich wollte ihm nicht erzählen, dass ich ihm gestern so misstraut hatte, denn heute kam es mir irgendwie lächerlich vor.

Jörn beugte sich ein bisschen weiter zu mir hin, sodass er nun auf der Seite lag. Dabei hatte er seinen Kopf auf seinem Arm aufgestützt. Mein Kopf rutschte dadurch von seinem Oberkörper und ich drehte mich auf den Rücken. Ich strich ihm mit der Hand über das Gesicht. Es war schön ihn zu berühren. Er legte seine Hand über meine, nahm sie von seinem Gesicht und küsste meine Handinnenfläche. Ein wohliger Schauer lief über meinen Rücken. Ich schloss meine Augen und genoss dieses herrliche Gefühl, von dem ich mir wünschte, es würde nie aufhören. Plötzlich spürte ich seine Hände auf meinem Körper. Ich hatte die Augen immer noch geschlossen und spürte dieses sanfte Streicheln. Unendlich liebevoll glitten seine Hände über meinen Körper und ich stöhnte leise auf. Seine Hände gingen auf Entdeckungsreise und erforschten jeden Quadratzentimeter meiner Haut. Ich spürte seine Hand in meinem Schritt und er spreizte langsam meine Beine, was mich total erregte. Ich hörte sein Atmen, denn auch bei ihm regte sich etwas. Der Rausch der Sinne trug uns in schwindelerregende Höhen und unsere Körper explodierten wie ein Feuerwerk. Danach lagen wir total erschöpft nebeneinander und hielten uns eng umschlungen fest, so als wollten wir uns nie mehr wieder loslassen. Er lag über mir und hatte sein Gesicht in meinen Haaren vergraben. Ich streichelte zärtlich seinen Nacken, was ihm sehr gefiel, denn er schnurrte dabei wie ein kleines Kätzchen oder besser gesagt wie ein Kater. Plötzlich musste ich lachen, denn mir fiel gerade ein, dass wir uns vorhin darüber unterhalten hatten, was wir heute eigentlich hätten tun wollen. Vom Im-Bett-Bleiben den ganzen Tag war dabei nicht die Rede.

Jörn sah mich an und fragte: „Was ist?"

Ich sagte ihm, woran ich eben denken musste und er meinte: „Tja, dann muss die Insel in Italien halt warten."

„Welche Insel?", fragte ich.

Er erzählte mir, was er heute eigentlich tatsächlich vorgehabt hatte, nämlich nach Italien hinunter zu fahren und dann mit dem Schiff auf eine der kleinen Inseln im See. Das hörte sich nicht schlecht an. Dafür hätten wir früher aufbrechen müssen, aber das ging ja nicht, da wir ja anderweitig beschäftigt waren.

„Tja", sagte ich, „da hast du dir dann wohl selber einen Strich durch die Rechnung gemacht. Selber schuld!"

Ich musste lachen, denn er machte ein sehr schuldbewusstes Gesicht.

Er zog mich an sich und flüsterte mir ins Ohr: „Ich würde den Tag heute mit dir gegen keine noch so schöne italienische Insel eintauschen wollen."

„Da haben wir etwas gemeinsam", antwortete ich.

Er fuhr mir liebevoll durch die Haare und ich schmiegte mich sanft an ihn.

„Was wollen wir denn dann heute noch tun", fragte ich?

Er dachte kurz nach und sagte: „Wir könnten in die Berge fahren. Ich kenne da eine hübsche, kleine Osteria hoch oben, von wo man einen herrlichen Blick auf den Lago hat."

Ich sagte nur: „Berge, nein danke. Mein Bedarf an Bergen ist seit gestern erst einmal gedeckt."

„Na gut", meinte er lachend, „dann könnten wir auch einfach ein bisschen am See entlang bummeln und später schön essen gehen."

Ja, das hörte sich doch schon viel besser an. Den See liebte ich ja über alles und die kleinen Orte drum herum auch. Es gab wirklich wunderbare Seepromenaden, an denen man entlangschlendern konnte, um dann in einem der unzähligen kleinen Lokale zu Abend zu essen. Bei manchen konnte man in der Sonne sitzen, bis sie spät am Abend hinter den Bergen verschwand. Es lag immer eine geheimnisvolle Stimmung über dem See, wenn sich abends die letzten Sonnenstrahlen darin spiegelten. Die Aussicht auf so einen Abend gefiel mir ziemlich gut. Ich wusste zwar noch immer nicht ganz genau, was er heute eigentlich tatsächlich vorgehabt hatte, aber es war mir im Moment auch total egal, denn schöner, als dieser Tag heute war, hätte etwas anderes nicht sein können. Und er war ja auch noch nicht vorbei.

Ich schlüpfte aus seiner Umarmung und verschwand im Badezimmer. Nach einem Blick in den Spiegel stellte ich fest, dass ich wirklich total zerzaust aussah und musste lachen. Denise, dachte ich mir, was machst du da eigentlich für Sachen? So hatte ich mein Leben nicht geplant. Ich lebte seit vielen Jahren schon alleine und hatte bisher auch nicht das Bedürfnis daran etwas zu ändern, denn ich hatte überhaupt kein Problem damit. Das Alleinsein machte mir nichts aus. Ich fühlte mich dabei nicht einsam, im Gegenteil. Ich genoss die Freiheit, in meinem Leben stets tun zu können, was ich wollte, ohne jemandem Rechenschaft ablegen zu müssen. Ich musste niemanden fragen und musste auf niemand Rücksicht nehmen. Das gefiel mir. So stellte ich mir mein Leben vor: frei und ungebunden. Und jetzt das. Ich war verknallt wie ein Teenager. Einerseits war das natürlich ein wunderschönes Gefühl, wieder einmal Schmetterlinge im Bauch zu haben, aber andererseits machte es mir auch ein wenig Angst, von jemandem abhängig zu sein.

Bevor ich mir aber darüber weitere Gedanken machen konnte, klopfte es leicht an die Badezimmertür und ich hörte Jörn fragen: „Denise, ist alles o.k., darf ich reinkommen?"

Mir war gar nicht bewusst, wie lange ich da schon vor dem Spiegel gestanden hatte und erschrak, als ich Jörns Stimme hörte.

„Ja, du kannst reinkommen", sagte ich.

Er öffnete vorsichtig die Tür und sah mich mit fragendem Blick an.

„Ist alles o.k.?", fragte er noch einmal.

„Ja, ja", sagte ich, „es ist alles in Ordnung."

Er schaute zwar etwas zweifelnd, aber er fragte nicht weiter. Was hätte ich ihm auch sagen sollen. Von meinen Gedanken, die mir vorhin so durch den Kopf gegangen sind, wollte ich ihm nichts erzählen und sonst war ja wirklich alles in Ordnung.

„Komm, lass uns unter die Dusche gehen", sagte ich.

Er zog mich in seine Arme und streichelte mein Gesicht. Ich fühlte seine nackte Haut auf meinem Körper und mich durchlief ein wohliger Schauer. Ich löste mich aus seinen Armen, nahm ihn an der Hand und stieg mit ihm in die Dusche. Wir standen dicht nebeneinander und ließen das warme Wasser über unsere Körper laufen. Auch das war ein prickelndes Gefühl und ich konnte mich nicht daran erinnern, wann ich so etwas das letzte Mal mit einem Mann erlebt hatte.

Wir duschten lange und ausgiebig und hüllten uns danach in zwei kuschelige Badetücher. Ich band mir ein Handtuch wie einen Turban um den Kopf und verließ das Badezimmer, um mich meinem Kleiderschrank zu widmen. Die größte aller großen Fragen einer Frau: Was ziehe ich an? Der Overall, den ich eigentlich anziehen wollte, lag zerknautscht auf dem Boden und war nicht mehr zu gebrauchen. Deshalb nahm ich nacheinander ein paar Kleidungsstücke aus dem Schrank, stellte mich vor den Spiegel und hielt eines nach dem anderen vor mich hin. Ich schaute mein Spiegelbild an und wiegte den Kopf leicht hin und her. Dann legte ich es beiseite und nahm das nächste Teil. So nahm ich eines nach dem anderen, hielt es vor mich und legte es wieder beiseite. Ich konnte mich einfach nicht entscheiden. Plötzlich hörte ich ein leises Lachen. Ich drehte mich um, und sah Jörn im Türrahmen stehen. Er hatte ein Handtuch um die Hüften gebunden und total zerzauste Haare.

„Was ist denn dein Problem?", fragte er lachend und lehnte sich lässig an den Türrahmen.

Ich drehte mich erschrocken um, und hielt mir reflexartig das Kleid, das ich in der Hand hatte, vor meinen Körper. Ich war so in meine Kleiderschau vertieft gewesen, dass ich ihn nicht hatte kommen hören. Er lachte laut los, als er das sah. „Hast du jemand anderen erwartet?", fragte er. „Oder darf ich dich ab jetzt nur noch verhüllt sehen?"

Er stieß sich vom Türrahmen ab und kam langsam auf mich zu. Er nahm mir das Kleid, das ich noch immer vor mich hielt aus der Hand, zog mich in seine Arme und küsste mich sanft. Dann ließ er mich los und ging zum Bett, wo all die Sachen lagen, die ich zur Auswahl raus gelegt hatte. Er nahm eins nach dem anderen hoch und hielt es vor mich hin.

Dann sagte er: „Das gefällt mir gut. Magst du das anziehen?"

Ich stand da und sah ihn verwirrt an. Ich glaube, mich hatte noch niemals zuvor ein Mann so etwas gefragt. Mir fehlten etwas die Worte und ich nickte nur stumm.

„O.k.", sagte er, „ich gehe mich dann auch anziehen."

Er verschwand aus dem Schlafzimmer und ging zurück ins Bad. Was war das nur für ein Mann? Er brachte meine Gefühle durcheinander wie selten jemand davor. Wann hatte sich jemals wirklich ernsthaft für meine Wünsche und Bedürfnisse interessiert? Ich musste doch eigentlich immer nur funktionieren. Und jetzt gab es da plötzlich jemanden, der mir das Gefühl gab, wichtig zu sein und den es tatsächlich interessierte, dass es mir gut ging. Gab es das wirklich oder bezweckte er etwas damit? Irgendwie schien es mir manchmal seltsam und es fiel mir schwer zu glauben, denn ich hatte so etwas einfach noch nie erlebt. Das Gegenteil kannte ich zur Genüge, das hätte mich nicht mehr gewundert, aber so… Es war so ungewöhnlich, dass sich so ein kleiner Funke Misstrauen in meine Gedanken schlich. Ich wusste nicht warum, denn alles mit ihm war ja wunderschön, aber etwas setzte sich da in meinen Kopf.

Ich hing so meinen Gedanken nach, als es plötzlich hinter mir sagte: „Ja, du bist ja noch immer nicht angezogen!"

Ich schrak zusammen und musste entsetzt feststellen, dass er Recht hatte. Ich stand noch immer splitterfasernackt im Schlafzimmer. Wie sollte ich das jetzt nur erklären? Ich erklärte gar nichts, schnappte mein Kleid, das er vorhin für mich ausgesucht hatte, und rannte an ihm vorbei ins Bad. Im Vorbeirennen sah ich ein Lächeln über sein Gesicht huschen. Als ich im Bad angekommen war, fiel mir auf, dass ich keine Unterwäsche dabei hatte. Oh, Denise, wie blöd bist du eigentlich? schimpfte ich mich. Aber alles Schimpfen half nichts, denn ich musste zurück ins Schlafzimmer, ob ich nun wollte oder nicht. Er würde sich bestimmt kaputt lachen, dachte ich. Aber als ich ins Schlafzimmer kam, war er gar nicht da. Ich hatte mich schon auf sein Lachen vorbereitet und was ich sagen wollte, aber es war gar nicht nötig. Ich huschte an meinen Kleiderschrank und nahm mir meine Unterwäsche, als ich plötzlich von draußen von der Terrasse ein Geräusch hörte. Ich wusste nicht, was das war und so ging ich Richtung Balkontür, um nachzusehen. Ich wollte gerade einen Fuß nach draußen setzen, als ich Jörn sah, der telefonierte. Er stand mit dem Rücken zu mir, so dass er mich nicht sehen konnte, aber ich merkte an seiner ganzen Körperhaltung, dass irgendetwas nicht stimmte. Was war nur los mit ihm? Er sprach im Moment kein einziges Wort, sondern hörte nur zu, wer auch immer sich am anderen Ende befand. Aber auch wenn er nichts sagte, merkte man, wie angespannt die Situation war. Er trat mit dem Fuß ständig gegen das Geländer, so als müsste er sich abreagieren. Ich wusste im Moment nicht, wie ich mich verhalten sollte. Sollte ich einfach zu ihm hinausgehen und fragen? Aber ich wollte auch nicht den Eindruck entstehen lassen, dass ich ihn belauschen würde. Ich stand total unentschlossen da, als ich plötzlich seine Stimme hörte, die in den Hörer brüllte: „Nein, das geht nicht. Sie ist noch nicht so weit."

Ich erschrak dermaßen, dass ich instinktiv meinen Fuß zurück ins Schlafzimmer setzte und zurückwich. Ich war völlig geschockt. So hatte ich ihn noch nie gesehen. Ich rannte zurück ins Bad. Dort fühlte ich mich irgendwie in Sicherheit, aber mein Herz schlug bis zum Hals. Was war nur los mit ihm? Und was hatte er damit gemeint „... sie ist noch nicht so weit ..."? Hatte er damit mich gemeint? Und wenn ja, wofür bin ich dann noch nicht so weit? Ich konnte mir auf all das keinen Reim machen, aber der kleine Funke Misstrauen in meinem Kopf breitete sich weiter aus. Ich wusste gerade gar nicht, wie ich mit dieser Situation umgehen sollte. Ich sah in den Spiegel und konnte mein erschrockenes Gesicht sehen. Irgendwie fühlte ich mich unbehaglich und ich wusste nicht, was ich tun sollte. Aber irgendetwas musste ja geschehen, schließlich konnte ich mich nicht ewig im Badezimmer verkriechen. Verdammt noch mal, Denise, sagte ich mir, wer sagt dir denn, dass er überhaupt von dir gesprochen hat. Vielleicht ging es ja in diesem Telefongespräch um etwas ganz anderes. Zieh dich jetzt endlich an und geh raus und frage ihn! Ich föhnte meine Haare und zog mich an. Dann band ich meine Haare zu einem Zopf zusammen und legte ein leichtes Make-up auf. Ich hüllte mich gerade in eine Wolke aus Parfum, als ich hörte, wie sich hinter mir langsam die Badezimmertür öffnete und Jörn seinen Kopf hereinstreckte. Ich fuhr herum und musste ihn wohl ziemlich entsetzt angesehen haben, denn er blieb abrupt stehen und fragte: „Was ist los, darf ich nicht hereinkommen?"

Ich stand vor dem Waschbecken und hielt mich hinter meinem Rücken mit den Händen daran fest. Er sah mich verständnislos an. Dann stieß er die Tür auf und kam mit ein paar großen Schritten auf mich zu. Er nahm mich in die Arme und sagte: „Kleines, was ist los mit dir, du zitterst ja wie Espenlaub?"

Ich wusste nicht, was ich sagen sollte. Schließlich war ja er der Grund dafür. Aber was sollte ich ihm sagen? Sollte ich gestehen, dass ich heimlich sein Telefongespräch auf der Terrasse mitgehört hatte? Ich konnte doch nicht einfach fragen, ob er mit dem – „... sie ist noch nicht bereit ..." vielleicht mich meinte. Das wäre zwar ehrlich gewesen, denn dieses Telefongespräch war es ja, was mich beschäftigte, aber das traute ich mich nicht. Es gab doch dafür bestimmt eine ganz normale Erklärung, die sicher nichts mit mir zu tun hatte, redete ich mir ein. Und so sagte ich zu ihm, dass alles in Ordnung wäre und ich mich nur am Öffnen der Badezimmertür erschrocken hätte.

Er hielt mich fest und strich mir sanft über das Gesicht. Dabei zog er meinen Kopf ganz nah an seine Brust. Ich hörte, wie er tief einatmete und dabei ein leises „Mmhh …" von sich gab.

„Du riechst verdammt gut", sagte er und schob mich ein Stück von sich weg. „Und du siehst verdammt hübsch aus."

Ja, da war er wieder, der alte, charmante Jörn, den ich kannte. Und wäre da nicht diese Situation von vorhin gewesen, hätte ich mir keinerlei Gedanken gemacht und mich über sein Kompliment nur gefreut. Aber so sehr ich auch versuchte mir einzureden, dass das alles nichts mit mir zu tun hatte, das kleine Misstrauen in meinem Kopf ließ sich nicht so schnell besänftigen. Denn mir wurde wieder einmal klar, dass ich diesen Mann überhaupt nicht kannte und absolut nichts von ihm wusste, außer dass er im Winter in den Bergen gearbeitet hatte und im Sommer auf dem See fuhr. Aber genügte das, um jemanden hundertprozentig vertrauen zu können? Ich versuchte ein Lächeln, aber es war ein wenig gequält. Ich bedankte mich für das Kompliment und sagte: „Ich wäre dann auch fertig."

„Prima", sagte er, „dann können wir ja los."

Ich war froh, dass diese ein wenig beklemmende Situation vorbei war, denn er war jetzt wie immer: liebevoll, zuvorkommend und charmant.

„Wohin wollen wir denn gehen?", fragte ich.

„Lass dich überraschen!", sagte er zärtlich.

Und schon war es wieder da, dieses Gefühl der Ungewissheit. Mir fiel die Situation von gestern wieder ein. Da war es ähnlich: Ich war in heller Panik, als wir in dieser Waldhütte ankamen und hatte dort auch die reinsten Horrorvorstellungen – und dann war doch alles total harmlos. Aber ich konnte mir einreden, was ich wollte, heute war irgendetwas anders. Ich überlegte kurz, ob ich ihm sagen sollte, dass mir plötzlich übel geworden ist und ich lieber zu Hause bleiben wollte, aber in dem Moment drehte er sich zu mir um und sagte: „Komm, Liebes, lass uns gehen!"

Es fiel mir auf die Schnelle keine plausible Erklärung für mein Unwohlsein ein und so ließ ich es geschehen, dass er mich am Arm nahm und aus der Wohnung führte. Und so zogen wir los.

Er hatte sein Auto unten an der Straße, nur wenige Schritte von der Haustür entfernt, geparkt. Er hielt mir galant die Tür auf und ich stieg ein. Mich beschlich wieder ein seltsames Gefühl und am liebsten wäre ich wieder ausgestiegen, aber mir fiel einfach nichts ein, wie ich ihm das hätte erklären können. Und viel Zeit zum Überlegen hatte ich nicht, denn er ging um das Auto herum und ließ sich hinter das Lenkrad fallen. Er sah mich von der Seite her fragend an. Irgendwie schien er zu spüren, dass bei mir etwas anders war als sonst, aber er sagte nichts. Er wendete den Wagen und wir fuhren los. Wir verließen den Ort und fuhren am See entlang in Richtung Italien. Ich liebte diese Strecke sehr und genoss normalerweise den gigantischen Ausblick über den See. Aber heute schweiften meine Gedanken immer wieder ab. Wenn ich mich dabei ertappte, kam ich immer wieder ruckartig zurück in die Gegenwart. Jörn neben mir schien nichts davon mitzubekommen. Oder dachte ich das nur? Er sah mich manchmal von der Seite an, so, als ob er etwas fragen wollte, aber er sagte nichts. Und zwischen unserer Unterhaltung gab es immer wieder Schweigepausen, wo, so wie es aussah, jeder seinen Gedanken nachhing. Wir fuhren die Uferstraße entlang über die Grenze. Kaum hatte man diese passiert, war man in einer anderen Welt. Hier war alles, wie so oft in Italien, etwas chaotischer. Die Straßen, der Verkehr und das Leben in den kleinen Orten waren einfach „italienisch". Ein paar Kilometer nach der Grenze bog Jörn plötzlich nach links ab. Nanu, dachte ich, wo fährt er denn jetzt hin? Ich kannte zwar den Ort, denn ich war mit Hannelie schon ein paar Mal hier gewesen, aber diese verzwickte und immer schmaler werdende Straße kannte ich nicht. Wohin die wohl führte? Ich hatte keine Ahnung. Ich fragte Jörn, aber er lächelte nur verschmitzt und sagte: „Ich habe dir doch gesagt, dass du dich überraschen lassen sollst!"

Ich lächelte zurück, obwohl mir das nicht ganz so leicht fiel, denn immer wieder machten sich so ganz andere Gedanken in meinem Kopf breit. Aber was sollte ich tun? Ich war ihm nun einmal auf Gedeih und Verderb ausgeliefert.

Wir fuhren diese Straße, die eigentlich keine war, weiter und irgendwann dachte ich, dass wir gleich in den See fahren würden, so nah waren wir hier am Wasser. Doch plötzlich bog Jörn ziemlich scharf nach links ab und hielt an.

„So, da wären wir", sagte er.

Hier? - dachte ich. Wo sollen wir denn hier sein, außer mitten in der Pampa? Wir standen auf einem kleinen Parkplatz und sonst gab es weit und breit nichts, nur uns. Auf dem Parkplatz standen zwar noch ein paar andere Autos, aber von Menschen war keine Spur. Ich wusste nicht, ob ich aussteigen sollte, aber was hätte ich sonst tun können? Jörn kam um den Wagen herum, öffnete meine Tür und bot mir galant die Hand. Ich nahm sie sehr zögerlich und sah ihn wohl ziemlich verwirrt an, denn er musste lachen.

„Komm schon, ich muss dir etwas zeigen. Ich nahm seine Hand und er half mir auszusteigen. Sehr charmant bot er mir seinen Arm an.

„Und wohin gehen wir jetzt", fragte ich?

„Ein Stück den Weg weiter in den Wald dort hinten", antwortet er.

Mir blieb fast das Herz stehen, aber mir blieb keine Zeit mehr zum Nachdenken, denn er lief einfach los und ich hing an seinem Arm und musste ihm folgen, ob ich wollte oder nicht. Ich hatte ein mehr als flaues Gefühl in der Magengegend. Wir gingen den Weg entlang, und da es mittlerweile schon gegen Abend ging, war es auch schon etwas dämmerig. In der Ferne konnte ich den Wald mehr erahnen als erkennen. Wir gingen weiter und je näher wir kamen, desto besser konnte ich sehen, was dort war. Zu meiner großen Erleiterung erkannte ich, dass sich der Wald nur als eine Handvoll Bäume entpuppte. Der Weg bog nach der Baumgruppe scharf nach rechts ab, und als wir um die Biegung herum kamen, hörte ich plötzlich Stimmen. Es mussten mehrere Menschen sein, die dort sprachen. Ich konnte Männer- und Frauenstimmen erkennen, die ziemlich fröhlich klangen und es wurde auch gelacht. Ich war total verwirrt, denn ich konnte nicht einordnen, was das sein sollte.

Ich sah Jörn an und fragte: „Was ist das?"

Er lächelte mich an und sagte: „Lass dich überraschen!"

Na, prima, dachte ich, den Satz hatte ich doch schon einmal gehört. Und eigentlich hatte ich für heute auch genug Überraschung gehabt. Ich brauchte keine mehr. Ich sah ihn wieder einmal mit großen Augen fragend an.

Wir gingen weiter. Die Stimmen kamen immer näher. Es mussten viele Menschen sein, denn der Geräuschpegel nahm ständig zu. Was machten diese Menschen hier mitten im Niemandsland? Plötzlich schrak ich zusammen. Mir schoss ein Gedanke durch den Kopf: eine Sekte! Das konnte doch nur eine Sekte sein, die hier draußen, fernab der Zivilisation, im Mondlicht ihr Unwesen trieb. Während mir dieser Gedanke in den Kopf schoss, blieb ich wohl ziemlich abrupt stehen. Da Jörn darauf nicht vorbereitet war, konnte er auch nicht so schnell reagieren und ging noch einen Schritt weiter. Mein Arm glitt aus seinem und ich stand da wie angewurzelt.

Er sah mich wieder einmal verwundert an und fragte, zum wievielten Mal auch immer: „Was ist los?"

Ich stand da und sah ihn an. Ich zitterte am ganzen Körper und brachte kein Wort über die Lippen. Aber ich war jetzt fest entschlossen, keinen Schritt mehr weiter zu gehen, wenn er mir nicht augenblicklich sagte, was das zu bedeuten hatte.

Er kam auf mich zu und wollte meine Hand nehmen, aber ich entzog sie ihm und sagte: „Fass mich nicht an!"

Er zuckte zusammen.

„Was ist denn jetzt los?", fragte er. Er wollte noch einmal meine Hand nehmen, aber ich wich zurück. Ich merkte, wie langsam Panik in mir hochstieg und es erinnerte mich sehr an die Situation vom vergangenen Tag, als wir auf der Hütte waren. Und obwohl dort ja alles gut ausgegangen war, war das heute eine ganz andere Situation. Ich war mit ihm hier mutterseelenallein irgendwo im Nirgendwo und hatte keine Ahnung, was er vorhatte, geschweige denn, wie ich hier wegkommen sollte. Aber das war eigentlich das Einzige, was ich wollte - weg. Weg von hier, weg von ihm. Wer ist er?, fragte ich mich zum, ich weiß nicht wievielten Mal? Was tat er? Tausend Fragen jagten wieder einmal durch meinen Kopf.

Jörn sagte irgendetwas zu mir, was meinen Kopf aber nur wie durch eine dicke Wolke erreichte. Ich hatte es nicht wirklich registriert. Ich war nicht aufnahmefähig. Mein ganzer Körper stand unter Strom. Alles in mir war auf „Flucht" programmiert. Ich war zu keinem rationalen Gedanken mehr fähig. Ich sah ihn unentwegt an und in meinen Augen muss die pure Panik gestanden haben, denn er packte mich an der Schulter und rüttelte mich.

„Hey, Denise, was ist los?", fragte er mit sehr ernster Stimme.

Ich versuchte seine Hand von meiner Schulter zu schütteln, aber es gelang mir nicht. Seine Hand hielt mich fest wie ein Schraubstock.

Er rüttelte mich noch einmal und sagte: „Denise, um Himmelswillen, so sag mir doch was los ist?"

Aber er konnte mich rütteln wie er wollte, ich brachte kein Wort über die Lippen. Ich stand da wie ein Baum und plötzlich, so als wenn ein Knoten auf meinen Stimmbändern geplatzt wäre, schrie ich ihn an.

„Ich gehe mit dir keinen Schritt weiter!"

„Ja, warum denn nicht?", fragte er.

„Weil ich nicht weiß, was du vorhast. Wer bist du, was machen wir hier? Warum sagst du mir nicht, wohin wir gehen und vor allem, mit wem du heute Nachmittag auf der Terrasse telefoniert hast? Und was bedeutet, … sie ist noch nicht so weit?" Hätte ich rational denken können, hätte ich feststellen müssen, dass er mir das gar nicht hätte sagen können, da er ja nicht wusste, dass ich dieses Telefongespräch mitbekommen hatte.

Er sah mich völlig geschockt an und sagte: „Das hast du mitbekommen? Das tut mir sehr leid." Er wollte mich in die Arme nehmen, aber ich stieß ihn zurück. „Denise", sagte er,

„es tut mir wirklich sehr leid, dass du das auf der Terrasse gehört hast, aber ich kann dir das jetzt nicht erklären, weil …"

Ich unterbrach ihn mitten im Satz und fragte: „Warum nicht?"

„Weil es einfach nicht geht!"

Das klang irgendwie traurig und nicht so, als ob er mir etwas verheimlichen wollte. Ich hatte irgendwie den Eindruck, dass ihn das sehr mitnahm. „Und was sind das da vorne für Menschen? Wo bringst du mich hin?"

Er stand groß und breit vor mir und sah mich nur an. Ich stand wie eine Furie da und war wild entschlossen mich nirgendwo gegen meinen Willen hinbringen zu lassen. Er sah mich an und rang sichtlich um Worte.

„Kleines", sagte er, „es tut mir wirklich unendlich leid. Was musst du nur für einen Eindruck von mir gewonnen haben? Ich kann absolut verstehen, dass du dir unter diesen Umständen Sorgen machst und nicht mit mir gehen möchtest, aber bitte glaube mir, auch wenn ich dir jetzt nicht alles erklären kann, es hat garantiert nichts mit dir zu tun. Ich schwöre es dir, bei allem, was mir heilig ist."

Da der Mond mittlerweile groß und fast ganz rund am Himmel stand, konnte ich in seinem sanften Licht sein Gesicht sehen. Er sah mich mit so traurigen Augen an, dass er mir fast leid tat. Was hatte das nur alles zu bedeuten? Ich wusste es nicht, aber mir tat mein Herz weh, als ich ihn so sah. Ich konnte nicht anders, als zu ihm hinzugehen und ihn in den Arm zu nehmen. Er stöhnte leicht auf, so als ob er Schmerzen hatte, und hielt sich an mir fest, wie ein Ertrinkender. Nach einer gefühlten Ewigkeit schob ich ihn leicht von mir weg und sah ihn an. Dann deutete ich mit dem Kopf in Richtung der Stimmen und fragte noch einmal: „Was ist da vorne los?"

„Komm", sagte er, „ich zeige es dir."

Er nahm mich an der Hand und wollte losgehen, doch ich stand immer noch wie festgewachsen. Ich wollte zuerst eine Antwort auf meine Frage.

„Was ist das?", fragte ich zum gefühlt hundertsten Mal.

Er sah mich an und ein kleines Lächeln huschte über sein Gesicht.

„Ein kleines Lokal, das dir ganz bestimmt gefallen wird", sagte er.

„Hier mitten in der Pampa?", fragte ich.

„Ja", antwortete er, „und du wirst dort gleich jemanden Bekannten treffen."

„Jemanden Bekannten?", fragte ich nachdenklich.

Wer sollte denn das sein, ich kannte doch außer meinen Arbeitskollegen hier absolut niemanden.

Er lächelte wieder und sagte: „Ja, und jetzt komm!"

Ich ließ es geschehen, dass er seinen Arm um meine Schulter legte und wir gingen los. Es war nur noch ein kurzes Stück Weg und dann standen wir tatsächlich vor einem kleinen Lokal. Es war mittlerweile gegen 20 Uhr, und obwohl es etwas kühl geworden war, saßen noch viele Menschen draußen im Freien und unterhielten sich ausgelassen. Das waren die Stimmen, die ich vorhin gehört hatte. Ich sah Jörn an. Er lächelte mich an und er sagte: „Und bist du jetzt beruhigt?"

Ich sah ihn an und sagte: „Das weiß ich noch nicht", aber ich musste dabei lachen.

Er zog mich ganz fest zu sich hin und wir blieben einen kurzen Augenblick stehen. Dann sagte er: „Komm, lass uns hineingehen!"

Wir betraten das kleine, urige Lokal. Es gab einige kleine Tische, die an der Wand entlang standen und in der Mitte des Raumes eine kleine Theke, an der einige Männer saßen. Hinter der Theke war eine Tür, die wohl in die Küche führte, denn man hörte von dort Geklapper. Wir setzten uns an einen der kleinen Tische.

Jörn sah mich an und fragte: „Und gefällt es dir?"

„Ja", sagte ich, „sehr sogar."

So etwas war absolut mein Geschmack: klein, aber fein.

„Das freut mich, dass es dir gefällt", sagte er. Dabei sah er mich wieder sehr liebevoll an, aber trotzdem hatten seine Augen etwas Trauriges. Wenn er mir doch nur endlich sagen würde, was mit ihm los war. Aber bevor ich mir darüber weiter Gedanken machen konnte, hörte ich auf einmal wie jemand sagte: „Hallo, Jörn! Hallo, Denise!" Und ehe ich mich versah, stand Mango an unserem Tisch.

Ich sah Jörn an und sagte: „Also, das ist der bekannte Jemand."

Er lächelte und sagte: „Ja!"

Mango sah abwechselnd von mir zu Jörn und wieder zurück und verstand gar nichts. Ich erzählte ihm kurz, was das zu bedeuten hatte und er sagte: „Aha, ich verstehe. Er hat dir nicht gesagt, dass du mich hier treffen würdest?"

„Nein", sagte ich, „das hat er nicht. Es sollte eine Überraschung sein, und die ist ihm auch gelungen."

Jörn sagte zu Mango: „Wir würden gerne essen, kannst du uns bitte die Karte bringen?"

Mango verschwand hinter der Theke und kam kurz darauf mit der Speisekarte zurück. Es gab keine besonders große Auswahl, aber was es gab, hörte sich alles ziemlich lecker an. Vor allem merkte ich jetzt, nachdem sich meine ganze Angespanntheit gelegt hatte, dass ich ziemlichen Hunger hatte. Wir suchten uns ein paar Sachen aus und Mango nahm eifrig unsere Bestellung auf. Er servierte uns die Getränke und verschwand in der Küche. Wir saßen uns gegenüber und sahen uns an. Die Stimmung war irgendwie noch etwas kühl, obwohl ich mir natürlich keine Sorgen mehr zu machen brauchte, wohin er mich bringen würde oder was er vorhatte.

Das hatte sich ja nun geklärt. Aber trotzdem war es nicht so wie vorher. Irgendetwas stand zwischen uns. Ich wusste auch nicht so recht, was ich sagen sollte. Es war heute einfach so viel passiert. Sehr viel sogar. Sowohl Schönes als auch weniger Schönes. Und das weniger Schöne hing wie ein Damoklesschwert über uns und ließ sich nicht so einfach abschütteln.

Jörn legte seine Hände über meine, zog sie zu sich hin und küsste meine Finger.

„Denise", sagte er und sah mich dabei an, „ich liebe dich über alles und ich möchte dich nicht verlieren. Bitte verzeih, was heute alles passiert ist. Ich weiß, dass du vieles nicht verstanden hast und auch immer noch nicht verstehst und ich kann es dir im Moment auch nicht erklären, aber bitte glaube mir, dass ich niemals etwas tun könnte, was dir schaden würde."

Mir lief ein Schauer über den Rücken. Das klang so aufrichtig und ehrlich und unendlich liebevoll, ich hätte heulen können. Aber ich fühlte auch, dass ihn irgendetwas quälte. Ich wollte etwas sagen, aber ich hatte so einen dicken Kloß im Hals, dass ich kein Wort herausbrachte. Ich sah ihn einfach nur an, während er immer noch meine Hände festhielt. Er streichelte und küsste sie fortwährend. In dem Moment fühlte ich mich ihm sehr nahe und alles, was vor wenigen Minuten noch zwischen uns war, war mit einem Schlag verschwunden.

Wir wurden jäh unterbrochen, denn Mango brachte unser Essen. Es sah super lecker aus und roch unbeschreiblich gut, was er da servierte. Er wünschte uns einen guten Appetit und verschwand wieder. Mango, oder wer auch immer da in der Küche für das Essen verantwortlich war, hatte alles hübsch auf einer Platte angerichtet, sodass sich jeder das nehmen konnte, was er wollte. Es waren so viele leckere Sachen dabei, von denen ich allerdings wieder einmal vieles nicht kannte, aber Jörn erklärte mir alles ganz genau. Es war einfach köstlich. Als wir fertig waren, kam Mango herbeigeeilt und fragte, ob es uns geschmeckt hatte.

„Und wie!", sagte ich.

Das freute ihn sehr, denn er strahlte über das ganze Gesicht. Er fragte, ob er noch etwas bringen dürfte. Jörn sah mich fragend an, aber ich verneinte. Also räumte Mango unseren Tisch ab und trug das Geschirr in die Küche.

Jörn fragte: „Möchtest du wirklich nichts mehr?"

Nein", sagte ich, „sonst platze ich."

Er lachte. Ich sagte ihm, dass ich gerne gehen möchte. Jetzt, nachdem der ganze Stress von mir abgefallen und mein Bauch gut gefüllt war, wurde ich müde. Und da der Rückweg ja auch noch mindestens eine Stunde dauern würde, wurde es dann sowieso spät, bis ich nach Hause kam. Ich wollte vorher noch kurz zur Toilette gehen. Das sagte ich Jörn und er zeigte mir die Richtung, in die ich gehen musste. Um dorthin zu kommen, musste man durch das ganze Lokal gehen, und am Ende ging eine Treppe nach unten. Die Treppe war sehr eng und schmal und ich musste aufpassen, wohin ich trat. Auch der Toilettenbereich unten war recht klein, aber sehr liebevoll dekoriert und vor allem sehr sauber. Ich ging schnell auf die Toilette und machte mich dann wieder auf den Weg nach oben. Als ich oben angekommen war und in Richtung unseres Tisches gehen wollte, sah ich wie Mango, mit dem Rücken zu mir, bei Jörn am Tisch stand und wild mit den Armen fuchtelte und Jörn ebenfalls heftig gestikulierend auf ihn einredete. Für mich sah es fast so aus, als hätten sie Streit. Jörn stand direkt vor Mango, der mir den Rücken zugewandt hatte, und so konnten sie mich beide nicht sehen. Ich war schon fast am Tisch angekommen, als Mango plötzlich mit der flachen Hand auf den Tisch schlug und ich hörte gerade noch die Wortfetzen: „… Es muss aber bald etwas geschehen, denn so kann es nicht weitergehen. Dann muss eben eine Entscheidung getroffen werden!" und Jörn darauf antwortete: „Es geht aber im Moment nicht!"

Ich war etwas irritiert und verstand nicht, wovon die beiden sprachen, aber es ging auf jeden Fall heftig zur Sache. Als ich am Tisch angekommen war und sie mich sahen, hörten sie sofort auf zu reden.

Ich sah beide an und fragte: „Ist was?"

Und Jörn antwortete sofort „Nein, nein, alles o.k."

Danach sah es aber überhaupt nicht aus. Was war denn jetzt schon wieder los?

Jörn stand auf und sagte: „Lass uns gehen."

Mango verabschiedete uns zwar sehr freundlich, aber er warf dabei Jörn einen Blick zu, den ich nicht deuten konnte. Irgendetwas stimmte nicht.

Als wir draußen waren, sah ich Jörn an und fragte noch einmal: „Ist wirklich alles o.k.?"

Er zog mich eng an sich und sagte: „Ja, es ist alles gut, mach dir keine Sorgen."

Irgendwie fand ich es zwar etwas seltsam, aber ich wollte mir jetzt einfach keine Sorgen machen, denn das hatte ich mir heute schon genug gemacht. Ich war froh, dass sich das alles so geklärt hatte und für heute reichte mir das Chaos. Zudem war ich mittlerweile wirklich müde und wollte nach Hause. Er legte den Arm um meine Schulter und wir gingen los.

Es war schon ziemlich frisch geworden und ich zog meine Jacke etwas enger um meinen Körper.

„Ist dir kalt?", fragte er.

„Ein wenig kühl", antwortete ich, „aber es geht schon."

Er zog mich ein wenig näher zu sich, sodass ich seinen warmen Körper spüren konnte. Und das, was ich vorhin, als wir hierhergekommen waren, überhaupt nicht gewollt hatte, nämlich, dass er mir nahe kam, empfand ich jetzt wieder als sehr angenehm. Ich schmiegte mich noch ein wenig enger an ihn und er hielt mich fest in seinem Arm. So gingen wir die meiste Zeit schweigend nebeneinander her zum Auto. Der Weg kam mir vorhin viel länger vor, aber jetzt, wo wir die Strecke ohne Zwischenfälle gehen konnten, waren wir in kurzer Zeit dort angekommen. Wir stiegen ein und fuhren wieder die schmale Straße zurück, die wir gekommen waren. Der Mond hing am Himmel wie eine große Scheibe und warf sein Licht sanft auf den See. Es war diese Stimmung, die ich abends liebte. Der See lag ruhig und regungslos, nur am Rand hörte man manchmal ein leises Plätschern. Während sich Jörn auf die Straße konzentrierte, sah ich über den See, in dem sich das Mondlicht spiegelte und auf dessen anderer Seite man die kleinen Orte erkennen konnte, deren Häuser beleuchtet waren. So fuhren wir ruhig und die meiste Zeit noch immer schweigend nach Hause, das heißt zu meiner Wohnung.

Da ich selbst so in meine Gedanken versunken war, hatte ich gar nicht wahrgenommen, was mit Jörn los war. Ich schaute zu ihm hinüber und sah, dass er ziemlich angespannt hinter dem Lenkrad saß. Ich strich ihm sanft über die Wange und sagte: „Wo bist du mit deinen Gedanken?"

„Och", antwortete er, „ich musste gerade an etwas denken."

Er nahm meine Hand und küsste die Innenseite meiner Finger. Ich entzog sie ihm und sagte lächelnd zu ihm: „Ich glaube es ist besser, du konzentrierst dich auf die Straße, mein Schatz."

Diese Worte kamen wie selbstverständlich über meine Lippen. Er sah mich an, aber irgendwie anders als sonst, fand ich. Eigentlich hätte ich gerne gewusst, woran er gerade gedacht hatte, denn irgendwie spürte ich, dass ihn etwas bedrückte. Aber da er nichts dazu sagte, wollte ich auch nicht weiter nachfragen. Wir hatten gerade das letzte Stück der Uferstraße hinter uns gelassen, bogen in den Ort ein und fuhren direkt zu meiner Wohnung.

Jörn parkte das Auto direkt vor dem Haus. „Wollen wir noch bei Silvio vorbeischauen?", fragte er.

„Oh, nein", antwortete ich, „heute bitte nicht, ich bin müde und ich muss morgen arbeiten."

„Kann ich dann noch kurz mit zu dir hoch kommen?", fragte er.

„Oh, Jörn, eigentlich nicht, ich bin wirklich müde und möchte gerne schlafen gehen", sagte ich.

„Bitte", sagte er und sah mich dabei fast flehentlich an.

„Na gut", willigte ich ein, „aber wirklich nur kurz." Ich schloss die Haustür auf und wir fuhren mit dem Aufzug nach oben in meine Wohnung.

„Wann musst du morgen arbeiten?" fragte er mich plötzlich.

„Ojc, das weiß ich gar nicht", antwortete ich.

Ich ging zu meinem Schreibtisch und sah in meinen Terminplaner. Zum Glück hatte ich Spätdienst. Das hieß, ich musste erst um 14 Uhr anfangen. Das rief ich so über die Schulter nach hinten. Da er aber merkwürdigerweise noch immer im Flur stand und mir nicht in das Wohnzimmer gefolgt war, konnte er das nicht hören. Ich ging zurück in den Flur und fragte: „Warum stehst du hier draußen und kommst nicht rein?"

Er kam auf mich zu und ich hatte den Eindruck, dass es ihm gerade nicht so gut ging.

„Hey, was ist mit dir?", fragte ich.

Er zog mich ganz dicht zu sich hin und hielt mich fest, als wollte er mich in sich aufsaugen. Er verbarg sein Gesicht in meinen Haaren und murmelte: „Bitte schick mich heute nicht weg. Lass mich hier bei dir übernachten."

Ich schob ihn sanft von mir weg und sah ihn an. Es klang irgendwie sehr merkwürdig, fast so, als hätte er vor irgendetwas Angst.

„Jörn, das geht nicht", sagte ich, „ich muss morgen arbeiten und du weißt, dass mein Job ziemlich anstrengend ist, da muss ich fit sein!

„Hast du Frühdienst?", fragte er.

„Nein, Spät", antwortete ich, „aber trotzdem, es geht nicht."

Er sah mich an, nahm meine Hand und sagte noch einmal: „Bitte! Ich kann heute Nacht nicht alleine sein"

Ich wusste nicht, was mit ihm los war, aber ich spürte, dass es ihm schlecht ging.

„Also gut", sagte ich, „meinetwegen. Aber ich muss schlafen."

„Natürlich, was denn sonst? Was hast du denn gedacht?" sagte er mit einem etwas gequälten Lächeln.

Ich musste lachen. Er nahm mich zärtlich in den Arm und sagte: „Danke!"

Ich nahm sein Gesicht in meine Hände und gab ihm einen Kuss. Er ließ es geschehen und sah mich dabei unendlich liebevoll an.

„Komm", sagte ich, „wir gehen jetzt schlafen."

Ich nahm ihn an der Hand und ging mit ihm ins Schlafzimmer. Dort ließ ich ihn allein und verschwand im Bad. Ich schminkte mich ab, putzte mir die Zähne und schlüpfte in mein Nachthemd. Dann holte ich aus meinem kleinen Wandschrank eine Zahnbürste aus meinem Vorrat und legte sie für ihn an das Waschbecken. Danach ging ich zurück ins Schlafzimmer. Jörn saß halb ausgezogen auf dem Bettrand und hatte den Kopf in die Hände gestützt. Als er mich hörte, setzte er sich auf.

Ich ging zu ihm hin und sagte: „Ich habe dir eine Zahnbürste hingelegt. Waschzeug kannst du dir aus dem Schrank nehmen, was du brauchst."

Er nickte und ging in das Badezimmer.

Ich legte mich ins Bett und dachte nach. Was war nur los mit ihm? Irgendetwas stimmte nicht, das spürte ich genau, aber ich hatte absolut keine Ahnung, was es war. Es dauerte nicht lange bis er zurückkam und so wurde ich in meinen Gedanken unterbrochen. Ich sah ihn an und klopfte mit meiner Hand auf das Bett neben mir.

„Komm", sagte ich.

Er ging um das Bett herum und legte sich zu mir. Er rückte ganz nah zu mir und ich kuschelte mich in seine Arme. Es war ein schönes Gefühl, das ich schon lange nicht mehr hatte. Auch er genoss die Nähe. Ich wollte eigentlich noch ein bisschen mit ihm reden, aber das Gefühl, ihm so nahe zu sein, war so schön, dass ich einfach nur so da lag und es genoss. Er sagte auch nichts und hielt mich einfach nur fest. Ich lag in seinen Armen wie in einem Schraubstock. Es dauerte wohl nicht sehr lange und ich war eingeschlafen.

Ich weiß nicht, wie spät es war, als ich plötzlich aufgeweckt wurde, weil Jörn neben mir heftig mit den Armen um sich schlug und stöhnte. Er warf sich im Bett hin und her. Ich brauchte einen Moment, um die Situation zu verstehen. Wo war ich? Was war da los? Ich setzte mich auf und verstand die Situation sofort. Ich rüttelte ihn und rief: „Hey, Jörn, wach auf, was ist denn los?"

Er stieß meine Hand weg, stöhnte auf und schlug wieder wild um sich. Oh, mein Gott, dachte ich, was mach ich bloß? Irgendetwas musste ich tun, aber ich hatte keine Zeit, um lange zu überlegen. Ich setzte mich auf seinen Bauch und versuchte seine Hände festzuhalten. Das war gar nicht so einfach, aber irgendwie gelang es mir. Ich hielt ihn mit aller Kraft, die ich hatte, fest und schrie ihn an. Irgendwann, nach einer endlos scheinenden Zeit, öffnete er die Augen und sah mich völlig entsetzt an. Er versuchte aufzustehen, aber das gelang ihm nicht, da ich auf ihm saß. Ich redete besänftigend auf ihn ein, und nachdem die wilden Bewegungen seiner Hände vorbei waren, legte ich mich auf ihn und drückte mein Gesicht an seine Wange. Ich streichelte sein Gesicht und sagte: „Es ist alles gut, du hast nur geträumt."

Er beruhigte sich langsam und realisierte, wo er denn war. Ich lag über seiner Brust und spürte sein Herz rasen. Er lag völlig erschöpft da und ich blieb einfach auf ihm liegen und hielt ihn fest. Mit der Zeit beruhigte sich sein Herzschlag und auf einmal sagte er: „Lass mich bitte aufstehen."

Ich war mehr als glücklich, ein paar normale Worte von ihm zu hören und rutschte zur Seite. Er stand auf und verschwand ohne ein weiteres Wort im Bad. Ich merkte erst jetzt, wie aufgeregt ich selber war, und ließ mich rücklings in mein Kissen fallen. So lag ich da und starrte an die Decke. Was zum Teufel war nur los mit ihm? Das war ja ein richtiger Albtraum! Ich sah auf die Uhr. Es war halb vier Uhr und an Schlaf war nicht mehr zu denken. Ich lag eine Weile da, als ich die Badezimmertür hörte. Jörn kam zurück und hatte total nasse Haare. Es sah so aus, als hätte er sich den Kopf unter das Wasser gehalten. Er sah schrecklich aus. Er kam zu mir und setzte sich auf die Bettkante.

Er sah mich an und sagte: „Entschuldige bitte, dass ich dich geweckt habe."

Ich dachte ich höre nicht richtig ... Warum entschuldigte er sich für etwas, wofür er gar nichts konnte? Ich wollte mich aufrichten und etwas darauf erwidern, aber er sagte: „Nein, du musst nichts sagen. Ich weiß, du musst schlafen und deswegen werde ich jetzt gehen."

Ich sah ihn total erschrocken an.

„Nein, du kannst jetzt nicht gehen. Was ist denn los mit dir?", fragte ich.

Er sah mich unendlich liebevoll, aber auch unsäglich traurig an und sagte: „Nichts, es ist alles in Ordnung, schlaf weiter."

Wie stellte er sich denn das vor? Ich konnte mich doch jetzt nicht einfach umdrehen und weiterschlafen, so als ob nichts gewesen wäre. Und dass alles in Ordnung war, war ja wohl leicht übertrieben. Gar nichts war in Ordnung. Jörn war aber nicht bereit auch nur ein Wort mehr dazu zu sagen, sondern stand auf und zog sich an. Ich stand ebenfalls auf und ging zu ihm. Ich blieb vor ihm stehen und fragte: „Was ist los mit dir?"

Er sah verlegen zur Seite. Ich legte meinen Finger unter sein Kinn und drehte seinen Kopf in meine Richtung, um ihn anzusehen, doch er drehte ihn sofort wieder zurück. Er wollte partout nicht sprechen. Ich gab es auf und ging ziemlich traurig zurück. Ich blieb vor dem Fenster stehen. Draußen war es stockdunkle Nacht und nur vereinzelt sah man noch irgendwo in einem Haus ein Licht brennen.

Plötzlich stand er hinter mir und sagte leise: „Denise, es tut mir leid."

Ich drehte mich zu ihm um und sagte: „Warum kannst du mir nicht sagen, was mit dir los ist?"

Er sah mich an, liebevoll wie immer, und wollte zu sprechen beginnen. Ich dachte schon jetzt kommt endlich eine Antwort – aber es kam nur: „Ich kann es dir nicht sagen."

Das war zwar nicht das, was ich hatte hören wollen, aber es war zumindest auch nicht mehr wie vorhin: „Es ist alles in Ordnung."

Ein kleiner Fortschritt war ja schließlich besser als gar keiner. Ich unternahm noch einmal einen Versuch, ihn zum Bleiben zu bewegen, aber er schüttelte nur den Kopf, drehte sich um und ging. Ich stand da, wie ein begossener Pudel und wusste nicht mehr, was ich denken sollte. Ich ging ins Bad und zog mir meinen Bademantel über. An schlafen war nun überhaupt nicht mehr zu denken. Ich öffnete meine Terrassentür und trat nach draußen in die kühle Nachtluft. Dort lehnte ich mich an den Türrahmen und hing meinen Gedanken nach. Die waren natürlich bei Jörn. Was um Himmelswillen war nur los mit ihm? Und vor allem, warum konnte er nicht darüber reden? Was konnte so schlimm sein, dass er auch mit mir nicht darüber sprechen wollte? Ich hatte absolut keine Ahnung. Mir wurde kalt hier draußen und ich ging zurück ins Schlafzimmer. Aber ich konnte nicht ins Bett gehen. Ich ging im Schlafzimmer auf und ab und versuchte meine

Gedanken zu beruhigen, aber das gelang mir nur mehr schlecht als recht. Ich setzte mich in meinen Schaukelstuhl und nahm eine Zeitschrift zur Hand. Lustlos blätterte ich darin herum, ohne auch nur irgendetwas von dem Inhalt wahrzunehmen. Ich saß eine gefühlte Ewigkeit in diesem Stuhl und je länger ich saß, desto nervöser wurde ich. Ich konnte mir einfach keinen Reim darauf machen, was mit Jörn los war. Es war zum Verrücktwerden. Wenn ich nur wüsste, wie ich ihm helfen könnte! Aber wie sollte ich, wenn ich nicht einmal wusste, was sein Problem war? Es war nur offensichtlich, dass er eines hatte. Wie sollte das nur weitergehen? Würde es überhaupt weitergehen? Ich wusste es im Moment absolut nicht. Ich war mir auch bei mir nicht sicher, ob ich in so einem Chaos weitermachen wollte. Es tat momentan einfach nur unheimlich weh, an ihn zu denken. Die letzten beiden Tage waren, von dem Chaos einmal abgesehen, einfach wunderschön. Ich liebte seine Nähe und fühlte mich bei ihm einfach rundherum wohl. Er war charmant und liebevoll, hatte Humor und immer darum bemüht, dass es mir gut ging. Dazu sah er auch noch verdammt gut aus, war groß, braun gebrannt und hatte einen gut trainierten Body. Es passte einfach alles - eigentlich, wenn, ja wenn da nicht diese andere Seite von ihm wäre, die ich absolut nicht verstehen konnte. Aber ich konnte es drehen und wenden, wie ich wollte, ich fand einfach keine Antwort darauf, was mit ihm los war.

Ich weiß nicht, wie lange ich in meinem Schaukelstuhl saß, aber irgendwann wurde mir kalt. Also stand ich auf, ging an meinen Kleiderschrank und nahm mir eine kuschelig warme Fleece-Jacke heraus. Ich schlüpfte hinein, schlug sie vorne über der Brust zusammen und zog sie bis an mein Kinn hoch. Mich fröstelte. Ich brauche jetzt einen heißen Tee, dachte ich und ging in die Küche. Dort brühte ich mir eine große Tasse meines Lieblingstees und nippte vorsichtig an der heißen Flüssigkeit. Das tat unheimlich gut, aber richtig warm wurde mir dadurch nicht. Im Gegenteil, ich hatte jetzt auch eiskalte Füße. Ich nahm meine Teetasse und ging noch einmal in das Schlafzimmer, um mir warme Socken zu holen. Ich zog mir dicke Kuschelsocken an, schlüpfte unter die Bettdecke und stellte meine Teetasse auf das Nachtschränkchen. Dabei fiel mein Blick auf mein Buch, das dort lag. Ich nahm es zur Hand und las ein paar Seiten. Zwischendurch trank ich meinen Tee, und als die Tasse leer war und ich deswegen nicht mehr aufrecht im Bett sitzen musste, rutschte ich weiter nach unten und klemmte mir ein Kissen unter den Kopf. So konnte ich im Liegen lesen. Ich nahm wieder mein Buch zur Hand und las. Irgendwann fielen mir die Augen zu. Als ich aufwachte, war es schon Morgen. Besonders hell war er allerdings nicht, denn der Himmel war ziemlich bedeckt und es regnete leicht. Ich sah auf die Uhr und erschrak. Es war schon 13.30 Uhr mittags. Ich musste um 15 Uhr arbeiten, da blieb nicht mehr so viel Zeit, denn ich musste duschen, mir etwas zu Essen kochen und letztendlich hatte ich auch noch 15 Minuten Fußweg. Also sprang ich aus dem Bett und hüpfte unter die Dusche. Danach schlüpfte ich in meinen Bademantel und ging in die Küche. Ein Blick in den Kühlschrank und es war klar, dass ich mich nicht sonderlich um das Kochen kümmern musste, denn es gab nicht viel, was sich dafür geeignet hätte. Einkaufen wäre auch nicht schlecht, dachte ich. Das machte ich normalerweise an meinen freien Tagen, aber diese hatte ich ja diese Woche nun einmal anders verbracht und darüber hatte ich das Einkaufen glatt vergessen. Doch jetzt war dafür keine Zeit mehr. Ich schlug mir ein paar Eier in die Pfanne und bereitete mir aus den letzten zwei Tomaten, die der Kühlschrank noch hergab, einen Tomatensalat zu. Nach dem Essen räumte ich das schmutzige Geschirr in die Spülmaschine und machte Ordnung in der Küche. Als ich mich anziehen wollte, stellte ich fest, dass ich gar keine gebügelte Hose zum Arbeiten hatte und so baute ich schnell mein Bügelbrett auf, zog eine schwarze Hose aus dem Bügelkorb und bügelte sie. Ich ging ins Bad, zog mich an, zupfte mich zurecht und machte ich mich auf den Weg zur Arbeit. Da es noch immer leicht regnete, nahm ich meinen Regenschirm und verließ das Haus. Ich ging die Straße entlang und hing so meinen Gedanken nach und diese waren, wie konnte es anders sein, wieder einmal bei Jörn und bei der gestrigen Situation. Es machte mich traurig, wenn ich daran zurückdachte, was gestern passiert war.

Ich war so in meine Gedanken versunken, dass ich fast erschrak, als ich plötzlich vor meiner Arbeitsstelle stand. Hannelie stand draußen auf der überdachten Terrasse und rief mir zu. Ich winkte ihr, betrat das Hotel durch einen Nebeneingang und ging zu unseren Umkleideräumen. Ich nahm eine frische Bluse vom Haken, zog sie schnell an, warf einen kurzen Blick in den Spiegel, strich mir noch einmal die Haare zurecht und ging nach unten.

Es war nicht viel los, was bei diesem regnerischen Wetter nicht verwunderlich war, denn es war nicht nur nass, sondern auch ziemlich frisch. Kein Vergleich mehr, zu den letzten beiden Sonnentagen, die ich mit Jörn verbracht hatte. Und schon wieder war er in meinen Gedanken. Als ich den Gastraum betrat, kam Hannelie gerade von der Terrasse herein und begrüßte mich fröhlich. Sie war eine Frohnatur und hatte immer gute Laune.

„Hey, Denise, bist du auch wieder da?“, rief sie mir lachend entgegen. Bei so viel Fröhlichkeit musste selbst ich lachen, obwohl mir gar nicht danach zumute war.

„Na, hattest du schöne freie Tage?“

Ich sah sie an und musste mit den Tränen kämpfen.

„Hey, Denise, was ist los mit dir?“, fragte sie.

Ich drehte mich von ihr weg, denn ich hätte sonst wohl auf der Stelle losgeheult. Sie kam sofort zu mir und wollte gerade etwas sagen, als ein Gast nach ihr rief. Sie sah mich mit großen Augen an und verschwand auf der Terrasse. Es waren dort nur wenige Tische besetzt und ich sah, wie sie mit dem Gast, der sie gerufen hatte, sprach. Nachdem ich gesehen hatte, dass sie die linke Seite der Terrasse bediente, war klar, dass ich die rechte Seite hatte. So war die Aufteilung draußen, einer rechts, der andere links. Während ich so nach draußen blickte, hörte ich plötzlich hinter mir ein Geräusch. Als ich mich umdrehte, sah ich Chiara, die von der anderen Seite hereinkam.

„Oh, ciao, Denise", rief sie.

„Ciao, Chiara", rief ich zurück.

„Tutto bene?", fragte sie.

„Si, si", antwortete ich.

In dem Moment kam Hannelie mit ihrer Bestellung zurück. Sie ging zur Kasse und tippte alles ein. Die Getränke-Bons kamen bei Chiara hinter der Theke aus dem Drucker, die Essens-Bons gingen direkt in die Küche. Ich stand gedankenverloren am Fenster und sah nach draußen auf die Terrasse. Hinter mir hörte ich das Klappern an der Theke, wo Chiara die Getränke für Hannelie richtete. Dann sah ich sie mit dem Tablett in der Hand wieder auf die Terrasse hinauslaufen. Sie servierte sie dem Gast, zu dem sich mittlerweile noch ein weiterer gesellt hatte. Ich wusste nicht, ob das Hausgäste waren oder Gäste von außerhalb. Jedenfalls kannte ich sie nicht. In meiner Station war gähnende Leere und so hatte ich nichts zu tun. In Hannelies Station waren drei Tische besetzt und so hielt sich auch ihre Arbeit in Grenzen. Als sie von der Terrasse zurückkam, ging sie schnurstracks zur Theke, stellte ihr Tablett dort ab und dann stand sie auch schon neben mir.

„Was ist los mit dir?", fragte sie in besorgtem Ton.

Aber ich konnte nicht antworten, denn ich hatte schon wieder Tränen in den Augen. Und was hätte ich ihr auch erzählen sollen? Etwas, was ich selber ja nicht einmal verstand, wie sollte das ein anderer verstehen?

Sie merkte, dass es mir absolut nicht gut ging, denn sie fragte: „Kann ich dir irgendwie helfen?"

Ich schüttelte nur den Kopf.

„Ist an deinen freien Tagen etwas passiert?", bohrte sie weiter.

„Na ja, irgendwie schon …"

„Himmelherrgott noch mal, Denise", sagte sie, „lass dir doch nicht alles aus der Nase ziehen!"

„Hannelie", sagte ich, „das ist eine lange Geschichte, die lässt sich nicht in zwei Sätzen erklären."

„Na, dann fang an", sagte sie.

Das war gar nicht so einfach, denn wo sollte ich anfangen? Also sagte ich ihr kurz in zwei Sätzen, wie beziehungsweise wo ich Jörn kennengelernt und dass ich ihn hier wiedergetroffen hatte.

„Aha", meinte sie, „ein Jörn also. Und was hat er mit dir gemacht, dass du jetzt so nah am Wasser gebaut bist?"

„Ja, das ist eine Geschichte für sich", sagte ich, „aber gemacht hat er eigentlich gar nichts." Obwohl … wenn ich so genauer darüber nachdachte, konnte man das so jetzt auch nicht sagen. Ich musste ein wenig lächeln, als ich so an die letzten Tage dachte, aber das würde jetzt zu weit führen, wenn ich Hannelie auch noch meine Bettgeschichte erzählen sollte.

„Also, wenn der Gedanke daran dich zum Lächeln bringt, kann es ja so schlimm nicht gewesen sein", hörte ich sie sagen.

„Ja, da hast du Recht, das war es auch nicht.", antwortete ich.

„Was war es dann?", fragte sie weiter.

Aber bevor ich dazu kam, ihr weiter zu erzählen, betrat eine kleine Gruppe das Restaurant. Drinnen war es mit der Aufteilung der Stationen wie draußen. Ich hatte die rechte Seite und genau dorthin setzten sich diese Leute. Ich musste jetzt also etwas tun.

„Soll ich?", fragte Hannelie.

„Nein, nein", sagte ich, „ich mache das schon."

Das war nun einmal mein Job und da musste ich jetzt durch. Und es tat mir auch ganz gut, mich wieder einmal auf etwas anderes konzentrieren zu können und nicht nur in meinem Selbstmitleid zu zerfließen. Obwohl… Selbstmitleid war es eigentlich nicht. Ich war einfach nur zutiefst traurig.

Es war mittlerweile schon 18 Uhr geworden und die Küche hatte geöffnet. Und das wurde von meinen Gästen auch gleich wahrgenommen. Alle bestellten Essen und so hatte ich auch tatsächlich richtig zu tun. Die Terrasse war mittlerweile komplett leer und bei diesem Wetter war auch nicht mehr damit zu rechnen, dass sich das heute noch einmal ändern würde. Hannelie begann schon langsam damit, die Terrasse abzuräumen, während ich drinnen meine Gäste bediente. Ansonsten war nichts los. Chiara langweilte sich an der Theke. Als sie sah, dass Hannelie anfing die Terrasse abzuräumen, ging sie nach draußen und half ihr. Sie scherzten wohl miteinander herum, denn ich hörte ihr Lachen bis nach drinnen. Als ich meinen Gästen das Essen serviert hatte, waren die beiden draußen gerade fertig und brachten die Sitzkissen und die Tischdecken herein. Ich half ihnen noch schnell die letzten Kissen zusammenzutragen. Draußen war es wirklich sehr ungemütlich geworden. Es war jetzt richtig kalt und es regnete stärker. An der ganzen Seepromenade entlang war kein Mensch zu sehen, was ja kein Wunder war. Wer ging bei so einem Wetter schon freiwillig vor die Tür? Ich stand eine Weile und schaute über den See, der ja quasi vor unserer Tür begann. Aber es war so ungemütlich hier draußen, dass ich es vorzog, wieder nach drinnen zu gehen. Ich ging am Tisch meiner Gäste vorbei, um nachzusehen, ob dort alles in Ordnung war oder ob sie noch einen Wunsch hatten. Aber es war alles gut und ich zog mich wieder zurück. Hannelie und Chiara standen an der Theke und unterhielten sich. Ich gesellte mich zu ihnen. Hannelie meinte, dass wir heute Abend sicher früh Feierabend machen könnten, denn es sah nicht danach aus, als ob heute noch groß etwas passieren würde. Das glaubte ich eigentlich auch nicht – oder besser gesagt, ich hoffte es nicht, denn ich wollte wirklich gerne nach Hause. So standen wir drei also an der Theke herum und unterhielten uns. Ab und zu schaute ich bei meinen Gästen vorbei. Nachdem sie mit dem Essen fertig waren, räumte ich den Tisch ab, fragte nach, ob jemand noch Dessert oder Kaffee wünschte und servierte dieses. Es war eine sehr angenehme und pflegeleichte Truppe, sodass ich nicht viel Arbeit mit ihnen hatte. Sie waren zufrieden, sowohl mit dem Essen als wohl auch mit mir, denn sie gaben ein sehr großzügiges Trinkgeld, als sie die Rechnung bezahlten. Als sie sich verabschiedeten, war es gegen halb neun Uhr. Hannelie und Chiara halfen mir den Tisch abzuräumen und alles wieder in Ordnung zu bringen. Als wir damit fertig waren, begann Hannelie auf einem kleinen Seitentisch schon Dinge für das Frühstück vorzubereiten. Plötzlich stand der Chef in der Tür. Er begrüßte uns und warf einen Blick in den leeren Gastraum.

„War nichts los?", fragte er.

Chiara erzählte ihm kurz, wie der heutige Abend gelaufen war.

„Oje", meinte er, „das war wohl nichts."

Von der Seite fragte ihn Hannelie, wie viele Hausgäste wir denn hätten. Das mussten wir wissen, damit wir nachher genügend Plätze für das Frühstück eindecken konnten. Er verließ den Gastraum und ging zur Rezeption, wo Margareta noch Dienst hatte. Kurz darauf kam er wieder zurück und sagte: „Acht!"

Na ja, dafür brauchten wir nicht viel Zeit, um die Tische vorzubereiten. Er ging nach draußen und sah sich um. Nach kurzer Zeit kam er wieder rein und sagte: „Mädels, richtet alles für das Frühstück und dann macht Feierabend, wir schließen!" Und mit diesen Worten verschwand er wieder so schnell, wie er gekommen war.

Wir sahen uns überrascht an, denn damit hatten wir nicht gerechnet. Aber jetzt gaben wir Vollgas. In Windeseile bereiteten Hannelie und ich alles für das Frühstück vor und Chiara brachte ihre Theke in Ordnung. Wir gingen uns umziehen, verabschiedeten uns von Margareta und verließen das Hotel. Hannelie und ich hatten die gleiche Richtung zu gehen, Chiara musste in die entgegengesetzte. So verabschiedeten wir uns und machten uns auf den Weg.

„Denise", sagte Hannelie, „wir gehen jetzt zu mir, ich mache uns eine schöne Tasse Tee und du erzählst mir alles."

Eigentlich wollte ich ja nach Hause, aber Hannelie nahm mich einfach an der Hand und ging los, ohne auf eine Antwort zu warten. Und so ergab ich mich in mein Schicksal.

Hannelies Wohnung lag etwa auf halber Strecke zwischen dem Hotel und meiner Wohnung und so hatten wir nur wenige Minuten zu gehen. Wir machten es uns in ihrer Küche gemütlich und sie kochte uns einen duftenden Tee. Sie stellte die Teekanne auf den Tisch, brachte zwei Teegläser mit und setzte sich mir gegenüber.

„Na, dann schieß mal los", sagte sie und sah mich an.

Tja, wo sollte ich anfangen? Ich holte einmal tief Luft und dann erzählte ich ihr alles, was sich die letzten beiden Tage so ereignet hatte. Sie unterbrach mich nicht, sondern hörte einfach nur zu.

„Oh, mein Gott, Denise", sagte sie, als ich fertig erzählt hatte, „das kann ich total verstehen, dass du ein bisschen von der Rolle bist, denn das klingt ja doch alles höchst merkwürdig. Was hat der bloß für ein Problem?

„Das frage ich mich auch die ganze Zeit", sagte ich, „aber ich habe nicht die leiseste Ahnung. Ansonsten ist er ein absoluter Traumtyp."

„Ja, aber einer mit einem besonderen Knall!", antwortete sie. „Und was willst du jetzt machen?", fragte sie und sah mich an.

„Nichts", antwortete ich.

„Wie nichts?", fragte sie. „Ruf ihn doch einfach an", sagte sie.

„Das geht nicht, weil …"

Sie unterbrach mich mitten im Satz und rief: „Warum geht das nicht? Natürlich rufst du ihn an."

„Nein", antwortete ich, „das geht nicht, weil ich keine Telefonnummer von ihm habe. Ich habe neulich meinen Telefonspeicher geleert und deshalb ist die Nummer weg. Und den Zettel, auf dem er mir damals seine Telefonnummer aufgeschrieben hatte, den habe ich nicht mehr. Ich habe schon meine ganze Wohnung danach abgesucht, aber ich kann ihn nicht finden.

Sie sah mich völlig entsetzt an und sagte: „Das ist jetzt nicht dein Ernst, oder?"

„Doch, das ist es!", sagte ich traurig. „Und jetzt, liebe Hannelie, muss ich nach Hause. Ich bin wirklich todmüde, denn ich habe die letzte Nacht nicht so viel geschlafen.

Wie arbeitest du morgen?", fragte ich sie.

„Spät", antwortete sie.

„Oh, prima, ich auch", sagte ich, „dann sehen wir uns ja auf jeden Fall." Ich trank noch den letzten Schluck aus meiner Teetasse und machte mich auf den Heimweg.

Es hatte aufgehört zu regnen, aber es war ziemlich kalt. Ich zog meine Jacke ein bisschen enger um mich und ging mit flottem Schritt nach Hause. Dort angekommen, hing ich meine Jacke an die Garderobe, schmiss meine Schuhe in die Ecke und ließ mich in meinen Schaukelstuhl fallen. Ich merkte erst jetzt, wie erledigt ich war. Je länger ich so in meinem Schaukelstuhl saß, desto weniger Lust hatte ich aufzustehen. Aber schlafen konnte ich hier ja nun auch nicht, also musste ich mich irgendwie aufrappeln. Eigentlich hätte ich jetzt gerne ein heißes Bad genommen, aber dazu war ich zu müde. Also raffte ich mich auf und ging ins Bett. Da ich morgen auch noch einmal Spätschicht hatte, musste ich mir keinen Wecker stellen und konnte ausschlafen. Das war ein schönes Gefühl und mit diesem kuschelte ich mich unter meine Bettdecke und schlief auch tatsächlich sofort ein. Ich schlief die ganze Nacht durch, ohne auch nur ein einziges Mal aufzuwachen. Entsprechend ausgeruht war ich, als ich am nächsten Morgen wach wurde. Ich fühlte mich wie neugeboren. Das Wetter war nicht wirklich viel besser als gestern. Der Himmel war dunkel, von Sonne keine Spur und es sah auch aus, als würde es jeden Moment anfangen zu regnen. Ein Wetter, bei dem man nur eines konnte, nämlich sich in die warme Badewanne zu flüchten. Und das tat ich jetzt auch. Ich ging ins Badezimmer, ließ mir heißes Wasser in die Wanne ein und suchte mir einen wohlriechenden Badezusatz. Das warme Wasser tat unheimlich gut und das Badesalz verströmte einen herrlichen Duft. Ich lehnte mich zurück, schloss meine Augen und genoss die Wärme und die Stille um mich herum. Mein Körper entspannte sich langsam und auch meine Gedanken hatten sich, im Gegensatz zu gestern, ein wenig beruhigt. Ich dachte zwar immer noch recht häufig an Jörn, aber auch das war seit gestern, nachdem ich mit Hannelie gesprochen hatte, nicht mehr ganz so dramatisch. Das Reden mit ihr hatte mir sehr gut getan. Ich genoss mein Bad und fühlte mich danach richtig gut. Ich zog mich an und dabei fiel mir wieder ein, dass mein Kühlschrank ziemlich leer war. Also musste ich einkaufen gehen. Ein Blick aus dem Fenster sagte mir, dass es wohl besser wäre, einen Regenschirm mitzunehmen. So machte ich mich also auf den Weg. Der kleine Supermarkt, wo ich hingehen wollte, lag etwa zehn Minuten von meiner Wohnung entfernt. Dort gab es alles, was ich brauchte. Ich kaufte meine Sachen ein, verstaute sie in meiner großen Einkaufstasche und wollte mich gerade auf den Rückweg machen, als auf einmal jemand meinen Namen rief. Ich drehte mich um und sah in Hannelies fröhliches Gesicht.

„Guten Morgen, Denise", rief sie, „na, wie geht es dir?"

„Ganz gut", antwortete ich, und erzählte ihr von meinem ausgiebigen Bad am Morgen und von meinem leeren Kühlschrank. Sie lachte.

„So ähnlich sieht es bei mir auch aus. Wollen wir einen Kaffee trinken gehen?", fragte sie.

Ich überlegte kurz und sagte: „Kaffee eigentlich nicht so gerne, aber etwas zu Essen wäre nicht schlecht, denn ich habe Hunger."

„Oh, Essen ist auch gut", meinte sie, „ich hatte außer einer Tasse Kaffee heute Morgen auch noch nichts."

Na, das passte ja dann gut.

Wir überlegten kurz, wohin wir gehen wollten und entschieden uns für eine kleine Café-Bar ganz in der Nähe. Ich hing mir meine Einkaufstasche, die zum Glück lange Henkel hatte, über die Schulter und wir gingen los. Wir hatten nur ein paar Schritte zu gehen, denn das Bistro lag hier quasi um die Ecke. Es war klein und sehr gemütlich, aber trotzdem waren wir noch nicht sehr oft hier. Das lag in erster Linie daran, dass es etwas abseits lag und wir normalerweise, vor allem bei schönem Wetter, die Seepromenade mit ihren unzähligen kleinen Lokalen bevorzugten. Dort konnte man einfach alles finden. Trotzdem war für uns nicht die Essensauswahl das Wichtigste, sondern die wunderschöne Aussicht auf den See.

Hannelie lebte ja schon seit zehn Jahren hier und schwärmte immer noch davon, wie schön es hier ist. Aber da heute das Wetter eben nicht so mitspielte, war uns auch das kleine Bistro ganz recht. Dort angekommen suchten wir uns einen kleinen Tisch am Fenster. Die Speisekarte war, wie das Lokal auch, klein, aber fein. Wir bestellten unser Essen und unterhielten uns. Hannelie fragte mich, ob ich mir schon Gedanken gemacht hätte, was ich nach dieser Saison hier am See machen wollte, denn diese war definitiv Ende Oktober vorbei.

„Nein", sagte ich, „darüber habe ich noch gar nicht nachgedacht."

Ich fragte sie, was sie denn im Winter tun würde und sie erzählte, dass sie schon seit Jahren hoch oben in den Alpen in einem Skigebiet arbeitete und das auch diesen Winter tun wollte. Winter – oje, da kam wieder die Erinnerung an meine verkorkste Wintersaison hoch. So etwas wollte ich auf keinen Fall noch einmal erleben. Aber andererseits hätte ich diesen Winter nicht gehabt, hätte ich auch Jörn nicht kennengelernt und wäre nicht hier am See gelandet. Also war das Ganze trotz allem doch für etwas gut gewesen. Obwohl Jörn – na ja, ob das so gut war, darüber war ich mir nicht mehr so sicher. Hannelie erzählte mir, was sie in den vergangenen Wintersaisons so alles erlebt hatte und es waren einige lustige Dinge dabei, worüber wir herzlich lachen konnten.

„Na ja, vielleicht sollte ich doch noch einmal einen Versuch unternehmen", sagte ich.

„Ja, auf jeden Fall", sagte sie, „es ist ja nicht überall so, wie du das erlebt hast."

Das war mir schon klar und ich wollte es mir noch einmal überlegen.

Die Zeit verging, wie immer wenn wir zusammen am Ratschen waren, wie im Flug und ruck-zuck war es schon spät geworden, sodass wir uns beeilen mussten, da wir ja heute noch arbeiten sollten. Wir bezahlten und verließen das Lokal. Draußen verabschiedeten wir uns und jede machte sich auf den Weg nach Hause. Ich freute mich, dass es im Moment nicht regnete und so kam ich trockenen Fußes nach Hause. Es blieb noch etwa eine Stunde Zeit, das hieß, dass ich noch etwa 40 Minuten hier vertrödeln konnte, bis ich wieder los musste. Ich räumte meine Einkäufe weg und freute mich, dass mein Kühlschrank nun wieder gut gefüllt war und ich mir morgen etwas Leckeres zu Mittag kochen konnte. Dann zog ich mich um. Die Hose, die ich gestern getragen hatte, war noch in Ordnung, sodass ich sie auch heute noch einmal anziehen konnte. So konnte ich mir schon die Zeit sparen, um eine neue zu bügeln. Gewaschen hatte ich immer alles, aber das Bügeln – das war so eine Sache. Das verschob ich immer von einem Tag zum anderen. Aber heute blieb ich damit zum Glück verschont. Ich zupfte mir vor dem Spiegel die Haare zurecht, legte ein bisschen Lippenstift auf und machte mich auf den Weg. Zur Sicherheit nahm ich meinen Regenschirm wieder mit, obwohl es im Moment nicht regnete. Aber das konnte ja heute Abend nach dem Arbeiten ganz anders aussehen. Als ich im Hotel ankam, sah ich, dass drinnen im Gastraum mehrere Tische zusammengestellt und eingedeckt waren. Ich betrat das Hotel wie immer durch den Seiteneingang, weil ich von dort direkt zu unseren Personalräumen kam. Ich zog mich um und ging nach unten. Maria stand an der Theke und sprach mit Anna. Anna war neben Chiara das zweite Thekenmädchen und sie hatte heute Abend Dienst. Ich gesellte mich zu ihnen und fragte, was wir denn für eine Gesellschaft hier hätten. Die beiden erklärten mir, dass es eine kleine Geburtstagsgesellschaft mit zehn Personen war und dass der Jubilar ein guter Bekannter unseres Chefs war. Ich warf einen kurzen Blick auf die Menükarte und überflog noch einmal den Tisch, aber es war alles perfekt. Der Wein war kaltgestellt und so konnten wir beruhigt sein. Alles andere würde sich ergeben, wenn die Gäste da waren.

Während wir uns am Unterhalten waren, platzte plötzlich Hannelie herein, rannte an uns vorbei und rief im Vorbeilaufen ein kurzes „Ciao tutti" und verschwand durch die nächste Tür. Wir schauten uns verdutzt an. Was war denn das jetzt?

Keiner von uns hatte eine Erklärung, bis Anna anfing zu lachen.

„Schaut mal auf die Uhr", sagte sie.

Oje, es war bereits zehn Minuten nach 16 Uhr und deshalb hatte es Hannelie so eilig, denn sie war zu spät dran. Kurz darauf kam sie völlig außer Puste herein geschossen und sagte: „Sorry, Mädels, ich weiß, ich bin zu spät."

Es war normalerweise nicht ihre Art, zu spät zur Arbeit zu kommen, da musste schon etwas passiert sein. Und das war es auch, wie sie uns jetzt kurz erzählte. Es hatte mit ihr selber eigentlich gar nichts zu tun, sondern sie hatte eine Nachbarin, deren Kind sich verletzt hatte, ins Krankenhaus gefahren und das hatte Zeit gekostet. Und da wir ja schon von unserem Mittagsplausch so spät nach Hause gekommen waren, hatte sie es halt nicht pünktlich geschafft. Das konnte passieren und nun war sie ja da.

„Auf welcher Seite bin ich", fragte sie.

Das wusste ich selber gar nicht, denn ich hatte noch nicht in die Diensteinteilung gesehen. Der Plan hing hinter der Theke und so sah Anna nach.

Sie sagte: „Hannelie rechts, Denise links."

„Oh, prima", sagte ich zu Hannelie gewandt, „dann hast ja du die Arbeit!" und deutete mit dem Kopf in Richtung des Geburtstagstisches.

„Was haben wir da?", fragte sie.

Anna erklärte es ihr kurz und ich sagte, dass ich schon den Menuplan studiert habe und es nichts Besonderes gibt.

„Gott sei Dank", sagte sie, „ich bin heute nämlich nicht so fit. Ich wäre jetzt lieber zu Hause geblieben."

„Na, prima", sagte ich, „da haben wir ja etwas gemeinsam."

Sie sah mich an und wusste natürlich genau, was ich damit meinte.

„Hast du nichts von ihm gehört?"

Ich schüttelte nur stumm den Kopf. Zu sagen brauchte ich nichts, denn sie verstand auch so. Und es reichte auch absolut, dass sie es verstanden hatte, denn mit jemand anders hätte ich darüber sowieso nicht reden wollen.

So langsam verirrte sich der ein oder andere Gast zu uns und wir hatten ein wenig zu tun. Dann trudelten so nach und nach die Geburtstagsgäste ein und es entwickelte sich zu einem lustigen Abend, an dem viel gelacht wurde.

Nachdem das Essen serviert und auch wieder abgeräumt war, gesellte sich unser Chef mit dazu, um mit dem „Geburtstagskind" anzustoßen. Ansonsten hatten wir den ganzen Abend über nicht viel zu tun. Das Wetter war auch heute ziemlich ungemütlich, sodass wir schon wieder früh die Terrasse abräumen konnten. Die Gesellschaft verabschiedete sich gegen 22 Uhr und, da unser Chef bis zum Ende dabeigesessen hatte, sagte er uns danach, dass wir, wenn wir aufgeräumt und das Buffet für das Frühstück vorbereitet haben, Feierabend machen könnten. Das ließen wir uns nicht zweimal sagen. Wir halfen alle zusammen, und als wir die Tische fertig gerichtet hatten, ging Hannelie nach draußen zur Rezeption, um bei Margareta nachzufragen, wie viel Hausgäste wir heute beziehungsweise morgen zum Frühstück haben. Als sie zurückkam, rief sie schon von Weitem: „Wie gestern acht!"

Das hatten wir in Windeseile erledigt und konnten danach nach Hause gehen. Wir verließen alle zusammen das Hotel, verabschiedeten uns voneinander und machten uns auf den Heimweg. Hannelie und ich gingen wieder das Stück bis zu ihrer Wohnung gemeinsam und ich dann das letzte Stück alleine. Den nächsten Tag hatte ich Mittagsschicht, das hieß, ich musste schon um 11 Uhr anfangen, hatte aber dafür auch schon um 19 Uhr Feierabend. Diese Schicht mochte ich auch ganz gerne, denn da hatte man noch etwas vom Abend. Das war vor allem sehr schön, wenn wir sonniges Wetter hatten und man abends noch am See sitzen konnte. Davon konnte im Moment bei unserem Wetter allerdings keine Rede sein, aber ich freute mich trotzdem, einen frühen Feierabend zu haben. Ich ging recht früh schlafen an diesem Abend und schlief auch ziemlich gut, entsprechend früh war ich am nächsten Morgen wach. Das war auch gut so, denn ich hatte ja heute nicht so viel Zeit. Ein Blick aus dem Fenster sagte mir, dass das Wetter heute nicht ganz so schlecht war, wie die beiden Tage zuvor. Wehmütig blieb ich am Fenster stehen und blickte nach draußen. Ganz automatisch wanderten meine Gedanken zu Jörn. Er hatte sich bis jetzt nicht gemeldet und das machte mich traurig. Als ich mich später auf den Weg zur Arbeit machte, konnte ich das heute einmal ohne Regenschirm tun. Das war zwar sehr erfreulich, aber wirklich aufheitern konnte mich das auch nicht.

So zogen sich die Arbeitstage dahin. Die Arbeitszeiten wechselten sich zwischen Mittags- und Abenddienst ab. Frühdienst mussten wir Gott sei Dank keinen machen, dafür hatten wir zwei Frühstücksmädchen. Das war sehr angenehm, denn um sechs Uhr arbeiten gehen zu müssen, wäre für mich eine Katastrophe gewesen. Aber davon blieb ich ja zum Glück verschont. Hannelie und ich trafen uns regelmäßig bei der Arbeit. Entweder hatten wir die gleiche Schicht oder eine hatte Mittags- und die andere die Abendschicht. Aber auch die unterschiedlichen Schichten überschnitten sich immer, sodass wir uns trotzdem fast täglich sahen, außer an unseren freien Tagen, denn die hatten wir nur manchmal zusammen. Doch in der folgenden Woche hatten wir das große Glück, dass wir zusammen frei hatten. Kürzlich hatten zwei neue Kolleginnen angefangen und somit waren wir nun bestens besetzt. Hannelie und ich trafen uns wieder bei der Arbeit und beschlossen, dass wir nächste Woche, an unseren freien Tagen, etwas zusammen unternehmen wollten. Was, das hing noch ein bisschen vom Wetter ab. Ich freute mich sehr darauf, denn Hannelie kannte die Gegend wie ihre Westentasche, da sie ja schon viele Jahre hier lebte, und konnte mir so einiges zeigen. Das Wetter besserte sich von Tag zu Tag, und als unsere freien Tage gekommen waren, hatten wir strahlenden Sonnenschein, sodass unserem Vorhaben nichts mehr im Wege stand. Und so machten wir uns auf. Hannelie holte mich mit dem Auto ab und wir fuhren, wie konnte es anders sein, am See entlang nach Italien. Sie liebte das mindestens genau so sehr wie ich. Einiges hier kannte ich ja schon, denn es war ein

Teil der Strecke, die ich auch mit Jörn gefahren war. Allerdings fuhren wir noch viel weiter.

Unterwegs sagte sie: „Wollen wir eine kleine Pause einlegen? Ich habe hier in der Nähe einen Bekannten, dem ein wunderschönes Hotel gehört, mit einer noch schöneren Terrasse."

„Ja, von mir aus gerne", sagte ich.

Gegen ein schönes, sonniges Plätzchen hatte ich nie etwas einzuwenden. Und so fuhren wir dorthin. Das Hotel war wirklich sehr schön gelegen und die Terrasse hielt, was Hannelie versprochen hatte. Wir suchten uns den schönsten Platz aus. Hier gab es Sonne pur. Man konnte es sich fast nicht mehr vorstellen, dass es vor ein paar Tagen noch so kalt und ungemütlich war, bei dem herrlichen Sonnenschein heute. Wir hatten uns gerade an den Tisch gesetzt, als ein kleiner, wie es schien Italiener, auf uns zukam und Hannelie überschwänglich begrüßte. Mir war sofort klar, dass das Hannelies Bekannter war. Nachdem sie sich begrüßt hatten, stellte Hannelie uns vor, und so erfuhr ich, dass er Mario hieß. Er fragte uns ein Loch in den Bauch. Was uns denn hierher verschlagen hat und wohin wir denn noch wollten und so weiter. Hannelie erzählte es ihm.

„Oh", sagte er, „da habt ihr euch aber ein schönes Ausflugsziel ausgesucht."

Da ich überhaupt nicht wusste, wovon die beiden redeten, stand ich nur unwissend daneben. Hannelie erklärte Mario, dass ich das noch nicht kannte und keine Ahnung hatte, was mich dort erwarten würde.

„Na, dann", sagte er, „lass dich überraschen", und zwinkerte mir zu.

Wir bestellten unsere Getränke und Mario verschwand mit unserer Bestellung nach drinnen. Kurz darauf servierte uns eine Kellnerin unsere eisgekühlten Getränke.

„Mein Gott, ist das schön hier", sagte ich zu Hannelie.

Das Hotel lag etwas erhöht und von der Terrasse aus hatte man einen unglaublichen Blick über den See. Unterhalb der Terrasse erstreckte sich, soweit das Auge reichte, ein tropischer Garten. Ich konnte nicht erkennen, wo das Ende war, so riesig war das hier alles.

Hannelie sagte: „Komm, ich zeige dir etwas."

Wir gingen bis zum Ende der Terrasse zu einem großen Geländer aus Stein. Die Innenseite war sehr hübsch mit Blumen dekoriert. Sie drückte mich zwischen zwei Blumenkübeln hindurch direkt an das Geländer und sagte: „Schau mal!"

Ich musste mich ziemlich strecken, um über das Geländer sehen zu können, aber es lohnte sich. Was ich da unten zu sehen bekam, war der absolute Wahnsinn. Ein riesiger Pool, umgeben von tropischer Vegetation. Die Terrasse, auf der wir uns gerade befanden, stand auf Säulen und die Hälfte des Pools war darunter „versteckt", die andere Hälfte lag im Freien. So konnte man auch bei Regenwetter im Pool planschen. Der Anblick war unbeschreiblich schön.

„Komm", sagte sie, „ich zeige dir den Garten."

Wir gingen zum Ende der Terrasse, wo man über eine kleine Treppe in den Garten kam. Ich wusste nicht, wohin ich zuerst schauen sollte, so überwältigend war es hier. Wohin man auch sah, überall gab es Blumen und Palmen. Und es duftete aus allen Ecken.

„Wie im Paradies", sagte ich.

Hannelie musste lachen und sagte: „Ja, das Hotel heißt nicht umsonst »Hotel Paradiso«."

Das war auf jeden Fall der perfekte Name, für diese Oase hier. Es gab einen Rundweg durch den Garten, der uns wieder zurück zur Terrasse führte. Als wir dort angekommen waren, winkte uns Mario von oben zu.

„Kommt her", rief er uns zu. Er hatte zwei Teller mit Kuchen in der Hand und sagte: „Wir haben gerade frischen Kuchen gebacken und den müsst ihr probieren. Wo wollt ihr euch denn hinsetzen?"

Hannelie und ich schauten uns an. Kuchen, da musste man uns nicht lange bitten. Wir setzten uns an einen kleinen Tisch am Ende der Terrasse und Mario stellte die beiden Teller vor uns auf den Tisch. „Der Kaffee kommt gleich", sagte er.

„Oh", sagte ich, „könnte ich vielleicht auch bitte einen Tee bekommen?"

„Ja, natürlich", sagte er.

Er verschwand im Haus und kam kurz danach mit einem Tablett in der Hand zurück. Darauf stand die Tasse Kaffee für Hannelie und ein Teeglas mit dampfendem Wasser. Daneben eine Holzkiste mit bestimmt 20 Sorten Tee.

„Such dir aus, was du möchtest", sagte er, während er das Tablett auf den Tisch stellte, und verschwand wieder.

Ich entschied mich für einen duftenden Jasmintee und Hannelie und ich ließen uns den Kuchen schmecken. Er war sehr lecker. Als wir fertig waren, sagte Hannelie, dass wir jetzt so langsam los müssten, sonst schaffen wir den Rest nicht mehr. Was auch immer der Rest war ... Auf jeden Fall mussten wir dahin noch ein gutes Stück fahren. Da von Mario weit und breit nichts zu sehen war, riefen wir nach einer Kellnerin und sagten, dass wir gerne bezahlen wollten. Doch sie lächelte nur und schüttelte den Kopf.

„Das geht aufs Haus. Anordnung vom Chef!", sagte sie.

Wir sahen uns völlig verdutzt an, denn damit hatten wir natürlich nicht gerechnet. Jetzt brauchten wir aber Mario erst recht. Wir fragten die Kellnerin, wo wir ihn denn finden könnten? Sie versprach ihn zu schicken. Und das hatte sie auch eingehalten, denn kurz nachdem sie wieder nach drinnen verschwunden war, kam Mario zu uns gestürmt.

„Mädels", sagte er, „ich habe leider überhaupt keine Zeit, denn drinnen brennt die Hütte."

„Wir wollen dich auch gar nicht lange aufhalten", sagte Hannelie, „sondern uns verabschieden."

„Und uns für die Einladung bedanken", fügte ich hinzu.

„Aber gerne doch, Mädels", sagte er. „Habt noch einen schönen Tag, ich muss leider wieder nach drinnen. Ciao, ihr zwei."

Und mit diesen Worten verschwand er wieder im Haus.

„So", sagte Hannelie, dann machen wir uns mal auf den Weg."

Und so fuhren wir weiter an diesem wunderschönen See entlang. Das Wetter meinte es heute wirklich gut mit uns, denn wir hatten immer noch strahlenden Sonnenschein und es war angenehm warm. Wir fuhren etwa eine Stunde am See entlang, bis Hannelie plötzlich nach rechts abbog. Und von nun an ging es bergauf. Die Straße zog sich in Serpentinen den Berg hinauf, an den letzten Häusern vorbei in den Wald. Hannelie musste sich auf die Straße konzentrieren, denn diese wurde immer schmaler und der Abhang an meiner Seite immer steiler. Wir fuhren ein gutes Stück den Berg hinauf, als wir plötzlich auf einer Lichtung ankamen und die Straße zu Ende war. Vor uns lag ein großer Parkplatz und Hannelie stellte dort das Auto ab. Man konnte von hier aus einen kurzen Blick auf den See erhaschen und das war wunderschön.

„So", sagte sie, „hier ist Endstation. Jetzt müssen wir uns auf die Socken machen, denn das letzte Stück kann man nur zu Fuß erreichen."

„O.k.", sagte ich, „dann mal los. Ich bin ja nun wirklich gespannt, wo du mich hinführst."

„Na, lass dich überraschen. Aber ich bin mir ganz sicher, dass es dir gefallen wird", sagte sie.

Und so zogen wir los. Der Weg war schmal und manchmal auch recht steinig, aber trotzdem gut begehbar. Es dauerte etwa 20 Minuten, als wir um eine Wegbiegung kamen und ich vor uns ein Gebäude sah.

„Da sind wir", sagte Hannelie.

Ich sah sie überrascht an, denn das Gebäude machte nicht den Eindruck, als ob es da etwas Sehenswertes geben würde.

„Komm", sagte sie", du wirst gleich staunen."

Und so gingen wir los. Aber je näher wir kamen, desto weniger einladend sah es aus.

Ich sah Hannelie an und fragte: „Was ist das?"

Sie lachte und ging an mir vorbei zu einem kleinen Weg, der anscheinend um das Gebäude herumführte. Ich folgte ihr, und als wir um die Ecke gebogen sind, blieb ich mit offenem Mund stehen. Das was jetzt vor mir lag, war einfach unbeschreiblich.

Hannelie drehte sich zu mir um und sagte: „Und was sagst du jetzt?"

Ich sah sie an, aber ich konnte überhaupt nichts sagen, denn ich stand nur staunend da. Man musste noch ein paar Stufen nach unten gehen, dann stand man in einem riesigen Innenhof, der ringsherum von einer kleinen Mauer umgeben war. Und unter uns lag der See, auf den man von hier oben einen atemberaubenden Blick hatte. Es war wie im Märchen. Ich stand einfach nur da und konnte mich nicht von diesem Anblick losreißen.

Hannelie schubste mich leicht an und meinte: „Hallo, Denise, wollen wir uns vielleicht da hinten, an den kleinen Tisch setzen oder willst du hier Wurzeln schlagen?"

Da ich nicht sofort antwortete, schob sie mich sanft in Richtung des Tisches, den sie im Visier hatte. Ich sah immer wieder nach unten zum See. Es war ein Bild, das man hätte einrahmen können.

„Mein Gott, Hannelie", sagte ich, „das ist wirklich unbeschreiblich. Mir fehlen gerade ein wenig die Worte."

„Ja", sagte sie, „es ist wirklich ein Traum hier oben und ich war mir ziemlich sicher, dass es dir gefällt."

„Na, und ob mir das gefällt", sagte ich. „Da war ich heute nicht das letzte Mal."

Die Kellnerin kam und wir bestellten unsere Getränke. Es war mittlerweile später Nachmittag geworden und es gab außer uns nicht viele Gäste, deshalb war es auch recht ruhig hier. Eine kleine Oase der Stille mit einem gigantischen Ausblick. Hannelie und ich unterhielten uns über die Arbeit. Wir hatten ja vor ein paar Tagen noch zwei neue Kolleginnen bekommen und damit war das Team nun komplett. Eine der beiden Neuen war Mariella. Sie war Italienerin und hatte Temperament. Somit passte sie sehr gut zu Maria, die auch ihre italienische Herkunft nicht verleugnen konnte. Die andere Kollegin war Sabrina. Sie war die einzige Schweizerin im Haus. Ich hatte den Eindruck, dass die beiden ganz gut zu uns passten. Hannelie hatte bisher nur mit Mariella zusammengearbeitet und mit ihr kam sie gut zurecht. Ich hatte schon mit allen beiden zu tun gehabt und hatte absolut keine Probleme. Und so konnten wir der kommenden Saison entspannt entgegensehen. Hannelie arbeitete ja schon einige Jahre in diesem Hotel und konnte mir so einiges über Saisonkollegen erzählen. Ich musste bei manchen Sachen herzlich lachen, aber ich konnte mir schon gut vorstellen, dass es nicht so lustig war, wenn man das erleben musste. Und so erfuhr ich auf amüsante Weise so einiges über das Arbeiten im Hotel und das Leben am See. So hatten wir einen sehr vergnügten Nachmittag. Wir aßen später noch zu Abend und machten uns danach auf den Heimweg, denn wir hatten ja noch ein gutes Stück zurückzulegen. Und es war auch heute Abend wieder wunderschön, im Sonnenuntergang am See entlang nach Hause zu fahren. Hannelie fuhr mich direkt vor die Haustür und ich verabschiedete mich von ihr.

„Hast du morgen auch noch frei?", fragte sie mich.

„Ja", sagte ich.

„Wollen wir uns zum Mittagessen treffen?"

„Oh, ja gerne."

Wir machten einen Treffpunkt und die Uhrzeit aus und dann trennten sich unsere Wege. Ich wollte gerade zur Haustür gehen, als mein Name gerufen wurde. Ich drehte mich um und sah Mango die Straße entlang kommen.

„Hallo, Denise", rief er schon von Weitem und winkte mir zu. „Wie geht es dir?"

Ich winkte lachend zurück und wartete auf ihn.

Als er bei mir angekommen war, hängte er sich bei mir ein und sagte: „Ich bin gerade auf dem Weg zu Silvio, kommst du mit? Antonio ist auch da."

„Und Jörn?", fragte ich vorsichtig.

„Äh, das weiß ich nicht", sagte er, „wieso fragst du?"

„Ach, nur so", antwortete ich.

Er sah mich an und fragte: „Was ist los, habt ihr euch gestritten?"

Ich sah ihn an und hatte einen dicken Kloß im Hals.

„Nein, eigentlich nicht", antwortete ich.

Aber es klang nicht sehr überzeugend.

Mango nahm mich an der Hand.

„Na, dann ist ja alles gut, dann komm mit."

Ich zögerte noch immer, aber er zog mich einfach mit. Es waren ja nur wenige Schritte von mir bis zu Silvio und so waren wir ziemlich schnell dort. Antonio saß schon am Tisch und winkte uns zu.

Mango rief schon von Weitem: „Schau mal, wen ich mitgebracht habe."

Antonio sprang auf und begrüßte mich herzlich. Auch Silvio, der gerade aus der Küche kam, rief: „ Ja, wen haben wir denn da?"

Wir setzten uns zu Antonio an den Tisch und Silvio servierte die Getränke. Da nicht viel los war, hatte er einen Moment Zeit, um sich kurz zu uns zu setzen.

„Na, Denise, wie geht es dir?", fragte er.

„Gut", sagte ich und erzählte vom heutigen Tag.

„Oh, toll", sagte Antonio, „den Ort kenne ich. Da hast du wirklich einen schönen Ausflug gemacht."

Dann änderte das Gespräch die Richtung, denn die Männer unterhielten sich über ein Geschehnis, von dem ich nichts wusste und so auch nicht mitreden konnte. Ich war ganz froh, dass ich nichts weiter erzählen musste und so hörte ich einfach nur zu. Hin und wieder kam Silvio bei uns am Tisch vorbei und dann wurde es immer recht lustig. Er war einfach immer gut drauf und sorgte für gute Laune. Es war ein recht vergnüglicher Abschluss des heutigen Tages für mich, aber irgendwie reichte es dann auch und ich wollte nach Hause. Das sagte ich den Jungs, die das zwar bedauerten, aber auch verstanden. Ich bezahlte und machte mich auf den Weg. Mango wollte mich nach Hause bringen, aber ich lehnte ab.

„Die paar Schritte schaffe ich alleine", sagte ich und verabschiedete mich.

Obwohl es ein schöner Abend gewesen war, war ich doch froh, als ich zu Hause war. Ich ging auch recht bald schlafen, denn ich war ziemlich müde. Am nächsten Morgen stand ich auf und freute mich, dass ich heute noch frei hatte und auf das Essen mit Hannelie. Ein Blick nach draußen zeigte auch heute herrlichen Sonnenschein. Ich brühte mir eine Tasse Tee und ging damit hinaus auf die Terrasse. Die Morgensonne war schon angenehm warm und ich setzte mich an den kleinen Tisch. Meine Gedanken kreisten um den vergangenen Abend. Und wenn ich an Mango und Antonio dachte, war natürlich auch Jörn nicht weit weg. Es war schon seltsam. Keiner der Jungs gestern Abend hatte irgendetwas von oder über Jörn erzählt. Und das wunderte mich schon etwas. Vor allem auch, dass keiner darüber sprach, was mit ihm los war. Das konnte doch eigentlich nur bedeuten, dass sie entweder wussten, was er hatte oder, dass sie es nicht wussten, weil es vielleicht etwas mit mir zu tun hatte. Ich grübelte wie so oft wieder einmal über diesen Abend, oder besser gesagt die Nacht, nach, als er fluchtartig meine Wohnung verlassen hatte. Hatte ich vielleicht doch etwas falsch gemacht? Lag es an mir? Ich konnte überlegen, wie ich wollte, ich fand keine Antwort. Ich wusste nur eines: Er war weg. Und das machte mich unendlich traurig. Eigentlich hätte ich ja gestern die Jungs nach Jörns Telefonnummer fragen können, fiel mir gerade ein, aber daran hatte ich nicht gedacht, da ich sehr darum bemüht war, das Thema Jörn zu vermeiden. Aber dieses Nicht-Wissen, warum es so gekommen war, machte mich fast wahnsinnig. In Gedanken hing ich noch einmal an den beiden Tagen, die ich mit ihm verbracht hatte. Es war wie im Traum. Einfach nur eine schöne Zeit, die aber leider jäh zu Ende gegangen war. Warum nur? Ich schaute sehnsüchtig zum Himmel, so als ob ich dort eine Antwort finden konnte, und war nah am Weinen. Es hatte alles so schön begonnen und war schon nach kurzer Zeit wieder zu Ende und ich hatte keine Ahnung warum. Ob ich darauf wohl jemals eine Antwort finden würde? Ich wusste es im Moment nicht.

Nachdem ich mich lange genug bemitleidet hatte, machte ich mich auf den Weg zum Treffen mit Hannelie. Egal, was mit Jörn jetzt war oder auch nicht, ich wollte mich heute auf einen schönen Tag mit ihr freuen. Wir trafen uns wie verabredet am See und suchten uns eines der unzähligen kleinen Lokalen aus, von wo aus man einen atemberaubenden Ausblick hatte. Als wir Platz genommen hatten, fragte Hannelie: „Und alles klar bei dir? Hast du gut geschlafen?"

„Oh, ja", antwortete ich, „nur ein wenig kurz."

Sie sah mich fragend an und ich erzählte ihr von meinem gestrigen Abend. Es wurde ein lustiger Tag mit Hannelie und als wir uns spät am Abend verabschiedeten, hatte ich nicht nur sehr gut gegessen, sondern auch eine Menge gesehen, denn Hannelie hatte mich kreuz und quer durch den Ort geführt. Und als ich wieder zu Hause war, fiel ich todmüde ins Bett. Am nächsten Tag musste ich arbeiten, denn meine freien Tage waren leider schon wieder vorbei. Hannelie und ich hatten wieder zusammen Spätdienst und darüber freute ich mich. Denn nicht nur, dass wir uns privat sehr gut verstanden, ich arbeitete auch sehr gerne mit ihr.

Der nächste Tag war herrlich warm und auch noch am Abend, als ich zur Arbeit ging, war die Temperatur sehr angenehm. Das fanden auch unsere Gäste, denn die Terrasse war sehr gut besetzt, als ich ankam. Es war der erste Abend, seit ich hier im Hotel begonnen hatte, wo wir auch am Abend noch Gäste auf der Terrasse hatten. Und es war auch der erste Abend, wo wir richtig gut zu tun hatten. Aber es war seltsam. Obwohl wir einen guten Betrieb gehabt hatten, war das ganze Geschehen doch recht früh vorbei, denn wir konnten schon wieder gegen 22.30 Uhr Feierabend machen. Hannelie und ich verließen das Hotel wieder durch den Seitenausgang und gingen Richtung Seepromenade. Es waren heute auch noch ein paar Leute unterwegs und es war nicht so menschenleer wie sonst. Auf einer Bank saß ein junges Pärchen eng umschlungen und am Baum daneben lehnte ein Mann. Er machte ein paar Schritte in unsere Richtung und wir gingen geradewegs auf ihn zu. Da wir aber ins Gespräch vertieft waren, nahmen wir das alles nur am Rande wahr.

Plötzlich sagte jemand leise: „Denise!"

Ich blieb so abrupt stehen, dass Hannelie fast auf mich gerannt wäre. Ich wusste im Gegensatz zu ihr, wer mich da gerufen hatte, denn diese Stimme kannte ich genau. Ich drehte mich um und stand Jörn gegenüber. Ich stand nur da und sah ihn an. Mein Herz klopfte bis zum Hals und ich war zu keiner Reaktion fähig. Er kam zu mir und wollte mich festhalten, aber Hannelie stellte sich dazwischen und fragte ihn, was er von mir wolle? So langsam fand ich meine Sprache wieder.

Ich hielt sie leicht am Arm fest und sagte: „Es ist in Ordnung, das ist Jörn."

Er sah mich wie immer unendlich liebevoll an, so als ob nie etwas geschehen wäre und Hannelie stand etwas verwirrt daneben.

Sie sah ihn gerade heraus an und sagte: „So, so, du bist also Jörn?"

Ich wusste nicht, was sie vorhatte, aber ich befürchtete, dass sie ihm gleich vor das Schienbein treten würde, deshalb schob ich sie sanft zur Seite.

Jörn sagte: „Ja, das bin ich."

Alleine an ihrer Reaktion konnte er davon ausgehen, dass sie wusste, was geschehen war.

Ich sagte: „Das ist Hannelie, meine Arbeitskollegin."

Er nickte ihr zu. Dann sah er mich an und fragte: „Können wir ein paar Schritte zusammengehen?"

Ich sah Hannelie an und sah ihren zweifelnden Blick.

„Es ist gut", sagte ich zu ihr.

„Bist du sicher?", fragte sie und warf dabei Jörn einen Blick zu, den ich nicht zu deuten wusste.

„Ja, schon", antwortete ich.

„O.k.", sagte sie, „ich rufe dich in einer Stunde an."

Ich musste lächeln. Das war eine klare Ansage an Jörn.

„Ja gut", sagte ich, und dann ging sie.

Wir standen mitten auf der Straße und sahen uns an. Ich wusste nicht, was ich sagen oder tun sollte, denn in meinem Kopf überschlug sich alles. Tausend Fragen hätte ich ihm an den Kopf werfen können, aber ich wusste nicht, welche zuerst. Wir standen einfach nur da und sahen uns an. Mein Herz klopfte wie wild. Allein der Blick, wie er mich ansah, verursachte mir Gänsehaut. Er legte seine Hand an meine Wange und stöhnte dabei leise auf. Dann zog er mich plötzlich an sich und hielt mich so fest, dass mir fast die Luft wegblieb. Er drückte sein Gesicht in meine Haare und ich spürte seinen warmen Körper ganz dicht bei mir. Es war unendlich schön, ihn so nah zu spüren, und wenn da nicht diese Geschichte gewesen wäre, dann... ja, dann wäre jetzt wahrscheinlich alles gut gewesen. Aber trotz allem, was passiert war, fühlte es sich einfach gut an. Mein Kopf war am Rotieren, aber mein Herz war einfach nur glücklich. Nach einer endlos scheinenden Zeit schob ich ihn ein wenig von mir weg, weil ich keine Luft mehr bekam.

Er sah mich fragend an und ich sagte: „Du erstickst mich."

Sofort ließ er mich los und entschuldigte sich. Er legte seinen Arm um meine Schulter und sagte: „Komm, lass uns ein paar Schritte gehen."

Das war mir sehr recht, denn ich hatte gerade realisiert, dass wir nur ein paar Meter vom Hotel weg standen und jederzeit von Gästen unseres Hauses gesehen werden konnten. Und das musste jetzt nun wirklich nicht sein. So gingen wir eng umschlungen am See entlang. Eigentlich hatte ich ja unzählige Fragen, aber ich konnte sie nicht stellen, denn das hätte mit Sicherheit diese Stimmung zerstört, das redete ich mir zumindest ein. Oder war ich einfach nur feige? Aber so genau wollte ich das im Moment eigentlich gar nicht wissen, denn es war einfach nur schön. So gingen wir schweigend nebeneinander her und liefen fast automatisch zu mir nach Hause, was ich allerdings erst realisierte, als wir vor meiner Haustür standen. Wir sahen uns an und wir wussten beide, dass wir uns jetzt und hier nicht trennen konnten und dazu brauchte es keine Worte. Also schloss ich die Haustür auf und wir fuhren nach oben in meine Wohnung. Kaum hatten wir diese betreten, klingelte mein Handy und Hannelie war dran. Ich musste lächeln, als ich ihre Stimme am anderen Ende hörte.

„Und", fragte sie, „ist alles o.k. bei dir?"

„Ja", sagte ich, „wir sind jetzt gerade bei mir zu Hause angekommen.

„Wir?", hörte ich sie am anderen Ende fragen.

„Ja, wir", antwortete ich. Ich hörte sie etwas stammeln wie „... oh, mein Gott ...„ und sagte: „Du musst dir keine Sorgen machen, es ist alles o.k. Naja, fast alles", fügte ich leise hinzu.

„Und wie soll ich das jetzt bitte verstehen?", fragte sie. Aber bevor ich darauf eine Antwort geben konnte, sagte sie: „Er hat dir also noch nichts gesagt?"

„Nein", antwortete ich.

„Hast du ihn denn überhaupt gefragt?", bohrte sie weiter.

„Nein", antwortete ich noch einmal.

Ich hörte sie am anderen Ende fluchen und musste lachen. „Lass uns morgen darüber reden!", sagte ich.

„O.k.", sagte sie, „pass auf dich auf."

„Ja, das mach ich", versprach ich ihr und so beendeten wir das Gespräch.

Jörn hatte die ganze Zeit daneben gestanden und zugehört.

„Deine Freundin macht sich Sorgen um dich", sagte er.

„Ja", antwortete ich.

Er sah mich an und sagte: „Wegen mir, nicht wahr?"

Ich sah ihn an und sagte: „Ja!"

Ich wollte ihm gerade sagen, dass ich mit Hannelie über ihn gesprochen hatte, als er mein Gesicht in seine Hände nahm, mich festhielt und zärtlich sagte: „Denise, egal was passiert ist, aber du musst mir glauben, dass ich dir niemals etwas tun könnte." Und ganz leise kam hinterher: „Dafür liebe ich dich viel zu sehr."

Ich wollte gerade sagen: „Ja, aber dein Verhalten letztes Mal war schon sehr merkwürdig", aber ich kam nicht dazu, denn er zog mich in seine Arme und küsste mich unendlich zärtlich. Und ich ließ es geschehen. Wir hingen wieder einmal aneinander wie zwei Ertrinkende. Und ich war wieder einmal nicht in der Lage einen klaren Gedanken zu fassen. Er küsste mich auf den Hals und den Nacken und ich dachte, ich explodiere gleich. Er fing an meine Bluse aufzuknöpfen und ich ließ es zu. Er streichelte meine Brüste und entfachte damit ein loderndes Feuer in mir. Mein Kopf wusste, dass es falsch war, sich darauf einzulassen, denn wir hätten eigentlich so einiges zu klären gehabt, aber mein Herz schrie nach ihm. Und so ließ ich mich wieder einmal auf ihn ein. Später, als wir erschöpft nebeneinander lagen, kuschelte ich mich in seine Arme und legte meinen Kopf auf seine Brust. Ich spürte sein wild pochendes Herz an meiner Wange. Morgen früh, dachte ich, ja morgen früh würde ich ihn fragen und da würde ich dann auch keine Ausrede mehr akzeptieren, das nahm ich mir ganz fest vor, aber jetzt wollte ich einfach nur seine Nähe und diese schöne Stimmung genießen. Mit diesem Gedanken schlief ich ein und träumte von ihm. Ich sah uns beide eng umschlungen am See entlang schlendern, wie wir uns auf eine der unzähligen Bänke, die an der ganzen Seepromenade entlang aufgestellt waren, setzten und nur Augen für uns hatten. Die Welt um uns herum existierte nicht mehr. Es war ein Versinken in einem Meer an Gefühlen, in dem wir zu ertrinken drohten. Irgendwann wurde ich jäh aus meinen Träumen gerissen, als mein Handy klingelte. Ich sprang aus dem Bett, es war heller Morgen und die Sonne schien in mein Schlafzimmer. Ich suchte nach meinem Handy. Wo zum Teufel hatte ich das gestern Nacht nur hingeschmissen? Oh Mann, diese verdammten Dinger. Früher hatte man ein Telefon, das auf dem Schreibtisch, der Kommode oder wo auch immer stand und da wusste man, wo man hinzulaufen hatte, aber diese verflixten Handys konnten ja immer überall sein. Ah, da war es ja. Es lag im Wohnzimmer auf dem Tisch. Das Handy hatte mittlerweile natürlich schon aufgehört zu klingeln. Ich nahm es in die Hand und sah, dass meine Tochter angerufen hatte. Das war um diese Uhrzeit etwas ungewöhnlich, sodass ich mir ein wenig Sorgen machte. Um Jörn nicht zu stören, er schien das Klingeln des Handys nämlich nicht gehört zu haben, schlich ich mich in die Küche. Ich wählte die Nummer meiner Tochter und wartete gespannt. Hoffentlich war nichts passiert. Aber als ich sie dann am anderen Ende hörte, klang sie so fröhlich, dass ich augenblicklich beruhigt war.

„Was gibt es?", fragte ich.

Und sie erzählte mir freudig, dass sie Urlaub hat und mich mit meinen beiden Enkelkindern zusammen besuchen kommen wollte. Na, das war ja mal eine angenehme Überraschung!

„Ja, prima", sagte ich.

Sie erzählte mir von ihren Plänen und dass sie gerne am nächsten Mittwoch kommen würde. Ich sagte ihr, dass ich, bis auf meine beiden freien Tage, arbeiten musste und sie auf sich allein gestellt sein würde. Aber das war ihr schon klar und auch absolut kein Problem. Prima! Wir beendeten unser Gespräch und ich ging freudig ins Badezimmer, denn ich musste auf die Toilette und das sehr dringend, wie ich gerade feststellte. Als ich mich hingesetzt hatte, sah ich meinen Lippenstift am Waschbecken liegen. Nanu, wie kam denn der dahin, wunderte ich mich. Als ich fertig war, ging ich zum Waschbecken, um die Hände zu waschen und da sah ich, dass mit Lippenstift auf den Spiegel „Ich liebe dich!" geschrieben war. Ich musste lächeln. Wann hatte er denn das gemacht? Ich wusste es nicht, aber das würde er mir bestimmt gleich sagen. Ich ging durch das Wohnzimmer zurück ins Schlafzimmer und sah in ein leeres Bett. Die Bettdecke lag zwar auf dem Bett, aber es lag niemand darunter.

„Nanu", dachte ich, „war Jörn schon aufgestanden?"

Aber da ich ja gerade aus dem Badezimmer gekommen und durch das Wohnzimmer in das Schlafzimmer gegangen war, konnte er ja eigentlich nur in der Küche sein. Also schlich ich mich leise an die Küchentür, schwang sie mit einem Ruck auf und rief: „Guten Morgen, mein…!" Das Wort „Schatz" blieb mir aber im Halse stecken, denn die Küche war leer. Von Jörn keine Spur. Ja, seltsam. Wo war er denn? Ich drehte mich um und ging zurück. Da fiel mir auf, dass die Garderobe leer war. Seine Jacke hing nicht mehr dort. Und mir fiel erst jetzt auf, dass meine Tasche an der Garderobe hing. Aber da hatte ich sie gestern Abend garantiert nicht hingehängt, denn ich stellte sie immer auf den Schuhschrank. Und das hieß, da ich das nicht getan hatte, konnte es nur Jörn getan haben. Aber nicht gestern Abend, denn da sind wir ohne Umschweife im Schlafzimmer gelandet. Was zum Kuckuck ging hier vor? Ich rannte noch einmal durch die gesamte Wohnung und rief nach ihm, aber er war nicht da. Das konnte doch wohl nicht wahr sein! Wir hatten eine unbeschreibliche Nacht zusammen gehabt, am Spiegel im Bad stand mit rotem Lippenstift „Ich liebe dich!" – und er war weg. Ich war total durcheinander und verstand die Welt nicht mehr. Ich rannte umher wie ein Tiger im Käfig, unfähig auch nur einen klaren Gedanken zu fassen. Die Tränen liefen mir über das Gesicht und ich konnte sie nicht aufhalten. Ich weiß nicht, wie viel Zeit vergangen war, aber irgendwann musste ich arbeiten gehen. Wie ich allerdings diesen Abend heute überstehen solle, wusste ich im Moment noch nicht. Auf meinem Weg zur Arbeit nahm ich mir unterwegs etwas zu Essen mit. Obwohl ich keinen Hunger hatte, wusste ich, dass ich etwas essen musste, denn ich hatte heute noch überhaupt nichts gegessen, und so konnte ich nicht arbeiten gehen. Also würgte ich ein belegtes Brötchen hinunter. Danach war mir speiübel. Beim Arbeiten war trotz des schönen Wetters nicht besonders viel los. Das war schon einmal gut so und ich hoffte inständig, dass das auch so bleiben würde.

Als ich gerade zum Umziehen gehen wollte, kam mir Hannelie entgegen. Als sie mich sah, blieb sie stehen, sah mich an und fragte: „Alles o.k.?"

Ich sah sie an und fing an zu weinen.

Sie kam sofort zu mir und fragte: „Was ist los?"

Ich antwortete schluchzend: „Er ist weg", und rannte an ihr vorbei zu unserem Umkleideraum.

Sie lief hinter mir her und fragte: „Was heißt hier weg? Habt ihr euch getrennt?"

Ich sah sie an: Getrennt, dachte ich, da müsste man zuerst einmal klären, ob wir denn überhaupt jemals zusammen waren. Sie rüttelte mich am Arm.

„Denise, hallo ... was ist los?"

Ich beruhigte mich etwas, holte einmal tief Luft und sagte: „Er ist weg! Als ich heute Morgen aufgewacht bin, war mein Bett leer. Ich habe keine Ahnung, wann er gegangen ist und noch weniger, warum."

Sie sah mich unverständlich an und sagte: „Ohne ein Wort zu hinterlassen?"

„Nein, das nicht", antwortete ich. „An meinem Spiegel im Bad stand: »Ich liebe dich!« Hannelie", sagte ich, „sei mir bitte nicht böse, aber ich möchte jetzt nicht weiter darüber reden. Ich verstehe gerade die Welt nicht, aber ich muss es halt so akzeptieren, denn ich kann es nicht ändern. Ich weiß nicht, warum und wieso das passiert ist, aber es ist nun mal so. Und jetzt lass uns arbeiten gehen."

Ich ließ sie einfach stehen und begann mich umzuziehen. Dann kühlte ich mein verheultes Gesicht mit kaltem Wasser.

Sie drehte sich zu mir um und sagte: „Denise, entschuldige bitte, aber der Typ ist nicht normal, oder?"

Ich wusste nicht, ob sie darauf wirklich eine Antwort erwartete. Aber selbst wenn, was hätte ich denn antworten sollen? Dass sein Verhalten nicht normal war, war ja klar, aber es blieb halt die Frage, warum er sich so verhielt?

Aber egal, wie es war, ich wusste es nicht und konnte es auch nicht ändern und deshalb sagte ich zu Hannelie: „Lass uns jetzt von etwas anderem reden, sonst bin ich heute nicht arbeitsfähig."

Sie sah mich an und sagte: „Ja, du hast Recht, aber den Hals umdrehen könnte ich ihm schon."

Ich musste lachen. Das war Hannelie!

Wir gingen nach unten und begrüßten unsere Kolleginnen. Es wurde ein angenehmer und stressfreier Abend. Dennoch war ich froh, als er vorbei war und ich nach Hause gehen konnte. Ich ging gleich schlafen, denn ich war total kaputt. Der Tag war sehr anstrengend für mich, nicht körperlich, aber emotional.

So verging ein Tag nach dem anderen und dann war es so weit und meine Tochter kam mit meinen beiden Enkelkindern zu Besuch. Ich freute mich riesig, sie alle zu sehen. An meinen freien Tagen unternahmen wir viel zusammen und ich zeigte ihnen rundherum alles, was ich kannte. Es gefiel ihnen sehr gut hier und auch die Tage, an denen ich arbeiten musste und nicht so viel Zeit für sie hatte, gingen sie alleine auf Entdeckungstour. Meine Tage waren so ausgefüllt, dass ich in dieser Zeit sehr wenig an Jörn und die ganze Situation dachte. Aber auch die schönste Zeit ging einmal zu Ende und sie mussten wieder zurück nach Hause. Am Tag ihrer Abreise hatte ich Spätschicht, sodass wir morgens noch gemütlich zusammen frühstücken konnten. Das Auto hatte meine Tochter schon am Abend zuvor gepackt und so mussten wir nach dem Frühstück nur noch die letzten paar Sachen ins Auto räumen und dann konnte es losgehen. Wir verabschiedeten uns und die Kinder winkten mir noch zu, während sie langsam losfuhr. Ich ging zurück in meine Wohnung und räumte den Frühstückstisch ab. Da wir im Wohnzimmer am großen Tisch gegessen hatten, musste ich jetzt alles in die Küche tragen. Ich stellte das schmutzige Geschirr in die Spülmaschine und machte alles sauber. Dann räumte ich die Wohnung auf und am Abend ging ich zur Arbeit und alles war wieder in seinem gewohnten Gang.

In der Woche darauf hatten Hannelie und ich wieder einmal gemeinsam frei. Das freute uns sehr und wir planten einen Ausflug. Wir hatten wie so oft riesiges Glück mit dem Wetter, denn es war herrlich warm und die Sonne schien den ganzen Tag. Hannelie hatte mich schon früh abgeholt und wir waren an einen anderen See gefahren, den ich bis jetzt noch nicht kannte. Es war traumhaft schön hier und wir waren den ganzen Tag rund um den See unterwegs. Später hatten wir in einem der kleinen Lokale gegessen, und obwohl wir ja selber an einem See lebten, war hier doch alles anders, von der Farbe des Sees angefangen bis zum Leben drum herum. Nach dem Essen bummelten wir noch eine Weile am See entlang und dann machten wir uns auf den Weg zu dem kleinen Parkplatz hier um die Ecke, wo wir das Auto abgestellt hatten. Auf der Straße war noch ein reger Betrieb und die Menschen schienen das schöne Wetter in vollen Zügen zu genießen. Plötzlich blieb ich wie vom Donner gerührt stehen. Hannelie, die darauf gar nicht vorbereitet war, sah mich erstaunt an.

„Was ist los?", fragte sie.

Ich stand wie versteinert da und deutete mit der Hand nach vorne. „Da ist Jörn!", sagte ich.

„Wo?", fragte Hannelie überrascht.

„Da vorne", sagte ich, „und an seinem Arm hängt eine Frau."

Hannelie sah in die von mir gezeigte Richtung.

„Tatsächlich", sagte sie, „du hast Recht."

Ich stand da und konnte nicht glauben, was ich da gerade sah.

„Na, dann haben wir ja jetzt die Antwort auf sein Verhalten gefunden", sagte ich zu Hannelie und ging weiter.

„Hey, Denise, du kannst doch jetzt nicht einfach gehen", sagte sie. „Geh zu diesem Mistkerl hin und sag was."

„Ich denke nicht daran", antwortete ich. „Soll er doch bleiben, wo der Pfeffer wächst."

Jörn und die Frau waren ebenfalls stehen geblieben und standen nun voreinander. Sie legte ihre Hand auf seine Wange und streichelte ihn zärtlich. In dem Moment sah er genau in unsere Richtung und unsere Blicke trafen sich für einen kurzen Augenblick. Es dauerte einen Moment, bis er begriffen hatte, was er da sah. Er entzog sich der Frau und wollte geradewegs auf uns zugehen, aber sie hielt ihn fest.

Ich sah zu Hannelie hin und sagte: „Komm bitte", und ich rannte los.

Sie kam hinter mir her und ich hörte, wie Jörn nach mir rief. Ich drehte mich einmal kurz um und sah, dass er angelaufen kam und die Frau hinter ihm her. Als wir beim Auto ankamen, riss ich die Tür auf und stieg ein. Genau in diesem Augenblick hatte er mich eingeholt.

Die Frau hinter ihm schüttelte ihn heftig am Arm und sagte leise zu ihm: „Du musst es ihr sagen!"

Ich sah sie an und sagte: „Was, dass er verheiratet ist?"

Hannelie hatte in der Zwischenzeit schon das Auto gestartet und fuhr los. Gott sei Dank, denn ich glaube, ich hätte diese Situation keine Sekunde länger ertragen. Ich saß in meinem Sitz und sprach kein Wort. Hannelie sah ein paar Mal zu mir herüber, aber auch sie sagte nichts. In meinem Kopf ging alles drunter und drüber. Was war das für ein Spiel, das er da spielte? Ich war am Boden zerstört, denn so hatte ich ihn überhaupt nicht eingeschätzt. So konnte man sich täuschen, dachte ich. Um ein paar Tränen leichter und eine Erfahrung reicher kamen wir vor meiner Wohnung an. Hannelie fuhr mich, wie immer, direkt vor die Haustür.

„Soll ich noch mit dir hochkommen?", fragte sie.

Ich schüttelte den Kopf und sagte: „Nein, ich möchte jetzt lieber alleine sein."

Sie sah mich mehr als besorgt an. Als ich ihren Blick sah, musste ich lachen, obwohl mir eigentlich nicht danach war.

„Keine Angst", sagte ich, „ich spring schon nicht aus dem Fenster."

Sie sah mich ernst an und sagte: „Na gut. Aber wenn du Hilfe brauchst, rufst du mich an. Versprochen?"

„Versprochen!", antwortete ich und so verabschiedeten wir uns.

Ich fuhr nach oben in meine Wohnung und ließ mich, so wie ich war, auf das Bett fallen. Ich lag auf dem Rücken und starrte an die Decke, als plötzlich mein Handy piepste, was bedeutete, dass ich eine Nachricht erhalten hatte. Als ich es in die Hand nahm, sah ich, dass ich acht Nachrichten von einer unbekannten Nummer hatte. Das war mir während der Heimfahrt gar nicht aufgefallen, denn das Handy war, wie konnte es anders sein, ganz unten in meiner Tasche und diese lag während der ganzen Fahrt auf dem Rücksitz. Durch die Fahrgeräusche hatte ich den Benachrichtigungston wohl nicht gehört. Verwundert öffnete ich die erste Nachricht und konnte kaum glauben, was ich dort sah. Alle acht Nachrichten waren von Jörn. Und es stand in fast allen das Gleiche.

„Du hast da etwas missverstanden!" und „Wir müssen reden!"

„Müssen wir das?", fragte ich mich. „Nein, müssen wir nicht."

Ich hatte das Handy noch in der Hand, als schon die nächste Nachricht kam. Gleicher Absender, gleicher Inhalt. Ich hatte keine Lust, dass das jetzt die ganze Nacht so weiter ging, und schaltete kurzerhand mein Handy aus. Ich schlief nicht besonders gut in dieser Nacht und war dementsprechend unausgeschlafen, als ich aufwachte. Zum Glück hatte ich heute noch frei und so blieb ich einfach im Bett. Ich schlief auch tatsächlich noch einmal ein.

Irgendwann fuhr ich erschrocken auf, weil es an meiner Tür klingelte. „Oh, man", dachte ich, „ich möchte heute keinen sehen." Ich zog die Decke über den Kopf und blieb einfach liegen. Aber wer auch immer da vor meiner Tür stand, er meinte es ernst, denn es klingelte jetzt Sturm. Zweimal, dreimal, fünfmal hintereinander. Oh, Gott, es nützte alles nichts, ich musste nachsehen gehen. Also stand ich auf und ging zur Sprechanlage, in der Hoffnung, dass keiner mehr dort war. Ich nahm den Hörer ab und sagte: „Ja, bitte".

Im selben Augenblick hörte ich Hannelies Stimme.

„Denise, na endlich!"

„Oh, Hannelie, du bist es", antwortete ich träge, „komm rauf."

Ich drückte auf den Türöffner und hörte, wie unten die Tür aufgedrückt wurde. Nachdem ich meine Wohnungstür geöffnet hatte, hörte ich das leise Summen des Aufzugs. Als sich die Tür öffnete, stürmte Hannelie heraus.

„Denise, ist alles o.k. bei dir?", rief sie aufgeregt.

„Äh, ja schon, was hast du denn?", fragte ich.

„Ja, warum zum Teufel gehst du dann nicht an dein Telefon?", fragte sie.

„Weil es ausgeschaltet ist", sagte ich.

„Warum das denn?", rief sie aufgeregt.

„Weil mich Jörn gestern Abend genervt hat", antwortete ich.

„Oh, man", sagte sie. Ich habe dich tausendmal angerufen und jedes Mal ging die Mailbox an. Ich weiß nicht, wie oft ich da drauf gesprochen habe und ich dachte schon, es ist dir etwas passiert.

„Oh, mein Gott", sagte ich, „das tut mir leid."

Ich nahm mein Handy zur Hand und sah, dass nicht nur sie tausendmal angerufen hatte, sondern auch Jörn. Ich löschte die Mailbox, ohne sie abzuhören. Hannelie war ja jetzt hier und konnte mir sagen, was sie drauf gesprochen hat und bei Jörn war es mir egal.

Sie fragte: „Und wie geht es dir?"

„Es geht so", antwortete ich. „Wie du siehst, war ich noch im Bett, und wenn du mich da nicht raus geklingelt hättest, wäre ich auch noch immer dort."

„Das tut mir leid", sagte sie, „aber das konnte ich ja nicht wissen."

„Nein, natürlich nicht", sagte ich.

„Was hatte denn Jörn dir mitzuteilen?", fragte sie.

„In den ersten paar Nachrichten stand, dass ich etwas missverstanden hätte und dass wir reden müssten."

„Und in den nächsten?", fragte Hannelie.

„Das weiß ich nicht", antwortete ich, „ich habe sie nicht gelesen."

Sie sah mich an, sagte aber nichts. Doch plötzlich rief sie: „Ja, aber dann hast du ja jetzt wieder seine Handynummer!"

Ich sah sie völlig entgeistert an und zuckte mit den Schultern. „Na und, was soll ich damit?", fragte ich.

Sie sah mich nur an, antwortete aber nicht, sondern wechselte abrupt das Thema, indem sie fragte: „Hast du heute schon etwas gegessen?"

„Na, wie denn", antwortete ich, „wenn ich bis jetzt im Bett war!"

„Dann zieh dir etwas an und lass uns gehen", sagte sie.

Ich hatte aber keinen Hunger und auch keine Lust wegzugehen und das sagte ich ihr auch.

„Aber du kannst doch nicht den ganzen Tag ohne Essen sein", sagte sie.

Ich zuckte nur mit den Schultern. Hannelie versuchte noch eine Weile mich zu überreden, aber ich blieb hartnäckig.

„Na gut", sagte sie, „dir ist nicht zu helfen."

Ich wollte gerade etwas sagen, da sagte sie: „Nein, du brauchst nichts zu sagen, ich verstehe dich ja. Aber bei mir wäre es wahrscheinlich anders, denn ich würde bestimmt meinen Kühlschrank leer futtern", sagte sie lachend, „denn wenn ich Stress habe, muss ich essen."

Das war bei mir nun gerade anders herum, ich konnte nichts essen. Tja, so unterschiedlich waren wir eben – der eine so, der andere so.

„Gut", sagte sie, „dann gehe ich jetzt. Man kann dich doch wohl hoffentlich alleine lassen?"

„Ja, sicher", antwortete ich, „du brauchst dir keine Sorgen zu machen, ich pack das schon. Ich brauche nur ein bisschen Zeit."

„Ja, das verstehe ich", sagte sie, „dann sehen wir uns morgen bei der Arbeit. Tschüss, mach's gut. Und mach dir nicht so viele Gedanken, das ist er gar nicht wert."

„Ja", sagte ich, „ich probiere es."

Hannelie ging und ich war wieder alleine. Ich hatte keine Lust irgendetwas zu tun. Ich hatte mir vorhin, als Hannelie so verrückt an der Tür geklingelt hatte, meinen Bademantel übergezogen und so lief ich jetzt noch immer herum. Ich ging hinaus auf die Terrasse und legte mich in den Liegestuhl. Es war traumhaftes Wetter. Der Himmel erstrahlte in einem wunderschönen Blau und die Sonne schenkte uns wohlige Wärme. Ich hing meinen Gedanken nach und die waren wieder einmal bei Jörn. Es war gar nicht so leicht nicht an ihn zu denken, denn sobald ich alleine war, drehte sich alles nur um ihn. Auch wenn ich Hannelie gegenüber gesagt hatte, dass es mir egal ist, was er mir geschrieben hat – und das, was er mir gestern Abend geschrieben hatte, war mir auch tatsächlich total egal, so musste ich trotzdem an ihn denken. Was sollte dieses Spiel mit mir? Hannelie würde jetzt sagen: „Männer sind halt so!" Vielleicht stimmte das ja auch, aber so hatte ich ihn eben nicht eingeschätzt. Waren seine Gefühle wirklich nur gespielt? All die unbeschreiblich schönen und unendlich zärtlichen Momente - alles nur Show? Ich konnte es mir nicht vorstellen. Aber es schien wohl doch so zu sein. Ich war traurig und enttäuscht und wusste gerade nicht, wie es weitergehen sollte. Ich hatte mich so sehr auf eine schöne Sommersaison hier am See gefreut und sie hatte ja auch super begonnen – aber jetzt? Jetzt war einfach alles ganz anders und die Freude auf die Saison war doch merklich getrübt. Obwohl Hannelie, als ich am nächsten Tag zum Arbeiten kam, alles daran setzte mich aufzuheitern. Sie fragte mich nicht viel zum Thema Jörn, sondern war einfach nur die pure Fröhlichkeit um mich herum und das war mit der Zeit wirklich ansteckend. Nach der Arbeit gingen wir wieder zusammen die Promenade entlang, als plötzlich Mango aus einer Seitengasse kam und vor uns stand.

„Hallo, Denise!", rief er fröhlich."

„Hallo, Mango", rief ich zurück.

Hannelie sah mich fragend an und ich sagte: „Das ist Mango, ein Bekannter von Jörn und die Fröhlichkeit in Person."

Er begrüßte sie und fragte: „Und wer bist du?"

Sie stellte sich kurz vor und ich sagte: „Wir arbeiten zusammen."

Mango machte vor Hannelie eine galante Verbeugung und sagte: „Sehr erfreut!"

Ich musste lachen. Es war wie im Film.

„Wohin des Weges, meine Damen?", fragte Mango.

„Nach Hause", antworteten wir wie aus einem Mund.

„Gut", sagte Mango, „auf nach Hause."

Er schob sich zwischen uns und bot jeder einen Arm an. Wir hängten uns rechts und links bei ihm ein und gingen los. Mango erzählte, was das Zeug hielt und brachte uns oft zum Lachen. Er war einfach ein super lustiger Typ. Als wir bei Hannelies Wohnung angekommen waren, verabschiedeten wir uns und gingen alleine weiter. Mango hängte sich bei mir ein und ich wollte gerade loslaufen, aber er blieb stehen, und da er an meinem Arm hing, ich gezwungenermaßen auch. Ich drehte mich zu ihm um und wollte gerade fragen, was er hat, als er mich mit einem kleinen Ruck zu sich hinzog und mich festhielt. Ich war total verwirrt und verstand nicht, was das jetzt sollte.

Aber bevor ich etwas sagen konnte, fragte er schon: „Was ist los mit dir und Jörn?"

Nach unserer lustigen Unterhaltung von eben hatte ich mit so einer Frage nun überhaupt nicht gerechnet. Ich versuchte mich loszumachen, aber er hielt mich fest.

„Also", fragte er noch einmal, „was ist los?"

„Jörn spielt mit mir", sagte ich, „und jetzt lass mich gefälligst los!"

Das tat er zwar nicht, aber er lockerte etwas seinen Griff, sodass ich mir nicht mehr wie im Schraubstock vorkam.

„Das tut er nicht!", sagte er.

„Ach ja", antwortete ich, „und darf ich fragen, woher du das zu wissen glaubst?"

„Ganz einfach, weil er es mir gesagt hat", sagte Mango.

Und damit ließ er mich nun endgültig los, legte seinen Arm um meine Schulter und wir setzten unseren Weg fort.

„Was hat er dir gesagt?", fragte ich.

„Dass er dich liebt", antwortete Mango neben mir.

„DAS hat er dir gesagt?", fragte ich erstaunt.

„Na ja, vielleicht nicht so direkt, aber es ist so, ich kenne Jörn", antwortete er.

„Ja, das habe ich auch gedacht", sagte ich, „aber ich wurde eines Besseren belehrt."

„Warum das denn?", fragte Mango überrascht.

„Ach Mango", sagte ich, „lassen wir das doch. Ich habe keine Lust über Jörn zu sprechen."

„Dann komm wenigstens noch auf ein Glas mit zu Silvio", sagte er.

„Nein, heute nicht", antwortete ich, „ich habe morgen Frühdienst und außerdem die letzte Nacht sehr schlecht geschlafen. Und du kannst jetzt gerne raten, warum."

Er sah mich an und meinte: „Ja, das kann ich mir schon denken."

„Na also, dann weißt du ja Bescheid", sagte ich, „und deshalb möchte ich jetzt auch gerne nach Hause."

Und so brachte er mich bis zu meiner Haustür. Wir verabschiedeten uns und er sagte, dass er noch auf einen Sprung bei Silvio vorbeischauen würde.

„O.k., dann ciao", sagte ich, „grüß Silvio von mir", und dann verschwand ich im Haus.

Ich war froh, meine Ruhe zu haben, denn das Thema Jörn strengte mich immer sehr an. Ich ging früh schlafen, denn ich fühlte mich wirklich erschöpft. Meine Batterien waren ziemlich leer. Ich dachte darüber nach, an meinen nächsten freien Tagen mir wieder einmal eine Wohlfühlmassage zu gönnen. Und mit diesen Gedanken schlief ich ein. Am nächsten Morgen erwachte ich wenig motiviert. Ich hatte eigentlich schon überhaupt keine Lust aufzustehen, geschweige denn arbeiten zu gehen und ich überlegte kurz, ob ich mich krankmelden sollte. Aber dann müsste eine meiner Kolleginnen Doppelschicht arbeiten und das wollte ich dann doch keiner antun. Also stand ich auf und ging zur Arbeit. Ich musste um 11 Uhr anfangen und hatte somit direkt das Mittagsgeschäft vor mir. Das konnte je nach Wetterlage mittlerweile schon ganz schön anstrengend sein, denn bei schönem Wetter war unsere Terrasse gut besucht. Und so auch heute. Als ich ankam, waren schon einige Tische besetzt. Ich zog mich um, begrüßte meine Kollegen und los ging es. Und wie erwartet war es ein anstrengendes Mittagsgeschäft. Wir hatten wunderschönes Wetter und es zog die Menschen hinaus. An der Seepromenade war einiges los, und wenn man von unserer Terrasse aus nach rechts und nach links schaute, sah man, dass überall in den Lokalen die Terrassen und Straßencafés gut besucht waren, und zwar auch noch nach der Mittagessenszeit. Und so auch bei uns. Es herrschte den ganzen Tag ein reges Treiben und ich war froh, als der Spätdienst anfing und wir Unterstützung bekamen. Wir bereiteten alles für das Abendgeschäft vor und dann war ich glücklich, als es 19 Uhr wurde und ich Feierabend machen konnte. Am nächsten Tag hatte ich frei oder besser gesagt die beiden nächsten Tage. Hannelie hatte diese Woche andere freie Tage, sodass wir leider nichts zusammen unternehmen konnten. Es war wie gesagt herrliches Wetter und ich bummelte am See entlang. Ich wollte noch nicht direkt nach Hause gehen, denn es war einfach zu schön hier draußen. Ich überlegte, ob ich nicht irgendwo etwas essen sollte, denn ich hatte schon irgendwie Hunger und dann bräuchte ich zu Hause nichts mehr machen. Die Idee gefiel mir und ich überlegte kurz, wohin ich denn gehen wollte. Es gab so viele nette Lokale hier, dass die Auswahl schwer fiel. Aber die blieb mir dann erst einmal erspart, als plötzlich Mango, wie aus dem Boden geschossen, vor mir stand.

„Hey, Denise", kam es wie immer fröhlich rüber, „was treibst du denn hier, musst du nicht arbeiten?"

„Das habe ich schon", antwortete ich, „und jetzt habe ich Hunger und möchte etwas essen.

„Na, das trifft sich doch gut, das wollte ich auch gerade", antwortete er. „Wollen wir zu Silvio gehen?", fragte er.

„Oh, nein", antwortete ich, „ich möchte lieber hier am See sitzen." „O.k.", sagte er, „dann los."

Wir suchten uns ein schönes Plätzchen und genossen ein leckeres Abendessen. Ich hatte mich ja schon irgendwie darauf eingestellt, dass er wieder über Jörn sprechen wollte, aber das Thema wurde überhaupt nicht angeschnitten, worüber ich sehr froh war. Es war, wie immer mit Mango, ein lustiger und unterhaltsamer Abend. Wir redeten über Gott und die Welt. Dann sagte Mango: „Komm, lass uns noch bei Silvio ein Gläschen nehmen."

„O.k.", sagte ich, „heute ist es mir egal. Ich bin satt und habe morgen frei."

Wir bezahlten und Mango ging noch schnell zur Toilette. Dann machten wir uns auf den Weg. Bei Silvio war auch ordentlich was los und wir schauten uns nach einem freien Tisch um, dachte ich zumindest, als plötzlich jemand nach Mango rief. Wir drehten uns um und sahen Antonio an einem Tisch sitzen. Er winkte uns zu und wir gingen zu ihm hinüber.

„Hey, Antonio", rief Mango, „alles klar bei dir? Was sitzt du hier so alleine?"

Antonio antwortete: „Ich bin nicht alleine, meine Frau ist nur gerade auf der Toilette.

„Oh", sagte Mango, „ Nella ist auch hier, wie schön."

So lernte ich Nella, Antonios Frau kennen, die eigentlich Antonella hieß. Wir setzten uns zu Antonio an den Tisch. Kurz darauf kam Nella zurück und rief: „Ja, hallo Mango!".

Sie sah zu mir und fragte: „Und wen hast du hier mitgebracht?"

Bevor Mango etwas sagen konnte, sagte Antonio: „Das ist Denise – du weißt schon ..."

Nella sah mich mit großen Augen an und sagte: „Diese Denise?", und Antonio antwortete: „Ja, diese."

Ich sah von einem zum anderen und verstand gerade gar nichts.

Nella kam auf mich zu und sagte: „Hallo, Denise, es freut mich sehr, dich endlich kennenzulernen, Antonio hat mir schon viel von dir erzählt."

„So, hat er das?", fragte ich und sah zu Antonio hin, der mir verschmitzt zuzwinkerte.

Es entwickelte sich eine angeregte Unterhaltung und Nella stellte sich als sehr gewitzte Person heraus, die oft Mangos kleine Sticheleien konterte. So hatten wir viel zum Lachen. Auf einmal rief Nella: „Oh, da kommt ja Jörn!"

Mich traf fast der Schlag. Das konnte ja wohl nicht wahr sein! Was sollte ich jetzt nur tun? Ich sah Mango an, aber der tat, als wenn es ihn überhaupt nichts anginge und plapperte munter weiter. Nella rückte ein Stück zur Seite und zog vom Nachbartisch einen Stuhl herüber, sodass Jörn sich setzen konnte. Ich wäre am liebsten auf der Stelle aufgestanden und gegangen, aber ich saß wie gelähmt auf meinem Stuhl.

Jörn setzte sich zwischen Nella und Mango und Mango raunte zu ihm: „Hey Junge, du hast auch schon einmal besser ausgesehen."

Und ich musste zugeben, dass er damit Recht hatte. Jörn sah wirklich nicht gut aus und er erwiderte auch nichts auf Mangos dummen Spruch.

Nella legte ihre Hand auf seinen Arm und fragte: „Alles o.k.? Geht es dir gut?"

Er nickte und sagte: „Ja, geht schon."

Aber es hörte sich nicht sehr überzeugend an. Irgendwie schien es ihm tatsächlich nicht besonders gut zu gehen. Er konnte einem fast leidtun. Fast! Aber nur fast, denn ein Gedanke an seine Frau genügte und das Mitleid war beim Teufel. Silvio kam an den Tisch und begrüßte Jörn freundschaftlich. Er bestellte sich einen Fruchtsaft und Silvio verschwand. Nanu, dachte ich, keinen Wein? Na ja, das ging mich ja nun nichts an. Er konnte schließlich trinken, was er wollte.

Nachdem Silvio das Getränk gebracht hatte und wieder verschwunden war, sprang Mango vom Stuhl, warf ein paar Münzen auf den Tisch und sagte: „Ciao, ragazzi", ich muss gehen.

Und bevor ich auch nur einen Ton dazu hätte sagen können, war er weg. Ich saß stumm wie ein Fisch da und hörte zu. Ich beteiligte mich nicht mehr an der Unterhaltung, denn ich konnte nicht mit Jörn sprechen. Was hätte ich auch sagen sollen? Ich merkte, dass er mich öfter von der Seite ansah, aber ich ließ es mir nicht anmerken. Plötzlich stand Nella auf, entschuldigte sich, und ging in Richtung Toilette. Jetzt unterhielt sich Antonio mit Jörn. Ich wollte gerade sagen, dass ich jetzt auch gehen müsste, als auf einmal Silvio wild fuchtelnd nach Antonio rief. Dieser stand auf und ging auf Silvio zu. Das konnte jetzt nicht wahr sein! Das hielt ich nicht aus. Ich stand auf und wollte gehen, aber Jörn, der sich das wohl schon gedacht hatte, hielt mich sanft am Arm fest, doch ich riss mich los und rannte weg. Verdammt, ich konnte nicht so ohne Weiteres abhauen, schließlich musste ich noch bezahlen. Ich rannte nach drinnen. Mir liefen die Tränen über das Gesicht und ich wollte nur schnell bezahlen, um endlich von hier wegzukommen. Drinnen standen Antonio und Silvio und waren am Lachen und Nella gesellte sich gerade froh gelaunt zu ihnen. Ich sah die Drei da stehen und hatte irgendwie ein merkwürdiges Gefühl. Ich konnte nicht sagen warum, aber irgendetwas fühlte sich hier nicht richtig an. Als Nella mich sah, kam sie sofort zu mir und nahm mich am Arm.

„Hey, Denise, was ist los?", fragte sie.

Ich sah sie an, aber ich konnte nichts sagen. Ich kramte in meiner Tasche nach meinem Geldbeutel.

Sie legte ihre Hand über meine und sagte: „Lass deinen Geldbeutel stecken, du musst nichts bezahlen, du bist eingeladen." Dann nahm sie mich am Arm und schob mich in eine Art Nebenraum. „Denise", sagte sie ernst, „tu mir jetzt bitte einen Gefallen und sprich mit Jörn."

Ich schüttelte nur stumm den Kopf.

„Himmelherrgott noch mal, dann hätten wir uns ja das alles hier sparen können", schimpfte sie."

Moment mal. Das hier sparen? Was sollte das heißen?

Nella sah mich an und sagte: „Es ist kein Zufall, dass wir alle hier sind. Mango hat vorhin, als ihr zusammen essen ward, Antonio angerufen und ihm gesagt, dass ihr zu Silvio kommen würdet. Dann hat Antonio Jörn unter einem Vorwand hierher gelockt. Jörn wusste nicht, dass du hier sein würdest. Aber verdammt noch mal, ihr müsst endlich miteinander reden. Gib ihm doch eine Chance es dir zu erklären."

„Du weißt also, was passiert ist?", fragte ich sie.

„Ja, verdammt, ich weiß alles, aber ich kann dir nichts dazu sagen, das muss er selber machen."

„Ja, aber…" wollte ich gerade fortfahren, als sie mich unterbrach und sagte: „Nichts aber, du sprichst jetzt mit ihm und basta. Das ist ja nicht mit anzusehen, wie ihr beide leidet."

Und mit diesen Worten verschwand sie nach draußen.

Ich stand da wie ein begossener Pudel und verstand wieder einmal gar nichts. Was sollte das denn alles? Warum konnte sie mir nichts sagen, wenn sie doch anscheinend alles wusste? Was war das große Geheimnis? Während ich noch versuchte irgendeine Antwort zu finden ging die Tür auf und sie stand mit Jörn an der Hand im Raum.

„So", sagte sie, und sah Jörn an. „Es gibt jetzt zwei Möglichkeiten. Entweder du sagst es ihr oder ich tue es. Aber ich schwöre dir, Denise erfährt heute die Wahrheit über dich. Ich sehe nicht länger zu wie du sie und auch dich unglücklich machst."

Und mit diesen Worten verschwand sie und schmiss die Tür hinter sich zu. Ich stand da wie vom Donner gerührt. Was sollte ich heute über ihn erfahren? Ich verstand immer weniger. Jörn kam ein paar Schritte auf mich zu, dann blieb er stehen und sah mich an. Er sah mich so traurig an und es war so viel Schmerz in seinen Augen, dass ich es kaum aushalten konnte, das zu sehen.

Er sagte: „Denise, es tut mir leid."

„Was", sagte ich, „dass du eine Frau hast und ich nur ein kleiner Zeitvertreib für dich war?"

Er kam noch ein paar Schritte näher und nahm meine Hand. Ich wollte sie wegziehen, aber er hielt sie fest und sagte: „Bitte, bleib hier. Ich muss dir etwas sagen und das fällt mir nicht leicht, darüber zu reden. Ich weiß, ich hätte das schon viel früher tun müssen, aber es gab nie die richtige Gelegenheit. Die Zeit, die ich mit dir hatte, war so unbeschreiblich schön, dass ich sie nicht zerstören wollte."

Ich verstand nur Bahnhof. Ich hatte keine Ahnung, wovon er sprach. Er sah mich an und hielt meine Hand.

„Denise, ich habe keine Frau ..." und leise hinterher kam - „... mehr. Die Frau, mit der du mich gesehen hast, das ist meine Schwester Paula und meine Frau hieß Sonja."

„Hieß?", fragte ich.

„Ja, hieß", antwortete er, „sie ist tot und mein Kind auch."

Oh, mein Gott! Ich sah ihn total entsetzt an. Das war ja furchtbar! Er wollte weiter sprechen, aber ich merkte, dass es ihm unheimlich schwerfiel. Er tat mir in tiefstem Herzen leid und ich konnte nicht mehr anders, als ihn in den Arm zu nehmen. Er weinte. Ich wusste nicht, was ich sagen sollte. Es war einfach nur furchtbar und auch mir liefen die Tränen über das Gesicht.

Nach einer Weile wollte er weitersprechen, aber ich hielt ihm den Finger auf den Mund und sagte: „Du musst nichts mehr dazu sagen, wenn du nicht möchtest", sagte ich zu ihm.

Das war das erste Mal, dass ich ihn wieder einmal berührt hatte und ihm so nahe war und es fühlte sich so unglaublich gut an. Er nahm meinen Finger von seinem Mund und küsste ihn. Dann zog er mich langsam zu sich heran und sagte: „Ich will dich nicht auch noch verlieren. Das überlebe ich nicht."

Ich streichelte ihm sanft über das Gesicht und schüttelte den Kopf. „Das wirst du nicht. Es tut mir leid, dass ich diese Situation mit deiner Schwester so missverstanden habe."

Nun legte er den Finger auf meinen Mund und sagte: „Du musst dich ganz bestimmt nicht entschuldigen, der Einzige, der hier Mist gebaut hat bin ich. An diesem Tag, hatte ich Paula von dir erzählt und sie hat sich sehr darüber gefreut, dass es wieder jemand in meinem Leben gibt. Sie hat mir viel Glück gewünscht und mir dabei über das Gesicht gestreichelt. Das war die Situation, die du gesehen hast. Und als sie am Auto gesagt hatte,… du musst es ihr sagen …', da hat sie die Geschichte mit meiner Frau gemeint. Ich wusste nur nie, wie ich dir das sagen sollte." Er nahm mich an der Hand und sagte: „Komm, setz dich, dann erzähle ich dir alles."

Ich sah ihn an und fragte: „Willst du das wirklich?"

„Ja", sagte er, „das will ich wirklich."

Und so erzählte er mir: „Sonja und ihre Freundin Linda, das war die Frau von Paolo, Mangos Bruder, dem Wirt von dem kleinen Lokal im Wald, hatten vor einem Jahr wieder einmal ein Wochenende in der kleinen Berghütte, die Paolo und Linda gehörte, verbracht. Die Hütte ist ganz in der Nähe von der, in der wir beide damals waren. Erinnerst du dich?", fragte er. Ich nickte. „Das hatten sie schon öfter einmal gemacht, aber dieses Mal gab es ein heftiges Gewitter und die Straße war in einem sehr schlechten Zustand."

„Oh, ja", sagte ich, „ das kann ich mir gut vorstellen, denn ich erinnere mich noch gut an den Tag, als wir auf der Hütte waren." Kurz fiel mir dazu ein, wie ich damals vor Angst fast gestorben wäre, weil ich nicht wusste, was Jörn mit mir vorhatte. Aber das behielt ich für mich.

„Ja, sagte er, „genauso war es und sie sind auf dem Weg nach unten mit dem Auto abgestürzt."

Er sah mich an. Oh, mein Gott. Ich konnte es kaum ertragen den Schmerz in seinen Augen zu sehen. Es war furchtbar und ich hätte absolutes Verständnis dafür gehabt, wenn er nicht hätte weitersprechen wollen, aber er tat es.

„Sonja war im sechsten Monat schwanger", sagte er.

Oh, nein, ich hätte losheulen können. Das konnte doch wohl nicht wahr sein. Ich konnte nicht mehr auf meinem Stuhl sitzen bleiben, ich musste aufstehen.

Ich stand vor ihm mit einem dicken Kloß im Hals und sagte: „Es tut mir so unendlich leid für dich!"

Er nahm meine Hände und zog mich zu sich auf den Schoß. Er legte seinen Kopf an meine Schulter und stöhnte leise auf.

„Es war ein Albtraum für mich", sagte er, und das konnte ich mir sehr gut vorstellen. So etwas war mehr als ein Albtraum.

Ich stand wieder auf und ging im Raum hin und her. Ich musste hier raus, ich brauchte frische Luft.

„Lass uns bitte nach draußen gehen", sagte ich zu ihm.

Er nickte und stand auf. Wir verließen den Raum und gingen durch die Gaststube nach draußen. Antonio und Nella schienen nicht mehr hier zu sein und von Silvio war auch weit und breit keine Spur. Draußen waren nur noch wenige Tische belegt und es gab nicht mehr viel zu tun. Ich musste zuerst einmal tief Luft holen, als wir vor die Tür kamen. Ich hatte da drinnen das Gefühl gehabt, nicht mehr richtig atmen zu können. Er legte seinen Arm um meine Schulter und wir gingen los.

„Weißt du", sagte er, „ich habe damals alles verloren, was meinem Leben einen Sinn gegeben hatte, zumindest dachte ich es, und ich konnte das Leben hier nicht mehr ertragen. Und das war der Grund, warum ich dann im Winter auf dem Berg war, wo ich dich zum ersten Mal gesehen hatte. Mir ging es damals nicht besonders gut, denn ich hatte das Geschehene noch nicht verarbeitet und mich nur in die Arbeit gestürzt, um nicht mehr denken zu müssen. Bis ich dich kennengelernt hatte. Plötzlich war wieder etwas in meinem Leben, auf das ich mich freuen konnte, nämlich bei dir an der Theke zu sitzen und mich mit dir zu unterhalten. Ich wusste am Anfang selber nicht, was da mit mir geschah. Ich konnte meine Gefühle nicht einordnen und vor allem wollte ich mich nicht darauf einlassen. Zu sehr haderte ich noch mit der Vergangenheit. Aber es war nicht so einfach, dich wieder aus dem Kopf zu bekommen. Ich fühlte mich immer verdammt gut, wenn ich bei dir an der Theke sitzen und mich mit dir unterhalten konnte. Und es hat mich wie ein Schlag getroffen, als ich erfahren hatte, dass du gekündigt hast. Umso mehr habe ich mich gefreut, als du mir geschrieben hast, dass du hier im Tessin bist. Ich konnte es damals kaum noch erwarten, dich hier wiederzusehen. Ich war total nervös und ich hatte auch Angst."

„Angst?", fragte ich.

„Ja!", sagte er, „ich hatte Angst vor mir selber, weil ich nicht wusste, wie ich mich dir gegenüber verhalten sollte, denn eigentlich kannte ich dich ja nicht wirklich. Außer das bisschen Thekengeplapper bei dir im Lokal hatten wir ja keine Zeit gehabt, uns kennenzulernen und ehrlich gesagt weiß ich auch nicht, ob ich damals dazu bereit gewesen wäre. Der Unfall meiner Frau war noch nicht so lange her und ich hing im Schmerz der Vergangenheit. Aber als du weg warst, habe ich gemerkt, dass ich dich vermisse. Und dann kam ich hierher und habe dich wiedergetroffen und es war unfassbar schön, dich zu sehen. Und seit diesem Abend damals bei Silvio, wo du den ganzen Abend neben mir gesessen hast, konnte ich mir nicht mehr vorstellen auch nur einen einzigen Tag ohne dich zu sein. Aber gleichzeitig quälten mich nachts Albträume und ich hatte manchmal ein schlechtes Gewissen."

„Ein schlechtes Gewissen?", fragte ich und sah ihn an.
„Deiner Frau gegenüber?" Er nickte mit dem Kopf und wirkte sehr bedrückt.

„Ich weiß", sagte er, dass ich dich mit all dem Kram eigentlich nicht belasten sollte, denn du bist die Letzte, die etwas dafür kann."

„Das stimmt", sagte ich, „ich kann nichts dafür, aber ich liebe dich nun einmal und deshalb geht es mich schon etwas an, denn ich sehe doch, dass du leidest. Und deinen Albtraum neulich in der Nacht habe ich doch miterlebt."

„Das tut mir auch unendlich leid", sagte er, „aber ich kann das nicht verhindern."

„Weißt du", sagte ich, „es war wirklich schlimm, dich so zu sehen, aber noch schlimmer war es für mich, dass du mir nichts gesagt hast, sondern einfach abgehauen bist."

„Ich weiß", sagte er, „aber wie hätte ich dir das erklären sollen?"

„Ja", sagte ich, „das wäre schwierig geworden, da hast du Recht. Und was war der Grund, dass du neulich Nacht getürmt bist und mir nur einen Satz am Spiegel hinterlassen hast?"

„Genau das Gleiche. Ich hatte mich tagelang gequält, ob ich dich sehen wollte oder ob es besser wäre alles zu beenden. Aber irgendwann hatte ich es nicht mehr ausgehalten und ich musste dich sehen. Und ich wusste auch, dass ich es nicht beenden kann. Als wir dann bei dir waren, hatte ich mich in deiner Nähe wieder so wohl gefühlt, aber nachts packten mich dann wieder Zweifel und ich musste gehen. Ich stand eine halbe Ewigkeit vor dir und habe dich angesehen. Ich hätte dich am liebsten in den Arm genommen. Verstehst du? Mein Herz sagt ja, aber mein Kopf nein, sie hat etwas Besseres verdient als jemand wie du, der nur Probleme hat!"

Ich sah ihn an und sagte: „Ja, das Gefühl kenne ich nur zu gut. Das ist ein Zwiespalt, der dich fast umbringt."

Er sah mich an und fragte: „Du verstehst das?"

„Na und ob", antwortete ich. Er sah mich überrascht an. „Warum sollte ich das nicht verstehen?", fragte ich.

„Ich glaube nicht, dass viele Frauen dafür Verständnis hätten, wenn ich nachts im Bett schreiend aufwache, weil ich die Erinnerung an meine Frau nicht loswerden kann", sagte er.

Ich nahm seine Hände, stellte mich vor ihn und sagte: „Jörn, du darfst an deine Frau und an dein Kind denken, das ist doch kein Problem. Das ist ein Teil deines Lebens, das kann man nicht auslöschen und das muss man auch nicht. Und du darfst auch traurig sein, das darf man durchaus, das ist nichts Schlimmes. Trauer gehört dazu, wenn man etwas, was man liebte, verloren hat, denn das gehört zum Verarbeitungsprozess. Wenn du nicht trauern kannst, kannst du es auch nicht loslassen. Was nicht heißt, dass du es vergessen sollst. Man kann nicht einen Teil seines Lebens vergessen, aber man kann mit der Zeit mit der Erinnerung leben, dass das Schicksal anders entschieden hat, als man sich das selber gewünscht hätte. Man muss akzeptieren, dass Dinge geschehen, die man nicht beeinflussen kann."

Jörn sah mich mit traurigen Augen an und ich sagte: „Das tut weh, ich weiß."

Er zog mich zu sich und sagte: „Das kann ich dir doch alles gar nicht zumuten. Was willst du denn mit so einem Typen?"

Ich zog seinen Kopf zu mir herunter, gab ihm lächelnd einen leichten Kuss auf den Mund und sagte: „Liebhaben."

Er hielt mich fest an sich gedrückt. Ich sagte ihm, dass es mir so ähnlich ergangen ist, als ich ihn hier wiedergetroffen hatte. Der erste Abend, wo wir mit seinen Freunden bei Silvio saßen und wie nervös ich in seiner Gegenwart war, dass ich am liebsten weggelaufen wäre. Während wir redeten, gingen wir langsam weiter und standen irgendwann vor meinem Haus.

„Lass uns raufgehen", sagte ich.

Er sah mich an und fragte: „Möchtest du das wirklich?"

Ich sagte: „Ja!" Und lachend fügte ich hinzu: „Du brauchst keine Angst zu haben, ich tue dir nichts."

Er lächelte und sagte: „Schade!"

Wir fuhren mit dem Aufzug nach oben in meine Wohnung und ich verschwand gleich in der Küche und kochte eine Kanne Tee, denn ich ahnte, dass es eine Nacht der langen Gespräche werden würde. Und so kam es auch. Wir redeten die halbe Nacht und es war schon gegen Morgen, als wir endlich ins Bett gingen.

Wir kuschelten uns eng aneinander und bevor wir einschliefen, sagte ich noch zu ihm: „Und wenn es dir heute Nacht schlecht geht, dann weckst du mich und sagst Bescheid und haust nicht ab. Versprochen?"

Er sah mich liebevoll an, nickte und sagte: „Versprochen!"

Ich lag in seinen Armen und so schliefen wir ein. Ich schlief die ganze Nacht oder besser gesagt den ganzen Morgen tief und fest und als ich aufwachte, strahlte die Sonne zum Fenster herein. Ich drehte mich um und da lag er neben mir und schlief wie ein Baby. Er hatte einen völlig entspannten Gesichtsausdruck, was darauf schließen ließ, dass er keine schlimmen Träume hatte. Das gefiel mir. Ich stand leise auf und ging in die Küche. Ich wollte ihn nicht aufwecken, denn ich war froh, dass er so ruhig schlief. Im Hinausgehen nahm ich im Wohnzimmer die Teekanne mit, die noch auf dem Tisch stand. In der Küche kochte ich mir eine frische Tasse Tee und ging nach draußen, auf die Terrasse. Das liebte ich hier in meiner Penthouse-Wohnung sehr, dass man von allen Zimmern einen direkten Zugang zur Terrasse hatte. Die Liegestühle standen zwar auf der anderen Seite der Terrasse, aber hier gab es einen kleinen Tisch und zwei Stühle und man hatte auf dieser Seite schon morgens Sonne. Es war herrlich hier draußen zu frühstücken. Aber dafür war es heute schon zu spät, denn wir hatten zu lange geschlafen. Es war bereits gegen Mittag und die Sonne war schon um die Ecke, auf die andere Seite der Terrasse gewandert und schien jetzt ins Schlafzimmer.

Ich saß auf meinem Stuhl, hielt die Teetasse in meinen Händen und dachte an gestern Abend. Es war schon schrecklich, was er da erlebt hatte. Auf einen Schlag Frau und Kind zu verlieren, das ist ein hartes Schicksal. Das musste man erst einmal verkraften. Aber nun wusste ich, was mit ihm los war und dass es nichts mit mir zu tun hatte. Und alles andere würden wir schon auf die Reihe bekommen. Zum Glück wusste ich da noch nicht, was noch alles passieren sollte. Im Moment war ich glücklich, denn so wie es war, war es gut.

Ich saß gedankenverloren auf meinem Stuhl, als Jörn plötzlich neben mir „Guten Morgen" sagte. Ich erschrak, denn ich hatte ihn nicht kommen hören. Aber das war auch kein Wunder, denn Jörn stand barfuß neben mir.

„Guten Morgen, mein Schatz", sagte ich, sah ihn an und klopfte mit der Hand auf den freien Stuhl neben mir. „Setz dich doch", sagte ich, aber er blieb an der Tür stehen und sah mich an. „Was ist los?", fragte ich etwas irritiert.

Er kam zu mir her, nahm meine Hand und zog mich vom Stuhl hoch und ganz nah zu sich hin. Er drückte mich an seine Brust und streichelte mir über den Kopf.

„Ich habe schon seit langer Zeit nicht mehr so ruhig geschlafen wie heute Nacht und mich nach dem Aufwachen so gut gefühlt", sagte er. „Normalerweise sind die Nächte ein Horror und der Morgen dann erst recht, wenn man alleine am Frühstückstisch sitzt und die Erinnerung einen nicht loslässt."

Ich drückte mich ein wenig von ihm weg, sodass ich ihn anschauen konnte und sagte: „Das mit dem Frühstück können wir ja in Zukunft ändern. Nur heute wird das damit nichts mehr, denn das wäre dann wohl eher ein Mittagessen."

Er lächelte.

„Möchtest du auch eine Tasse Tee?", fragte ich ihn.

Er nickte. Ich ging in die Küche und als ich kurz darauf mit der Teetasse in der Hand zurückkam, saß er am Tisch.

Ich nahm meine Tasse, die da noch stand und sagte: „Komm, lass uns drüben in der Sonne sitzen."

Er stand auf und wir gingen auf die andere Seite der Terrasse. Dort stand neben den Liegestühlen ebenfalls ein kleiner Tisch und wir setzten uns hin. Er rückte seinen Stuhl ganz nah neben meinen und legte seinen Arm um mich.

„Was wollen wir heute dann noch machen?", fragte er, während er mit meinen Haaren spielte.

Ich hatte im Moment keine Ahnung, was wir unternehmen konnten, denn ich kannte mich hier noch nicht so gut aus. Hannelie hatte mich zwar schon einmal durch den Ort geführt, aber das war es dann auch schon.

Plötzlich sagte er: „Warst du schon einmal hier am Strand?" Ich sah ihn fragend an: „Strand?"

„Ja", sagte Jörn, „Strand! Komm, lass uns gehen, ich zeige es dir, es wird dir gefallen."

Und so zogen wir los. Wir gingen am See entlang und er führte mich in eine Richtung, in die ich noch nie gegangen war. Wir hatten schon die letzten Häuser hinter uns gelassen, als wir plötzlich auf einem Parkplatz standen – und dieser gehörte tatsächlich zum Strandbad! Wir gingen durch den Eingangsbereich, der Eintritt war frei, und standen an einem herrlichen Sandstrand. Mir fielen fast die Augen aus dem Kopf, und wenn ich mir nicht absolut sicher gewesen wäre, dass wir hier an einem See waren, hätte man fast denken können, es wäre irgendwo im Süden am Meer. Es war auch ziemlich viel los hier. Das schöne Wetter schien die Menschen magisch nach draußen zu ziehen, was ich auch absolut verstehen konnte.

„Oh", sagte Jörn, „mir fällt da gerade etwas ein, was ich dir noch zeigen könnte." Ich sah ihn fragend an, aber er sagte nur: „Komm!" Er nahm mich an der Hand und wir verließen den Strand.

Um das Strandbad herum gab es einen Zaun und man konnte meinen, dass der Weg dort zu Ende war, aber dem war nicht so. Der Weg ging dahinter weiter, allerdings wurde er sehr schmal und man konnte ihn von vorne nicht so ohne Weiteres ausmachen. Das war wohl mehr etwas für Insider. Wir gingen also um den Zaun herum und folgten diesem kleinen Weg.

„Wo sollte der denn hinführen?", dachte ich.

Aber wenn ich Jörn fragte, lächelte er nur und sagte: „Du wirst schon sehen!" Er machte es ganz schön spannend.

Wir folgten etwa 15 Minuten diesem Weg, der manchmal direkt am See entlang und dann auch wieder vom See weg führte. Ich war schon ziemlich neugierig, was mich da erwarten würde, denn Jörn wollte partout nichts verraten. Ich machte mir schon so meine Gedanken, was es hier in dieser verlassenen Gegend zu sehen geben sollte. Wir waren mittlerweile bestimmt schon einen Kilometer vom Strand entfernt und außer einer Frau mit ihrem Hund, die uns ganz am Anfang begegnet war, hatten wir noch keine Menschenseele gesehen.

Ich hing so meinen Gedanken nach, als Jörn plötzlich stehen blieb und sagte: „Da sind wir!"

Ich sah auf und traute meinen Augen nicht. Vor uns, direkt am See und halb zugewachsen stand ein Bootshaus. Ich sah Jörn an und wusste nicht so recht, was er mir damit jetzt sagen wollte.

„Komm", sagte er augenzwinkernd, „ich weiß, wo der Schlüssel liegt."

Ich sah ihn völlig entgeistert an.

„Wieso weißt du, wo der Schlüssel liegt?", fragte ich ihn. „Wem gehört dieses Haus?"

Ohne die Frage zu beantworten, zog er mich einfach mit. Wir gingen um das Haus herum bis zum Eingang. Dort holte er aus einem Versteck den Schlüssel und öffnete die Tür. Ich war entsetzt. Er konnte doch nicht einfach in ein Haus eindringen. Ich blieb wie angewurzelt vor der Tür stehen. Nein, das machte ich nicht mit. Er sah mich an und musste lachen.

„Nun komm schon rein", sagte er. „Du musst dir keine Sorgen machen, die Hütte gehört einem Freund und ich darf sie benutzen."

Na ja, Hütte war vielleicht nicht das richtige Wort, denn das, was ich durch die offene Tür schon zu sehen bekam, war alles andere als eine Hütte, das war eher ein kleines Haus. Ich sah ihn noch immer skeptisch an, aber ich trat ein. Es war ein großer Raum, der sehr hübsch eingerichtet war. So eine richtige Räuberhöhle dachte ich. Hier konnte man sich wirklich verstecken, denn dieses Bootshaus würde nicht so schnell gefunden werden. So langsam gefiel mir der Gedanke, hier mit ihm ganz alleine zu sein. Das hatte einen gewissen Reiz.

Er nahm mich bei der Hand und sagte: „Komm, ich möchte dir etwas zeigen."

Im hinteren Teil des Raumes gab es eine Tür. Er öffnete sie und schob mich hinein. Ich blieb wie vom Donner gerührt stehen und sah ihn mit großen Augen an, was ihn schmunzeln ließ. Der Raum war eine Art Garage, aber nicht für ein Auto, sondern für ein Boot. Na ja, Boot war gut. Vor mir lag eine Yacht, wie sie schöner nicht hätte sein können.

„Wollen wir eine kleine Fahrt machen?", fragte er.

Ich drehte mich wie von der Tarantel gestochen um und fragte: „Du kannst dieses Ding fahren?"

Er lachte und sagte: „Na, das hoffe ich doch."

Ich war sprachlos. Wir gingen an Bord und er zeigte mir alles – sowohl auf als auch unter Deck. Es war faszinierend. Oben standen Liegestühle, in denen man sich sonnen konnte und unten sah es aus wie eine Wohnung. Es gab ein richtiges Wohnzimmer und es gab zwei Schlafmöglichkeiten. Eine Dusche und eine Toilette waren ebenso vorhanden wie eine kleine Küche. Man konnte also hier wohnen. Ich war hin und weg.

„Gefällt es dir?", fragte er und zog mich in seine Arme.

Na und wie mir das gefiel. Das war der absolute Wahnsinn. Ich hatte so etwas noch niemals zuvor gesehen und war entsprechend beeindruckt.

Er strich mir zärtlich über das Gesicht und sagte: „Wollen wir nach Italien fahren?"

Ich nickte. Er ließ mich los und sprang von Bord. Ich sah ihm nach, als er die Tore öffnete und erst jetzt fiel mir auf, wie groß diese „Garage" war. Sie war mindestens doppelt so groß wie der Wohnbereich und auch höher. Das war mir vorhin gar nicht aufgefallen. Als Jörn die Tore geöffnet hatte, löste er die Taue, warf sie an Bord und sprang hinterher. Der Schlüssel steckte und er startete den Motor. Langsam tuckerten wir rückwärts hinaus. Als wir weit genug draußen waren, wendete er und wir fuhren los. So weit das Auge reichte, hatten wir nur noch Wasser vor der Nase. Es war ein unbeschreiblich freies Gefühl. Ich stand neben ihm am Steuerrad und sah fasziniert zu, mit welcher Leichtigkeit er dieses Ding hier unter Kontrolle hatte.

Als wir ein Stück weiter draußen waren, sagte er: „Komm her!"

Er zog mich ganz dicht an seine Seite und stellte mich vor sich hin. Dann griff er um mich herum, und eh ich mich versah, befand ich mich zwischen ihm und dem Steuerrad. Er legte von hinten seinen Kopf an meine Wange und dann gab er Gas. Der Bug hob sich aus dem Wasser und wir nahmen schnell Fahrt auf. Der Fahrtwind blies mir die Haare aus dem Gesicht und ich wurde nach hinten gedrückt. Zum Glück stand Jörn hinter mir, sonst hätte ich wirklich Mühe gehabt, diesem Druck standzuhalten. Wir rauschten in voller Fahrt über den See, bis wir weit draußen waren. Das Bootshaus, von wo aus wir gestartet waren, war nur noch als kleiner Punkt in der Ferne zu erkennen. Dann drosselte Jörn das Tempo. Der Bug senkte sich ab und ich konnte wieder frei stehen, ohne das Gefühl zu haben gleich abzuheben. Er legte seinen Arm um meine Schulter und küsste mich sanft auf die Haare. Ich legte meine Arme um seinen Körper und hielt mich an ihm fest. So tuckerten wir gemächlich weiter. Weit und breit nichts außer Wasser. Wir fuhren ziemlich in der Mitte des Sees und so waren auch die Uferseiten sehr weit von uns entfernt. Ich sah mich um. Aber außer uns gab es nichts und niemand zu sehen. Es war schon fast gespenstisch. Um uns herum nur Wasser und sonst nichts, nur wir beide, mutterseelenallein. Es war traumhaft schön.

Er fragte: „Möchtest du dich nicht ein bisschen in die Sonne legen?" Dort vorne, und er deutete mit dem Kopf in die entsprechende Richtung, gibt es Liegestühle."

„Und du?", fragte ich.

Er lächelte und meinte: „Ich fahre das Boot etwas zur Seite, damit ich es ankern kann und dann komme ich zu dir. Was hältst du davon?"

Immer, wenn er Boot sagte, musste ich lachen, denn von einem Boot war dieses Ding hier meilenweit entfernt. Ich lächelte ihn an und sagte: „Das ist eine sehr gute Idee."

Und so geschah es. Ich machte mich auf den Weg zum Vorderdeck und musste feststellen, dass das gar nicht so einfach war, denn Jörn gab wieder etwas mehr Gas und ich musste mich wie vorhin gegen den Fahrtwind fortbewegen. Aber ich schaffte es schließlich und konnte uns zwei Liegestühle bereitstellen. Jörn fuhr das Boot etwas mehr zur Seite und ankerte es. Dann verschwand er unter Deck und kam kurze Zeit später mit einer Flasche und zwei Gläsern zu mir.

Er streckte mir die Flasche entgegen und sagte: „Es ist leider nichts anderes mehr da."

Es war eine eisgekühlte Flasche Limettenlimonade und ich wunderte mich, woher er diese hatte. Er sah meinen fragenden Blick und sagte lachen: „Das ist leider das Einzige, was der Kühlschrank noch hergibt."

Er schenkte uns ein. Es war zwar kein Champagner, aber so eine gut gekühlte Limonade war auch nicht zu verachten. Er rückte seinen Liegestuhl ganz dicht an meinen und ließ sich hineinfallen. Die Yacht schaukelte leicht auf dem Wasser und die Sonne stand strahlend am Himmel. Es war ein Traum. Ich schloss meine Augen und genoss dieses schöne Gefühl, als ich plötzlich seine Hand auf meinem Körper spürte. Ich öffnete die Augen und sah ihn an.

Er lächelte und meinte: „Ich finde, es ist viel zu warm für so viel Stoff am Körper", und er begann ganz langsam damit meine Bluse aufzuknöpfen.

„So, so", sagte ich, „meinst du das?"

„Ja, auf jeden Fall", antwortete er und ich lachte los.

Er streifte mir die Bluse von den Schultern und streichelte meine Brüste. Ein wohliger Schauer lief über meinen Rücken. Seine Hände waren samtweich und ich genoss seine Berührungen. Er begann mich zu küssen und zog mich dabei weiter aus. Nebenbei fing er an sein Hemd aufzuknöpfen. Als er die ersten paar Knöpfe geöffnet hatte, zog ich es ihm einfach über den Kopf und ließ es neben mir zu Boden fallen. Sein braun gebrannter, muskulöser Oberkörper war ein schöner Anblick und konnte schon Sehnsüchte wecken. Ich öffnete seine Hose und er streifte sie sich von den Beinen. Wir streichelten und küssten uns gegenseitig und brachten uns damit ganz schön in Fahrt. Dass wir dabei hier draußen waren, wo jederzeit ein anderes Schiff vorbei kommen konnte, hatten wir total verdrängt. Wir liebten uns unter italienischer Sonne auf dem Deck einer traumhaft schönen Yacht und versanken dabei im Rausch unserer Gefühle. Es war unbeschreiblich und ich hatte so etwas noch nie erlebt. Ich lag danach in seinen Armen und er hielt mich fest. Wir lagen nackt in der

Sonne und das sanfte Schaukeln der Yacht vermittelte mir ein Gefühl, in einem Schaukelstuhl zu sitzen. Ich war unbeschreiblich happy und es war wie im Märchen. Der Prinz und seine Prinzessin. Und so behandelte er mich auch und das machte mir manchmal ein wenig Angst. So etwas hatte ich auch noch nie erlebt, dass mich ein Mann auf Händen trug. War so etwas wirklich normal? Ich dachte bisher immer, so etwas gibt es nur im Film, aber jetzt erlebte ich das tatsächlich selber.

Ich war sehr in meine Gedanken vertieft, als ich plötzlich Jörns Stimme neben mir hörte: „Hallo, Kleines, alles o.k.?"

Ich zuckte etwas zusammen, denn mit dieser Frage holte er mich aus meiner Gedankenwelt zurück in die Realität. Er legte seinen Finger unter mein Kinn und hob dadurch meinen Kopf ein wenig in die Höhe. Dann fragte er noch einmal: „Alles o.k.?"

Ich sah ihn an und antwortete: „Ja, alles o.k.!"

Er sah mich liebevoll an und fragte: „Wo warst du denn mit deinen Gedanken?"

Ich blinzelte ihm zu und sagte: „Ich habe mir gerade überlegt, welche Überraschungen mich bei dir noch erwarten werden."

Das war eigentlich eher als Scherz gemeint, aber irgendwie reagierte er seltsam. Er wurde augenblicklich ernst, zog mich in seine Arme und stöhnte leise auf. Das verstand ich nun gerade überhaupt nicht.

„Hey, was ist denn los mit dir?", fragte ich ihn. „Das sollte ein Scherz sein."

Er sah mich an, strich mir liebevoll eine Haarsträhne aus dem Gesicht und sagte leise: „Ja, das weiß ich doch."

Aber irgendwie verhielt er sich komisch. Ich wusste nicht warum und ob ich daran schuld war, aber es war auf jeden Fall seltsam.

„Hast du auch Hunger?", fragte er plötzlich.

Ich war über diese Frage so überrascht, dass ich sie gar nicht sofort beantworten konnte und hielt kurz inne.

„Ja, etwas essen könnte ich auch", antwortete ich dann aber.

„Na, dann lass uns fahren", sagte er.

Wir zogen uns an, holten den Anker ein und fuhren los, aber nicht, wie ich erwartet hatte, zurück, sondern geradeaus weiter.

„Wo fährst du denn hin?", fragte ich.

„Na, du hast doch Hunger, hast du eben gesagt, oder nicht?".

„Ja, schon, aber ich dachte, wir würden zurück fahren."

Jörn lächelte und meinte: „Warum? Denkst du in Italien gibt es nichts zu essen?"

Ich sah ihn an und musste wieder einmal lachen.

„Ja, natürlich weiß ich, dass es in Italien auch etwas zu essen gibt, aber ..."

„Ja, was aber? Magst du kein italienisches Essen?"

„Oh, doch, schon, und wie ich das mag!", antwortete ich.

„Na also, dann ist doch alles gut."

Er streckte seine Hand nach mir aus und ich ging zu ihm hin. Er zog mich ganz nah an sich und sagte: „Dann lass uns jetzt doch irgendwo am See hübsch essen gehen."

Ich sah ihn an und sagte: „Und wohin fahren wir dann jetzt, Herr Kapitän?"

„Ja, lass dich doch überraschen, du Leichtmatrose", gab er lachend zurück.

Er schob mich wieder zwischen sich und das Steuerrad und dann brausten wir los. Es war einfach ein unglaublich tolles Gefühl, da oben zu stehen und den Fahrtwind im Gesicht zu spüren. So fuhren wir etwa eine halbe Stunde, als Jörn plötzlich die Geschwindigkeit drosselte und die Richtung änderte.

Er zeigte mit dem Finger zur Seite hin und sagte: „Da drüben wollen wir hin!"

Aus der Ferne konnte man schon sehen, dass dort ein kleiner Hafen oder so etwas Ähnliches sein musste, denn es waren einige Boote zu sehen. Als wir näher kamen, konnte man sehen, dass es sich um sehr ansehnliche Yachten handelte. Jörn steuerte sicher eine freie Anlegestelle an, vertaute alles und half mir von Bord. Er winkte einem Mann zu, der gerade von der anderen Seite auf uns zu kam und als dieser nah genug bei uns war, begrüßten sie sich. Ich hatte den Eindruck, dass sie sich kannten. Sie unterhielten sich kurz in einem so schnellen Italienisch, dass ich nichts verstehen konnte. Das Ganze dauerte keine zwei Minuten, als sich der andere verabschiedete, mir freundlich zunickte und verschwand.

Ich sah Jörn mit großen Augen an und er sagte: „Alles gut, komm lass uns gehen." Er nahm meine Hand und wir gingen los.

Es war wunderschön hier und man merkte, dass man in Italien war. Dieses typisch italienische Lebensgefühl fing uns ein. Jörn steuerte zielsicher ein Lokal an, das zwar etwas versteckt, aber trotzdem direkt am See lag. Es war ein Traum. Wir setzten uns an einen kleinen Tisch und als der Kellner zu uns kam, unterhielt sich Jörn kurz mit ihm und gab unsere Bestellung auf. Und wenn ich auch hier nicht wirklich viel von der Unterhaltung verstanden hatte, kam es mir wieder so vor, als ob er ihn kannte.

Aber Jörn machte keine Anstalten etwas dazu zu sagen, sondern nahm meine Hand in seine Hände und fragte: „Und, hat dir der Tag heute gefallen?"

Ich sah ihn an und sagte: „Ja, sehr und er gefällt mir noch immer."

Er küsste meine Finger und sagte: „Das freut mich."

Dabei sah er mich mit einem Blick zum Dahinschmelzen an. Aber dafür war keine Zeit mehr, denn unser Essen wurde serviert. Ich wusste ja nicht, was er bestellt hatte, aber egal, was es war, es schmeckte hervorragend. Als wir fertig gegessen hatten, bestand Jörn darauf, dass ich unbedingt ein Dessert probieren musste. Und obwohl ich eigentlich pappsatt war, tat ich ihm den Gefallen. Auch hier wusste ich nicht, was das war, aber es schmeckte einfach himmlisch.

Danach sagte ich zu ihm: „Aber das war jetzt das letzte Essbare für mich heute, sonst musst du mich zur Yacht kugeln."

Er lachte und meinte: „Na, das wäre doch einmal einen Versuch wert."

Wir verließen das Lokal und schlenderten den Weg langsam zurück. Die Sonne stand schon sehr tief am Himmel, als wir zur Yacht zurückkamen. Er half mir gerade an Bord, als plötzlich jemand seinen Namen rief und eine Frau winkend auf ihn zugelaufen kam. Es war Paula, Jörns Schwester, die ich damals für seine Frau gehalten hatte. Na, das war ja eine Überraschung. Sie begrüßte Jörn liebevoll und winkte zu mir herüber. Dann wandte sie sich an Jörn und redete auf ihn ein. Was gesagt wurde, konnte ich nicht verstehen, aber es sah irgendwie besorgniserregend aus. Paula gestikulierte wild umher und Jörn schüttelte immer nur den Kopf. Mit der Zeit wurde Paula richtig böse mit ihm und rüttelte an ihm herum, aber er machte sich von ihr los und sagte ziemlich   laut: „Nein!"

Dann drehte er sich um, sprang an Bord und ließ sie einfach stehen. Ich stand da und verstand nicht, was da gerade passiert war. Paula schrie etwas hinter ihm her, aber Jörn hatte schon den Motor gestartet und so konnten wir es nicht verstehen. Er fuhr langsam rückwärts vom Anlegeplatz weg, wendete und gab Gas. Ich war darauf überhaupt nicht vorbereitet und wäre fast von Bord gegangen. Ich schrie kurz auf und konnte mich gerade in letzter Sekunde noch festhalten. Jörn sah zu mir herüber, aber sein Blick war abwesend, so als ob er durch mich hindurchschaute. Er sah mich zwar, aber er schien nicht zu verstehen, was er da gerade angerichtet hatte. Erst als ich ihn anschrie, realisierte er, was passiert war. Er drosselte sofort die Geschwindigkeit, ließ das Steuerrad los und kam zu mir her gerannt.

„Oh, mein Gott, Denise!", rief er entsetzt und hielt mich fest. „Ist dir etwas passiert, hast du dich verletzt?" Er fasste mich überall an, so als wenn er nachsehen wollte, ob noch alles dran war.

„Es ist alles gut", sagte ich, „und außer einem Schrecken ist mir nichts passiert."

Jörn zog mich in seine Arme und drückte mich ganz fest an seine Brust.

„Gott sei Dank!" Er sah mich mit großen Augen an und

sagte: „Entschuldige bitte. Das war ziemlich dumm von mir. Aber Paula schafft es jedes Mal wieder aufs Neue, mich aus der Fassung zu bringen."

Ich sah ihn überrascht an und fragte: „Womit?"

Er sah mich liebevoll an, strich mir die Haare aus dem Gesicht und sagte: „Ach, Kleines, das ist alles so kompliziert und das kann ich dir nicht so einfach in zwei Sätzen erklären."

Ich sah ihn an und sagte: „Na ja, eventuell würde ich dir auch drei Sätze lang zuhören. Das müsstest du halt mal ausprobieren."

Er lächelte und sagte: „Ja, das weiß ich und ich weiß auch, dass ich dir das alles einmal erklären muss, aber nicht jetzt und nicht hier. Lass uns bitte einfach zurückfahren."

Er drehte sich um und wollte zum Steuerrad zurückgehen, aber ich hielt ihn am Arm fest und fragte: „Wann dann?"

Er sah mich mit sehr traurigen Augen an, aber er antwortete nicht.

In mir kam so langsam ein Verdacht hoch und ich fragte ihn: „Hat es etwas mit deiner Frau zu tun?"

Er nickte und sagte leise: „Auch."

Dann drehte er sich von mir weg und ging zum Steuerrad, um die Yacht wieder auf den richtigen Kurs zu bringen. Ich blieb einen Moment stehen und sah ihm nach. Er wirkte sehr bedrückt. Ich überlegte kurz, dann ging ich zu ihm, nahm ihn einfach in den Arm, ohne ein Wort zu sagen und hielt ihn fest.

Nach einer Weile sah ich ihn an und sagte: „Lass uns nach Hause fahren." Er nickte stumm und ich sagte: „Los, gib Gas." Ich hielt mich an ihm fest und er sah mich an. „Na, los!", sagte ich und dann drückte er den Gashebel voll nach unten.

Die Yacht schoss wie eine Rakete über das Wasser, der untergehenden Sonne entgegen. Ich stand die ganze Zeit schweigend an seiner Seite und hielt mich an ihm fest. Er musste sich bei dieser Geschwindigkeit sehr konzentrieren, um die Yacht auf Kurs zu halten und ich wollte ihn nicht ablenken. Der Fahrtwind war bei diesem Tempo ziemlich kühl und mich fröstelte leicht. Und so schön die Yacht und dieser Tag heute auch waren, so wünschte ich mir nichts sehnlicher, als endlich wieder zu Hause zu sein. Ich war froh, als in der Ferne die ersten Häuser auftauchten und schnell immer größer wurden. Als wir ankamen fuhr Jörn die Yacht langsam an den Anlegeplatz, warf die Taue an den Steg und sprang von Bord. Als die Yacht fest vertaut war, half er mir von Bord und wir gingen in das Haus. Ich ließ mich auf die Couch fallen und fühlte mich total erledigt. Jörn setzte sich zu mir und legte meinen Kopf auf seinen Schoss. Er lehnte sich zurück und verschränkte seine Arme hinter dem Kopf. Als ich zu ihm schaute sah ich, dass er die Augen geschlossen hatte. Er sah sehr angespannt aus und man merkte, dass ihn etwas bedrückte. Ich hätte ihm gerne geholfen, denn es war offensichtlich, dass es ihm nicht gut ging, aber ich wusste nicht wie. Solange er nicht bereit war darüber zu reden, war ich chancenlos.

Ich sah ihn eine Weile an, dann stand ich auf und sagte: „Komm, leg dich hin, ich massiere dich ein bisschen." Er sah mich etwas ungläubig an: „Na, komm, leg dich hin und zieh dein Hemd aus."

Nach einigem Zögern tat er das dann auch. Ich kramte in meiner Handtasche und fand eine Tube Creme. Diese drückte ich auf seinem Rücken aus und begann ihn sanft zu massieren. So angespannt wie sein Gesichtsausdruck war, so verspannt war auch sein Rücken und beide konnten ein wenig Entspannung gut gebrauchen. Am Anfang lag er stocksteif und total verkrampft da, aber mit der Zeit merkte ich, wie sich die Muskulatur entspannte und ab und zu war ein leises „Hmmh" zu hören, was darauf schließen ließ, dass es ihm gefiel. Es war schön anzusehen, dass es ihm sichtlich gut tat und die Anspannung weniger wurde. Schweigend setzte ich meine Massage fort und irgendwann war er eingeschlafen. Mein großer, starker Bär schlief ruhig und entspannt wie ein Baby. Ich sah ihn an und ein Lächeln huschte über mein Gesicht. Ich hätte gerne gewusst, was ihn so quälte, aber solange er nicht bereit war mit mir darüber zu reden, konnte ich ihm nicht helfen. Obwohl ich natürlich auch nicht wusste, ob ich ihm hätte helfen können, wenn ich es gewusst hätte.

Ich war mittlerweile auch ziemlich müde und überlegte, was ich jetzt tun sollte. Ich sah mich im Raum um, aber da gab es außer der Couch, auf der Jörn schlief, nur noch Stühle. Tja, was sollte ich tun? Ich wollte ihn auf gar keinen Fall wecken. Da ich keine andere Möglichkeit finden konnte, entschied ich mich dafür mich auf der Yacht hinzulegen. Ich öffnete leise die Tür zur „Garage" und suchte nach einem Lichtschalter. Die Tür lehnte ich an, damit Jörn nicht durch den Lichtstrahl gestört würde. Ich kletterte an Bord und ging unter Deck. Dort gab es ja zwei Schlafmöglichkeiten. Ich suchte mir eine davon aus und ließ mich auf das Bett fallen. Die Yacht schaukelte mich sanft in den Schlaf, bis ich mitten in der Nacht durch Jörns Rufen geweckt wurde. Als ich wach wurde, brauchte ich einen kurzen Moment, um zu realisieren, wo ich war, dann gab ich ihm Antwort. Plötzlich schaukelte die Yacht hin und her und ich hörte, wie er die Treppe herunter gerannt kam. Ich setzte mich im Bett auf und sah, wie er zur Tür hereingestürmt kam.

Er sah mich total entgeistert an und rief: „Oh, mein Gott Denise, da bist du ja!"

Ich sah ihn an und sagte: „Ja, hier bin ich und warum schreist du denn so?"

Er antwortete: „Weißt du, wie ich mich erschrocken habe, als ich eben aufgewacht bin und von dir nirgends eine Spur. Ich dachte, du wärst weg."

„Nein", sagte ich, „nun beruhige dich erst einmal. Du hast mir einfach auf der Couch keinen Platz gelassen und wecken wollte ich dich nicht. Da musste ich mir halt einen anderen Platz suchen. Und da wir hier nicht so viel Auswahl haben…" Er kam zu mir und nahm mich in den Arm.

„Entschuldige bitte, Kleines", sagte er und hielt mich fest.

Ich sah ihn an und strich ihm sanft über das Gesicht.

„Wofür willst du dich denn jetzt entschuldigen? Schlafen ist etwas Natürliches und bestimmt nichts, wofür man sich entschuldigen müsste, mein Schatz", sagte ich.

Er nahm meine Hand und küsste meine Handinnenfläche.
„Ja, aber trotzdem …".
„Nichts trotzdem. Es ist alles gut und hier ist auch noch Platz für dich."
Er zog sich seine Hose aus und schlüpfte zu mir unter die Decke. Wir kuschelten uns eng aneinander und schliefen den Rest der Nacht eng umschlungen.

Als wir am Morgen erwachten, schien die Sonne durch die Ritzen der Holzwände und das ließ schönes Wetter erahnen. „Guten Morgen", sagte er, „hast du gut geschlafen?"
Ich sah ihn an und sagte: „Ja, ziemlich gut. Das Schaukeln hier auf dem Wasser hat etwas Beruhigendes. Hoffentlich kommt dein Freund, dem das hier gehört noch nicht so schnell zurück, damit wir das noch einmal wiederholen können." Er lächelte mich liebevoll an, sagte aber nichts dazu. „Wollen wir frühstücken gehen?", fragte er.
Ich sah ihn an und antwortete: „Also, bevor ich heute irgendetwas machen möchte, brauche ich eine Dusche und frische Kleidung."
Er lachte und meinte: „Da hast du Recht, das könnte mir auch nicht schaden. Duschen wäre ja nicht das Problem, das können wir ja hier auf der Yacht, aber ich brauche auch etwas Frisches zum Anziehen." So, wie ich jetzt war, fühlte ich mich nicht mehr wohl und ihm ging es wohl so ähnlich. Also räumten wir die Reste unsres nächtlichen Gelages auf und machten uns auf den Weg. Es war auch heute ein herrlich sonniger Tag, der gute Laune machte. Wir schlenderten den Weg zurück, den wir gestern gekommen waren. Ich merkte allerdings immer wieder einmal, dass Jörn zwischendurch sehr nachdenklich war, aber ich sagte nichts dazu. In diesem Punkt wurde ich einfach nicht schlau aus ihm, aber ich wollte ihn auch nicht bedrängen zu reden, wenn er das nicht wollte.
Plötzlich stand wie aus dem Boden gewachsen Paula vor uns. Ich war total erschrocken.
Sie sah kurz zu mir und sagte: „Entschuldige bitte Denise, aber ich muss mit meinem Bruder sprechen."

Sie nahm Jörn an der Hand und zog ihn mit sich fort. Und bei der Entschlossenheit, die sie dabei an den Tag legte, war mir klar, dass es gleich Ärger geben würde.

Jörn lief ein paar Schritte neben ihr her, dann versuchte er sich aus ihrem Griff zu befreien, aber Paula hielt ihn fest und sagte: „Nein, du kommst jetzt mit!"

Sie ließ nicht locker und er ging widerstrebend mit. Ich blieb stehen und sah diesem Schauspiel verständnislos zu. Paula redete auf ihn ein. Ich verstand nicht, worüber sie sich unterhielten, aber ich sah an Jörns Körperhaltung, bei der alles auf Abwehr stand, dass er nicht damit einverstanden war, was Paula ihm sagte oder von ihm wollte. Irgendwann drehte sich Jörn von ihr weg und kam zu mir zurück. Paula rannte hinter ihm her und versuchte ihn zum Stehenbleiben zu animieren, aber er reagierte nicht darauf.

Als sie bei mir angekommen waren, und er Anstalten machte mit mir wegzugehen, schrie sie ihn an: „Jörn, bleib hier."

Sie sah völlig verzweifelt aus und sah mich mit großen Augen an. Jörn schien das alles nicht zu interessieren, aber ich konnte jetzt nicht einfach mit ihm weggehen und Paula so zurücklassen.

Ich blieb stehen und sah Jörn an. „Was zum Teufel ist hier los?", fragte ich ihn.

Paula stand hilflos da und hatte Tränen in den Augen. Als ich das sah, ließ ich Jörn stehen und ging zu ihr hin. Ich legte meinen Arm um sie und fragte: „Paula, was ist hier los?"

Schluchzend antwortete sie: „Jörn muss mitkommen, es ist wichtig."

Ich sah Jörn fragend an, aber er wich meinem Blick aus. Ich hätte ihn in diesem Moment umbringen können. Es war für mich eine chaotische Situation. Auf der einen Seite eine in Tränen aufgelöste Paula und auf der anderen Seite Jörn, der, wie ich dachte, an dieser Situation nicht unschuldig war, aber anscheinend kein Interesse daran hatte, hier irgendetwas aufzuklären, geschweige denn Paulas Bitte nachzukommen. So langsam reichte es mir mit seiner Geheimniskrämerei. Dass er mir nichts sagen wollte, gut, damit konnte ich leben, aber dass er seine Schwester, zu der er ja angeblich ein sehr inniges Verhältnis hatte, so behandelte, das ging zu weit.

Paula tat mir in der Seele leid und ich sagte in einem nicht ganz so freundlichen Ton zu ihm: „Jörn, es reicht! Ich gehe jetzt nach Hause und du klärst hier dein Problem, was auch immer es sein mag, aber so geht es auf keinen Fall weiter. Wenn du mit mir nicht reden möchtest o.k., das finde ich zwar nicht gut, aber ich kann es akzeptieren. Aber dass du mit deiner Schwester so umspringst, das geht nicht."

Ich drehte mich zu Paula um, die mich mit großen Augen ansah und sagte: „Wenn ich dir irgendwie helfen kann, ruf mich an, aber ich muss jetzt gehen, ciao."

Dann drehte ich mich zu Jörn um und sah ihn an, ohne etwas zu sagen. Er hatte einen Gesichtsausdruck, den ich nicht wirklich deuten konnte, aber irgendwie wirkte er panisch. Ich wollte gerade losgehen, als ich von ihm nur einen lauten Fluch hörte und er mich festhielt.

„Nein, Denise", sagte er, „geh nicht!"

„Doch", sagte ich, „das werde ich tun."

„Nein, bitte nicht", sagte er, „und es klang unsagbar traurig." Er sah mich an und sagte: „Ich werde mit Paula zu meiner Mutter gehen."

„Deine Mutter?", fragte ich. „Was ist mit deiner Mutter?"

Paula kam zu uns her und ein Lächeln huschte über ihr Gesicht. Sie fiel ihm um den Hals und man merkte ihr an, wie erleichtert sie war.

Dann kam sie zu mir und sagte: „Danke, Denise!" und umarmte mich ganz fest. Zu Jörn sagte sie: „Komm!"

Er drehte sich zu mir und sagte: „Ich melde mich sobald ich kann, Kleines!"

Ich nickte nur und Paula zog ihn mit sich fort. Ich stand noch eine Weile da und sah ihnen nach. Ich verstand wieder einmal nicht, worum es ging, aber ich wusste heute nur eines: Was auch immer das Problem war, er musste sich dem stellen, denn so konnten wir keine Beziehung aufbauen.

Ich ging nach Hause und als Erstes unter die Dusche. Welch eine Wohltat, das warme Wasser auf der Haut zu spüren und allen Schmutz abzuspülen! Wenn man das doch auch einfach mit seinen Gedanken tun könnte, dachte ich. Diese hingen natürlich wieder einmal bei Jörn und vor allem an dieser Situation von vorhin mit Paula. Was hatte das bloß alles zu bedeuten? Und vor allem, was hatte das mit seiner Mutter zu tun? Ich dachte bisher immer, dass das Problem seine verstorbene Frau wäre, aber jetzt? Jetzt bekam die Sache noch eine ganz andere Wendung. Wohin sollte das alles noch führen?, überlegte ich. Da ich aber darauf keine Antwort hatte, und wohl auch keine finden würde, wollte ich mir nicht länger einen Kopf darüber machen. Entweder Jörn klärte das jetzt oder eben nicht, dann war es auch in Ordnung. Ich hatte keine Lust mehr auf diese Heimlichkeiten. Ganz oder gar nicht, denn anders würde es jedenfalls nicht mehr weiter gehen. Es lag jetzt an ihm. Da ich keine Lust hatte, heute noch irgendetwas zu unternehmen, ging ich nach dem Duschen auf die Terrasse und legte mich nackt in die Sonne. Das war ja hier oben auf meiner Dachterrasse kein Problem, da ich alleine war und man die Terrasse von keiner Seite einsehen konnte. Ich lag im Liegestuhl und hing meinen Gedanken nach, als plötzlich mein Handy klingelte. Ich war etwas überrascht, denn ich rechnete eigentlich nicht damit, dass sich Jörn heute noch melden würde.

Ich nahm ab und hörte am anderen Ende Hannelies fröhliche Stimme: „Hallo, Denisc, was machst du gerade?"

„Ich liege nackt auf meiner Terrasse", antwortete ich und sie lachte laut los.

„Alleine?", fragte sie lachend.

„Ja, alleine", antwortete ich.

„Was ist los?"

„Oh, Drama mit Jörn …".

Sie wurde sofort ernst am anderen Ende und fragte: „Wollen wir uns treffen?"

„Also, wenn du zu mir kommen möchtest gerne, aber ich habe keine Lust einen Schritt vor das Haus zu setzen."

„Bin gleich da", hörte ich sie sagen, dann war die Leitung tot, denn sie hatte aufgelegt.

Ich zog mich an und kurze Zeit später klingelte es schon an meiner Tür und Hannelie war da. Sie sah mich an und war etwas irritiert. Sie hatte mich wohl irgendwie am Boden zerstört erwartet, aber dem war nicht so.

Und sie sagte auch gleich: „Also, Denise, ich hätte dich jetzt in einem anderen Zustand erwartet, aber sehr traurig siehst du gerade nicht aus."

„Nein", antwortete ich, „das bin ich auch nicht, ich bin eher sauer. So langsam geht mir seine Geheimniskrämerei nämlich auf den Keks."

Hannelie sah mich wieder einmal mit großen Augen an und fragte: „Was hat er denn jetzt wieder angestellt?"

Ich erzählte ihr, wie sich alles zugetragen hatte. Dass er mich gestern mit dieser Yacht überrascht hatte und dann das Drama von vorhin.

Die erste Frage von Hannelie war: „Der hat eine Yacht?"

„Nein, nicht wirklich", klärte ich sie auf, „sie gehört einem Freund und er darf sie nutzen."

Hannelie meinte: „Cool!"

„Ja", sagte ich, „das fand ich bis gestern eigentlich auch, aber heute bin ich mir da nicht mehr so sicher. Mensch, ich werde aus diesem Kerl einfach nicht schlau und ich weiß nicht, was ich von der ganzen Situation halten soll."

„Ich verstehe dich total, Denise", sagte sie, „es würde mir an deiner Stelle genauso gehen. Was willst du jetzt tun?"

Ich zuckte mit den Schultern: „Gar nichts. Entweder er rückt jetzt damit heraus, was mit ihm los ist, oder er soll bleiben, wo der Pfeffer wächst. Auf diesen Zirkus habe ich keine Lust mehr. Was zum Teufel kann denn so schlimm sein, dass man so ein Geheimnis daraus machen muss?"

„Tja", sagte sie, „das ist und bleibt wohl die große Frage."

„Oh, komm", sagte ich, „lass uns jetzt von etwas anderem reden."

Sie sah mich zwar etwas erstaunt an, das kannte sie so von mir nicht, aber sie wechselte sofort das Thema und erzählte, was gestern Abend beim Arbeiten passiert war. Das war eine lustige Geschichte, aber ich hörte nur mit einem Ohr hin, denn wie ich merkte, war es gar nicht so einfach Jörn aus dem Kopf zu bekommen.

Plötzlich fragte Hannelie: „Hast du heute schon etwas gegessen?" Ich schüttelte den Kopf und sie sagte: „Ich auch nicht. Dann komm, lass uns raus gehen. Es ist ein herrlicher Tag, viel zu schade, um ihn drinnen zu verbringen."

Damit hatte sie natürlich zweifelsohne Recht und es gab eigentlich keine Einwände dagegen, außer, dass ich überhaupt keine Lust hatte. Aber sie bearbeitete mich so hartnäckig, dass ich schließlich nachgab und wir uns auf den Weg machten. Wir schlenderten, wie so oft, am See entlang und gingen in ein kleines Lokal, in dem wir schön öfter gegessen hatten. Uns gefiel es sehr gut dort und wir verbrachten einen schönen Abend zusammen. Wir unterhielten uns über Gott und die Welt, nur das Thema „Jörn" blieb unberührt. Und das war auch gut so, denn ich brauchte wieder einmal andere Gedanken in meinem Kopf. Doch ganz so einfach sollte das dann doch nicht werden, denn plötzlich stand Mango bei uns am Tisch.

„Hallo, Denise", rief er fröhlich, „welche Überraschung, dich hier zu sehen. Ist Jörn auch da?"

„Nein", sagte ich, „ich bin mit Hannelie hier."

„Hallo Hannelie", sagte Mango, und zu mir gewandt fragte er: „Wo ist Jörn?"

„Das weiß ich nicht", antwortete ich. Ich kann dir nur sagen, dass Paula ihn heute Morgen abgepasst und mit zu seiner Mutter geschleppt hat."

Mango sah mich mit kugelrunden Augen an und rief: „Was, Jörn ist bei seiner Mutter? Wie hat sie das denn geschafft, ihn dazu zu bewegen?"

Ich war leicht irritiert und verstand nicht, was Mango damit sagen wollte.

„Wieso findest du das so merkwürdig?", fragte ich ihn.

„Weil Jörn seit …", er brach den Satz ab und sah mich an.

„Was hat er seit …?", hakte ich nach.

Mango schüttelte den Kopf und sagte: „Denise, es tut mir leid, aber ich kann dir dazu nichts sagen, das muss Jörn tun. Ich mische mich da nicht ein."

„Ja, prima", sagte ich, „aber genau das tut er nicht. Warum auch immer."

Mango legte seine Hand auf meinen Arm und sagte: „Denise, Jörn geht es nicht gut und er hat es im Moment nicht leicht."

„Na gut, dass du mir das jetzt sagst, darauf wäre ich von alleine nicht gekommen", antwortete ich leicht gereizt. „Das sieht ein Blinder mit Krückstock, dass er leidet, aber warum spricht er nicht über sein Problem?"

„Weil er sich die Schuld an so vielem gibt und damit nicht klarkommt", antwortete Mango.

„Woran gibt er sich die Schuld, Mango, am Tod seiner Frau?", fragte ich.

Mango stand da und rang sichtlich mit sich. Sollte er etwas sagen oder nicht? Auf jeden Fall wusste ich jetzt, dass er etwas wusste, denn das war offensichtlich. Aber warum zum Teufel, wollte auch er mir nichts sagen?

„Mädels", sagte er, „ich muss gehen. Habt einen schönen Tag zusammen! Und Denise", dabei sah er mich irgendwie merkwürdig an, „gib ihm eine Chance. Er braucht dich."

Und mit diesen Worten war er weg.

Hannelie hatte die ganze Zeit schweigend da gesessen. Jetzt sah sie mich an und schüttelte den Kopf.

„Verstehst du jetzt, was ich meine?", fragte ich sie. „Genauso geht es mit Jörn auch. Ich halte das nicht mehr aus, die machen mich wahnsinnig."

„Das verstehe ich vollkommen", antwortete sie. „Ich hätte an deiner Stelle auch ein Problem damit. Aber Denise, sorry, wenn ich das jetzt so sage, ich glaube trotzdem, dass du ihm sehr viel bedeutest. Denn das, was du mir sonst so von ihm erzählt hast, passt überhaupt nicht zu seinem Verhalten. Ich glaube nicht, dass er dich hinhält oder so, ich glaube der hat wirklich ein mächtig großes Problem."

„Ja, und warum redet er dann nicht mit mir darüber?"

„Tja, das ist die Frage, die ich dir leider auch nicht beantworten kann.", antwortete Hannelie. „Aber du hast ja eh keine andere Wahl, als zu warten, wie sich die Sache entwickelt."

„Ja", sagte ich, „oder bis du mich in der Klapse besuchen kannst."

Sie lachte und meinte: „Na ja, so schlimm wird es ja nun schon nicht werden."

„Komm, lass uns gehen", sagte ich, „ich kann hier nicht mehr bleiben, es macht mich nervös."

Wir bezahlten, gingen und schlenderten weiter am See entlang und unterhielten uns, aber es war nicht mehr ganz so ungezwungen wie vorher.

Nach einer Weile sagte ich zu Hannelie: „Du machst dir auch schon einen Kopf, stimmt's?"

Sie sah mich an und sagte: „Ja, irgendwie beschäftigt es mich, da hast du Recht."

„Na prima", antwortete ich, „jetzt macht die ganze Sache nicht nur mich plemplem, sondern dich auch gleich mit."

Wir mussten beide lachen und das entspannte die Situation wieder etwas, bis plötzlich mein Handy klingelte. Ich kramte es aus meiner Tasche und sah, dass Jörn anrief.

Ich sah Hannelie an und sagte: „Es ist Jörn!" Ich nahm ab und meldete mich.

„Hallo, Kleines, wo bist du?", hörte ich ihn sagen.

„Nicht zu Hause", antwortete ich.

„Ja, das sehe ich, denn ich stehe vor deinem Haus. Paula hat mich hierher gefahren, damit ich mein Auto abholen kann. Wo bist du denn?", fragte er noch einmal.

„Ich bin mit Hannelie unterwegs, wir waren zum Essen", antwortete ich.

„Hättest du morgen Zeit?", fragte er.

„Wofür?", fragte ich zurück.

„Um mich zu meiner Mutter zu begleiten. Sie möchte dich unbedingt kennenlernen", sagte er.

„Was?", schrie ich in den Hörer, dass Hannelie neben mir zusammenzuckte und mich entsetzt ansah.

„Ja", sagte er, „meine Mutter möchte, dass ich dich mitbringe."

Ich war gerade etwas sprachlos. Hannelie, der das nicht entgangen war, stupste mich an und fragte: „Was ist los?"

Ich sagte zu Jörn: „Warte einmal kurz, bitte."

Dann hielt ich die Hand über den Hörer und sagte ihr, was er von mir wollte. Sie sah mich mit großen Augen an.

Ich fragte sie: „Und jetzt, was soll ich machen?"

Sie zuckte mit den Schultern.

Ich überlegte kurz, dann nahm ich die Hand vom Hörer und sagte zu Jörn: „O.k., ich komme mit, aber es geht erst gegen Abend, denn ich habe Frühdienst."

„Gut, ich hole dich direkt bei der Arbeit ab. Bis morgen dann, Liebes. Ich muss jetzt nach Hause, denn ich bin total fertig."

Das glaubte ich ihm aufs Wort, denn genauso hörte er sich auch an. Ich legte auf und sah zu Hannelie.

„Na, dann lass ich mich einmal überraschen, was da morgen auf mich zukommt", sagte ich.

„Da bin ich auch gespannt", antwortete sie.

Wir gingen noch ein Stück zusammen und dann verabschiedeten wir uns auch, denn ich wollte nach Hause. Mir reichte es für heute total. Zu Hause angekommen, ließ ich mich in meinen Schaukelstuhl fallen. Meine Gedanken kreisten um morgen. Was würde mich da erwarten? Warum wollte Jörns Mutter mich plötzlich kennenlernen? Woher wusste sie überhaupt von mir, da Jörn ja anscheinend keinen Kontakt zu ihr hatte? Und warum war Mango so erstaunt, dass Jörn bei seiner Mutter war? Fragen über Fragen und keine Antworten. Die einzige Hoffnung, die ich hatte, war, dass ich vielleicht morgen etwas Klarheit bekommen würde. Oder würde es noch komplizierter werden? Warum nur konnte ich mir das eher vorstellen als Ersteres?

Ich ging früh schlafen an diesem Abend und am anderen Tag mit sehr gemischten Gefühlen zur Arbeit. Wollte ich das heute wirklich machen? War es eine gute Idee, dass ich gestern zugestimmt hatte, Jörns Mutter zu besuchen? Was wollte sie nur von mir? Je näher der Feierabend kam, umso nervöser wurde ich. Insgeheim hatte ich gehofft, dass Jörn nicht da sein würde und dass alles nur ein Scherz war, aber dem war nicht so. Als ich das Hotel verließ, stand er vor mir und lächelte mich an.

„Hallo, Kleines!", sagte er und strich mir sanft über die Haare. Er wollte mich küssen, doch ich drehte mich weg. Er sah mich traurig an und ich fragte ihn, was das jetzt sollte.

„Warum möchte deine Mutter mich kennenlernen?", fragte ich ihn. „Woher weiß sie überhaupt von mir?"

„Das hat Paula ihr erzählt", sagte er, „da bin ich unschuldig."

„Ah, ja", sagte ich, „ausnahmsweise. Ja, dann lass uns gehen, ich muss das jetzt hinter mich bringen."

Wir gingen zu seinem Auto, das er bei unseren Hotelparkplätzen geparkt hatte, und fuhren los. Ich wusste nicht, wohin wir fahren würden und irgendwie war es mir auch total egal. Ich hing meinen Gedanken nach und wir schwiegen die ganze Zeit. Aber egal, wie verworren das alles im Moment auch war, ich musste mir eingestehen, dass ich Jörns Nähe als sehr angenehm empfand und ich mich am liebsten an seine Schulter gelehnt hätte. Aber das ließ ich jetzt besser sein. Zuerst mussten einige Dinge geklärt werden. Nach etwa einer halben Stunde Fahrt kamen wir in eine Stadt. Jörn schien sich hier bestens auszukennen, denn er fuhr zielsicher durch die Straßen und es dauerte nicht lange und wir standen vor dem Krankenhaus. Wir stiegen aus und gingen hinein. In diesem Moment fiel mir ein, dass ich Jörn überhaupt nicht gefragt hatte, wie es seiner Mutter denn geht, beziehungsweise was sie denn hatte. Ich blieb stehen und fragte ihn. Er meinte, dass es wohl ein Schwächeanfall war, aber dass noch abgeklärt werden müsste, ob nicht doch ein Herzproblem dahinter steckte.

„O.k.", sagte ich, „dann lass uns gehen."

Wir fuhren mit dem Aufzug in das zweite Stockwerk und gingen einen endlosen Gang entlang. Das Zimmer lag ganz am Ende. Jörn klopfte an und öffnete die Tür. Es war ein Einzelzimmer und das Bett stand direkt am Fenster vor einem kleinen Balkon. Im Bett lag ein zerbrechliches, kleines Frauchen mit weißen Haaren und geschlossenen Augen. Als wir eintraten, öffnete sie die Augen und sah in unsere Richtung. Ein Lächeln huschte über ihr Gesicht, als sie uns sah.

Wir traten näher und Jörn sagte: „Das ist Denise.“

Ich streckte ihr die Hand entgegen. Sie sah mich einen Augenblick schweigend an, dann nahm sie meine Hand in ihre beiden Hände und zog mich zu sich hin.

„Setz dich zu mir, mein Kind“, sagte sie.

Ich sah Jörn an, aber der zuckte nur mit den Schultern.

Ich fragte: „Wie geht es Ihnen, Signora?“, und sie antwortete: „Wie es einem halt so geht, wenn man einen Trottel zum Sohn hat.“

Ich glaubte mich verhört zu haben, aber nein, sie hatte das wirklich gesagt. Ich sah völlig verwirrt zu Jörn, aber der blickte verlegen zur Seite, ohne auch nur irgendetwas dazu zu sagen.

Ich sah wieder zu ihr zurück und sagte: „Aber Signora!“

Sie wedelte mir ihrer Hand in Richtung Jörn und sagte ihm, dass er das Zimmer verlassen sollte, da sie alleine mit mir reden wollte. Jörn war total schockiert und wollte etwas erwidern, aber sie ließ ihn gar nicht ausreden, sondern schickte ihn raus.

Widerwillig verließ er das Zimmer und sagte in meine Richtung: „Ich warte draußen.“

Ich nickte.

Sie sah ihm nach, als er das Zimmer verließ. Kaum hatte er die Tür hinter sich geschlossen, setzte sie sich aufrecht im Bett hin und blinzelte mir verschmitzt zu. Ich verstand gerade gar nichts. Sie machte überhaupt nicht mehr den Eindruck einer kranken Frau und ich hatte plötzlich ein sehr merkwürdiges Gefühl. Was wurde hier gespielt? Irgendetwas stimmte nicht.

Ich sah sie an und sagte: „Was spielen Sie hier für ein Spiel?“

Sie sah mich an und lachte.

„Mein Kind", sagte sie, „das war nötig, sonst hätte sich mein Sohn noch ewig geweigert mit mir zu sprechen. Er ist genauso ein Sturkopf, wie sein Vater einer war."

„War?", fragte ich.

„Ja, war", sagte sie. „Jörns Vater ist vor drei Monaten gestorben. Hat er dir das nicht gesagt?"

Ich schüttelte den Kopf und sagte: „Nein, und nicht nur das, auch noch eine ganze Menge anderes nicht. Deshalb hatte ich ihm auch jetzt die Pistole auf die Brust gesetzt."

„Das hast du gemacht?", fragte sie lachend.

„Ja", sagte ich, „aber lustig finde ich das Ganze nicht, denn es geht ihm wirklich nicht gut und er leidet."

„Ja", sagte sie, „das glaube ich dir gerne, aber daran hat er nun einmal selber Schuld, denn würde er endlich einmal reden und nicht ständig weglaufen, dann könnte man hier viele Missverständnisse ausräumen. Er ist weder am Tod seiner Frau Schuld noch am Tod seines Vaters."

Ich sah sie mit großen Augen an und fragte: „Wieso denkt er, dass er am Tod seines Vaters Schuld ist?"

„Weil er einen fürchterlichen Streit mit ihm hatte und er danach einen Herzinfarkt erlitten hat und gestorben ist. Aber er ist nicht am Streit gestorben, sondern daran, dass er eigenmächtig seine Herztabletten abgesetzt hatte. Nur das wusste keiner, denn er hatte sie alle schön in seiner Schreibtischschublade gehortet. Das haben wir natürlich erst nach seinem Tod herausgefunden. Ich wusste das ja auch alles nicht und habe ihm damals Vorwürfe gemacht, was natürlich, im Nachhinein betrachtet, nicht richtig war, das weiß ich heute, aber damals wusste ich es eben nicht. Und als wir es dann herausgefunden hatten, war Jörn längst weg und hatte sich total von uns abgewandt. Er wollte mit keinem mehr etwas zu tun haben. Keiner wusste, wo er war, bis Paula ihn dann zufällig getroffen hatte. Das war die Situation, die du völlig missverstanden hattest, da du Paula für seine Frau gehalten hast. Paula hat mir dann erzählt, dass es dich gibt und darüber habe ich mich sehr gefreut, denn ich mache mir wirklich ernsthafte

Sorgen um ihn, dass er mit der ganzen Situation nicht fertig wird."

„Da haben Sie durchaus Recht", sagte ich zu ihr, „das mache ich mir auch. Ich verstehe ja, dass das mit seiner Frau und seinem Kind schlimm für ihn war oder vielleicht auch immer noch ist, aber er ist doch nicht schuld daran, oder?"

„Hmh … Frau und Kind …", sagte sie. „Ob man das so bezeichnen kann, weiß ich nicht."

Ich sah sie mit großen Augen fragend an: „Wie meinen Sie das?"

„Das, mein Kind, muss er dir selber sagen, da möchte ich mich nicht einmischen", sagte sie.

Na den Spruch hatte ich doch schon einmal gehört. Ich sah sie an und sagte: „Komisch, diesen Spruch können alle ziemlich gut, aber er nützt mir nur überhaupt nichts, denn er spricht nicht mit mir."

„Ja, weil er ein Trottel ist, das habe ich doch vorhin schon gesagt. Aber Denise, ich verspreche dir, dass er die Sache klären wird, du kannst dich darauf verlassen." Sie nahm wieder meine Hände und sagte: „Ich habe den Eindruck, dass du das Beste bist, was ihm passieren konnte und ich werde nicht zusehen, wie er das verspielt. Mein lieber Herr Sohn wird sich seinen Problemen und seiner Verantwortung stellen müssen!

Ich sah sie an und fragte: „Verantwortung? Was meinen Sie damit?"

„Auch das wirst du erfahren, aber alles zu seiner Zeit. So, und jetzt hol ihn wieder herein." Dabei tätschelte sie meine Hand und sagte: „Das wird schon!"

Ich lächelte sie an und irgendwie, ich wusste nicht warum, hatte ich das Gefühl, dass ab jetzt alles gut werden würde. Ich ging vor die Tür und holte Jörn herein. Er stand ziemlich verloren da und sah uns an. Ich ging zu ihm und nahm ihn an der Hand.

Aber bevor ich etwas tun oder sagen konnte, sagte sie: „Mein lieber Sohn, ich werde morgen entlassen und ich wünsche dich und deine Denise am nächsten Sonntag bei mir zu sehen. Und wage es bloß nicht, nicht zu erscheinen. Und wenn du ihr bis dahin nicht dein ganzes Chaos, in dem du noch immer steckst, erklärt hast, dann werde ich es tun. So, und nun lasst mich bitte alleine, ich bin müde."

Jörn stand da und sah sie an. Sie schaute ihn auch an, dann lächelte sie und sagte: „Bis Sonntag."

Ich zog ihn sanft aus dem Zimmer. Bevor ich die Tür schloss, drehte ich mich noch einmal zu ihr um. Sie zwinkerte mir verschmitzt lächelnd zu. Ich lächelte zurück und schloss die Tür.

Jörn stand wütend auf dem Flur. „Ich wusste, dass es falsch war herzukommen", schimpfte er.

Ich sah ihn an und sagte: „Das glaube ich nicht, denn ich habe nicht den Eindruck, dass dir deine Mutter etwas Schlechtes will. Sie ist besorgt um dich."

„Besorgt um mich?", rief er. „Nein, das ist sie ganz bestimmt nicht. Sie hasst mich, weil ich am Tod meines Vaters schuld bin."

Ich hielt ihn fest und sagte: „Nein, das bist du nicht."

„Woher willst du das wissen, du weißt doch gar nicht worum es geht", sagte er.

„Ja, das stimmt", antwortete ich, „ich weiß noch immer nicht, worum es geht, weil du nicht mit mir sprichst, aber ich weiß, dass du am Tod deines Vaters keine Schuld hast, weil deine Mutter es mir gesagt hat."

Er sah mich mit weit aufgerissenen Augen an und sagte: „Das - hat sie dir gesagt?"

Und ich antwortete: „Ja, hat sie."

Er setzte sich auf einen der Stühle, die hier im Flur standen, und schlug die Hände vor das Gesicht.

„Und ich dachte, ich hätte ihn umgebracht", murmelte er.

„Ich setzte mich neben ihn und sagte: „Nein, das hast du nicht." Er legte seinen Kopf an meine Brust und atmete schwer. Ich streichelte ihn und hielt ihn fest.

„Warum hat sie mir das nicht gesagt?", fragte er.

„Wie hätte sie das denn machen sollen, wenn du abhaust?", fragte ich zurück.

„Ja, natürlich", sagte er, „ich bin so ein Idiot."

„Nein", sagte ich, „das bist du nicht. In einen Idioten hätte ich mich nämlich nicht verliebt." Jörn sah mich an und lächelte. Komm", sagte ich, „lass uns gehen."

Er stand auf und wir verließen das Krankenhaus. Er ging ganz mechanisch neben mir her, denn seine Gedanken waren ganz woanders. Als wir beim Auto angekommen waren, fragte ich: „Soll ich fahren?"

Er sah mich an und reichte mir den Autoschlüssel.

„Ja", sagte er, „ich glaube das ist besser." Und so fuhren wir los.

Er dirigierte mich zielsicher durch die Stadt und ich folgte seinen Anweisungen. Da mir die Strecke völlig unbekannt war, musste ich mich sehr konzentrieren und war nicht sehr gesprächig. Aber ehrlich gesagt, hätte ich im Moment auch gar nicht gewusst, was ich hätte mit ihm reden sollen. Es war irgendwie eine etwas beklemmende Situation und ich war froh, dass ich mich auf das Autofahren konzentrieren konnte. Als wir aus der Stadt draußen und wieder auf der Uferstraße waren, kannte ich mich wieder aus und konnte ohne seine Hilfe den Weg nach Hause finden.

Nach einer endlos scheinenden Zeit fragte er mich plötzlich: „Wirst du am Sonntag zu meiner Mutter mitkommen?"

Ich sah kurz zu ihm hinüber und antwortete: „Das weiß ich im Moment noch nicht, das hängt von ein paar Faktoren ab. In erster Linie aber von dir."

Er sah mich an und sagte: „Ja, ich weiß. Aber Denise, ich weiß nicht, wo ich anfangen soll, dir etwas zu erklären, denn mein ganzes Leben ist ein einziges Chaos. Es ist so viel passiert."

Ich sah zu ihm hin und sagte: „Ja, das glaube ich dir gerne. Aber warum sprichst du nicht mit mir darüber? Es wird nicht besser, wenn man alles nur in sich hinein frisst."

Er nickte und sagte: „Ja, das habe ich auch schon gemerkt, aber es fällt mir eben sehr schwer darüber zu reden und ich weiß auch gar nicht, wo ich anfangen soll. Es ist alles so verworren. Bisher hatte ich gedacht, dass ich am Tod meines

Vaters schuld bin und das hat mich total fertiggemacht. Verstehst du das?"

Ich nickte und sagte: „Natürlich verstehe ich das. Mit solch schweren Schuldgefühlen lebt es sich nicht so gut. Aber das hat sich ja nun geklärt."

„Ja", sagte er, „Gott sei Dank."

Während wir sprachen, war ich bis zu mir nach Hause gefahren und parkte das Auto an der Straße.

Ich wollte gerade aussteigen, da fragte er: „Kann ich mit zu dir hochkommen?"

Ich sah ihn überrascht an, denn damit hatte ich nicht gerechnet.

„Ja, das kannst du", antwortete ich. Irgendwie hatte ich das Gefühl, dass es besser wäre, wenn er jetzt nicht alleine bleibt.

Er sagte leise: „Danke!"

Wir stiegen aus und gingen zur Haustür. Ich schloss auf und wir fuhren mit dem Aufzug nach oben in meine Wohnung. Dort angekommen streifte ich wie immer meine Schuhe von den Füßen und stellte meine Tasche auf den Schuhschrank. Er stand etwas verlegen daneben und wartete. Ich nahm ihn bei der Hand und zog ihn mit in das Wohnzimmer. Wir setzten uns auf die Couch. Ich nahm seine Hände in meine und sah ihn an. Seine Augen waren traurig und dennoch lächelte er mich liebevoll an. Normalerweise schmolz ich schon bei diesem Lächeln dahin, aber heute nicht, denn ich wusste, wenn ich ihn heute nicht zum Reden bringen würde, dann wahrscheinlich nic.

Ich hielt seine Hände fest, sah ihn an und fragte ganz unverblümt: „Was ist los mit dir?"

Er atmete tief ein und sah mich an. Er nahm meine Hände und wollte mich zu sich hinziehen, aber ich wehrte mich dagegen. Ich wollte jetzt hier keine Kuschelstunde, sondern ich wollte Antworten. Hier und jetzt!

Er hielt meine Hände und sagte: „Komm bitte her zu mir, ich brauche deine Nähe."

Ich schaute ihn an, aber die Bitte klang so flehentlich, dass ich nachgab. Ich legte meinen Kopf an seine Brust und er legte seine Arme um mich. Dann drückte er sein Gesicht in meine Haare und atmete tief ein und aus. Und plötzlich sagte er: „Ich bin schuld am Tod meiner Frau und des Kindes."

Ich drehte mich abrupt zu ihm hin und fragte: „Wieso denn das? Ich denke, sie ist mit dem Auto auf diesem Berg abgestürzt."

„Ja, das schon", sagte er, „aber nur, weil sie vor mir abgehauen ist."

„Wie soll ich das verstehen?", fragte ich. „Was heißt das, sie ist vor dir abgehauen? Hast du ihr etwas getan?" Den letzten Satz hatte ich schon fast geschrien.

Er saß da und schüttelte den Kopf. Mir fiel ein Stein vom Herzen, denn wenn dem so gewesen wäre, das hätte ich nicht verkraftet. Aber da er den Kopf schüttelte, musste ja wohl irgendetwas anderes passiert sein.

Ich sah ihn an und er sprach weiter: „Nein, getan habe ich ihr nichts, aber wir hatten einen fürchterlichen Streit. Unsere Ehe lief nicht mehr besonders gut und wir hatten uns schon vor längerer Zeit auseinander gelebt, aber das wollte ich einfach nicht wahr haben. Als sie mir damals sagte, dass sie schwanger ist, habe ich mich riesig gefreut und gedacht, dieses Kind würde unsere Ehe retten. An diesem Tag damals hatte ich herausgefunden, dass sie mich betrogen hat und dass diese Affäre schon länger ging. Ich war am Boden zerstört und außer mir. Vor allem fragte ich mich damals, ob ich überhaupt der Vater dieses Kindes bin. Als ich nach Hause kam, wollte ich sie zur Rede stellen, aber sie war nicht da, da sie ja mit ihrer Freundin Linda auf dieser Hütte war. Also bin ich zu ihr hochgefahren. Sie war nicht sonderlich erbaut mich zu sehen und wir hatten uns fürchterlich gestritten.

Aber sie hielt es nicht für nötig mit mir zu sprechen, sondern sagte zu Linda: „Komm, lass uns gehen, bis er sich wieder beruhigt hat."

Sie stiegen in ihr Auto und fuhren los. Ich kam mir vor wie der letzte Vollidiot. Ich war enttäuscht und verletzt und wütend und was weiß ich noch. Ich musste mit ihr reden und ich dachte, die kann doch jetzt nicht einfach wegfahren. Also sprang ich in mein Auto und fuhr den beiden nach. Ich konnte jetzt nicht einfach hier sitzen und so tun, als wenn nichts geschehen wäre. Sie war mir verdammt noch mal eine Erklärung schuldig. Ich wollte es einfach von ihr hören. Ich weiß auch nicht, warum. Vielleicht, weil ich noch ein Fünkchen Hoffnung hatte, dass sie es erklären konnte und alles doch nicht so war, wie es aussah. Das Wetter war genau so schlecht wie meine Stimmung, denn es regnete Bindfäden und ich konnte auch nicht mehr klar denken. Ich heizte einfach nur hinter ihnen her. Über dem Berg hing ein Gewitter und es donnerte und blitzte wie wild. Es regnete so heftig, dass man kaum noch etwas durch die Scheibe sehen konnte und ich dachte nur noch: Die muss anhalten, so kann sie nicht weiterfahren. Aber sie tat es nicht. Sie fuhr weiter und dann passierte es. Der Weg war vom Regen total aufgeweicht und sie kam ins Rutschen. Dann sah ich nur noch, wie das Auto den Abhang hinunter kippte. Ich hielt an und rannte an die Stelle, aber ich konnte nichts machen. Das Auto kugelte den Berg hinunter wie ein Ball, bis es dann mit einem mächtigen Knall explodierte. Es war nur noch ein einziger Feuerball. Ich stand da wie gelähmt und völlig unter Schock und war zu keiner Reaktion fähig. Ich weiß nicht, wie lange ich da gestanden bin, aber irgendwann ging ich zurück zum Auto. Ich nahm mein Handy und wollte die Bergrettung rufen, aber ich hatte keinen Empfang. Ich musste von diesem Berg runter, um Hilfe holen zu können, obwohl das ja eigentlich völlig sinnlos war, denn helfen konnte da sowieso niemand mehr. Ich war nass bis auf die Haut, als ich in das Auto einstieg und es langsam den Weg hinunterrollen ließ. Es war mehr als schwierig, aber mir war in diesem Moment alles egal. Selbst wenn ich abgestürzt wäre, es wäre mir egal gewesen."

Ich hörte ihm die ganze Zeit zu, ohne ihn zu unterbrechen und mir liefen die Tränen über das Gesicht. Das war einfach unglaublich und ich dachte nur, wenn es mir nur beim Zuhören schon so schlecht geht, wie sollte er sich dann erst fühlen? Wie schrecklich konnte das Schicksal sein? Ich wusste nicht, was ich sagen oder tun sollte, ich merkte nur, dass es ihm immer schwerer fiel, weiter zu sprechen.

Ich nahm ihn in den Arm und sagte: „Jörn, du musst nicht weitersprechen, wenn du nicht willst und es tut mir leid, dass ich dich so sehr dazu gedrängt habe!"

Er sah mich mit leerem Blick an und sagte leise: „Nein, es ist gut. Ich möchte, dass du alles erfährst. Ich möchte, dass du weißt, was ich gemacht habe."

Ich sah ihn fragend an: „Was hast du denn gemacht? Das, was jeder andere auch gemacht hätte, versucht eine Situation zu klären. Das ist doch normal. Und du hattest doch auch allen Grund dazu, eine Erklärung von ihr zu verlangen."

„Ja, schon", sagte er, „aber wenn ich sie nicht so verfolgt hätte, wäre das alles nicht passiert, dann würde sie noch leben und Linda auch." Er legte die Hände vor sein Gesicht und weinte. „Ich bin schuld, dass sie tot sind, Denise, verstehst du? Ich bin schuld."

Ich nahm seine Hände von seinem Gesicht und sagte:

„Nein, das bist du nicht, denn du hast sie nicht gezwungen diesen Weg zu fahren. Sie hätte auch zu Hause bleiben und mit dir sprechen können, was ja ohnehin für alle Beteiligten besser gewesen wäre. Wenn sie dich tatsächlich betrogen hat, dann wäre es wohl das Mindeste gewesen, mit dir zu reden. Ob es eurer Ehe genutzt hätte und ob du es ihr verziehen hättest, bleibt dahingestellt. Aber so wie sie sich verhalten hat, hatte sie ja wohl überhaupt kein Interesse daran, das mit dir zu klären. Und, entschuldige bitte, wenn ich das jetzt so sage, aber in so einer Situation zu ihrer Freundin zu sagen: »Komm, lass uns gehen, bis er sich wieder beruhigt hat …«, finde ich schon ziemlich respektlos.

Ich sah Jörn an und sagte: „Aber ich glaube, dass das auch nicht dein Problem ist."

Er schaute mich irritiert an und fragte: „Sondern?"

„Ich glaube, dass dein Problem ist, nicht zu wissen, ob du dein Kind verloren hast oder ob das von dem anderen Mann war."

Er schloss die Augen und atmete tief ein. Man sah es ihm

184

an, wie schmerzvoll diese Vorstellung für ihn war. Er sah mich mit traurigen Augen an und nickte leicht: „Ja, genauso ist es", sagte er.

Ich konnte das nur zu gut verstehen, aber ich verstand in dieser Nacht auch eines ganz genau, nämlich, dass er Hilfe brauchte, und zwar professionelle. Und das sagte ich ihm auch sehr nachdrücklich. Er sah mich an und ich dachte schon, dass jetzt eine heftige Gegenwehr kommen würde, aber die blieb aus.

Er nickte leicht und sagte: „Ich fürchte, du hast Recht."

Mit dieser schnellen Einsicht hatte ich gar nicht gerechnet, aber es gefiel mir. Ein Lächeln huschte über mein Gesicht. Ich beugte mich zu ihm hinüber und gab ihm einen Kuss auf die Stirn. Er nahm mich sanft in seine Arme und küsste mich liebevoll.

„Kleines", sagte er, „ich weiß nicht, ob ich das alles jemals vergessen kann oder ob es mir für den Rest meines Lebens Albträume bereiten wird, aber ich weiß eines ganz genau: dass ich ohne dich nicht mehr leben möchte!"

Ich sagte: „Man kann nicht einen Teil seines Lebens vergessen, aber man kann lernen damit zu leben. Und wir werden einen guten Therapeuten für dich finden, der dir dabei helfen wird."

„Wir?", fragte er.

„Ja, wir", antwortete ich. „Ich denke, seit heute gibt es tatsächlich ein, 'Wir', oder?"

„Na, dann warte mal, bis du erst einmal alles von mir weißt", sagte er schmunzelnd.

„Oh, nein, was kommt jetzt noch?", fragte ich verzweifelt.

Doch Jörn lächelte nur und zog mich ganz fest in seine Arme. Er küsste mich unendlich zärtlich und ich konnte es seit langer Zeit wieder einmal richtig genießen. Es war schön ihm so nahe zu sein.

Irgendwann waren wir auf der Couch eingeschlafen und erst am Morgen wieder aufgewacht. Die Sonne schien uns ins Gesicht und es war schon angenehm warm.

„Guten Morgen, mein Schatz", sagte er. „Hast du gut geschlafen?"

„Na ja", antwortete ich, „geht so. Es ist schon ein bisschen eng hier. Es wäre gescheiter gewesen, wenn wir ins Bett gegangen wären, als hier auf der Couch zu schlafen. Das wäre um einiges bequemer gewesen."

Er lächelte und sagte: „Ja, schon, aber dann hätte ich dich nicht so nahe bei mir gehabt."

Das stimmte natürlich auch wieder, da hatte er Recht, aber nichtsdestotrotz war es ziemlich eng hier. Ich musste mich zuerst einmal strecken, um mich wieder geradezubiegen, bevor ich aufstehen konnte.

Draußen war wunderschönes Wetter und ich hörte ihn hinter mir sagen: „Wollen wir irgendwo am See frühstücken gehen?"

Das war eine sehr gute Idee, denn es war herrlich, bei schönem Wetter am See in der Sonne zu sitzen. Ich verschwand ins Bad und ging unter die Dusche. Kaum stand ich darunter, kam auch Jörn ins Bad, zog sich aus und stellte sich neben mich. Langsam fing er an mich einzuseifen. Dabei massierte er ganz leicht meinen Rücken. Das warme Wasser lief über meinen Körper und ich spürte Jörns Hände sanft auf meiner Haut. Diese Mischung ergab ein sehr prickelndes Gefühl und ich schnurrte wie ein Kätzchen, was ihm sichtlich gefiel. Er küsste mich leicht auf den Nacken, was bei mir nicht unbedingt dazu beitrug einen klaren Kopf zu behalten. Doch wollte ich das überhaupt? Er streichelte mich liebevoll und seine Hände waren einfach überall. Ich ließ es geschehen und schmiegte mich an ihn. Es war ein wunderbares Gefühl, seinen nassen Körper auf meiner Haut zu spüren. Die Glaswände der Dusche waren durch den Dampf schon total beschlagen und man sah daran nur noch meine Handabdrücke, als wir uns im Rausch der Sinne verloren, als gäbe es kein Morgen. Völlig außer Atem lehnten wir uns an die geflieste Rückwand der Dusche. Das warme Wasser lief dabei über uns, so als wollte es uns direkt in den siebten Himmel spülen. Als wir wieder zu Atem kamen, stiegen wir aus der Dusche und Jörn griff nach einem großen Badetuch, das an der Wand hing, und hüllte mich damit ein. Ich fühlte mich tatsächlich wie in einer Wolke. Für ihn musste ich allerdings erst ein Tuch aus dem Schrank holen, denn da ich normalerweise mein Badezimmer und vor allem meine Dusche alleine benutzte, gab es natürlich auch nur ein Badetuch griffbereit. Ich ging zum Schrank und holte für ihn ein großes Handtuch. Er nahm es und band es sich lässig um die Hüfte. Sein muskulöser, braun gebrannter Oberkörper war einfach ein schöner Anblick und ich küsste ihn leicht auf die Brust. Er wollte mich in seine Arme ziehen, aber ich drehte mich geschickt zur Seite. Ich sah zwei große, fragende Augen auf mich gerichtet.

Ich sah ihn lächelnd an und sagte: „Ich habe Hunger, und wenn wir uns jetzt nicht ein bisschen beeilen, dann wird das heute nichts mehr mit dem Frühstück."

Er lachte, nahm meine Hand, küsste meine Finger und sagte: „Na, dann mal los."

Wir zogen uns an und machten uns auf den Weg. Am See angekommen, wussten wir mittlerweile natürlich schon genau, wo wir hingehen wollten, denn so langsam hatten wir unsere Lieblingslokale hier. Es war einfach herrlich hier draußen zu frühstücken. Ich liebte das sehr. Da ich heute Spätschicht hatte, hatten wir genug Zeit und konnten es ausgiebig genießen. Aber irgendwann wurde Jörn ziemlich ernst.

Er sah mich an und fragte: „Was ist jetzt mit Sonntag, kommst du mit zu meiner Mutter?", dabei sah er mich irgendwie merkwürdig an, fand ich.

„Das weiß ich noch nicht."

Er zuckte zusammen und wollte gerade etwas sagen. Aber ich ließ ihn nicht zu Wort kommen, denn ich konnte mir schon denken, was er sagen wollte. Deshalb sprach ich weiter: „Weil ich erst sehen muss, ob ich eine Kollegin finde, die mit mir den Dienst tauscht, denn die Dienstpläne sind schon geschrieben und ich muss arbeiten."

Ihm fiel sichtlich ein Stein vom Herzen, dass dies der Grund war und nicht etwa, dass ich nicht mitkommen wollte.

Er nahm meine Hände und sagte: „Das muss einfach klappen, denn ich möchte nicht alleine gehen."

„Aber wieso denn nicht?", fragte ich erstaunt, „sie ist doch deine Mutter."

„Eben deswegen!", antwortete er.

Ich verstand nicht, was er meinte, und hatte wohl Fragezeichen in den Augen, denn er sagte: „Es ist eine schwierige Situation mit meiner Mutter."

„Warum?", fragte ich.

„Das ist eine lange Geschichte", antwortete er.

„Für eine Kurzfassung hätten wir gerade noch Zeit", sagte ich.

Er schüttelte den Kopf und sagte: „Die gibt es leider nicht."

„Na, gut", erwiderte ich, „dann vertagen wir das Familiengeheimnis eben."

Jörn sah mich an und wusste nicht so recht, ob ich das jetzt ernst gemeint hatte. Aber natürlich hatte ich das. Was sollte ich auch sonst tun, wenn er nicht sprechen wollte? Das kannte ich ja alles schon.

Da die Uhr leider unerbittlich weiterlief, mussten wir uns nun so langsam auf den Heimweg machen, denn ich musste ja schließlich noch arbeiten. Wir gingen, so lange es möglich war, am See entlang und dann zu mir nach Hause. Vor dem Haus verabschiedeten wir uns und ich fuhr nach oben in meine Wohnung. Ich suchte meine Arbeitskleidung zusammen und machte mich fertig. Meine Gedanken kreisten wieder einmal um Jörn und um das, was mich am Sonntag erwarten würde, wenn ich mit ihm kam. Aber das war ja noch nicht sicher, denn zuerst musste ich jemand finden, der meinen Dienst übernehmen würde. Das wollte ich nachher klären, wenn ich bei der Arbeit war. Ich richtete also alles zusammen und machte mich auf den Weg. Ich wusste nicht, mit wem ich heute Abend arbeiten würde, aber als ich bei Hannelies Wohnung vorbei ging, kam sie gerade aus dem Haus und winkte mir lachend zu.

„Hallo, Denise", rief sie, „gehst du auch arbeiten?"

„Ja", sagte ich, „du auch?"

Sie nickte.

Na, das passte ja prima, da konnte heute Abend passieren was wollte, denn mit Hannelie an meiner Seite würden wir den Laden schon rocken. Wir gingen das Stück bis zum Hotel und sie fragte: „Und, wie geht es mit Jörn?"

Ich sah sie an und sagte: „Na ja, so scheibchenweise kommt Licht ins Dunkel."

Sie sah mich fragend an: „Soll das etwa heißen, dass er mit dir gesprochen hat?"

Ich nickte und sagte: „Ja, das hat er."

Sie starrte mich mit offenem Mund an und sagte: „Und?"

„Das ist eine lange Geschichte", antwortete ich, „das kann ich dir nicht in zwei Sätzen erklären."

Ich sah in ihr ungläubiges Gesicht und musste lachen. Sie sagte nur: „Wann?"

Ich verstand nicht ganz, was sie damit meinte und sah sie fragend an. Sie hängte sich in meinen Arm ein und rief aufgeregt: „Denise, mach's nicht so spannend! Wann erzählst du mir das? Ich platze gleich vor Neugier."

Ich musste laut lachen und sie sagte gespielt ernst und empört: „Denise, ich bringe dich um, wenn du mir nicht sofort sagst, was er gesagt hat."

Da wir mittlerweile beim Hotel angekommen waren, war einfach keine Zeit mehr, dass ich es ihr hätte erzählen können, aber das sah sie nur sehr widerwillig ein.

„Lass uns zusehen, dass wir heute Abend zeitig fertig werden", sagte ich, „dann gehen wir irgendwo etwas trinken und dann erzähle ich es dir."

Damit war sie zwar einverstanden, aber trotzdem am Stöhnen: „Oh man, das ist ja noch so lange."

„Ja, da musst du jetzt durch", sagte ich scherzend zu ihr, und so gingen wir uns gut gelaunt umziehen.

Der Abend verlief auch wirklich relativ ruhig und man konnte meinen, die Gäste wussten, dass wir noch etwas vor hatten, denn wir hatten tatsächlich um 23.30 Uhr Feierabend.

Als wir das Hotel verließen, zog mich Hannelie am Arm und fragte: „Hey, wohin wollen wir gehen?"

Ich sah sie an und überlegte kurz, aber bevor ich etwas sagen konnte, nahm sie meine Hand und sagte: „Komm, wir gehen zu Claudio's!"

Das war ein nett eingerichtetes, kleines Lokal, das bis in die frühen Morgenstunden geöffnet hatte und nicht weit von uns entfernt war. So mussten wir nicht lange gehen, was vor allem Hannelie sehr recht war, denn sie war zum Zerreißen gespannt. Es war ziemlich viel los, als wir ankamen und wir konnten gerade noch den letzten freien Tisch ergattern. Wir ließen uns in die kleinen Clubsessel fallen und bestellten unsere Getränke. Hier bekam man dazu immer kleine Knabbereien gereicht, die uns die Kellnerin mit unseren Getränken zusammen auf den Tisch stellte.

Aber heute schob Hannelie sie achtlos beiseite, sah mich an und sagte: „Schieß los!"

Und da ich sie jetzt nicht mehr länger auf die Folter spannen wollte, erzählte ich ihr alles. Während ich so erzählte, wechselte ihr Gesichtsausdruck von erstaunt über verblüfft bis hin zu entsetzt. Aber sie sagte nichts dazu, sondern hörte einfach nur zu.

„So", sagte ich, als ich am Ende angekommen war, „jetzt weißt du genau so viel wie ich. Und wenn ich jemand finde, der am nächsten Sonntag den Dienst mit mir tauscht, dann geht die Geschichte in die nächste Runde, denn dann werde ich mit Jörn zu seiner Mutter fahren."

Während ich das zu ihr sagte, fiel mir ein, dass ich heute vergessen hatte, auf den Dienstplan zu schauen und so wusste ich leider nicht, wen ich fragen musste. Aber wie sich herausstellte, war das kein Problem, denn Hannelie wusste, dass es Sabrina ist.

„Oh, prima", sagte ich, „das werde ich gleich morgen mit ihr klären, denn sie hat Frühdienst."

Hannelie sah mich an und meinte: „Oh, Gott, Denise, das erklärt natürlich so einiges an seinem Verhalten, aber warum hat er dir das denn nicht schon früher gesagt?"

„Das habe ich mich auch schon gefragt", antwortete ich, „aber ich glaube, er wusste einfach nicht, wie er mir dieses ganze Chaos erklären sollte, beziehungsweise hatte er so große Schuldgefühle, da er ja dachte, am Tod seines Vaters Schuld zu sein."

„Ja", sagte sie, „da könntest du natürlich Recht haben. Na, dann lass dich einmal überraschen, was dich am Sonntag erwartet."

Ich nickte und sagte: „Darüber habe ich auch schon viel nachgedacht, das kannst du mir glauben, aber ich habe keine Ahnung. Vor allem, weil er da partout nicht alleine hingehen möchte."

„Wie fandest du denn seine Mutter, als du sie im Krankenhaus besucht hast?", fragte Hannelie.

„Na ja, ich weiß nicht so recht. Eigentlich ganz nett, aber das ist auch so eine Sache, die ich nicht wirklich verstehe, da sie die ganze Krankenhaussache ja irgendwie nur inszeniert hatte, um Jörn zu sich zu locken. Ich weiß nicht, ob sie wirklich krank ist oder nicht. Aber wenn nicht, dann frage ich mich doch, wie man einen Arzt dazu bringt, einen stationär ins Krankenhaus aufzunehmen."

Hannelie sah mich an und sagte: „Hm, da hast du allerdings Recht, das ist wirklich merkwürdig."

Und mir fiel weiter ein, dass wenn sie das Ganze wirklich nur inszeniert hatte, auch Paula nicht informiert war, denn als sie Jörn damals abgeholt hatte, war sie wirklich in Sorge um ihre Mutter. Was also wollte die alte Dame damit bezwecken?

Mir fiel keine plausible Erklärung ein und auch Hannelie schüttelte nur den Kopf und sagte: „Also, ich blicke da nicht durch."

„Dann haben wir etwas gemeinsam", antwortete ich.

Irgendwie zerbrachen wir uns darüber die Köpfe, bis Hannelie urplötzlich fragte: „Jörn arbeitet doch auf dem Schiff, oder?"

„Ja, ich glaube schon, zumindest habe ich das so verstanden, aber wir haben darüber noch nie so wirklich gesprochen."

„Hat er denn am Sonntag seinen freien Tag oder muss der auch mit einem Kollegen tauschen?", fragte Hannelie.

„Und wie viele freie Tage hat der denn überhaupt in der Woche, denn der hat doch sicher genau wie wir auch Wochenenddienst, da die Schiffe ja die ganze Woche über fahren, oder nicht?"

Ich sah sie an und sagte: „Das weiß ich nicht und darüber habe ich mir auch noch nie Gedanken gemacht. Aber jetzt wo du es sagst, fällt mir auf, dass wir ja an meinen freien Tagen schon oft zusammen waren, das muss ja dann heißen, dass er auch zwei freie Tage hintereinander hatte. Er hat dazu noch nie etwas gesagt und ich habe noch nie nachgefragt. Bisher hatte er mich immer nur gefragt, wann ich frei habe und das hat dann irgendwie auch immer geklappt. Vielleicht hat er auch manchmal mit einem Kollegen getauscht, denn dass das jedes Mal gepasst haben soll, das wäre schon ein großer Zufall, findest du nicht?"

Ich sah Hannelie an und sie sagte: „Ja, eigentlich schon."

In meinem Kopf ging schon wieder alles drunter und drüber. Irgendetwas stimmte da nicht, denn an solche Zufälle wollte ich nicht glauben. Warum war mir das aber nicht schon früher aufgefallen?

Hannelie sah mich an und sagt: „Jetzt zerbrich dir darüber mal nicht den Kopf, sondern frag ihn das nächste Mal doch einfach.

„Hast ja Recht", sagte ich, „das werde ich tun."

Vor lauter Reden hatten wir gar nicht bemerkt, wie spät es schon geworden war, bis ich durch Zufall zur Uhr hin sah, die gegenüber an der Wand hing, als ein paar Gäste lärmend das Lokal verließen.

„Oh, mein Gott Hannelie", sagte ich, „es ist schon zwei Uhr vorbei, ich muss nach Hause."

„Was", rief sie, „schon so spät?"

„Ja!", sagte ich, „komm, lass uns gehen."

Wir bezahlten und verließen das Lokal. Wie immer gingen wir zusammen bis zu Hannelies Wohnung, verabschiedeten uns und ich ging den Rest alleine nach Hause. So schön der

Abend auch war, so froh war ich jetzt zu Hause zu sein. Ich ging sofort ins Bad, zog mich aus und ging ins Bett. Ich schlief auch ziemlich schnell ein und wurde am nächsten Morgen von hellen Sonnenstrahlen geweckt, die direkt in mein Gesicht schienen. Ich stand auf und ging nach draußen auf die Terrasse. Es war wieder ein herrlicher Tag. Daran konnte man sich wirklich gewöhnen. Es war schon fast darauf Verlass, dass hier die Sonne schien. Wir hatten bisher wirklich noch nicht so viele schlechte Tage und waren ziemlich von der Sonne verwöhnt. Es war schon ein herrliches Leben hier, dachte ich.

In diesem Moment klingelte mein Handy und ich hörte Jörns Stimme liebevoll sagen: „Guten Morgen Kleines, hast du ausgeschlafen?"

Ich musste lachen und sagte: „Ja, bis gerade eben und ich stehe jetzt auf der Terrasse und genieße die Sonne."

„Na, das trifft sich ja prima", sagte er, „dann könntest du mir ja glatt die Tür auf machen und ich könnte das mit dir genießen. Wie fändest du das?"

„Soll das heißen, du stehst vor meiner Haustür?", fragte ich.

„Na, noch nicht ganz", antwortete er lachend, „noch sitze ich im Auto, aber das steht schon vor deinem Haus."

Es war kaum zu glauben, aber dieser Kerl war immer für eine Überraschung gut.

„Na, dann komm halt hoch, wenn du schon einmal da bist", sagte ich lachend.

Ich öffnete die Tür und kurz danach hörte ich das Summen des Aufzugs. Ich ließ die Wohnungstür angelehnt und ging ins Badezimmer, um mir meinen Bademantel überzuziehen. Als ich wieder zurück kam, stand Jörn im Wohnzimmer und hielt die Hände hinter dem Rücken. Ich sah ihn fragend an.

Er lächelte und sagte: „Guten Morgen!"

Dann zog er hinter seinem Rücken einen Blumenstrauß hervor und hielt ihn mir vor das Gesicht. Ich musste lachen, schob seine Hand mit dem Blumenstrauß etwas zur Seite, sodass ich sein Gesicht sehen konnte und fragte: „Hast du etwas angestellt?"

Er zog mich sanft zu sich und sagte lächelnd: „Wie kommst du denn darauf?"

„Na ja", sagte ich immer noch lachend, „wenn Männer ohne Grund Blumen schenken, könnte man auf solche Gedanken kommen."

„Aber ich habe doch einen Grund", sagte er und sah mich an. „Ich liebe dich, ist das nicht Grund genug?"

Ich sah ihn an, aber bevor ich irgendetwas dazu hätte sagen können, küsste er mich. Ein wohliger Schauer lief über meinen Rücken und ich schmiegte mich in seine Arme. Bald aber stellte sich heraus, dass eine innige Umarmung mit einem Blumenstrauß in der Hand nicht so ganz einfach war.

Deshalb schob ich ihn ein wenig weg von mir und sagte:

„Ich glaube, es ist besser, wenn ich zuerst einmal die Blumen in die Vase stelle."

Ich verschwand in der Küche und kam mit einer Blumenvase zurück. Ich stellte die Blumen hinein und platzierte sie auf dem Tisch. Es war ein Riesenstrauß, der kaum in die Vase passte.

Ich ging zu ihm zurück und fragte: „Hast du frei heute und was hat dich denn hierher verschlagen?"

Er sah mich an und ich hatte den Eindruck, dass er leicht irritiert war, aber er sagte: „Ja, ja, ich habe heute frei."

Irgendwie klang das seltsam, fand ich oder bildete ich mir das nur ein?

„Und du?", fragte er.

„Ich habe Spätschicht", antwortete ich, und dann erzählte ich ihm, dass ich heute die Arbeitskollegin treffen würde, die ich fragen wollte, ob sie meinen Dienst am Sonntag übernehmen würde, damit ich freimachen könnte. Natürlich war das immer ein bisschen schwierig, wenn man von jemand verlangte seinen freien Sonntag zu opfern, um den Dienst zu tauschen und das sagte ich ihm auch. Aber ich würde es auf jeden Fall probieren. Aber wenn Sabrina nicht wollte, dann ging es halt nicht, denn eine andere Chance würde es nicht geben.

Er sah mich an und sagte: „Das muss einfach klappen."

Ich sah zu ihm hin und fragte: „Warum ist das so wichtig für dich, dass ich da unbedingt mitkommen soll? Das ist deine Familie und du kannst doch auch alleine da hingehen."

„Auf gar keinen Fall", kam es wie aus der Pistole geschossen.

Ich verstand es nicht, warum er sich so dagegen wehrte, und so langsam beschlich mich ein merkwürdiges Gefühl. Was ging hier vor sich? Manchmal konnte man meinen er hatte Angst, zu seiner Mutter zu gehen. Und je länger ich darüber nachdachte, desto seltsamer wurde es. Es war doch mittlerweile geklärt, dass er am Tod seines Vaters nicht schuld war und auch der Tod seiner Frau war ein Unfall, zugegeben ein sehr unglücklicher, aber trotzdem nicht seine Schuld. Also was zum Teufel war das Problem in dieser Familie? Ich war so in Gedanken versunken, dass ich leicht zusammenzuckte, als mir Jörn sanft über das Gesicht strich.

„Wo bist du denn mit deinen Gedanken?", fragte er.

Irgendwie fühlte ich mich ertappt, obwohl es dafür ja eigentlich keinen Grund gab, denn schließlich war es ja wegen ihm.

Ich sah ihn an und sagte: „Bei dir." Dabei konnte ich in zwei fragende Augen sehen und sagte weiter: „Ja, meine Gedanken sind bei dir, da ich einfach so vieles nicht verstehe und du nicht gerade dazu beiträgst, die Fragezeichen in meinem Kopf zu beseitigen."

Er hielt mich fest in seinen Armen und sagte: „Ach, Kleines, es ist halt alles manchmal so kompliziert."

„Ja", sagte ich, „aber es wird auch nicht einfacher, wenn man nicht darüber redet."

„Da hast du natürlich Recht, aber..." Er brach mitten im Satz ab und sagte stattdessen leise. „Du darfst mich nicht verlassen."

„Warum sollte ich das tun?", fragte ich.

Er schlang seine Arme um mich und drückte sein Gesicht in meine Haare. Ich hing wie in einem Schraubstock und konnte mich kaum bewegen. Erst als ich anfing nach Luft zu japsen, ließ er mich los. Er merkte wohl erst jetzt, wie fest er mich gehalten hatte und entschuldigte sich sofort dafür. Aber diese Situation trug nun nicht gerade dazu bei, dass sich meine Gedanken beruhigten. Ich spürte nur, dass ihn wohl gerade etwas tief bewegte. Und obwohl ich nun mittlerweile schon einiges von ihm wusste, schien er noch immer voller Rätsel zu stecken.

Nachdem er seinen Schraubstockgriff gelockert hatte, sah er mich liebevoll und traurig zugleich an und sagte: „Ich muss gehen, Kleines. Kann ich dich heute Abend anrufen?"

„Ja, natürlich", sagte ich, „aber ich weiß nicht, wann ich zu Hause sein werde."

„Das macht nichts, ich probiere es halt einfach."

„O.k.", sagte ich.

Er nahm meine Hand und legte sie sich auf die Wange, dann küsste er meine Handinnenfläche und ging.

„Ciao, Kleines", sagte er, „hab einen schönen Tag."

Mit diesen Worten verließ er meine Wohnung.

Ich stand etwas verloren im Wohnzimmer und dachte wieder einmal, dass ich aus ihm nicht schlau wurde. Da ich jetzt irgendetwas tun musste, um mich abzulenken, begann ich meine Wohnung zu putzen und ich musste feststellen, dass das dringend nötig war, denn in letzter Zeit war doch so einiges liegen geblieben. Als ich fertig war, war ich zwar total erledigt, aber auch ziemlich zufrieden.

Es war mittlerweile bereits Nachmittag geworden und ich musste schon bald zur Arbeit gehen. Deshalb ging ich unter die Dusche und machte mich fertig. Ein Blick in den Kühlschrank verriet, dass da nicht mehr viel zu holen war. Also machte ich mich kurz entschlossen auf den Weg und holte mir unterwegs eine Pizza. Ich nahm sie mit ins Hotel und setzte mich damit in unseren Aufenthaltsraum. Es war noch genug Zeit, um in Ruhe zu essen, dann ging ich nach unten. Es war ganz schön was los und ich sah Sabrina schon über die Terrasse eilen. Ich begrüßte kurz meine Kolleginnen und stürzte mich in die Arbeit. Auf dem Weg zur Terrasse kam mir Sabrina entgegen und ich sagte im Vorübergehen zu ihr, dass ich mit ihr reden müsste. Viel Zeit hatten wir zwar nicht, denn sie hatte gerade alle Hände voll zu tun.

Aber als ich an der Kasse stand, um eine Bestellung, die ich eben aufgenommen hatte, einzutippen, stand sie plötzlich hinter mir und fragte: „Was gibt es?"

Zwischen meiner Tipperei sagte ich über die Schulter nach hinten zu ihr: „Ich bräuchte am Sonntag dringend frei und wollte fragen, ob du mit mir tauschen könntest."

Sie begann zu lachen und sagte: „Das trifft sich ja sehr gut, denn ich bräuchte die nächste Woche einen deiner freien Tage und wollte dich fragen, ob du eventuell mit mir tauschen könntest."

Na, das passte ja prima. Damit hatte ich natürlich nicht gerechnet.

„Ja, klar", sagte ich, „das ist kein Problem."

Und somit war das auch geklärt. Ich war glücklich und Sabrina auch. Nach Dienstende trugen wir die Änderung im Dienstplan ein und sagten kurz unserem Chef Bescheid. Und somit war der Deal perfekt. Es war schon recht spät an diesem Abend, als ich mich auf den Heimweg machte. Ein Blick auf mein Handy zeigte mir, dass Jörn schon zweimal angerufen hatte. Ich schrieb ihm kurz eine Nachricht, dass ich auf dem Heimweg bin und kurz darauf rief er auch schon an. Ich erzählte ihm, dass der Tausch mit meiner Kollegin geklappt hatte und ich am Sonntag freihaben würde. Er freute sich sehr darüber und fragte, ob wir uns denn noch irgendwo treffen wollten. Aber da der Tag heute unheimlich anstrengend gewesen war, war ich total müde und wollte nur noch nach Hause. Er hatte Verständnis dafür und so verabschiedeten wir uns. Ich war so froh, als ich endlich zu Hause war und ging sofort schlafen. Zum Glück hatte ich morgen auch Spätdienst, sodass ich auf jeden Fall ausschlafen konnte, was ich dann auch tat.

Als ich endlich aus den Federn kroch, war es schon gegen Mittag. Und es war auch heute wieder herrliches Wetter und die Sonne stand hoch am Himmel. Ich musste heute dringend einkaufen gehen, denn der Kühlschrank hatte ja gestern schon nichts mehr hergegeben. Also machte ich mich, nachdem ich geduscht hatte, auf den Weg. Ich kaufte viel frisches Obst und Gemüse und überlegte mir auf dem Heimweg, was ich mir daraus kochen könnte, denn ich hatte Hunger. Ich entschied mich für eine leckere Gemüsepfanne mit Käse, die ich dann auch genüsslich verputzte. Nachdem ich die Küche aufgeräumt hatte, war es schon wieder Zeit zur Arbeit zu gehen und so machte ich mich auf den Weg. Im Restaurant sah es so ähnlich aus wie gestern. Die Terrasse war voll und Maria und Hannelie, die beide heute Frühdienst hatten, waren im Stress. Ich war gerade dabei mich umzuziehen, als Mariella hereingeschneit kam. Wir begrüßten uns und als wir startklar waren, gingen wir nach unten, um unsere beiden Kolleginnen abzulösen.

Hannelie kam gerade hereingerannt und balancierte ein volles Tablett auf den Händen.

„Hallo, Denise!", rief sie mir entgegen.

Ich grüßte zurück und ging hinaus auf die Terrasse. Es war wirklich die Hölle los hier und es gab keinen einzigen freien Tisch mehr. Hannelie kam wieder mit einem vollbeladenen Tablett heraus und verteilte die Getränke an die Tische.

Auf dem Weg nach drinnen blieb sie kurz bei mir stehen und fragte: „Und, was ist mit Sonntag, hast du mit Sabrina gesprochen?"

Ich nickte und sagte: „Ja, sie tauscht mit mir."

„Na prima", sagte sie. „Und weiß es Jörn schon?"

„Ja, er hat gestern Abend angerufen und ich habe es ihm gesagt."

„Gut", sagte sie, „dann steht ja dem Familientreffen jetzt nichts mehr im Wege."

Und damit war unser Gespräch beendet, denn es war einfach keine Zeit für mehr. Der Abend war genauso wie gestern auch und ich war wieder total erledigt, als ich zu Hause war. Aber einen kleinen Lichtblick gab es, denn ich musste nur noch morgen arbeiten, da ich übermorgen frei hatte. Diese Woche gab es, warum auch immer, nur einen freien Tag und ich freute mich sehr darauf. Mir fiel ein, dass ich das Jörn noch gar nicht gesagt hatte. Das würde ich morgen tun, entschied ich, denn jetzt wollte ich nur noch ins Bett.

Der nächste Abend wurde dann auch genauso chaotisch, mit dem einzigen Unterschied, dass ich diesen mit Hannelie und nicht mit Mariella arbeitete. Als wir Feierabend hatten, machten wir uns wie immer gemeinsam auf den Heimweg. Ich hatte Jörn vor der Arbeit eine Nachricht geschickt, in der ich ihm mitgeteilt hatte, dass ich am nächsten Tag frei haben würde und da ich mir ziemlich sicher war, dass er mir darauf schon geantwortet hatte, kramte ich mein Handy aus der Tasche, um nachzusehen. Aber es war keine Nachricht von ihm da. Das war merkwürdig. Normalerweise meldete er sich immer. Na gut, er wird sich schon noch melden, dachte ich. Und auch an diesem Abend ging ich früh schlafen, da ich sehr müde war. Die Arbeit war wirklich sehr anstrengend und ich brauchte im Moment meinen Schlaf. Ich schlief wieder sehr lange und als ich aufwachte, dachte ich daran, dass ich frei hatte, und freute mich riesig darüber. Dann fiel mir ein, dass ich ja noch immer auf eine Nachricht von Jörn wartete und holte mein Handy. Er hatte sich auch tatsächlich gemeldet, hatte aber leider heute keine Zeit. Also musste ich mir alleine etwas einfallen lassen. Da es so herrlich warm war, beschloss ich, an den Strand zu gehen. Ich suchte also meine Badesachen zusammen und zog los.

Es waren etwa zehn Minuten zu Fuß bis dorthin und ich schlenderte mit meiner Badetasche über der Schulter gemütlich die Straße entlang, als ich plötzlich hinter mir ein Lachen hörte und eine Stimme sagte: „Hallo, Denise, gehst du auch schwimmen?"

Ich drehte mich um und sah in einiger Entfernung Hannelie direkt auf mich zukommen. Sie winkte mir zu und ich blieb stehen, bis sie bei mir angelangt war.

„Hey, Hannelie", sagte ich, „das ist ja eine Überraschung. Mit dir hätte ich jetzt nicht gerechnet."

„Bist du alleine?", fragte sie. „Wo ist Jörn?"

„Er kann heute nicht", antwortete ich, „deshalb bin ich alleine unterwegs."

„Muss er arbeiten?", fragte sie.

„Das weiß ich nicht", antwortete ich, „er hat nichts dazu gesagt. Ich habe nur eine SMS erhalten, wo er sich entschuldigt hat, dass er heute nicht kommen kann. Mehr hat er nicht dazu gesagt und ich habe auch nicht weiter nachgefragt. Schließlich möchte ich nicht den Eindruck erwecken, dass ich meinen freien Tag nicht auch ohne ihn verbringen kann."

Hannelie sah mich an und fragte: „Kannst du?"

Ich sah sie an und wusste im Moment nicht, ob sie das ernst meinte oder ob die Frage scherzhaft gemeint war. Aber als ich ihr verschmitztes Gesicht sah, wusste ich, dass sie mich auf den Arm nehmen wollte.

Ich hing mich bei ihr ein und sagte: „Worauf du dich verlassen kannst. Komm jetzt, du Hexe, wir machen uns einen schönen Tag." Und so zogen wir lachend weiter.

Es wurde ein sehr vergnügter Nachmittag. Wir aalten uns in der Sonne und faulenzten bis zum Abend. Als Abschluss besuchten wir das kleine Restaurant am Platz und gönnten uns ein leckeres Abendessen. Es war fast wie im Urlaub. Wir saßen auf der kleinen Terrasse und hatten den herrlichen Sandstrand und den wunderschönen See direkt vor unserer Nase. Es hätte wirklich auch in Italien oder sonst irgendwo im Süden sein können. Es war einfach ein herrliches Feeling. Wir saßen bis zum späten Abend, dann machten wir uns auf den Heimweg. Heute war es umgekehrt wie sonst, wenn wir gemeinsam von der Arbeit nach Hause gingen, denn heute kamen wir aus der anderen Richtung und somit zuerst an meiner Wohnung vorbei und Hannelie musste den Rest alleine gehen. Wir verabschiedeten uns und ich fuhr nach oben in meine Wohnung. Ich öffnete die Terrassentür im Wohnzimmer und trat hinaus. Obwohl die Sonne schon untergegangen war, war es draußen noch immer herrlich warm. Von hier oben hatte man einen fantastischen Ausblick und ich musste wieder einmal feststellen, dass mir mein Leben hier sehr gut gefiel. Es war so total anders als in Deutschland und ich könnte mich wirklich daran gewöhnen. Es war schon spät, als ich ins Bett ging und entsprechend spät wurde ich am nächsten Morgen wach. Da ich Spätdienst hatte, war das aber total egal und auch das war etwas, was ich sehr genoss: nicht wie bei vielen anderen Jobs morgens früh auf der Matte stehen zu müssen. Ich hatte genügend Zeit, um den Tag langsam angehen zu können, mir etwas Leckeres zu Mittag zu kochen und dann gemütlich zur Arbeit zu gehen. Heute hatte ich ja wieder einmal mit Hannelie zusammen Dienst und das versprach sowieso ein angenehmer Abend zu werden. Und genauso kam es dann auch. Es war, wie die letzten Tage auch, ziemlich viel los und wir hatten gut zu tun, aber es lief eben mit ihr alles total reibungslos. Jeder hatte seine Station und wir halfen uns gegenseitig, wo wir konnten. Trotzdem war ich froh, als der Abend zu Ende war und wir Feierabend hatten. Zu Hause angekommen, schrieb ich Jörn noch eine Nachricht, wünschte ihm eine gute Nacht und ging schlafen. Die ganze nächste Woche über hatte ich bis auf meine freien Tage Frühdienst. Diese beiden Tage hatte ich in dieser Woche durch meinen Tausch am Sonntag nicht zusammenhängend, sondern den einen am Donnerstag und dann eben den Sonntag. Und obwohl ich den Frühdienst – der ja kein richtiger Frühdienst war, sondern unsere Mittagsschicht, aber wir bezeichneten diese immer so – mittlerweile nicht mehr so sehr liebte, verging die Woche trotzdem wie im Flug. Jörn hatte sich ein paar Mal gemeldet, hatte aber auch an meinem freien Donnerstag keine Zeit gehabt, sodass wir uns nun schon eine Weile nicht gesehen hatten und er hatte merkwürdigerweise auch die ganze Zeit nicht danach gefragt, wie ich arbeiten musste. Da ich ja Frühdienst hatte, hätten wir uns ja zumindest an seinen freien Tagen sehen können, aber dem war nicht so.

Am Samstagnachmittag, ich war gerade auf dem Nachhauseweg, klingelte mein Handy und Jörn meldete sich: "Hallo, Kleines", hörte ich seine Stimme sagen, „wo bist du?"

„Ich habe gerade Feierabend und bin auf dem Nachhauseweg. Und was machst du?", fragte ich.

„Ich bin bei Silvio", sagte er, „magst du vorbeikommen?"

„Oh, ja, gerne", sagte ich, „bin gleich da." Ich legte auf und beeilte mich. Wir waren schon lange nicht mehr bei Silvio und ich freute mich. Als ich ankam, konnte ich Jörn draußen nirgendwo entdecken und deshalb ging ich nach drinnen. Dort stand er mit Silvio an der Theke und sie unterhielten sich. Silvio sah mich als Erster und winkte mich heran. Ich ging zu den beiden hin. Jörn hatte sich gerade umgedreht, als ich bei ihnen angekommen war.

„Hallo, Kleines", sagte er liebevoll und nahm mich zärtlich in den Arm.

Silvio stand daneben und lächelte. Er sagte etwas auf Italienisch, was ich nicht verstand, aber Jörn sah lächelnd zu ihm hin, worauf Silvio in der Küche verschwand, um kurz darauf mit einer kleinen Platte Köstlichkeiten zurückzukommen. Er stellte sie vor uns auf die Theke und es sah so lecker aus, dass einem das Wasser im Munde zusammenlief.

Jörn fragte: „Hast du Hunger?"

Ich sah ihn an und mit einem Blick auf die Leckereien sagte ich: „Jetzt schon."

Ich setzte mich zu ihm an die Theke und wir ließen es uns schmecken. Ich liebte diese italienischen Kleinigkeiten und konnte gar nicht genug davon bekommen. Und es schmeckte auch wirklich vorzüglich, was Silvio da auf die Platte gezaubert hatte. Während wir aßen, unterhielten wir uns über alles Mögliche, nur nicht über den nächsten Tag, diesen gewissen Sonntag. Ich hätte schon gern gewusst, was mich erwarten würde, aber Jörn hielt sich sehr zurück.

Also packte ich den Stier bei den Hörnern und fragte ihn ganz direkt: „Was gibt das morgen bei deiner Mutter, weshalb müssen wir dahin und warum muss ich unbedingt dabei sein?"

Er sah mich ziemlich irritiert an. Irgendwie hatte er mit dieser Frage wohl nicht gerechnet. Vor allem, da ich ihn noch niemals so direkt darauf angesprochen hatte.

Er wirkte sehr verlegen und meinte: „Können wir da bitte morgen darüber sprechen?"

Es fiel ihm schwer mich dabei anzusehen.

Ich sah ihn grübelnd an und fragte: „Warum weichst du mir immer aus, wenn es um dieses Thema geht?"

Er zog mich zu sich hin und streichelte mich sanft. Normalerweise hatte er damit ja auch immer Erfolg und ich fragte nicht weiter, aber heute nicht, denn ich entzog mich ihm.

Ich sah ihn an und fragte noch einmal: „Warum?"

Jörn holte tief Luft und man merkte ihm an, dass er sich irgendwie in die Enge getrieben fühlte. Ich hatte den Eindruck, dass er am liebsten weggelaufen wäre, aber das ging ja nicht, denn ich stand direkt vor ihm. Ich sah ihn nach wie vor an und wartete auf eine Antwort. Ich war fest entschlossen, jetzt nicht nachzugeben, obwohl er mir fast ein wenig leid tat, so wie er da vor mir saß.

Als er merkte, dass ich wirklich auf eine Antwort wartete und mich auch mit seiner charmanten Art der Ablenkung nicht davon abbringen ließ, sagte er: „Denise, es ist wirklich sehr kompliziert und ich kann das nicht in zwei Sätzen erklären. Lass uns doch bitte morgen darüber sprechen."

„Wann morgen?", fragte ich. „Wenn wir bei deiner Mutter sind? Willst du mir ernsthaft erzählen, dass wir morgen reden können?"

Ich war leicht genervt. Sein Verhalten ging mir ziemlich auf den Keks. Warum konnte er nicht einfach sagen, was los war? Warum immer diese Geheimniskrämerei?

Er merkte wohl, dass ich leicht sauer war, denn er sagte plötzlich: „Vielleicht magst du mich dann nicht mehr."

Ich war total verwirrt und fragte: „Was heißt das – dann?"

Er blickte verlegen zur Seite und antwortete: „Na, morgen eben."

Ich verstand nur Bahnhof.

„Was zum Kuckuck sollte denn morgen passieren, dass ich dich nicht mehr mögen könnte?", fragte ich. „Hast du eine Leiche im Keller vergraben oder was?"

Er sah mich völlig entsetzt an und sagte: „Natürlich nicht, wie kommst du denn darauf?"

Ich musste lachen und antwortete: „Das war ja auch nur ein Scherz, das sagt man halt so."

„Ach so", sagte er erleichtert.

Ich nahm ihn in den Arm und streichelte ihm sanft über das

Gesicht. „Natürlich war das ein Scherz, du Dummkopf, was denn sonst?", sagte ich.

Er schmiegte sich eng an mich und sagte: „Egal, was morgen auch passiert, du darfst mich nicht verlassen, versprich mir das."

Ich schob ihn leicht von mir weg und sah ihn an: „Warum sollte ich dich denn verlassen, um Himmelswillen?"

Er nahm mich in den Arm und hielt mich fest. Sein Gesicht war in meinen Haaren vergraben, als plötzlich Silvio neben uns zu lachen begann.

„Ihr seht aus wie Romeo und Julia", sagte er.

Jörn sah zu Silvio hinüber, während er mich fest umschlungen hielt und sagte: „Nur kein Neid."

Silvio lachte laut los und sagte: „Nee, alter Junge, das ganz sicher nicht. Im Gegenteil, ich freue mich sehr für dich, dass du Denise kennengelernt hast, denn sie ist das Beste, was dir passieren konnte."

Jörn sah mich liebevoll an, streichelte mir über die Wange und sagte: „Das auf jeden Fall."

Silvio sah uns an, dann sagte er zu Jörn: „Pass gut auf sie auf!" Jörn sah zu ihm hin und nickte.

Die beiden wechselten merkwürdige Blicke und ich hatte den Eindruck, dass Silvio irgendetwas Bestimmtes damit gemeint hatte, aber in stillschweigender Übereinkunft den Mund hielt. Und bevor ich auch nur irgendetwas dazu hätte sagen oder fragen können, hatte Silvio Jörn in ein Gespräch verwickelt. Anfangs konnte ich nicht mitreden, da ich keine Ahnung hatte, wovon die beiden sprachen, aber mit der Zeit entwickelte sich eine angenehme Unterhaltung zwischen uns allen und so wurde es trotz unserer anfänglichen Schwierigkeiten doch noch ein sehr angenehmer Abend. Silvio war ein charmanter, zuvorkommender Gastgeber und ein guter Gesprächspartner.

Es war schon spät, als wir uns verabschiedeten und das Lokal verließen. Jörns Auto stand auf dem Parkplatz und als wir nach draußen kamen, wusste ich nicht, ob er das jetzt mitnehmen wollte oder ob wir die paar Schritte bis zu meiner

Wohnung zu Fuß gehen würden, deshalb blieb ich stehen und fragte: „Gehst du zum Auto oder…?"
Ich wollte eigentlich noch weitersprechen, aber er unterbrach mich und fragte: „Oder was? Soll das heißen, es gibt heute Nacht kein Plätzchen für mich bei dir?" Dabei zog er mich in seine Arme und küsste mich leidenschaftlich.

Als sich unsere Lippen wieder trennten, sagte ich lachend:
„War das jetzt etwa ein Bestechungsversuch?"
„Na ja", sagte er gespielt ernst, „bevor ich heute Nacht auf der Straße sitzen bleibe, muss ich das ja probieren."
„So ist das also, jetzt habe ich das verstanden, du Schuft."
Wir lachten beide und ich sagte: „Na, dann komm halt mit."
Wir ließen das Auto stehen und gingen die paar Schritte bis zu meiner Wohnung zu Fuß. Als wir oben angekommen waren, zog ich wie üblich die Schuhe von meinen Füssen und stellte meine Tasche ab. Ich wollte gerade weiter ins Wohnzimmer gehen, als er mich am Arm festhielt und mit einem kleinen Ruck zu sich umdrehte. Ich wollte etwas sagen, aber er verschloss meinen Mund mit seinen Lippen. Anfangs sehr liebevoll und zärtlich, dann sehr leidenschaftlich und fordernd. Während er mich küsste, fing er an, meine Bluse aufzuknöpfen. Er berührte meine Brüste und ich stöhnte leicht auf. Ein wohliger Schauer lief über meinen Körper. Bevor ich etwas sagen konnte, nahm er mich auf die Arme und trug mich ins Schlafzimmer. Dabei hing er wie ein Ertrinkender an meinen Lippen. Durch sein T-Shirt spürte ich jeden Muskel seines Oberkörpers und seine Nähe war wieder einmal berauschend. Er legte mich behutsam auf das Bett und ließ sich neben mich fallen. Gekonnte knöpfte er einhändig meine Bluse weiter auf und ich streifte ihm sein T-Shirt über den Kopf. Wir erforschten jeden Zentimeter unserer Körper und heizten uns gegenseitig ganz schön an. Es endete wie immer in einem explosiven Sinnesrausch. Später lagen wir ziemlich erschöpft nebeneinander. Keiner sprach ein Wort und das lag nicht nur daran, dass wir total außer Atem waren, zumindest bei mir nicht. Vielmehr beschäftigte mich die Situation mit ihm. Einerseits war er so gefühlvoll, wie ich das

noch nie bei einem Mann erlebt hatte. Seine körperliche Nähe raubte mir manchmal fast den Atem und er verstand es, meinen Körper in Besitz zu nehmen und mich in einen Gefühlsrausch zu versetzen, der mich fast um den Verstand brachte und andererseits hatte ich oft das Gefühl, dass er in einer anderen Welt lebte, zu der ich keinen Zugang hatte. Ich fand keine Antwort darauf, wie das zusammenpasste. Warum er schweigend neben mir im Bett lag, konnte ich nur erahnen. Ich konnte mir vorstellen, dass ihn der Besuch bei seiner Mutter ziemlich beschäftigte. Auch das war ein Punkt, den ich nicht verstand. Warum war das so problematisch für ihn? Es war seine Familie. Warum musste seine Mutter zu so drastischen Mitteln greifen, wie sich ins Krankenhaus einweisen zu lassen, damit er zu ihr kommt? Mir war auch noch immer nicht klar, wie sie das geschafft hatte, aber selbst dort war er nur sehr widerwillig hingegangen. Auch das konnte ich nicht verstehen. Ich hatte seine Mutter da ja auch kennengelernt und ich hatte nicht den Eindruck, dass sie eine schlimme Person war, mit der man nichts zu tun haben wollte. Ganz im Gegenteil. Es musste ihr doch sehr wichtig gewesen sein ihn zu sehen, sonst hätte sie sich diesen ganzen Zirkus doch nicht ausgedacht. Ich konnte es drehen und wenden wie ich wollte, ich fand keine Antwort, zumindest keine plausible. Und unter diesen Umständen war mir der morgige Tag etwas unbehaglich. Ich wusste noch gar nicht, wann wir dort sein sollten. Da Jörn diesem Thema bisher immer ausgewichen war, hatten wir darüber auch noch nicht gesprochen. Ich drehte mich zu ihm um und wollte ihn fragen, aber das konnte ich nicht, denn er war eingeschlafen. Ich traute meinen Augen kaum, denn das hatte es bisher noch nie gegeben, dass er schlief, ohne mich in die Arme zu nehmen und ganz dicht an sich zu ziehen. Ich konnte meinen Blick nicht von ihm abwenden. Mein großer Bär schlief wie ein Baby. Ich kuschelte mich vorsichtig an seine Seite und beobachtete ihn. Es war ein sehr friedliches Bild, das sich mir bot und ich erkannte in dem Moment, dass ich diesen Mann liebte — mit all seinen Geheimnissen und Merkwürdigkeiten. Mit diesen Gedanken schlief ich ein und schlief auch die ganze Nacht, oder zumindest das, was davon noch übrig war, denn es war schon spät. Umso überraschter war ich, als ich beim Aufwachen ein leeres Bett neben mir sah. Wo war Jörn? Erschrocken fuhr ich hoch und setzte mich hin. Ich war leicht konfus. War er etwa abgehauen? Ich wollte gerade aufstehen, als ich die Badezimmertür hörte und Jörn ins Schlafzimmer kam.

„Ah, da bist du ja", sagte ich.

Er sah mich leicht ungläubig an und sagte: „Ja, wo soll ich denn sonst sein?"

„Na ja", antwortete ich, „bei dir weiß man nie."

„Was soll denn das heißen?", fragte er schmunzelnd und kam zu mir um das Bett herum. „Du dachtest doch nicht etwa ich wäre abgehauen?"

„Hmmh", erwiderte ich, „wie sollte ich denn nur auf so eine Idee kommen?"

„Glaube mir, Kleines, ich wäre wirklich froh, wenn der heutige Tag schon vorbei wäre. Und wenn ich ihn durch Weglaufen verhindern könnte, würde ich meilenweit laufen. Aber man kann seinem Schicksal nicht entkommen."

Dabei sah er mich mit traurigen Augen an. Ich streichelte ihm über das Gesicht und sah ihn an. Ich hätte tausend Fragen dazu gehabt, aber ich stellte keine einzige, denn ich wollte nicht schon wieder so eine Endlosdiskussion führen.

Deshalb fragte ich nur: „Wann müssen wir los?"

Er sah mich an und zuckte mit den Schultern. „Egal", sagte er, „ich habe es nicht eilig. Lass uns zuerst einmal frühstücken gehen."

„Das ist eine sehr gute Idee", sagte ich, „denn ich habe Hunger."

Wir gingen blitzschnell unter die Dusche, zogen uns an und verließen das Haus.

„Wohin wollen wir gehen?", fragte ich ihn.

„Ich kenne da ein kleines Café oben in den Bergen", sagte er, „da kann man draußen sitzen und das liegt dann auch schon in unserer Fahrtrichtung."

„Prima", sagte ich, „dann lass uns gehen!"

Es war ein wunderschöner Sonntagmorgen. Die Sonne lachte uns schon ins Gesicht, als wir aus dem Haus kamen und so fuhren wir los. Als wir das Ortsschild hinter uns gelassen hatten, bog Jörn gleich nach rechts ab und es ging in die Richtung, in die wir auch damals zum Krankenhaus gefahren waren. Die Straße schlängelte sich den Berg hinauf und plötzlich tauchte vor uns auch tatsächlich das Krankenhaus auf. Wir fuhren aber daran vorbei und folgten weiterhin der Straße. Jörn war sehr schweigsam neben mir und auch ich hing meinen Gedanken nach. Immer wieder dachte ich daran, was mich heute wohl erwarten würde. Ich wurde jäh aus meinen Gedanken gerissen, als Jörn das Auto plötzlich stoppte, da wir auf dem Parkplatz des Cafés angekommen waren. Wir stiegen aus und ich sah mich um. Es war unglaublich. Da ich während der Autofahrt so in Gedanken versunken war, hatte ich nichts von der herrlichen Landschaft drum herum mitbekommen, umso überraschter war ich jetzt von dem An- und vor allem von dem Ausblick, denn man konnte in der Ferne noch immer den See sehen.

Jörn kam um das Auto herum und legte den Arm um meine Schulter: „Gefällt es dir?", fragte er.

Ich sah ihn an und nickte. Es sah wirklich toll aus. Wir betraten das Lokal, gingen durch den Raum und auf der anderen Seite direkt auf die Terrasse hinaus. Es waren nur wenige Tische belegt, sodass wir problemlos ein schönes Plätzchen fanden.

So weit war ja alles gut, aber als die Kellnerin an den Tisch kam und uns mit einem überraschten: „Oh, hallo Jörn, auch mal wieder im Lande!", begrüßte, war ich doch etwas verwirrt. Denn damit hätte ich jetzt nicht gerechnet, hier draußen auf Bekannte von Jörn zu treffen.

So sehr überrascht ich war, so wenig war er es, denn er antwortete ziemlich gelassen: „Ja, Marcella, da staunst du, was?"

„Ja, schon", antwortete sie. „Ist ja auch schon eine Ewigkeit her, seit du das letzte Mal hier warst."

Er brummte etwas Unverständliches vor sich hin und bestellte das Frühstück für uns.

Dann sagte er zu Marcella gewandt: „Und bevor du jetzt vor Neugierde platzt, das", und er deutete in meine Richtung, „ist Denise und wir sind auf dem Weg zu meiner Mutter."

Marcella starrte ihn an, als hätte sie ein Gespenst gesehen.

„Zu deiner Mutter?", fragte sie.

„Ja", antwortete er und jetzt wäre es wirklich nett, wenn du uns unser Frühstück bringen könntest."

Marcella schüttelte ihren Kopf, so als ob sie sich sortieren müsste, dann kam ein: „Äh, ja natürlich", und damit verschwand sie.

Ich sah Jörn mit großen Augen an. „Was war jetzt das?", fragte ich.

„Das war Marcella, wie sie leibt und lebt", antwortete Jörn.

„Und was hat sie mit dir zu tun?", fragte ich weiter.

„Überhaupt nichts", antwortete er, „sie ist nur leider eine Freundin von Paula und sie meint, das gäbe ihr das Recht, sich überall einzumischen. Sie ist nicht glücklich, wenn sie nicht alles weiß."

„Oje", sagte ich, „das hört sich nicht so an, als ob du sie gut leiden könntest", sagte ich.

„Nee, ganz und gar nicht", antwortete er.

„Ja, warum sind wir dann hierher zum Frühstücken gekommen?", fragte ich.

„Na ja, da es auf dem Weg liegt, hat es sich natürlich angeboten. Und dann war ich mir ziemlich sicher, dass es dir gefallen würde. Dass sie heute arbeitet, wusste ich natürlich nicht. Aber selbst wenn ich es gewusst hätte, wäre es mir egal gewesen, denn dass wir hier waren, werden ja nachher sowieso alle erfahren, da kann Marcella ja dann plaudern, was sie will."

„Was heißt, es werden nachher alle erfahren? Wer sind alle?", fragte ich.

Er sah mich an und sagte: „Ich weiß nicht, wer da sein wird, aber ich gehe nicht davon aus, dass meine Mutter uns alleine empfangen wird."

Ich hätte schon wieder tausend Dinge dazu fragen können, aber ich ließ es auch dieses Mal sein. Ich weiß zwar selber nicht so genau warum, aber irgendwie spürte ich, es lag etwas in der Luft.

Marcella hatte uns in der Zwischenzeit das Frühstück serviert und obwohl alles wirklich sehr hübsch zusammengestellt war und sehr lecker aussah, hatten wir beide keinen besonders großen Appetit. Der Hunger, den ich beim Aufstehen noch verspürt hatte, war mir bei der Vorstellung, was heute noch alles geschehen würde, total vergangen und auch Jörn war ziemlich angespannt und bei weitem nicht so locker drauf wie sonst. Deshalb war unser Frühstück auch ziemlich schnell beendet, und nachdem Jörn bezahlt hatte, machten wir uns auf.

Auf dem Weg zum Auto hielt er mich fest, zog mich zu sich hin und sagte: „Ich liebe dich, Kleines, vergiss das bitte nicht."

Ich sah ihn und sagte: „Warum sollte ich das vergessen? Das weiß ich, du zeigst es mir doch ständig. Wie also sollte ich das vergessen können?"

Er streichelte mir liebevoll über das Gesicht und sagte: „Ich möchte nur, dass du das weißt."

Er öffnete die Autotür und schob mich auf den Sitz. Dann schloss er die Tür, ging auf die andere Seite und stieg ein. Als er hinter dem Lenkrad saß, holte er einmal tief Luft, dann startete er das Auto und wir fuhren los.

Die Straße schlängelte sich weiter den Berg hinauf und wir fuhren durch ein paar kleinere Orte. Die Entfernung zwischen den kleinen Örtchen wurde immer größer und irgendwann kamen keine Häuser mehr, sondern um uns herum war nur noch herrliche Natur. Irgendwann wurde die wilde Natur, durch die wir nun schon eine ganze Weile gefahren waren, etwas gepflegter und bald sah man überall um uns herum Weinreben wachsen. Wir waren mittlerweile auch schon ziemlich weit oben und man hatte einen herrlichen Ausblick nach unten. Soweit das Auge reichte, wuchs Wein und ganz in der Ferne sah man noch immer den See. Es war ein Bild wie aus einem Märchenbuch. Wunderschön, dachte ich. Hier oben ein kleines Häuschen, das wäre toll und hier ließe es sich bestimmt gut leben. Ich war völlig fasziniert von dem, was ich hier sah, bis ich merkte, dass Jörn mich ab und zu von der Seite ansah, aber nichts sagte. Ich drehte mich auf meinem Sitz hin und her, da ich manchmal nicht wusste, wohin ich zuerst schauen sollte, denn es war einfach überwältigend, was es hier alles zu sehen gab. Auf einmal sah ich hoch über uns ein Haus.

„Oh, mein Gott Jörn, sieh mal", rief ich aufgeregt, „da oben steht ein Haus."

Wie ein kleines Schloss thronte es dort oben am Hang.

„Ob da wohl jemand wohnt, so hoch oben und so abgelegen?", fragte ich.

Er sah lächelnd zu mir herüber und sagte: „Ja!"

Ich war total aus dem Häuschen und ihn schien das überhaupt nicht zu beeindrucken.

„Woher weißt du das?", fragte ich.

Im gleichen Moment, als ich das ausgesprochen hatte, fiel mir ein, dass das eine ziemlich blöde Frage war, denn da das ja der Weg zu seinem Elternhaus war, wusste er das natürlich. Er gab auch keine Antwort darauf, sondern lächelte nur und konzentrierte sich auf die Straße, die immer steiler und kurviger wurde. So schraubten wir uns noch einige Zeit den Berg hinauf, bis die Straße vor uns plötzlich endete und wir vor einer großen Einfahrt standen, an der ein Schild angebracht war, auf dem „Privatgelände, Durchfahrt verboten" stand. Das erinnerte mich fast ein wenig an eine amerikanische Ranch, bei der auch durch solch eine Toreinfahrt, weit weg vom eigentlichen Haus, der Beginn des Grundstückes markiert wird. Jörn machte keine Anstalten anzuhalten, sondern bretterte durch das Tor. Ich sah fragend zu ihm hinüber, aber er fuhr unbeirrt weiter. Die Weinreben hatten vor dieser Einfahrt aufgehört und dahinter begann eine riesige Parkanlage. Auf der rechten Seite sah man zwei Männer arbeiten. Sie sahen aus wie Waldarbeiter, trugen Schutzkleidung und Helme und sammelten Äste auf, die sie auf einen großen Haufen warfen. Ein Stück weiter wurde eine sehr schön angelegte Rasenfläche gemäht. Überhaupt sah die Rechte Seite mehr nach Garten aus, während die linke Seite von einer Obstplantage gesäumt wurde. Soweit das Auge reichte, sah man Obstbäume. Die Straße führte dazwischen durch und wir fuhren, bis vor uns ein Haus auftauchte. In der gleichen Sekunde, als ich es sah, erkannte ich, dass es das Haus war, das ich von unten gesehen hatte. Ich sah zu Jörn hinüber, aber der saß völlig teilnahmslos hinter dem Lenkrad und steuerte das Auto zielsicher vor die Terrasse. Dort hielt er an und stieg aus. Er kam um das Auto herum und öffnete meine Tür.

„Komm, Kleines, steig aus, wir sind da."

Ich saß wie angewurzelt in meinem Sitz und starrte ihn an. „Hier wohnt deine Mutter?", fragte ich. „Das hier ist dein Elternhaus?"

„Ja", sagte er leicht genervt. „Komm jetzt bitte. Wir schauen, was sie will und dann sind wir auch schon gleich wieder weg, mach dir keine Sorgen."

Ich sollte mir keine Sorgen machen, na das war gut. Ich kam mir gerade vor wie im falschen Film. Ich hatte keine Ahnung, was das jetzt werden sollte, aber mir war in dem Moment schlagartig klar, dass Jörn nicht der war, für den ich ihn bisher gehalten hatte. Er war mit Sicherheit kein kleiner Schifffahrtsangestellter, der ein bisschen auf dem See herumfuhr. In meinem Kopf wirbelte alles durcheinander und ich war nicht in der Lage, einen klaren Gedanken zu fassen. Und ich war schon gar nicht in der Lage auszusteigen. Er zog an meinem Arm und wollte mich dazu bewegen, aber ich saß wie festgefroren.

„Denise, bitte lass es uns hinter uns bringen und komm endlich".

Er nahm meine Hand und zog mich aus dem Auto. Ich ließ es widerwillig geschehen.

„Komm", sagte er jetzt wieder in einem liebevollen Ton, sie sind oben auf der Terrasse, ich habe sie schon gesehen."

Womit wir wieder bei der Frage waren, wer „sie" sind? Wer würde alles da sein? Jörn legte seinen Arm um meine Schulter und wir gingen los. An der Seite des Parkplatzes führte eine Steintreppe nach oben, direkt auf die Terrasse und die stiegen wir hinauf. Auf der Terrasse stand ein großer Tisch, an dem mehrere Personen saßen. Eine davon war Paula, Jörns Schwester. Als sie uns sah, sprang sie auf und kam zu uns gelaufen.

Sie fiel Jörn um den Hals und sagte: „Hallo Brüderchen, willkommen zu Hause! Schön, dass du gekommen bist und du natürlich auch", sagte sie lächelnd zu mir und nahm mich auch in den Arm. „Ich freue mich wirklich, dich hier zu sehen, Denise", sagte sie und hielt meine Hand fest.

Sie zog mich an der Hand mit, während sie Jörn vor sich herschob.

„Kommt", sagte sie, „ihr werdet schon erwartet und Jörn sagte: „Ja, ja, ich sehe schon, la grande famiglia ist versammelt."

Jörns Mutter war aufgestanden und kam uns lächelnd entgegen. Sie begrüßte uns sehr freundlich und liebevoll. Man merkte ihr an, dass sie sich freute, uns zu sehen. Und irgendwie hatte ich das Gefühl, dass sie, obwohl sie im Krankenhaus Jörn sehr bestimmt klar gemacht hatte, dass sie ihn heute hier zu sehen wünschte, anscheinend doch nicht so sicher war, dass er ihrem Wunsche auch tatsächlich nachkommen würde. Umso mehr freute sie sich nun, dass er hier war. Zu mir war sie total lieb, genauso wie auch schon damals im Krankenhaus und sie vermittelte mir den Eindruck, dass sie mich wirklich mochte. Und bei mir war es ebenso. Ich empfand sie als sehr angenehme Person. Trotzdem fühlte ich mich mehr als unbehaglich hier. Ich konnte die ganze Situation überhaupt nicht einschätzen, weder warum wir hier sein mussten noch warum mir Jörn nichts von seiner wahren Herkunft erzählt hatte. Ich fühlte mich total überrollt.

Seine Mutter wollte uns gerade mit an den Tisch nehmen, als Paula mich am Arm nahm und sagte: „Komm, Denise, ich möchte dir etwas zeigen."

Jörn sah ziemlich böse zu uns und sagte: „Paula, lass das."

Paula drehte sich zu ihm um und sagte: „Du, kümmere dich jetzt erst einmal um dein Problem hier. Damit hast du gerade genug zu klären."

Er antwortete nur kurz angebunden: „Da gibt es nicht viel zu klären."

Paula ignorierte seine Antwort und zog mich mit sich fort. Wir betraten das Haus durch die Terrassentür und standen in einem Salon. Paula hatte sich bei mir eingehängt und so führte sie mich durch einige Räume, bis wir auf der anderen Seite durch eine der vielen Türen hinaus in den Garten kamen. Dieser Teil lag auf der gegenüberliegenden Seite, den man von der Einfahrt aus nicht einsehen konnte. Ich kam mir gerade vor wie im Märchen. Der Garten, wenn man so etwas überhaupt noch als Garten bezeichnen konnte, denn es glich eigentlich mehr einer Parkanlage, war traumhaft schön angelegt. Mir fehlten die Worte, als ich das sah. Paula bemerkte davon allerdings nichts. Sie hing an meinem Arm und plauderte munter drauf los. Wir gingen auf den wunderschön angelegten Wegen entlang und entfernten uns immer mehr vom Haus. Unterwegs kamen uns zwei Männer entgegen, die Paula freundlich begrüßte.

„Das waren Diego und Jay, unsere beiden Gärtner", sagte sie zu mir. „Das sind zwei lustige Gesellen mit immer guter Laune.

Ich nickte und sagte: „Also die sind für das hier", dabei blickte ich einmal rundherum, „zuständig?"

„Ja", antwortete Paula, „und die machen ihre Arbeit ziemlich gut, findest du nicht?"

„Na, das kann man wohl sagen", antwortete ich.

Wir gingen weiter, bis wir zu einem wunderschönen Gartenhaus kamen. Es sah aus wie ein chinesischer Tempel, war nach allen Seiten offen und das Dach sah aus wie eine Zwiebel.

„Wollen wir uns da hinsetzen?", frage Paula.

„Oh, ja, sehr gerne", antwortete ich.

Ich wusste nicht, wie lange wir schon gelaufen waren, aber mir kam es vor, als hätte ich einen Marathon hinter mir. Wir setzten uns auf eine kleine Bank vor dem Haus und Paula verschwand kurz und kam dann mit zwei Gläsern und einer Flasche Wasser wieder. Da die Flasche gut gekühlt war, musste es hier mitten im Niemandsland wohl einen Kühlschrank geben. Aber mich wunderte so langsam nichts mehr. Warum hatte mir Jörn das alles verschwiegen, dachte ich?

Paula sah mich an und merkte wohl, dass ich ziemlich nachdenklich war, denn sie fragte: „Denise, was ist los?"

Ich sah sie an und antwortete: „Na, du bist gut mit was ist los? Alles ist los. In meinem Kopf ist Chaos pur."

„Hat Jörn dir nie etwas gesagt?", fragte sie.

Ich schüttelte den Kopf und sagte: „Nein!"

Ich sah Paula an und fragte: „Was will deine Mutter von Jörn?"

Paula sah mich an und sagte: „Dass er das Familienunternehmen übernimmt."

„Was heißt das?", fragte ich.

„Das heißt, dass er das Geschäft, das unser Vater aufgebaut hat, weiterführt, so wie das vorgesehen war", sagte sie.

Ich sah sie unverständlich an, da ich keine Ahnung hatte, von welchem Geschäft sie sprach, deshalb redete sie weiter.

„Uns gehört das größte Weinanbaugebiet hier, indem exzellente Weine angebaut werden, die wir weltweit verkaufen. Das ist das Lebenswerk unseres Vaters und es war immer klar, dass Jörn das einmal übernehmen sollte. Aber dann kam es halt anders und Jörn ist abgehauen."

„Weil er dachte, dass er am Tod eures Vaters Schuld hat?", fragte ich.

„Auch, aber nicht hauptsächlich", sagte sie.

„Sondern?", fragte ich.

„Oh, Denise, das ist eigentlich Jörns Sache, dir das zu erzählen. Ich mische mich ungern in seine Angelegenheiten", antwortete sie.

„Ja, weil der ja auch so gesprächig ist, wenn es um ihn geht", sagte ich.

Sie legte ihre Hand beschwichtigend auf meinen Arm und sagte: „Er wird es dir erzählen, lass ihm noch etwas Zeit."

„Bist du dir da so sicher?", fragte ich und sie antwortete: „Ja, ganz sicher", und lachend fügte sie hinzu, „ansonsten werde ich ihm Beine machen."

Ich sah sie an und sagte: „Paula, ganz ehrlich, ich weiß im Moment nicht, ob ich das überhaupt noch wissen will."

Sie starrte mich mit weit aufgerissenen Augen an und fragte: „Was willst du damit sagen, Denise? Sag nicht, dass du ihn verlassen willst! Das kannst du nicht machen, das würde er nicht verkraften."

„Paula", sagte ich, „es ehrt dich, dass du dir Gedanken über deinen Bruder machst, aber denkst du vielleicht auch einmal daran, was das alles gerade mit mir macht? Hast du eine Vorstellung, wie es mir geht? Ich hatte Jörn bisher für einen kleinen Angestellten gehalten, der ein bisschen auf dem See herum schippert. In den hatte ich mich verliebt und nicht in das hier. Dann erfahre ich so scheibchenweise, dass seine Frau mitsamt dem Kind tödlich verunglückt ist, dann wird er zu seiner angeblich kranken Mutter ins Krankenhaus gerufen, um dort zu erfahren, dass das ganze nur inszeniert war. Wie hat sie das überhaupt hin bekommen, in das Krankenhaus aufgenommen zu werden, ohne überhaupt krank zu sein?", fragte ich.

Paula lächelte mich an und sagte: „Der Chefarzt war ein guter Freund unseres Vaters. Aber glaube mir, ich wusste damals auch nichts davon, das hat sie mir erst hinterher gesagt".

Ich sah Paula fassungslos an und Paula sagte lachend: „Ja, unsere Mutter kann manchmal sehr einfallsreich sein."

Ich fand das nicht so lustig wie sie und sah sie ziemlich düster an. Sie nahm mich beim Arm und sagte beschwichtigend:

„Nun reg dich bitte nicht auf."

„Na, du bist gut! Dein lieber Bruder belügt mich von Anfang bis Ende, deine Mutter inszeniert ein Schauspiel, das sich gewaschen hat und du redest auch nur um den heißen Brei herum, weil du dich nicht in die Angelegenheiten deines Bruders einmischen willst. Mir ist eure ganze Familie gerade etwas zu anstrengend", sagte ich ziemlich ungehalten, stand auf und wollte gehen.

Paula kam hinter mir her und hielt mich am Arm fest.

„Wo willst du denn hin, Denise?", fragte sie.

„Nach Hause", antwortete ich.

„Nein", rief Paula aufgeregt, „das kannst du nicht machen. Bleib hier!"

Ich schüttelte ihre Hand ab und ging den Weg, den wir gekommen waren, zurück. Er zog sich unendlich lang dahin. Auf dem Hinweg war mir das gar nicht aufgefallen, da ich so sehr in das Gespräch mit Paula vertieft war, aber jetzt dachte ich, es nimmt kein Ende mehr. In meinem Kopf ging alles drunter und drüber und ich wusste im Moment nicht, was richtig war. Das Einzige, was ich wusste war, dass mir hier keiner die Wahrheit sagte, zumindest nicht die ganze und ich hatte jetzt einfach keine Lust mehr auf dieses Katz-und-Maus-Spiel. Ich war so in meine Gedanken vertieft, dass ich gar nicht bemerkt hatte, dass mir Jörn entgegenkam und ich wäre fast mit ihm zusammengestoßen.

„Kleines, was ist los?", fragte er besorgt, „wo willst du denn hin? Paula war ganz aufgeregt, als sie mir gesagt hat, dass du weggelaufen bist."

„Paula?", fragte ich erstaunt. „Wie kann dir Paula irgendetwas erzählt haben, wenn sie die ganze Zeit bei mir war?"

„Es gibt eine Telefonverbindung vom Gartenhaus zum Wohnhaus und sie hat dort angerufen und mir gesagt, dass du sehr aufgebracht weggelaufen bist und sie dich nicht aufhalten konnte. Also, was ist passiert?"

„Was passiert ist", fragte ich. „Du belügst mich von vorne bis hinten und fragst mich jetzt ernsthaft, was passiert ist?"

Er versuchte mich festzuhalten, aber ich wehrte mich dagegen und trommelte mit meinen Fäusten auf seine Brust.

Er ignorierte es und zog mich fest in seine Arme. „Komm, beruhige dich", sagte er, „es wird alles gut."

Ich wusste im Moment nicht, ob ich das glauben konnte oder wollte, aber seine Nähe tat unheimlich gut.

Plötzlich hörte ich Paula hinter mir keuchen, denn sie kam den Weg entlang gerannt und rief schon von Weitem: „Jörn, es tut mir leid, aber ich konnte sie nicht aufhalten."

„Es ist gut, Paula, mach dir keine Gedanken", sagte er. Er schob mich ein wenig von sich weg, sah mir in die Augen und sagte: „Ich muss mit dir reden!"

Na, das waren ja ganz neue Töne und entsprechend skeptisch sah ich ihn an. Paula lächelte uns an und schob uns beide in Richtung des Gartenhauses, dann drehte sie sich um und ging alleine zum Wohnhaus zurück.

Ich sah Jörn mit großen Augen an und wartete, was nun weiter geschehen würde. Jörn stand mir gegenüber und sah mich an.

Dann streichelte er mir liebevoll über das Gesicht und sagte: „Ich bin so ein Vollidiot."

Ich sah ihn an und musste grinsen, aber ich verkniff mir jeden Kommentar dazu.

„Komm", sagte er, „lass uns zum Gartenhaus gehen, dort sind wir ungestört."

Er legte wieder seinen Arm um meine Schulter und wir gingen los.

Ich sah zu ihm hinüber und fragte: „Und?"

Er sah mich an und sagte: „Oh, Kleines, ich weiß nicht, wo ich anfangen soll. Ich habe im Moment das Gefühl, dass ich alles falsch gemacht habe, was man nur falsch machen kann."

„Hat diese Erkenntnis etwas damit zu tun, dass du mit deiner Mutter geredet hast?", fragte ich.

Er nickte und sagte: „Ja, das hat es allerdings. Sie hat mir ordentlich den Kopf gewaschen. Und wenn ich Idiot damals nicht so hirnlos einfach weggerannt wäre, hätte ich mir einiges ersparen können."

Ich sah ihn fragend an, denn ich verstand wieder einmal nicht, was er damit meinte.

Er sah meine fragenden Augen und sagte: „Ich bin schon so ein Chaot, nicht wahr?"

Ich musste lachen und sagte: „Da kann ich dir nicht widersprechen." Ich nahm seine Hand und fragte: „Warum hast du mir nicht von Anfang an gesagt, wer du bist?"

Er sah mich unendlich liebevoll an und sagte: „Weil ich mir sicher sein wollte, dass deine Gefühle mir gelten und nicht…"

Ich sah ihn an und vollendete den Satz: „…und nicht deinem Geld."

Er nickte und sagte: „Kannst du das verstehen?"

„Ja", antwortete ich, „das kann ich absolut verstehen."

Er zog mich eng an seine Seite und drückte mich fest an sich, dann sagte er: „Ich möchte in meinem Leben endlich einmal zur Ruhe kommen und nicht nur Chaos erleben."

Ich sah ihn an und fragte: „Was meinst du damit?"

Wir waren in der Zwischenzeit am Gartenhaus angekommen und setzten uns auf die Bank, auf der ich vorher mit Paula gesessen hatte. Er zog mich ganz dicht an seine Seite und dann fing er an zu erzählen.

„Weißt du, Kleines, seit ich dich kenne, weiß ich, wie schön das Leben sein kann. Du gibst mir das Gefühl, dass es dir wichtig ist, dass ich da bin, das habe ich noch nicht so oft in meinem Leben erlebt. Meine Ehe mit Sonja war eine einzige Katastrophe. Sie war weniger an mir als vielmehr an meinem Geld und an dem damit verbundenen schönen Leben interessiert. Sie konnte mich gar nicht schnell genug heiraten und ihren Job aufgeben."

Das klang so unendlich traurig, dass ich wirklich mit den Tränen zu kämpfen hatte. Ich konnte mir nur zu gut vorstellen, wie er sich fühlte.

Ich kuschelte mich eng an ihn und fragte: „Wie hast du sie denn kennengelernt?"

Er antwortete: „Ich kam damals aus Amerika, weil einer unserer Weine prämiert wurde."

Ich sah ihn erstaunt an und fragte: „Du warst in Amerika?"

„Ja", sagte er, „ich habe dort studiert." Er sah zu mir hin und sagte: „Aber das weißt du ja auch alles noch nicht. Ich war viele Jahre in einem Internat in London. Dort habe ich meinen Schulabschluss gemacht und bin direkt anschließend nach Amerika, um dort zu studieren. Mein Vater wollte das so. In dieser Zeit war ich nur sehr selten hier in meinem Zuhause. Erst zum Ende des Studiums kam ich hierher zurück, weil eben dieser neue Wein von uns prämiert wurde und mein Vater unbedingt wollte, dass ich dabei war. Es war ein Riesenspektakel mit Presse und Fernsehen und was weiß ich noch alles. Es wurde jedenfalls groß in den Medien darüber berichtet. Sonja war Journalistin und hat für eine große Zeitung geschrieben. Sie war hier vor Ort und da habe ich sie zum ersten Mal gesehen. Ich hatte mich sofort in sie verliebt, aber ich musste zurück nach Amerika, denn wir hatten dort seinerzeit ein großes Projekt gestartet, um das ich mich kümmern musste. Und so ging ich schweren Herzens zurück. Anfangs fiel es mir sehr schwer, dort zu sein und mich auf meine Aufgabe zu konzentrieren, aber ich wollte meinen Vater nicht enttäuschen und so hing ich mich mit vollem Elan hinein und mit der Zeit wurde die Erinnerung an sie weniger. Ich lebte insgesamt mit ein paar kurzen Unterbrechungen zehn Jahre in den Staaten und habe dieses Projekt ziemlich erfolgreich gemacht, was meinem Vater natürlich sehr gefallen hatte. Aber irgendwann wollte ich dort nicht mehr leben und wollte zurück nach Hause. Mein Vater hätte es zwar lieber gesehen, wenn ich dort geblieben wäre, um mich um die Geschäfte zu kümmern, aber es gab damals gute Interessenten, die bereit waren, uns viel Geld für die Firma zu bezahlen und so stimmte mein Vater letztendlich einem Verkauf zu und ich kam zurück nach Hause. Mein Vater war stolz auf mich und meine Mutter freute sich riesig, als ich wieder da war und auch Paula war glücklich, ihren großen Bruder wieder zu haben. Ich brauchte einige Zeit, um mich hier wieder einzuleben und ich habe viel mit meinem Vater zusammengearbeitet, bis mir eines Tages Sonja wieder über den Weg lief. Es war reiner Zufall. Ich war mit ein paar Freunden unterwegs, als wir am Straßenrand zwei junge Frauen sahen, die Probleme mit dem Auto hatten. Als Kavaliere hielten wir natürlich an, um zu sehen, ob wir ihnen helfen konnten. Eine der beiden war Sonja. Wir erkannten uns sofort wieder und es hatte auch sofort wieder gefunkt zwischen uns beiden. Und so fing das an. Allerdings zum Leidwesen meines Vaters, denn der hatte andere Pläne mit mir."

„Inwiefern?", fragte ich.

„Er wollte, dass ich Louisa heirate", antwortete er."

„Wer ist Louisa?", fragte ich.

„Louisa", sagte er, „ist die Tochter eines befreundeten Gutsbesitzers und wäre nicht abgeneigt gewesen, mich zu heiraten. Ob das jetzt aber tatsächlich ihr eigener Wunsch war oder ob man ihr das eingeredet hatte, weiß ich allerdings nicht. Aber das war mir auch total egal, denn ich hatte kein Interesse an ihr. Sie ist ein nettes, liebes Mädchen und ich mag sie auch, aber eben nicht mehr und das habe ich meinem Vater auch gesagt, aber das hat ihn nicht sonderlich interessiert. Für ihn war Louisa die perfekte Frau für mich und basta. Aus rein wirtschaftlichen Gründen war diese Idee natürlich absolut richtig, denn damit hätten sich die beiden größten Großgrundbesitzer der Region vereinigt, aber das hatte mich nun einmal überhaupt nicht interessiert, denn ich war in Sonja verliebt und nicht in Louisa. Ich hatte einen riesigen Streit mit meinem Vater. Meine Mutter versuchte ihn zu beschwichtigen, obwohl sie Sonja auch nicht besonders mochte, aber im Gegensatz zu meinem Vater versuchte sie es wenigstens zu tolerieren, denn sie wollte, dass ich glücklich bin. Und dafür nahm sie sogar Sonja in Kauf, obwohl auch ihr Louisa lieber gewesen wäre. Aber für meinen Vater gab es die Alternative Sonja absolut nicht. Mir war es völlig egal, ob ihm das passte oder nicht und das habe ich ihm damals auch gesagt. Er hat fürchterlich getobt und mich als undankbar beschimpft. Heute weiß ich, dass wenn ich damals auf ihn gehört hätte, mir viel erspart geblieben wäre. Kurzum Sonja und ich haben ohne den Segen meines Vaters geheiratet. Er kam auch nicht zur Hochzeit und er hatte sich auch geweigert, das Hochzeitsfest auszurichten. Das haben wir dann selber organisiert. Ich hätte ja eine kleine Hochzeit vorgezogen, aber Sonja wollte ein großes, rauschendes Fest und das bekam sie auch. Danach sind wir direkt in die Flitterwochen gefahren und waren somit erst einmal weg vom Schuss, auch ein wenig in der Hoffnung, dass sich mein Vater wieder beruhigt hatte, wenn wir zurückkommen. Dem war leider nicht so. Bei jeder sich bietenden Gelegenheit machte er seinem Unmut Luft. Mir war damals in diesem ganzen Durcheinander gar nicht so recht bewusst, dass Sonja die treibende Kraft für diese Hochzeit gewesen war. Ich hatte ihr niemals einen Heiratsantrag gemacht, sie sprach einfach ständig davon, dass wir doch heiraten könnten.

Es konnte ihr gar nicht schnell genug gehen und ich habe mich dann letztendlich darauf eingelassen. Vielleicht auch ein bisschen aus Trotz meinem Vater gegenüber, das muss ich zugeben. Der Traum vom großen Glück war dann aber ziemlich schnell vorbei, denn kaum waren wir verheiratet, hatte sie keinen Hehl mehr daraus gemacht, dass ihr mein Geld wichtiger war als ich. Ich habe immer versucht, es ihr recht zu machen, aber es war nie genug. Sie hat es ordentlich krachen lassen. Wir hatten oft Streit wegen ihres ausschweifenden Lebensstils. Sie schmiss das Geld mit offenen Armen aus dem Fenster und war oftmals nächtelang nicht zu Hause. Ich wusste oft nicht, wo sie sich herumtrieb und wir stritten uns immer öfter und auch immer heftiger. Wir unternahmen kaum noch etwas gemeinsam, sondern lebten nur noch nebeneinander her. Eines Tages waren wir beim Geburtstag eines gemeinsamen Freundes eingeladen und sie ging tatsächlich mit. Ich freute mich sehr, dass wir wieder einmal etwas gemeinsam taten und es wurde auch ein sehr geselliger Abend. Wir hatten einiges getrunken und sind irgendwie im Bett gelandet. Kurze Zeit später sagte sie mir, dass sie schwanger ist. Ich freute mich sehr und dachte, dass wenn das Kind erst einmal da ist, würde das vielleicht ihr Leben etwas beruhigen. Die Schwangerschaft selbst hat sie nämlich nicht motiviert, etwas an ihrem Leben zu verändern. Und dann kam der Tag, an dem ich herausgefunden hatte, dass sie mich schon seit Monaten betrogen hat und ich die Vaterschaft in Frage stellte. Den Rest von der Geschichte kennst du ja schon."

Ich nickte und sagte: „Ja, der Unfall…"

„Mein Vater machte mir damals die heftigsten Vorwürfe, denn für ihn war nur das Kind - sein Enkel - wichtig. Dass ich mir Gedanken um die Vaterschaft machte, interessierte ihn nicht. Für ihn hatte ich sein Enkelkind auf dem Gewissen und er meinte, dass es jetzt an der Zeit wäre, endlich Louisa zu heiraten und mit ihr Kinder zu bekommen. Wir stritten uns darüber wieder einmal heftig und er drohte mir mit Enterbung. Als ich ihm sagte, dass mir das ziemlich egal ist, rastete er total aus. Ich ließ ihn einfach stehen und bin gegangen. In der Nacht rief mich dann Paula an und sagte mir, dass er einen Herzinfarkt erlitten hatte und auf dem Weg ins Krankenhaus gestorben ist. Ich war total schockiert und machte mir schreckliche Vorwürfe, weil ich ja dachte, dass es meine Schuld war. Ich konnte es hier nicht mehr aushalten, ich musste weg."

„Wo hast du denn die ganze Zeit über gewohnt, wenn du nicht bei mir warst?", fragte ich.

„Ich habe ein Appartement unten am See", antwortete er.

„Und warum waren wir dann nie bei dir, sondern immer nur bei mir?"

„Weil ich dann etwas in Erklärungsnot gekommen wäre", antwortete er lachend.

„Warum denn das?", fragte ich erstaunt.

„Das wirst du verstehen, wenn du es siehst".

„Aha, dann darf ich das jetzt also sehen?", fragte ich scherzend.

„Du darfst ab heute alles", antwortete er und zog mich in seine Arme.

Ich schob mich etwas von ihm weg und schaute ihn zweifelnd an.

Er merkte sofort, dass etwas nicht stimmte und fragte:

„Was ist los, Kleines?"

„Ich glaube nicht, dass ich die richtige Frau für dieses Leben hier bin. Ich, eine kleine Kellnerin, und du, der ‚Kronprinz' sozusagen. Wie soll denn das zusammenpassen? Was sagt überhaupt deine Mutter dazu, weiß sie, wer ich bin? Sie wird doch sicher auch wollen, dass du die richtige Frau, die für dieses Leben hier geboren ist, an deiner Seite hast, oder etwa nicht?"

Ich hatte diesen Satz kaum zu Ende gesprochen, da fing er lauthals an zu lachen. Ich sah ihn total irritiert an und er sagte:

„Zugegeben, ich hatte gedacht, dass mir meine Mutter mit Louisa in den Ohren liegen würde, weil das eben der Wunsch meines Vaters war. Und das war auch der Grund, warum ich nicht hierher kommen wollte und schon gar nicht ohne dich.

Ich wollte ihr von vorneherein klar machen, wer an meine Seite gehört. Aber was die gesellschaftliche Stellung angeht, da brauchst du dir überhaupt keine Sorgen machen, denn das wird niemand besser verstehen, als meine Mutter selbst. Sie kommt nämlich aus sehr einfachen Verhältnissen und war Hausangestellte im Hause meines Vaters. Und er hat sie auch gegen den Willen ihrer Eltern geheiratet, denn sie hatten auch gedacht dass würde nicht passen.“

Er hielt mich noch immer in seinen Armen, so als wollte er mich nie mehr wieder loslassen und sagte: „Jetzt mach dir über diese gesellschaftliche Geschichte mal nicht so viele Gedanken, das interessiert meine Mutter überhaupt nicht und mich schon erst recht nicht. Und ich bin mir sicher, dass du die richtige Frau an meiner Seite bist und das sieht meine Mutter auch genau so.“

„Hat sie dir das so gesagt?“, fragte ich überrascht.

„Ja, hat sie“, antwortete er, „sie mag dich nämlich sehr, das hat sie mir vorhin bei unserem Gespräch sehr deutlich gesagt. Und nun, Signora Denise“, sagte er lächelnd und bot mir seinen Arm an, „würde ich Sie gerne meinen Großeltern vorstellen. Die sitzen nämlich vorne bei meiner Mutter auf der Terrasse und platzen fast vor Neugierde. Die haben mich vorhin schon die ganze Zeit gedrängt, dass ich dich holen soll, aber meine Mutter hatte mich so in Beschlag genommen, dass ich nicht wegkam und das war auch gut so, denn so konnte ich ihr in aller Ruhe klar machen, dass das Thema Louisa definitiv kein Thema für mich war. Allerdings wäre das gar nicht nötig gewesen, denn sie hatte überhaupt nicht die Absicht, mich mit Louisa zu verkuppeln, das Einzige, was sie will ist, dass ich mich um das Unternehmen kümmere und zwar mit dir an meiner Seite.

„Aber Jörn“, sagte ich und hielt ihn am Arm zurück, „dann wirst du nie Kinder beziehungsweise deine Mutter nie Enkelkinder haben. Kein weiterer Erbe für die Familie.“

Er sah mich an und sagte: „Also Kleines, worüber du dir alles Gedanken machst. Ja und, dann ist es halt so. Dann wird vielleicht Paulas Sohn das später übernehmen oder wenn

224

nicht, dann muss es halt irgendwann einmal verkauft werden. Das wird man sehen."

„Paula hat einen Sohn?", fragte ich erstaunt.

Er lachte und sagte: „Ja, einen Sohn und eine Tochter. Und wenn ihr Mann sie endlich überreden kann, dann bekommen sie vielleicht auch noch ein weiteres Kind, denn mein Schwager wünscht sich das sehr. Und jetzt komm!"

Er bot mir noch einmal seinen Arm an und ich hängte mich bei ihm ein. Auf dem Weg zurück erklärte mir Jörn alles, was es um uns herum zu sehen gab. Wo er als Kind mit Paula gespielt und wo er mit Freunden ein Baumhaus gebaut hatte. Es gab so Einiges, was er aus seiner Lausbubenzeit zu erzählen hatte und ich musste über so manches lächeln. Und so kamen wir dann auch tatsächlich lachend bei der Terrasse an.

Seine Mutter kam uns sofort entgegen, als sie uns hörte und nahm mich am Arm: „Und, Denise, geht es dir wieder gut?", fragte sie leicht besorgt.

„Na ja", antwortete ich, „ich bin jetzt auf jeden Fall etwas schlauer als vorher, ob es mir aber damit besser geht, weiß ich noch nicht."

Sie sah zu Jörn hin und sagte leicht vorwurfsvoll: „Hast du nicht mit ihr gesprochen?"

Doch bevor er etwas dazu sagen konnte, legte ich meine Hand auf ihren Arm und sagte: „Doch, Signora, das hat er."

„Ach", sagte sie, „lass doch dieses dumme ,Signora' sein, sag Leonore zu mir, du gehörst doch jetzt zur Familie." Damit nahm sie mich in den Arm und herzte mich.

Als sie mich wieder losgelassen hatte, drehte sie sich zu Jörn um und drohte mit erhobenem Zeigefinger: „Und du mein lieber Sohn …"

Aber sie kam nicht dazu weiterzusprechen, denn Jörn nahm sie lachend in den Arm und sagte: „Oh, Mamutschka, du bist doch die Beste", und gab ihr einen Kuss.

Ich freute mich sehr, das zu sehen, denn es zeigte, dass sich das Verhältnis zwischen den beiden wieder entspannt hatte und das tat vor allem Jörn gut.

Leonore nahm uns beide an die Hand und ging mit uns zum Tisch, wo die Großeltern saßen. Sie hielt meine Hand ganz fest und sagte: „Ihr Lieben, das ist unsere Denise."

Die Oma stand schwerfällig auf und begrüßte mich herzlich. Dann machte sie ein paar Schritte auf Jörn zu und sagte:

„Mein Junge, ich freue mich für dich", dabei versuchte sie ihn in den Arm zu nehmen, was bei ihrer Körpergröße nicht ganz einfach war, denn sie war ein kleines, zerbrechliches Frauchen. Der Opa versuchte auch aufzustehen, aber er kam nicht hoch, obwohl er es mehrfach versuchte, deshalb ging ich zu ihm hin und reichte ihm die Hand. Er nahm sie und tätschelte darauf herum, dabei lächelte er mich freundlich an. Jörn kam zu uns und Opas Augen fingen an zu leuchten, als er seinen Enkel sah.

„Mein Junge", sagte er, „wie lange ist es her, dass wir hier zusammengesessen haben?", fragte er.

„Oh", sagte Jörn, „das ist wirklich schon eine ganze Weile her.

„Ja", sagte der Opa weiter, „und wenn du als schon mal hier warst, dann hast du dich mit deinem Vater gestritten."

Da mischte sich Leonore ein und sagte: „Ja, aber das ist nun vorbei, denn es gibt keinen Grund mehr für einen Streit, weil …" Sie machte eine kleine Pause und schaute zu Jörn, „weil Jörn unser Unternehmen in Zukunft führen wird."

Jörn sah seine Mutter an und sagte: „Moment mal Mamutsch, so habe ich das nicht gesagt. Ich habe nur gesagt, dass ich darüber nachdenken werde, aber darüber möchte ich zuerst mit Denise sprechen."

Leonore sah uns an und ihr Blick blieb an mir hängen. „Ja, aber warum sollte denn Denise etwas dagegen haben?", fragte sie.

Jörn sagte: „Mamutsch, ich weiß eben nicht, ob sie etwas dagegen hat und deswegen möchte ich mit ihr darüber sprechen, bevor ich eine Entscheidung treffen kann. Und wenn sie nicht möchte, dass ich die Leitung hier übernehme, dann werden wir eben eine andere Lösung finden müssen", dabei sah er lächelnd zu mir hin.

Ich fühlte mich mehr als unbehaglich, denn alle Augen waren auf mich gerichtet und in meinem Kopf ging schon wieder alles drunter und drüber. Ich hatte gerade verstanden, dass Jörn die Zukunft seiner Familie von meiner Entscheidung abhängig machte. Damit fühlte ich mich gerade etwas überfordert und ich sah ziemlich hilflos zu ihm hin. Er erkannte zum Glück gleich das Dilemma, in dem ich mich befand und kam sofort zu mir, um mich in den Arm zu nehmen.

„Mach dir keine Sorgen, Kleines, darüber sprechen wir einmal ganz in Ruhe, das muss nicht heute sein. Ich denke, ich habe dein Leben heute genug durcheinandergebracht und das sollte erst einmal reichen."

Ich sah Jörn dankbar an, dass er mich aus dieser Situation gerettet hatte.

„Gut", hörte ich plötzlich Leonore hinter uns sagen, „ich glaube Jörn hat Recht. Wir müssen nichts überstürzen!"

Damit war das Thema vorerst erledigt, denn Leonore entschied, dass es Zeit zum Essen war. Sie verschwand im Haus und kam kurz danach mit einer Hausangestellten zurück, die ein Tablett mit Besteck auf einen Nebentisch stellte. Dann verschwand sie wieder im Haus. Ich war ein paar Schritte zum Rand der Terrasse gegangen und sah in den Garten. Jörn kam zu mir, blieb hinter mir stehen und legte seine Hand auf meine Schulter.

Er küsste mich in den Nacken und fragte: „Gefällt es dir hier?"

Ich wusste nicht, ob er damit den Blick in den Garten meinte oder das Anwesen.

Ich drehte mich zu ihm um und sagte: „Das weiß ich noch nicht, denn ich fühle mich im Moment ziemlich überrollt und bekomme meine Gedanken nicht geordnet, und daran bist du nicht ganz unschuldig, mein Lieber."

Dabei zog ich ihm sein T-Shirt am Hals etwas zusammen, so als ob ich ihn erwürgen wollte.

Er beugte sich zu mir und drückte mich mit seinem Körpergewicht nach hinten, sodass ich rücklings über dem Terrassengeländer hing. Damit war ich in einer ziemlich ausweglosen Situation. Sein lachendes Gesicht kam meinem immer näher, bis sich unsere Lippen berührten. Gleichzeitig legte er seinen Arm um meine Taille und zog mich mit einem kleinen Ruck zu sich hin. Ich hing in seinen Armen wie ein nasser Sack und war darum bemüht, mein Gleichgewicht zu halten, denn durch diesen Ruck, mit dem er mich vom Geländer weggezogen hatte, war ich etwas außer Balance geraten. Aber er hielt mich so fest umschlungen, dass ich nicht fallen konnte.

„Willst du mich umbringen?", fragte er lachend und wirbelte mich herum.

„Na, das überlege ich mir noch", antwortete ich ebenfalls lachend.

Da hörten wir plötzlich Leonores Stimme aus dem Hintergrund: „Tja, mein lieber Sohn, das hast du dir selbst zuzuschreiben. Da kannst du dich auf etwas gefasst machen. Die Rache einer Frau, sag ich da nur!" Dabei zwinkerte sie mir lächelnd zu.

„Oje", sagte Jörn stirnrunzelnd, „da habe ich mir ja etwas Schönes eingebrockt. Wie kann ich das nur je wieder gutmachen?"

Dabei machte er so ein zerknirschtes Gesicht, dass ich lachen musste. Auch Leonore lachte im Hintergrund. Dann rief sie uns zum Essen. Wir gingen zurück zum Tisch, der in der Mitte der Terrasse stand, und setzten uns. Plötzlich kam Paula aus dem Haus und hatte ihre beiden Kinder im Schlepptau.

„So, Denise", sagte sie, „jetzt lernst du auch noch meine beiden Rabauken hier kennen. Das sind Nora und Tino." Und zu den beiden gewandt sagte sie: „Könnt ihr euch jetzt einmal benehmen? Sagt Hallo zu Denise!"

Sie kamen beide zu mir und begrüßten mich. Aber kaum hatten sie ihre Pflicht erfüllt, rannten sie wieder lachend davon. Sie waren total übermütig, bis Leonore eingriff und die beiden dazu verdonnerte, sich jetzt ordentlich an den Tisch zu setzen, da das Essen serviert wurde. Es war eine angenehme, kleine Gesellschaft und es ging auch ziemlich lustig zu. Paulas Kinder plapperten munter drauflos und die Erwachsenen amüsierten sich an den beiden. Es waren ziemlich lebhafte Kinder und sie hatten viel zu erzählen. Aber das war nicht schlimm. Ganz im Gegenteil, das muntere Kindergeplapper entspannte die Situation etwas.

Als dann das Dessert serviert wurde, fragte Leonore Jörn, welches Zimmer für uns hergerichtet werden sollte. Ich verstand nicht ganz, wie sie das meinte, aber Jörn drehte sich zu mir um und fragte: „Wollen wir hier übernachten?"

Ich sah ihn mit großen Augen an und sagte: „Das geht nicht, ich muss morgen arbeiten."

„Wann?", fragte er.

„Ich habe Spätschicht", antwortete ich.

„Na, dann könnten wir doch hier bleiben und morgen früh zurückfahren. Das würde doch noch reichen, oder?" Er sah mich fragend an.

Ich überlegte kurz und sagte: „Na ja, zeitmäßig würde es ja tatsächlich reichen, aber…"

„Was aber?", fragte er liebevoll.

Ich kam mir wieder einmal vor wie in einer Mausefalle. Alle schauten mich an und erwarteten eine Antwort von mir. Leonore legte sich mächtig ins Zeug, um mir das Bleiben schmackhaft zu machen. Für sie war das heute natürlich ein besonderer Tag, denn Jörn war zum ersten Mal seit langer Zeit wieder einmal zu Hause und sie wollte ihn wohl so lange wie nur irgend möglich da behalten.

Deshalb sagte ich: „Na gut, dann lass uns hier übernachten."

Jörn strahlte mich an. Leonore freute sich noch mehr und fragte noch einmal, welches Zimmer hergerichtet werden sollte.

„Meines", sagte er.

Sie sah ihn etwas erstaunt an, denn damit hatte sie wohl nicht gerechnet. Dann aber lächelte sie, nahm ihn in den Arm und gab ihm einen Kuss. Irgendwie war es, als wenn damit ihre Versöhnung abgeschlossen und jetzt wieder alles beim Alten war. Jörn nahm seine Mutter in den Arm und Leonore machte einen sehr zufriedenen Eindruck.

Nachdem das Dessert abgeräumt war, nahm Jörn mich an der Hand und sagte: „Komm, lass uns ein paar Schritte gehen."

Ich stand auf und folgte ihm. Leonore sah uns an und lächelte.

Und Paula rief uns hinterher: „Ciao, ihr beiden!"

Ich drehte mich zu ihr um und schaute sie fragend an.

Sie sagte: „Na, wenn ihr beiden wiederkommt, sind wir nicht mehr da."

Ich wunderte mich etwas darüber, denn woher wollte sie wissen, wie lange wir wegbleiben würden?

Jörn winkte ihr zu und sagte: „Ciao, Schwesterchen!"

Dann verließen wir die Terrasse über die Treppe zum Garten und ich dachte schon, Jörn wollte noch einmal zum Gartenhaus gehen. Aber er lenkte mich in die entgegengesetzte Richtung. Auch hier war der Garten wunderschön angelegt und ich wusste nicht, wohin ich zuerst schauen sollte. Irgendwann war er zu Ende und wir waren mitten im Weinberg. Jörn erklärte mir, welche Rebsorten das waren und welcher Wein daraus gemacht wurde. Er wusste wahnsinnig viel über Wein und man merkte es ihm an, dass er ganz in seinem Element war.

Ich musste lächeln, als er so am Erzählen war und er fragte leicht verunsichert: „Was ist?"

Ich hing mich in seinen Arm ein und sagte: „Man merkt, dass du mit Leib und Seele bei der Sache bist und dass dir das wirklich etwas bedeutet."

„Ja", sagte er, „das tut es. Ich war schon von klein auf immer mit meinem Vater hier draußen und er hat mir alles beigebracht. Ich habe in meinem ganzen Studium nicht halb so viel gelernt wie bei meinem Vater. Das hier", und er machte eine Handbewegung, die das ganze Gebiet, das vor uns lag, beschrieb, „war sein Baby. Dafür hat er gelebt."

Ich ließ meine Augen über den Weinberg schweifen, und soweit ich sehen konnte, gab es nur Reben. Es war eine gigantische Anbaufläche. Und dann kam ja noch die andere Seite dazu, die ich auf dem Weg hierher gesehen hatte.

Ich sah Jörn an und sagte: „Es ist auch dein Baby, nicht wahr? Du würdest die Arbeit deines Vaters gerne weiterführen."

Er sah mich an und wurde sehr ernst.

Dann sagte er: „Ja, aber nur, wenn du das auch möchtest, Kleines."

„Und wenn nicht?", fragte ich.

„Dann werde ich das nicht machen", antwortete er.

„Ja, aber das ist doch deine Welt. Ich sehe doch, wie sehr dein Herz daran hängt", sagte ich.

„Nein", antwortete er, „du bist meine Welt und nicht ein paar Weinreben."

Ein paar, dachte ich, ja, das war gut. Ich wollte nicht wissen, wie viel tausend Stück das waren, die ich hier sehen konnte.

„Jörn", sagte ich, „du weißt, dass ich nur für die Saison hier bin und die neigt sich langsam, aber sicher dem Ende entgegen. Und danach werde ich auf jeden Fall zuerst einmal nach Deutschland zurückkehren."

„Dann komme ich mit", sagte er, „das ist doch ganz einfach."

Ich sah ihn erstaunt an und fragte: „Ist das dein Ernst?"

„Natürlich", antwortete er.

„Und wer kümmert sich in der Zwischenzeit um das hier?", fragte ich.

„Na unsere Verwalter, die haben das bisher auch getan", antwortete er lächelnd. Ich sah ihn mit großen Augen an und er sagte: „Kleines, auch wenn ich die Geschäftsführung hier übernehmen sollte, kann ich mich nicht um alles selber kümmern, dafür ist es wirklich zu groß. So viele Stunden hat der Tag nicht, dass das reichen würde. Das war auch bei meinem Vater schon so. Er hat sich im Laufe der Jahre gute Leute ausgebildet, auf die wir uns hundertprozentig verlassen können."

„Und du würdest wirklich mit mir nach Deutschland kommen?", fragte ich ihn noch einmal.

„Ja, glaubst du mir das denn nicht?", fragte er zurück und hielt mich dabei am Arm fest, sodass wir stehen blieben.

„Na ja, glauben ist so eine Sache!", antwortete ich. „Das, woran ich denke, hat nichts mit glauben zu tun, sondern ich weiß einfach nicht, ob du dir darüber bewusst bist, was das für dich bedeuten würde, wenn du mit mir nach Deutschland kommst."

Er sah mich verständnislos an und fragte: „Wie meinst du das?"

„Ach Jörn", sagte ich leicht genervt, „du weißt doch ganz genau, was ich meine. Ich lebe in Deutschland in einer kleinen Wohnung auf dem Land und ich arbeite als Kellnerin. Und du bist ein Leben gewohnt, das Lichtjahre von meinem entfernt ist. Glaubst du wirklich, dass du da glücklich werden könntest?"

„Das weiß ich nicht", antwortete er, „aber um das herauszufinden, müssen wir das eben ausprobieren. Ich habe noch nie in Deutschland gelebt und ich weiß nicht, wie das Leben dort ist, aber ich weiß, dass es in erster Linie ein Leben mit dir sein wird, das mich glücklich macht und nicht irgendein Land. Wir können leben, wo immer du willst, meinetwegen auch in Australien."

„Bring mich nicht auf dumme Gedanken", sagte ich lachend mit erhobenem Zeigefinger, „da wollte ich schon immer einmal hin."

„Na, dann Signora, auf nach Australien", ging er darauf ein.

„Jörn, hör auf mit dem Blödsinn", sagte ich, „ich habe im Moment gerade andere Probleme."

„Mich", sagte er und sah mich fragend an.

„Ja, verdammt noch mal, du bist mein Problem", sagte ich. Während wir redeten, waren wir wieder ein paar Schritte gegangen, aber jetzt blieb er ziemlich abrupt stehen und sagte:

„Kleines, was ist denn für dich so schlimm daran, dass ich nicht arm bin?", fragte er und versuchte mich zu umarmen, aber ich wehrte ihn ab und sagte: „Verdammt noch mal, darum geht es doch überhaupt nicht. Ich liebe dich, ob du nun arm oder reich bist, aber…"

Er unterbrach mich mitten im Satz und sagte: „Kannst du das bitte noch einmal sagen?"

Ich war völlig irritiert und wusste gerade nicht, was er von mir wollte. Er stellte sich ganz nah vor mich, hob mein Gesicht leicht an, sodass ich ihm direkt in die Augen schauen konnte und sagte: „Das mit dem - ich liebe dich -, das hast du so direkt noch nicht so oft gesagt."

Ich sah ihn etwas nachdenklich an und musste feststellen, dass er damit nicht so Unrecht hatte. Ich hatte ihm das wirklich noch nicht so oft gesagt. Diese Erkenntnis trieb mir ein Lächeln ins Gesicht.

Ich legte meine Arme um seinen Hals, zog sein Gesicht zu mir herunter und sagte: „Ich liebe dich, du Oberchaot und genau das ist mein Problem."

„Was auch immer du damit meinst ...", antwortete er.

Er strahlte über das ganze Gesicht, und bevor ich auch nur ein weiteres Wort dazu hätte sagen können, küsste er mich. Ich hatte Gänsehaut am ganzen Körper und ich wusste in diesem Moment, dass ich mir ein Leben ohne ihn nicht mehr vorstellen konnte. Ich hatte zwar momentan keine Ahnung, wie wir das hinbekommen sollten, aber das war mir auch gerade total egal. Es war ein wahnsinnig schönes Gefühl ihm so nahe zu sein und von ihm geküsst zu werden. Vielleicht hatte er ja Recht und ich machte mir wirklich zu viele Gedanken über alles und sollte die ganze Sache ein wenig entspannter sehen. Aber das war leichter gesagt als getan. Diese Größenordnung hier machte mir einfach Angst. Aber gut, ich wollte momentan nicht weiter darüber nachdenken. Ich wollte das hier jetzt einfach mit ihm genießen, denn ich merkte, dass es ihm Freude bereitete, mir hier seine Welt zu zeigen und ich wollte ihm diese Freude nicht mit meinen Zweifeln zerstören. Ich lehnte mich an seine Schulter und er reagierte sofort.

„Was ist los, Kleines?", fragte er.

Ich sah ihn an und sagte: „Nichts, ich liebe dich eben."

Er lächelte und zog mich an sich. Eng umschlungen gingen wir weiter durch den Rebberg und es war wieder einmal sehr schön, ihn so nahe zu spüren.

Wir gingen eine ganze Weile schweigend nebeneinander her und jeder schien seinen Gedanken nachzuhängen. Dieses Anwesen hier schien kein Ende zu nehmen, denn egal wie lange wir auch gingen, es gab überall um uns herum nur Wein. Plötzlich tauchte vor uns auf dem Hügel gegenüber ein Haus auf. Ich blieb stehen und fragte Jörn, was das ist und er sagte lachend: „Da wohnt Louisa."

Ich schaute ihn an und fragte: „Diese Louisa?", und er antwortete: „Ja, diese Louisa."

„Oh", sagte ich, „da hast du es ja nicht so weit zu ihr."

„Und was sollte ich da?", fragte er schmunzelnd.

„Na, das wollen wir jetzt nicht vertiefen", antwortete ich ebenfalls lächelnd.

„Vertiefen würde ich jetzt lieber etwas anderes", flüsterte er mir zärtlich ins Ohr.

Bevor ich dazu etwas sagen konnte, wurden wir durch lautes Rufen aufgeschreckt. Von weitem sahen wir, wie ein Mann auf einem Pferd in atemberaubendem Tempo auf uns zugeritten kam und schrie: „Signore, Signore kommen Sie schnell, ein Unfall!"

Als er bei uns ankam, war er ganz außer Puste und stammelte nur: „Signor Lorenzo… hinten bei der Scheune", dabei deutete er in die entsprechende Richtung.

Jörn fragte nicht mehr lange, sondern nahm mich an der Hand und wir rannten los. Ich merkte ziemlich schnell, dass er sich hier auskannte, wie in seiner Westentasche, denn wir nahmen eine Abkürzung nach der anderen und waren so lange vor dem Mann mit dem Pferd an der Unfallstelle. Es bot sich ein Bild des Grauens. Auf dem Boden lag ein blutüberströmter Mann, der sich nicht bewegte und um ihn herum standen einige Menschen, denen das Entsetzen in das Gesicht geschrieben stand. Jörn ließ mich los und warf sich neben den Mann auf den Boden.

„Oh, mein Gott, Lorenzo", hörte ich ihn sagen. Er legte seine Finger an seinen Hals, um den Puls zu fühlen und war etwas erleichtert, als er ihn fand. Er drehte sich zu der Gruppe Menschen um und fragte, ob schon jemand einen Krankenwagen angefordert hatte. Jemand aus der Gruppe bejahte das, aber das schien Jörn nicht zu genügen, denn er zog sein Handy aus der Tasche und wählte eine Nummer. Als sich am anderen Ende jemand meldete, gab er anscheinend irgendwelche Anweisungen, aber er sprach dabei so schnell Italienisch, dass ich kein Wort verstand.

Als er aufgelegt hatte, fragte er in die Runde: „Hat schon jemand Matilda benachrichtigt?"

Alle schüttelten nur stumm den Kopf. Er wählte noch einmal eine Nummer in seinem Handy und sprach mit Lorenzos Frau. Auch hier verstand ich kein Wort, aber ich merkte auch so, wie angespannt die Situation war. Nachdem er aufgelegt hatte, sagte er zu einem Mann aus der Gruppe der herumstehenden Menschen: „Nimm den Jeep und hole Matilda ab, los schnell."

Der nickte mit dem Kopf und sagte: „Si, Signore", drehte sich auf dem Absatz um und rannte weg.

Ich stand völlig verzweifelt daneben und wusste nicht, was ich tun sollte. Lorenzo lag blutend am Boden und war nach wie vor ohne Bewusstsein. Er sah aus wie tot. Jörn rannte in die Scheune und kam kurz danach mit einem Verbandskasten zurück. Als ich das sah, legte sich meine Schockstarre und ich kniete mich zusammen mit ihm neben Lorenzo auf den Boden. Jörn riss den Verbandskasten auf und suchte wild darin herum. Wir mussten versuchen, diese Blutung an seinem Kopf zu stoppen, aber ich traute mich auch nicht ihn irgendwie zu bewegen, denn ich hatte Angst ihn noch mehr zu verletzen. Jörn hatte den Inhalt aus dem Verbandskasten auf dem Boden verteilt. Ich schnappte mir ein paar Gummihandschuhe, zog sie an, packte zwei Mullbinden aus und drückte sie vorsichtig auf die blutende Kopfwunde. Ich nahm noch eine weitere, legte sie auf die beiden anderen und bat Jörn, mir einen Pflasterstreifen abzuschneiden. Den klebte ich dann mit ziemlichem Druck über die Binden.

Jörn sah mich erstaunt an und meinte: „An dir ist ja eine Krankenschwester verlorengegangen.

„Nee", antwortete ich, „aber ich bin Mutter von drei Kindern."

Er lachte.

Plötzlich hörte man das Geräusch eines Hubschraubers. Ich sah Jörn an und fragte: „Hast du den bestellt?"

Er antwortete: „Ja, natürlich. Lorenzo muss so schnell wie möglich in ein Krankenhaus."

Das war zwar absolut richtig, aber ich hatte eben mit einem Krankenwagen gerechnet. Der Hubschrauber landete in einiger Entfernung und zeitgleich fuhr der Jeep, der Matilda abgeholt hatte, auf den Hof. Sie stieg aus und kam zu uns gelaufen. Jörn fing sie ab und hielt sie fest.

„Beruhige dich, Matilda", sagte er, aber sie war völlig außer sich.

Die Rettungskräfte eilten herbei und kümmerten sich um Lorenzo.

„Matilda, bitte", sagte Jörn, „lass die Leute ihre Arbeit machen, du kannst im Moment nichts für Lorenzo tun."

Das sah sie wohl ein, denn sie beruhigte sich etwas. Die Rettungskräfte fragten, wie das denn passiert ist und einer der Männer aus der Gruppe berichtete kurz. Das genügte dann auch schon und sie begannen mit ihrer Arbeit. Man merkte, dass das ein eingespieltes Team war, in dem jeder wusste, was er zu tun hatte. Es dauerte ziemlich lange, bis Lorenzo transportfähig war. Aber irgendwann war es dann so weit und er konnte in den Helikopter gehoben werden. Matilda lief weinend neben her und war völlig durch den Wind. Sie durfte natürlich bei ihm bleiben und stieg mit ein. Wir standen alle ziemlich betroffen da, als der Hubschrauber abhob und davonflog.

Ich sah Jörn an und sagte: „Hoffentlich geht alles gut."

Er nickte und sagte: „Ja, das hoffe ich auch und das nicht nur, weil er unser Verwalter hier ist."

„Er ist euer Verwalter?", fragte ich entsetzt.

„Ja", antwortete Jörn. „Lorenzo ist einer unserer beiden Verwalter und arbeitet schon sehr lange für uns."

Ich sah Jörn an und ich glaube, er konnte meine Gedanken lesen, denn er sagte: „Du weißt, was das jetzt bedeutet?", fragte er.

„Wissen nicht", antwortete ich, „aber ich kann es mir vorstellen. Du musst jetzt hier einspringen, richtig?"

Er nickte und sagte: „Ja, das muss ich jetzt tatsächlich, ob ich will oder nicht, denn Stefano kann nicht die ganze Arbeit alleine bewältigen."

Das konnte ich natürlich verstehen, aber ich hatte auch das Gefühl, dass ihm das gar nicht so unangenehm war.

Die kleine Gruppe Menschen, die um Lorenzo herumgestanden war, löste sich so langsam auf und jeder ging wieder an seine Arbeit.

Jörn sagte: „Komm, wenn wir nun schon einmal hier sind, dann zeige ich dir auch gleich unsere Weinproduktion in der Scheune!"

Wir waren bisher so auf Lorenzo konzentriert gewesen, dass ich noch gar nicht wahrgenommen hatte, was es um mich herum denn noch so gab. Ich sah mich um und fragte mich, wo es denn hier eine Scheune sein sollte. Das Gebäude, das ich hier sah, erinnerte mehr an einen Hochsicherheitstrakt als an eine Scheune.

Ich sah Jörn fragend an: „Welche Scheune?"

Er lachte und sagte: „Na ja, Scheune ist heute vielleicht nicht mehr ganz das richtige Wort, aber früher war es einmal eine und der Name hat sich bis heute erhalten. Mein Vater hat es dann vor einigen Jahren zu dem umbauen lassen, was es heute ist. Hier wird der Wein verarbeitet, von der Pressung über die Abfüllung bis hin zur Lagerung."

Wir betraten die „Scheune" und Jörn erklärte mir die einzelnen Verarbeitungsschritte. Die Traubenernte hatte schon begonnen und es gab eine Menge zu tun. Jörn wusste einfach alles über Wein. Nicht nur, dass er mich damit beeindrucken konnte, das war ziemlich einfach, denn ich verstand davon ja überhaupt nichts, nein, er sprach auch mit einigen Mitarbeitern, die auf ihn zugekommen waren, um ihn Verschiedenes zu fragen. Auch da gab er klare Informationen und Anweisungen, sodass die Leute weiterarbeiten konnten. Ich war total fasziniert und es gefiel mir, wie er mit Menschen umging. Egal, ob das ein Vorarbeiter war oder ein kleiner Hilfsarbeiter, der an der Presse stand, er behandelte alle respektvoll und freundlich. Je länger wir durch die „Scheune" wanderten und je mehr ich zu sehen bekam, desto sicherer wusste ich, dass er hier eigentlich gar nicht mehr weg konnte, jetzt, nachdem Lorenzo ausgefallen war und das sagte ich ihm auch.

„Da hast du leider vollkommen Recht".

„Das verstehe ich auch", antwortete ich, „aber ich muss morgen nach Hause, denn ich muss arbeiten. Ich kann nicht blaumachen, das wäre meinen Kollegen gegenüber ziemlich unfair."

Er nickte und sagte: „Nein, natürlich nicht. Aber wäre es für dich in Ordnung, wenn Paula dich fährt?"

„Ja, sicher", antwortete ich, „wenn sie das machen würde."

„Wir werden sie fragen", sagte er, zog sein Handy aus der Tasche und rief Paula an. Er erklärte ihr die Situation und sie erklärte sich sofort bereit, mich zu fahren.

Damit hatten wir dieses Problem gelöst und ich sagte zu Jörn: „Dann lass uns jetzt bitte zurückgehen, mir reicht es für heute, was ich erlebt habe."

Er zog mich lächelnd in seine Arme und sagte: „Das glaube ich dir, Kleines."

Wir schlenderten eng umschlungen zurück zum Haus. Die Terrasse war leer und es war nirgendwo eine Menschenseele zu sehen. Wir betraten das Haus durch die Terrassentür, so wie ich es mit Paula getan hatte. Jörn hielt mich an der Hand und führte mich durch das halbe Haus. Es gab so viele Türen, bei denen ich keine Ahnung hatte, wohin sie führten. Ich kam mir vor wie in einem Labyrinth. Aber Jörn hielt mich fest an meiner Hand und so lief ich einfach hinter ihm her, bis wir sein Zimmer erreichten. Was auch immer ich mir darunter vorgestellt hatte, als er vorhin auf Leonores Frage, welches Zimmer wir denn wollten, geantwortet hatte: „Meines" – das hatte ich nicht erwartet. Das war kein Zimmer, das war eine

Wohnung. Es gab ein Wohnzimmer, ein Schlafzimmer, ein Badezimmer und eine eigene Terrasse.

Ich blieb mitten im Wohnzimmer stehen, sah mich um und fragte: „Das ist dein Zimmer?"

Er sah mich an, nickte und sagte: „Ja, warum, gefällt es dir nicht? Wir können auch in einem anderen schlafen, das Haus hat genug Zimmer."

Davon war ich, nach den vielen Türen, die ich gesehen hatte, hundertprozentig überzeugt.

Ich sah ihn an und sagte: „Natürlich gefällt es mir, ich hatte mir nur unter ‚meinem Zimmer' nicht so etwas Riesiges vorgestellt."

Er lachte. Ich hätte noch einiges dazu sagen können, aber ich war zu müde, um noch weiter über diese Größenordnung hier zu diskutieren. Ich wollte nur noch eines, nämlich schlafen und das sagte ich ihm auch.

Er nahm mich in den Arm und sagte: „Das verstehe ich, das muss ein schrecklicher Tag für dich gewesen sein."

„Na ja", sagte ich, „schrecklich war er ja nun nicht, aber anstrengend."

Jörn nahm mich an der Hand und führte mich ins Schlafzimmer. Er ging zu einem Schrank, öffnete die Tür und sagte stirnrunzelnd: „Also an Damennachtwäsche habe ich jetzt keine so große Auswahl, aber wenn du auch mit einem Herrenschlafanzug einverstanden wärst, damit könnte ich dienen. Ansonsten müsste ich dir etwas von Paula besorgen."

Ich musste lachen, denn er meinte das total ernst. „Quatsch", sagte ich, „gib mir ein T-Shirt von dir oder dein Schlafanzugoberteil, das reicht."

Er gab mir ein T-Shirt und ich zog es mir über den Kopf. Bei mir sah das allerdings eher nach Minikleid aus, was er lächelnd zur Kenntnis nahm. Aber das war mir im Moment alles egal, ich wollte nur schlafen und so schlüpfte ich unter die Decke. Jörn kam dazu und zog mich eng an sich. Ich kuschelte mich in seinen Arm und war in null Komma nichts eingeschlafen.

Als ich aufwachte, war es heller Morgen und die Sonne schien mir ins Gesicht. Ich drehte mich um und sah in ein leeres Bett. Nanu, dachte ich, war Jörn schon aufgestanden? Ich ging in das Badezimmer, aber auch da war er nicht.

Plötzlich klopfte es leise an die Tür und ich hörte Paula fragen: „Denise, bist du wach?"

Ich öffnete die Tür und ließ Paula herein.

„Wo ist Jörn?", fragte ich sie.

„Beruhige dich", sagte sie, „er musste schon weg, aber er wollte dich nicht wecken. Mach dir keine Sorgen, ich bringe dich nachher nach Hause. Aber jetzt zieh dich an und dann musst du zuerst einmal frühstücken."

„Oh, Gott Paula", sagte ich, „ich finde den Weg von hier zur Terrasse garantiert nicht mehr. Ich bin heute Nacht einfach nur hinter Jörn her gestolpert."

Sie lachte und sagte: „Ja, ja, unsere Festung hier. Aber das ist kein Problem, ich warte auf dich."

Ich verschwand im Badezimmer und machte mich in Windeseile zurecht. Als ich zurückkam, wollte ich noch schnell aufräumen und das Bett in Ordnung bringen, aber Paula nahm mich am Arm und sagte: „Das musst du nicht machen, das machen die Mädchen nachher."

„Die Mädchen?", fragte ich.

Sie nickte.

„Welche Mädchen?"

Sie lachte und sagte: „Na, unsere Hausangestellten. Komm jetzt!"

Bevor ich irgendetwas dazu sagen konnte, hatte sie mich an der Hand genommen und zur Tür hinausgezogen. Unterwegs begegneten wir einem „Mädchen" und Paula bestellte bei ihr das Frühstück für mich.

„Si, subito, Signora Paula", antwortete diese fröhlich und wir traten auf die Terrasse hinaus. Dort war schon eingedeckt, allerdings nur für mich.

„Isst du nichts?", fragte ich Paula.

„Ich habe schon mit meinem Mann und den Kindern gefrühstückt, aber ich trinke einen Kaffee mit dir."

Kurze Zeit später brachte „das Mädchen" das bestellte Frühstück und es war, wie alles in diesem Hause, mächtig. Mir war das fast peinlich, was da für mich alles aufgetischt wurde, denn ich hatte eigentlich gar keinen Hunger. Ich aß aus Höflichkeit eine Kleinigkeit, denn ich wollte nicht, dass man sich umsonst so viel Mühe gemacht hatte, und trank einen Saft und eine Tasse Tee. Paula trank ihren Kaffee und wir unterhielten uns.

„Ist Leonore nicht da?", fragte ich sie.

„Nein", antwortete sie, „die ist heute zu ihrer Schwester gefahren und bleibt ein paar Tage dort."

„Also sind wir alleine hier!", stellte ich fest.

„Na ja", sagte sie lachend, „alleine ist man in diesem Hause nie, dafür gibt es zu viel Personal. Aber daran wirst du dich schnell gewöhnen."

Ich sah sie an und fragte: „Warum sollte ich mich daran gewöhnen?"

„Ja, willst du denn nicht mit Jörn hier oben wohnen?", fragte sie.

Ich sah sie total überrascht an und sagte: „Nein, wie kommst du denn auf diese Idee?"

„Na ja, ich dachte", antwortete sie. „Aber ihr könnt natürlich auch unten in Jörns Appartement am See wohnen, das ist ja auch super schön."

Ich war leicht irritiert. Für Paula schien es die größte Selbstverständlichkeit zu sein, dass ich jetzt zu Jörn ziehen würde.

Ich sah sie an und sagte: „Paula, ich werde nicht zu Jörn ziehen, weder zu euch hier oben, noch in sein Appartement am See. In sechs Wochen läuft mein Arbeitsvertrag hier aus und ich gehe zurück nach Deutschland."

Sie sah mich total entsetzt und mit weit aufgerissenen Augen an und rief: „Denise, das kannst du nicht machen. Du kannst nicht gehen und Jörn hier alleine lassen, das würde ihm das Herz brechen."

Paula war völlig außer sich.

„Er wollte ja eigentlich auch mit mir kommen", sagte ich, „aber…"

Ich kam nicht dazu weiterzusprechen, denn Paula unterbrach mich mitten im Satz und fragte: „Jörn wollte mit dir nach Deutschland kommen?"

„Ja", antwortete ich, „das wollte er, aber seit Lorenzos Unfall gestern hat sich natürlich alles verändert und wir hatten noch keine Zeit gehabt, darüber zu reden. Gestern Abend war ich zu müde und jetzt ist er weg."

„Aber Denise, warum willst du denn nicht hier bei Jörn bleiben, ich denke, du liebst ihn? Gefällt es dir denn nicht bei uns?", fragte sie und es klang fast ein wenig traurig.

„Paula", sagte ich, „das ist alles nicht so einfach. Mein Leben ist in Deutschland und ich kann nicht einfach hier bleiben, auch wenn ich mich verliebt habe."

„Aber du kannst doch auch nicht von Jörn verlangen, dass er hier alles aufgibt", sagte sie.

„Das verlange ich auch nicht von ihm, Paula".

Sie sah mich ziemlich verzweifelt an und fragte: „Und wie soll das dann zwischen euch funktionieren, er hier und du in Deutschland?"

„Tja", sagte ich, „genau das ist das Problem, wo ich im Moment auch nicht weiß, ob es dafür eine Lösung geben wird."

Sie schaute mich traurig an und sagte: „Denise, ich verstehe dich wirklich nicht. Jörn kann dir das schönste Leben bieten, was du dir nur vorstellen kannst. Es wird dir an nichts fehlen. In unserem Haus hier ist genug Platz für euch. Ihr könntet in Jörns Zimmer wohnen oder wenn dir das zu klein ist, dann wo anders im Haus. Es gibt genug Platz für alle. Oder, wenn du nicht hier oben sein willst, dann könnt ihr unten am See wohnen. Auch dort ist es schön. Das Appartement von Jörn ist groß genug für euch zwei. Und selbst wenn es dir dort nicht gefallen sollte, was ich mir eigentlich nicht vorstellen kann, dann sucht ihr euch halt etwas anderes. Da hätte er bestimmt nichts dagegen. Jörn ist ein toller Mann, er wird dich auf Händen tragen."

„Du legst dich für deinen Bruder ja ganz schön ins Zeug", sagte ich lachend zu ihr.

„Weil ich will, dass er glücklich ist und das ist er mit dir. Sehr sogar."

„Hat er dir das so gesagt?", fragte ich sie.

„Das muss er gar nicht, das merke ich an seinem Verhalten, denn ich kenne ihn. Sehr gut sogar."

„Du bist ja schlimmer als eine eifersüchtige Ehefrau", sagte ich lachend.

„Ja", antwortete sie, „denn ich liebe meinen Bruder."

„Das merkt man", sagte ich, „und da haben wir zwei etwas gemeinsam."

„Ja, eben", sagte sie, „deshalb verstehe ich es ja nicht."

„Es ist alles richtig, was du sagst, Paula", gab ich zu, „und für dich ist das hier", dabei blickte ich mich um, „alles total normal. Aber denke bitte daran, dass ich erst gestern von eurer Welt hier erfahren habe."

„Kannst du denn nicht verstehen, dass Jörn nicht gleich mit der Tür ins Haus gefallen ist?", fragte sie aufgeregt.

Ich legte beschwichtigend meine Hand auf ihren Arm und sagte: „Doch, das kann ich absolut verstehen, aber trotzdem ist die Situation für mich sehr ungewohnt. Und bevor du mich jetzt hier noch festbindest, damit ich bleibe, lass uns fahren."

„Das mit dem Festbinden ist gar keine schlechte Idee", sagte sie lachend und stand auf.

Ich nahm meine Tasche und wir gingen zu Paulas Auto. Ich hatte eigentlich damit gerechnet, dass sie mir jetzt die Fahrt über mit meinem Hierbleiben in den Ohren liegen würde, aber dem war nicht so. Sie erzählte mir von ihrem Mann Ronny, den ich bisher noch nicht kennengelernt hatte und von ihren Kindern. Es entwickelte sich eine angeregte Unterhaltung und wir hatten viel zu lachen. Die Straße schob sich den Berg hinunter und Paula bewältigte diese kurvenreiche Strecke sicher und souverän. Von Weitem sahen wir ein Auto auf uns zukommen und Paula bremste sofort unsere Fahrt ab, um sich rechts an den Fahrbahnrand zu drücken, damit beide Fahrzeuge aneinander vorbei kamen. Der andere machte allerdings überhaupt keine Anstalten auf die Seite zu fahren, sondern kam mit Lichthupe direkt auf uns zu und zwang uns zum Anhalten.

Ich wollte schon los schimpfen, aber Paula neben mir lachte und sagte: „Das ist für dich", und deutete mit der Hand geradeaus zu dem Auto.

Ich verstand zuerst nicht was sie meinte, bis Jörn ausstieg. Er kam sofort auf meine Seite, und da ich das Fenster schon geöffnet hatte, steckte er seinen Kopf hindurch und sagte: „Guten Morgen, die Damen", und gab mir einen Kuss.

„Hast du gut geschlafen, Kleines?", fragte er mich liebevoll.

„Ja", sagte ich, „das habe ich. Allerdings war ich etwas überrascht, in einem leeren Bett aufzuwachen."

„Das tut mir leid, aber ich musste schon früh los und ich wollte dich nicht wecken", sagte er.

Paula saß lächelnd auf ihrem Sitz und hörte uns zu. Dann fragte sie Jörn: „Warst du bei Lorenzo?"

Er nickte und antwortete: „Ja, ich komme gerade aus dem Krankenhaus."

„Und wie geht es ihm?", fragte ich.

„Leider nicht sehr gut", antwortete Jörn. „Er hat sich bei dem Sturz an der Wirbelsäule verletzt und man weiß noch nicht, wie schlimm das ist beziehungsweise was das für Auswirkungen haben wird. Nur eines ist auf jeden Fall sicher, nämlich, dass er für längere Zeit ausfallen wird."

„Ist Matilda bei ihm?", fragte Paula.

„Ja", antwortete Jörn, „Matilda ist die ganze Zeit bei ihm. Ihre Schwester ist gestern noch gekommen und versorgt die Kinder, sodass sie die ganze Zeit im Krankenhaus bleiben kann."

„Oh, das ist gut", sagte Paula und ich nickte zustimmend.

Jörn sagte: „Ich muss weiter, Stefano wartet oben auf mich." Und zu mir gewandt sagte er: „Ich ruf dich an." Dann drückte er mir noch einmal einen Kuss auf den Mund und ging zurück zu seinem Auto oder welches Auto das auch war. Es war auf jeden Fall nicht das, mit dem er normalerweise unterwegs war.

„Oje", sagte Paula, nachdem er weg war, „das hört sich nicht so gut an und da musste ich ihr voll und ganz zustimmen, denn das sah ich genauso. Dabei sah sie mich an und ich wusste genau, was sie jetzt dachte, nämlich dass Jörn hier wohl ziemlich lang eingespannt sein würde und garantiert nicht mit mir nach Deutschland kommen konnte. Das war mir in diesem Moment auch total klar geworden.

Wir fuhren weiter und Paula brachte mich sicher nach Hause. Dort verabschiedeten wir uns und sie sagte nur: „Denk nach über das, was ich dir gesagt habe. Du kannst ihn jetzt nicht alleine lassen." Ich nickte und ging.

Während ich das Haus betrat und zu meiner Wohnung hinauf fuhr, dachte ich darüber nach und ich wusste, dass ich eine Entscheidung treffen musste. Was sollte ich nur tun? Ich liebte Jörn wirklich und er war ein toller Mann, aber war ich wirklich bereit, dafür mein ganzes Leben in Deutschland aufzugeben? Ich wusste im Moment nicht, wo mir der Kopf stand. Ein Blick auf die Uhr zeigte, dass ich in zwei Stunden arbeiten musste, deshalb beschloss ich jetzt zuerst einmal unter die Dusche zu gehen. Danach zog ich mir gleich meine schwarze Arbeitshose an. Als ich fertig war, hatte ich noch immer über eine Stunde Zeit, und ich wusste nicht, was ich machen sollte. Egal, wohin ich in der Wohnung ging oder was ich tat, ich bekam die Gedanken an Jörn und die verzwickte Situation nicht aus meinem Kopf, deshalb entschied ich mich dafür, an den See hinunter zu gehen, in der Hoffnung dort ein wenig Ruhe zu finden. Ich setzte mich in eines der Straßencafés und blickte hinaus auf das Wasser. Es war wie immer für mich ein bezaubernder Anblick, aber zur Ruhe kam ich nicht, im Gegenteil. Je länger ich darüber nachdachte, desto nervöser wurde ich. Ich hielt es nicht mehr aus, hier herumzusitzen, deshalb bezahlte ich und ging noch ein paar Schritte am See entlang, bis ich dann an meinem Arbeitsplatz ankam. Ich sah schon beim Hinlaufen, dass die Terrasse komplett belegt war und meine Kolleginnen alle Hände voll zu tun hatten. Hannelie kam gerade mit einem Tablett voller Gläser herein, als ich das Hotel betrat.

Im Vorbeigehen rief sie mir ein kurzes: „Hallo, Denise", zu und verschwand in der Küche.

Ich ging schnell nach oben und zog mich um. Als ich frisch gestylt wieder nach unten kam, lief ich geradewegs Hannelie in die Arme.

Ich machte wohl keinen sehr glücklichen Eindruck, denn sie fragte sofort: „Hey, alles klar bei dir? Sag jetzt bitte nicht, dass dein Sonntag gestern an deiner Laune schuld ist."

„Ich habe keine Laune", antwortete ich, „ich habe ein Problem."

„Lass mich raten", sagte sie, „Jörn?"

Ich nickte stumm und sie sagte: „Wir reden später", und rannte wieder nach draußen auf die Terrasse.

Ich ging nach vorne, begrüßte meine anderen Kolleginnen und sah auf dem Dienstplan nach, in welcher Station ich eingeteilt war. Es war die linke Seite und das hieß, dass ich Hannelies Station übernehmen musste. Ich wollte gerade nach draußen, als sie wieder hereinkam. Sie blieb vor mir stehen und fragte: „Wann hast du diese Woche frei?"

„Mittwoch und Donnerstag", antwortete ich.

„Das passt", sagte sie, „ich habe Dienstag und Mittwoch. Wir sehen uns am Mittwoch, da kann dein Jörn machen, was er will."

Ich musste lachen und sagte: „Keine Angst, der kann sowieso nicht hier sein."

„Wieso denn das?", fragte sie.

Doch bevor ich etwas darauf hätte sagen können, winkte sie ab und sagte: „Erzähl es mir am Mittwoch, wir haben jetzt eh keine Zeit."

Damit hatte sie leider Recht. Da draußen steppte der Bär und die Kolleginnen konnten Unterstützung gut gebrauchen, deshalb machte ich mich an die Arbeit.

Es wurde ein sehr langer und anstrengender Abend und ich war froh, als er zu Ende war. Ich schlenderte am See entlang in Richtung nach Hause und es war schon weit nach Mitternacht, als ich dort ankam. Lustlos schleuderte ich meine Schuhe in die Ecke und warf meine Tasche auf die Kommode. Ich nahm nur mein Handy heraus und ging ins Wohnzimmer. Dort ließ ich mich in den Schaukelstuhl fallen und schaute nach, ob irgendjemand etwas von mir wollte. Und siehe da, es gab eine Nachricht von Jörn.

„Hatte einen anstrengenden Tag. Schlaf gut, Kleines. Ich liebe dich."

Jetzt war das Drama perfekt. Ich saß im Schaukelstuhl, hatte mein Handy in der Hand und mir liefen die Tränen über das Gesicht. Was sollte ich nur tun? Nachdem ich mich wieder einigermaßen beruhigt hatte, ging ich ins Bett, aber ich schlief nicht besonders gut in dieser Nacht und entsprechend unausgeschlafen war ich am nächsten Morgen. Zum Glück hatte ich heute auch Spätschicht und dementsprechend noch den halben Tag Zeit, um fit zu werden, bevor ich zur Arbeit gehen musste. Ich war total lustlos und wusste nichts mit mir anzufangen. Meine Gedanken gingen heute da weiter, wo sie gestern aufgehört hatten. Ich dachte wieder an unsere Situation und daran, dass ich in ein paar Wochen eine Entscheidung treffen musste. Aber egal, wie lange ich auch darüber nachdachte, ich wusste nicht, was ich tun sollte. Ein Leben ohne Jörn wäre trist und leer. Aber wäre es das ohne meine Familie und meine Freunde nicht auch? Oh, mein Gott, warum musste das Leben auch immer so kompliziert sein?, dachte ich. Ich verbrachte den ganzen Tag in meiner Wohnung, ohne auch nur irgendetwas Sinnvolles getan zu haben und ging dann zur Arbeit. Es war, genau wie gestern auch, sehr viel los und ich musste mich sehr konzentrieren. Das fiel mir heute mit meinem dusseligen Kopf besonders schwer und ich war froh, als auch dieser Abend vorbei war und ich nach Hause gehen konnte. Ein Blick auf mein Handy zeigte mir, dass Jörn mir wieder eine nette Nachricht geschickt hatte.

Aber es gab auch noch eine zweite und diese war von Hannelie. „Wann wollen wir uns morgen treffen?" - stand da.

„Um 14 Uhr", schrieb ich zurück.

„Zu spät", kam die Antwort, „ich platze fast vor Neugierde."

Ich wollte gerade schreiben: „Na, gut, dann halt schon um zwölf", als mein Handy klingelte und sie dran war.

„Denise", sagte sie, „das kannst du nicht machen."

„Was?", fragte ich.

„Na, mich so lange warten lassen", sagte sie gespielt ernst. „Das kannst du nicht bringen."

„Wie lange hältst du es denn noch aus?", fragte ich lachend.

„Eigentlich gar nicht mehr", kam die Antwort, „aber ich weiß, dass ich mich bis morgen gedulden muss, oder hast du jetzt noch Lust, bei mir vorbeizukommen?"

„Oh, nein", sagte ich, „sorry, aber ich bin schon zu Hause und vor allem total erledigt. Die letzten beiden Arbeitstage waren anstrengend und die Nacht dazwischen habe ich nicht wirklich geschlafen, ich muss ins Bett."

„Ja, klar, verstehe ich", sagte sie. „Wollen wir uns morgen zu Mittag bei mir treffen? Dann können wir überlegen, was wir machen." Das klang gut und so verabredeten wir uns für zwölf Uhr am nächsten Tag.

Nach diesem kurzen Telefonat mit Hannelie wollte ich nur noch schlafen und so ging ich sofort ins Bett. Im Gegensatz zu der letzten Nacht schlief ich sofort ein und auch durch bis zum nächsten Morgen. Es war kurz nach zehn, als ich aufwachte und ich fühlte mich heute wesentlich besser, als am vergangenen Tag nach dem Aufwachen. Ich ging unter die Dusche und ließ das warme Wasser über meinen Körper laufen. Es war herrlich und ich fühlte mich danach wie neu geboren. Ich zog mich an und machte mich auf den Weg zu Hannelie. Als sie mir öffnete, kam mir leckerer Essensgeruch entgegen.

Ich sah sie verwundert an und fragte: „Hast du seit neuestem ein Kochstudio, von dem ich noch nichts weiß?"

Sie lachte, nahm mich an der Hand und zog mich nach drinnen. „Nein", sagte sie, „das nicht gerade, aber ich habe uns etwas zu essen gemacht. Komm rein!"

Ich war überrascht, denn damit hatte ich jetzt nicht gerechnet. Normalerweise gingen wir irgendwo unten am See essen, zu Hause hatten wir das noch nie gemacht.

Hannelie hatte auf ihrem Balkon schon den Tisch für uns gedeckt und alles vorbereitet.

Sie sagte: „Setz dich, ich komme gleich", und verschwand in der Küche.

Ich setzte mich an den kleinen Balkontisch und wartete auf sie. Es dauerte auch gar nicht lange und sie kam mit einer dampfenden und sehr wohlriechenden Lasagne zurück.

Sie stellte eine Portion vor mich hin und während sie sich selber auch eine nahm, sagte sie: „Ich hoffe, es schmeckt dir und jetzt erzähl endlich!"

Ich musste lachen und sagte: „Du bist ja ganz schön neugierig, meine Liebe!"

„Neugierig, das ist gar kein Ausdruck, ich platze gleich, wenn du mir jetzt nicht augenblicklich sagst, was mit deinem Jörn ist."

„Mein Jörn …", sagte ich, „wenn ich mir da nur so sicher wäre, ob er das ist!"

Sie sah mich mit großen Augen an und fragte: „Wie meinst du das? Sag mir jetzt bitte nicht, dass es aus ist zwischen euch!"

„Nein, das wollte ich damit nicht sagen, aber kompliziert ist es schon."

„Warum denn?", fragte sie und schob sich ein Stück Lasagne in den Mund.

„Na ja", sagte ich, „Jörn ist halt nicht der, für den ich ihn bis vor ein paar Tagen gehalten hatte."

„Sondern?"

Ich sah sie an und sagte: „Schluck erst mal, sonst bleibt dir vielleicht gleich der Bissen im Halse stecken."

Sie legte den Kopf zur Seite, schluckte die Lasagne hinunter und sah mich mit großen Augen an.

„Also", sagte ich, „dann halt dich jetzt einmal gut fest. Jörn ist der Sohn eines der größten Weinbauern hier in der Region und wohnt in einer herrschaftlichen Villa hoch oben auf dem Berg, zusammen mit seiner Mutter und seiner…" In dem Moment stockte ich, denn ich wollte eigentlich sagen, „Schwester", aber mir fiel ein, dass ich gar nicht wusste, wo Paula wohnte, deshalb sagte ich, „und ich glaube mit seiner Schwester."

Hatte Hannelie schon vorher große Augen gemacht, jetzt wurden sie noch einen Tick runder, als sie fragte: „Du redest jetzt aber nicht von dieser großen Weinproduktionsfirma da oben, wenn du am Krankenhaus vorbei weiter in das Tal hinein und dann den Berg da hoch fährst? Da oben gibt es nämlich ein gigantisch großes Weinanbaugebiet und soviel ich weiß, ist das in Privatbesitz."

„Genau, das ist es und das gehört Jörns Familie", sagte ich.

Sie war total aus dem Häuschen. „Und er hat dir vorher niemals, auch nur andeutungsweise etwas davon gesagt?", fragte sie.

„Nein", antwortete ich, „was ich allerdings verstehen kann, aber das ändert nichts an meinem Problem."

„Was meinst du damit?", fragte sie.

„Dass seine ganze Familie von mir erwartet, dass ich hier bleibe und mit ihm entweder oben in der Villa oder in seinem Appartement hier unten am See, das ich bis jetzt noch nicht kennengelernt habe, wohnen soll."

„Ja und", sagte sie, „wo ist das Problem?"

„Na, du bist gut", sagte ich, „ich kann nicht einfach hier bleiben, ich habe ein Leben in Deutschland und ich werde in ein paar Wochen dorthin zurückkehren."

„Du willst wirklich gehen?", fragte sie entsetzt.

„Ja, sicher", antwortete ich.

„Jörn wollte mich ja eigentlich begleiten, aber durch den Unfall eines Verwalters musste er jetzt einspringen und wird deshalb nicht weg können."

„Er wäre sonst mit dir nach Deutschland gekommen?", fragte sie aufgeregt.

Ich nickte und sagte: „Ja, das hatte er gesagt, aber das hat sich jetzt erst einmal erledigt."

Hannelie schob den Rest ihrer Lasagne zur Seite und sagte: „Ich kann nicht mehr essen."

Auch ich hatte noch nicht viel gegessen, denn ich war vor lauter Erzählen nicht dazu gekommen, und ich hatte auch keinen besonders großen Hunger. Aber es tat mir leid, da sie sich solche Mühe gemacht hatte und deshalb aß ich noch ein wenig mehr.

„Und was willst du jetzt machen?", fragte Hannelie nach einer Weile.

„Tja, wenn ich das wüsste", sagte ich, „dann ginge es mir besser, aber ich weiß es absolut nicht. Die Vorstellung, ohne Jörn zu leben, ist ein Horror, aber mein ganzes Leben in Deutschland aufzugeben ist es auch. Und vor allem werden wir die nächste Zeit auch nicht viel Möglichkeit haben, um gemeinsam darüber zu sprechen, denn Jörn ist, solange Lorenzo ausfällt, total in die Firma eingespannt. Die Weinernte hat begonnen und sie haben alle Hände voll zu tun da oben. Ich habe die Produktionshalle gesehen und weiß, was da im Moment los ist. Und das wird auch noch einige Wochen so weitergehen. So wie es im Moment aussieht, wird Lorenzo wohl aufgrund seiner Verletzung für längere Zeit ausfallen."

„Oh, mein Gott, Denise", das ist wirklich eine total bescheuerte Situation", sagte sie.

Ich wollte gerade antworten, als mein Handy klingelte. Ich kramte es aus meiner Tasche und sah, dass es Jörn war. Während ich abnahm, sagte ich kurz zu Hannelie: „Es ist Jörn."

Sie nickte kurz, schnappte sich das Geschirr, das auf dem Tisch stand und verschwand in der Küche. Dann hörte ich auch schon seine Stimme im Hörer.

„Hallo, Kleines, wie geht es dir?"

„Ich bin bei Hannelie, sie hatte für uns zu Mittag gekocht", sagte ich, „und jetzt habe ich sie gerade über den Typ aufgeklärt, den ich mir da angelacht habe."

„Oje", sagte er lachend, „da habe ich ja Glück gehabt, dass du überhaupt an das Telefon gegangen bist, bei so wichtigen Frauengesprächen. Und kann ich mich denn dann überhaupt

noch zu euch trauen oder bekomme ich gleich den Kopf ab-
gerissen?"

„Tja", sagte ich, „das musst du halt auf einen Versuch ankommen lassen."

„Wie wäre es mit heute Abend?", fragte er.

„Was soll das heißen?", fragte ich zurück. „Etwa, dass du
heute Abend hierher kommen würdest?"

„Na ja, ich habe gedacht, dass wir vielleicht gemeinsam Essen gehen und dann bei mir übernachten könnten."

„Bei dir?", fragte ich überrascht.

„Ja, warum nicht", antwortete er.

In dem Moment kam Hannelie aus der Küche zurück und
hatte meine letzten Worte gehört, denn sie nickte mir zu und
machte Gesten, die mir sagen sollten: Ja, mach das! Deshalb
sagte ich zu ihm: „Na ja, gehen würde das natürlich schon,
denn ich habe morgen frei. Aber du doch bestimmt nicht,
oder?"

„Nein", sagte er, „ganz frei kann ich nicht machen, aber es
würde durchaus genügen, wenn ich morgen Nachmittag wieder oben sein würde. Und lachend fügte er hinzu: „Also, wie
du siehst, könnte ich dir einen ganzen Abend und eine ganze
Nacht zur Verfügung stehen."

„Zur Verfügung stehen", sagte ich, „das klingt gut. Das An-
gebot nehme ich doch glatt an", sagte ich ebenfalls lachend.
„Wann kannst du hier sein?"

„Ich denke, dass ich es so zwischen 18 und 19 Uhr schaffen
werde", antwortete er. „Ich hole dich ab, o.k.?"

„Gut", sagte ich, dann bis heute Abend!"

„Grüß Hannelie von mir!" – dann legte er auf.

„Ich soll dich von ihm grüßen", sagte ich zu Hannelie.

„Oh, vielen Dank", sagte sie. „Das heißt, also, wenn ich das
jetzt richtig verstanden habe, ihr seid heute Abend bei ihm in
diesem Appartement, das du bisher noch nie gesehen hast,
richtig?" „Es sieht so aus", antwortete ich lachend.

Wir saßen noch bis zum Nachmittag auf Hannelies Terrasse
und ich erzählte ihr in aller Ausführlichkeit von meinem er-
eignisreichen Sonntag. Gegen 17 Uhr verabschiedete ich mich

und machte mich auf den Weg nach Hause. So hatte ich noch genug Zeit, bis Jörn mich abholen würde. Ich konnte mich noch in aller Ruhe umziehen. Da ich nicht wusste, was er vor hatte und wohin wir gehen werden, packte ich mir noch vorsichtshalber eine Jacke ein. Und da wir heute bei ihm übernachten wollten, warf ich dafür ein paar Sachen in eine kleine Tasche und stellte diese an die Garderobe neben meine Handtasche. Es war jetzt kurz nach 18 Uhr und da ich ja nicht genau wusste, wann Jörn ankommen würde, beschloss ich mich noch ein bisschen auf die Terrasse in die Sonne zu setzen. Gerade, als ich die Terrassentür geöffnet hatte, klingelte es und ein strahlender Jörn stand vor meiner Tür.

„Hallo, Kleines", sagte er und kam herein.

Es war so ein schönes Gefühl ihn zu sehen und ich freute mich sehr. Er nahm mich in den Arm und wirbelte mich herum.

„Ich habe dich so vermisst", sagte er und küsste mich.

„Oh, du Schwindler", sagte ich. „Du hast doch bestimmt vor lauter Arbeit überhaupt keine Zeit gehabt, an mich zu denken."

„Ja, tagsüber nicht", sagte er lächelnd, „aber nachts…"

„Da hast du geschlafen, nehme ich an."

„Oh, du bist so grausam zu mir", sagte er gespielt verzweifelt und machte ein zerknirschtes Gesicht.

„Du glaubst mir auch gar nichts."

„Na, woran das wohl liegt?", fragte ich.

„Ja, ja", antwortete er, „ich weiß, das habe ich mir selber zuzuschreiben."

„Genau", sagte ich lachend", dann weißt du ja Bescheid.

Er hielt mich fest in seinen Armen, vergrub sein Gesicht in meinen Haaren und murmelte: „Die Tage ohne dich waren schrecklich, deshalb musste ich dich heute unbedingt sehen. Ich kann nicht mehr ohne dich sein."

Seine letzten Worte trafen mich wie ein Pfeil, denn es ging mir ja eigentlich genauso, aber das Saisonende rückte nun einmal unaufhörlich näher, und wenn ich nur daran dachte, wurde mir übel. Ich schmiegte mich in seine Arme und wollte jetzt nicht weiter darüber nachdenken. Seine Nähe und sein Geruch waren einfach zu schön und ich schmolz wieder einmal dahin. Es war einer dieser Momente, wo die Welt um uns herum hätte versinken können und es wäre mir egal gewesen. Irgendwann versuchte ich mich ein wenig aus seinen Armen zu lösen, um wieder richtig atmen zu können. Er ließ mich sofort los, als er das merkte und ich musste wirklich zwei, drei Mal tief Luft holen.

„Ich ersticke noch einmal an deiner Brust, du Bärchen", sagte ich lachend zu ihm.

Er sah an sich hinab und meinte: „Na ja, Bärchen ist wohl etwas geschmeichelt, Bär wäre wohl zutreffender."

Er unterbrach mein Lachen mit der Frage: „Wollen wir gehen?"

Ich nickte und wollte meine Taschen, die an der Garderobe standen, nehmen, als er fragte: „Müssen die mit?"

Ich antwortete: „Ja, die müssen mit."

Er schnappte sie sich alle beide und wir verließen die Wohnung. Sein Auto, dieses Mal war es wieder das gewohnte, stand an der Straße und wir stiegen ein.

„Wohin gehen wir?", fragte ich.

„Das Lokal kennst du wahrscheinlich nicht. Es liegt ein wenig außerhalb des Ortes."

„Na, gut", sagte ich, dann lasse ich mich überraschen." Und so fuhren wir los.

Unterwegs fragte ich ihn nach seiner Arbeit und was er denn so den ganzen Tag zu tun hatte, denn ich hatte überhaupt keine Vorstellung davon, was ein Verwalter so tat. Er erzählte mir, was er die Tage getan hat und ich war wieder einmal mehr erstaunt, was er alles konnte. Er überraschte mich immer wieder. Durch seine Erzählungen war die Zeit so schnell vergangen und wir waren angekommen. Jörn parkte das Auto und wir betraten das Lokal.

Kaum waren wir eingetreten, hörte ich schon eine Stimme rufen: „Jörn, ja was machst denn du hier? Du hast dich ja schon lange nicht mehr sehen lassen."

Wir schauten in Richtung Theke, wo eine Frau stand und wie wild mit den Armen herumfuchtelte.

„Eine Verehrerin?", fragte ich leise und sah ihn lächelnd an.

„Ganz bestimmt nicht", gab er leise lachend zurück und zog mich noch ein wenig enger zu sich.

Wir gingen in Richtung Theke und Jörn begrüßte die Frau mit: „Hallo Maria, na, da schaust du, was? Ist Nico auch da?", fragte er.

„Ja", antwortete sie und zeigte mit dem Kopf in Richtung Küchentür.

Dann rief sie: „Nico, komm mal raus und schau, wer hier ist."

Nico brummelte etwas aus der Küche und kam, die Hände an seiner Schürze abtrocknend, heraus.

Er klatschte in die Hände, als er Jörn sah und rief: „Nein, das gibt es ja nicht. Jörn, alter Junge, dass es dich noch gibt!"

Er begrüßte Jörn voll überschwänglicher Freude und man merkte, dass sie sich gut kannten.

„Wie geht es dir?", fragte Nico.

„Gut geht es mir", antwortete Jörn, „nein, falsch, sehr gut."

„Ja und wer ist denn deine charmante Begleitung?", fragte Nico weiter und sah mich an.

Jörn legte seinen Arm um meine Schulter und sagte zu ihm:

„Das ist Denise."

Nico strahlte mich an und sagte: „Hallo, Denise, es freut mich sehr, dich kennenzulernen." Dabei nahm er meine beiden Hände in seine und drückte sie herzlich.

Jörn sagte zu mir: „Kleines, das ist Nico, ein alter Freund unserer Familie."

„Mein Gott, Jörn", sagte Nico, „wann haben wir uns das letzte Mal gesehen? Du warst ja wirklich eine halbe Ewigkeit nicht mehr hier."

„Ja, das stimmt", antwortete Jörn, „aber du weißt ja, dass in der Zwischenzeit vieles passiert ist."

Er klopfte Jörn auf die Schulter und sagte: „Ja, mein Junge, ich weiß."

In dem Moment rief Maria nach Nico. Er sah zu ihr hin und sie winkte ihn zu sich.

„Entschuldigt mich bitte", sagte er, „aber meine Schwester scheint mich zu brauchen." Und zu uns gewandt sagte er: „Sucht euch ein schönes Plätzchen."

Als Nico außer Hörweite war, fragte ich Jörn: „Maria ist seine Schwester? Ich dachte, sie wäre seine Frau."

Jörn lachte und sagte leise: „Ja, sie ist seine Schwester, aber sie hat ihn im Griff, als wäre sie seine Frau."

Wir gingen nach draußen auf die Terrasse und setzten uns an einen kleinen Tisch. Auch von hier hatte man einen gigantischen Blick auf den See, was mir natürlich sehr gut gefiel.

Jörn nahm die Speisekarte und fragte: „Wollen wir Fisch essen? Das macht Nico nämlich ziemlich gut."

„Von mir aus gerne", antwortete ich, „wenn du auch magst? „Ja, sehr gerne".

„Oh, ich habe eine Idee. Darf ich bestellen?", fragte er.

Ich war etwas überrascht, sagte aber: „Ja, von mir aus."

Er stand auf und ging nach vorne um die Theke herum. An der offenen Küchentür blieb er stehen und steckte seinen Kopf hinein. Dann sprach er kurz mit Nico und kam wieder zurück.

„Na, da bin ich ja einmal gespannt, was ihr da ausgeheckt habt", sagte ich.

Jörn griff über den Tisch und nahm meine Hände.

„Gefällt es dir hier?", fragte er liebevoll.

„Sehr", antwortete ich, „aber ich glaube, das weißt du auch, oder?"

„Na ja", sagte er, „ich hatte es zumindest gehofft." Er küsste meine Fingerspitzen und fragte weiter: „Wie war deine Arbeit die letzten Tage?"

„Oje, frag lieber nicht", antwortete ich, „es war die Hölle los und wir haben uns die Füße platt gelaufen. Ich war jeden Abend froh, wenn ich zu Hause war."

„Das kann ich mir gut vorstellen", sagte er. „Das Wetter war toll und das zieht die Leute natürlich raus an den See."

„Ja, natürlich", antwortete ich. „Und das kann ich auch sehr gut nachvollziehen, denn es geht mir ja auch nicht anders. Es sei denn, ein gewisser junger Mann entführt mich mal wieder ins Ungewisse, denn was mich heute noch erwartet, das weiß ich ja auch noch nicht", sagte ich leicht vorwurfsvoll.

Er lachte verschmitzt und ich wusste, dass der vorwurfsvolle Ton nur gespielt war, denn er sagte: „Auch das wird dir gefallen, Kleines, da bin ich mir ziemlich sicher." Und in ernstem Ton sagte er: „Und weißt du, wie sehr ich mich auf diese erste gemeinsame Nacht mit dir in meiner Wohnung freue. Das hatte ich mir schon so oft gewünscht, aber ich wusste nicht, wie ich dir das hätte erklären sollen."

„Na da bin ich ja mal gespannt, was du mir da bis jetzt so vorenthalten hast", sagte ich lächelnd.

In dem Moment kam Nico an unseren Tisch und servierte das Essen. Ein angenehmer Duft breitete sich vor meiner Nase aus, und als Nico die Platte vor uns auf den Tisch stellte, konnte ich ein kleines „Oh" nicht unterdrücken, denn es sah aus wie ein Bild aus einem Kochbuch. Nico füllte unsere Teller und hatte auch schon eine Flasche Wein bereitstehen, die er uns dazu empfahl.

Er hielt sie Jörn unter die Nase und meinte: „Ist der Herr damit einverstanden?"

Jörn warf einen kurzen Blick auf das Etikett und sagte lachend: „Eine sehr gute Wahl, mein Herr, vielen Dank."

Nico schenkte ein und wünschte uns einen guten Appetit. Dann verschwand er wieder.

Ich sah Jörn an und sagte: „Das ist ein Wein von euch, stimmt's?"

Er nickte und deutete auf das Etikett: „Schau mal hier." Auf dem Etikett waren Nummern und Symbole zu sehen. „Das ist der höchst prämierte Wein in dieser Sorte", sagte er, „und unser größtes Exportprodukt."

Ich trank normalerweise keinen Alkohol und verstand nicht viel von Wein. Und mit den ganzen Symbolen konnte ich schon gar nichts anfangen. Bei Jörn sah das natürlich etwas anders aus, denn er hatte ja ein ganz anderes Verhältnis zu

Wein. Auf jeden Fall trank ich heute ausnahmsweise ein Glas mit ihm und es schmeckte mir sowohl der Wein als auch das Essen ganz hervorragend.

„Oh, mein Gott, war das lecker", sagte ich und lehnte mich zurück.

„Möchtest du noch etwas Süßes oder sollen wir gehen?", fragte Jörn.

Ich beugte mich über den Tisch und sagte: „Oh ja, sehr gerne, aber nicht hier."

Er lachte und sagte: „Na, dann lass uns gehen."

Wir fuhren wieder den Weg zurück, den wir gekommen waren, bis Jörn, kurz bevor wir wieder ganz unten waren, abbog und unser Weg direkt vor einer großen Wohnanlage etwas oberhalb des Sees endete. Er fuhr das Auto in die Tiefgarage und stellte es ab. Dann gingen wir zum Aufzug. Es gab zwei Aufzüge direkt nebeneinander und der rechte davon öffnete sich gerade, als wir dort ankamen. Ich wollte einsteigen, als mich Jörn am Arm festhielt und vor den anderen Aufzug schob.

Ich sah ihn fragend an und sagte lachend: „Gefällt dir der andere nicht?"

Er grinste und antwortete: „Nicht so gut wie der hier. Denn nur mit dem kommen wir dorthin, wohin wir auch wollen."

Er tippte einen Code ein und es öffnete sich die Tür. Wir stiegen ein und auch hier tippte er einen Code ein und drückte auf die oberste Etage, dann schloss sich die Tür. Es ertönte ein leises Summen, als der Aufzug losfuhr. Nach kurzer Fahrt verstummte der Summton und nach einem kleinen Ruck blieb er stehen. Die Tür ging auf und wir standen mitten im Wohnzimmer. Ich stand da wie angewurzelt und traute mich gar nicht auszusteigen. Jörn legte seinen Arm um mich und schob mich sanft zur Tür hinaus. Drinnen angekommen warf er lässig seinen Autoschlüssel auf eine kleine Kommode, durchquerte den Raum und öffnete auf der gegenüberliegenden Seite die Tür zur Terrasse oder besser gesagt die Wand, denn die gesamte Front bestand aus Glas.

Jörn schob die Wand auf und sagte zu mir: „Komm, hier draußen ist es sehr schön.“

Ja, hier drinnen etwa nicht?, dachte ich, aber ich konnte nichts sagen, mein Hals war wie zugeschnürt. So etwas hatte ich noch niemals gesehen. Das kannte ich höchstens aus dem Fernsehen.

Als Jörn sah, dass ich mich nicht von der Stelle bewegte, kam er zu mir und fragte: „Was ist, möchtest du nicht auf die Terrasse? Na gut, dann komm, dann zeige ich dir zuerst einmal hier drinnen alles.“

Er hatte schon seinen Arm um mich gelegt und wollte los gehen, aber ich blieb stehen, als wäre ich festgewachsen.

Er sah mich leicht irritiert an, aber bevor er etwas sagen konnte, sagte ich: „Könntest du mir bitte einmal zwei Sekunden Zeit lassen, um mich auf das hier“, und ich machte eine Handbewegung durch den Raum, „einzustellen.“

Jetzt war er total verunsichert und konnte gerade nicht so ganz verstehen, was mein Problem war. Eigentlich wusste ich das ja auch selber nicht so genau, außer dass mir das alles einfach eine Nummer zu groß war. Allein das Wohnzimmer, in dem ich gerade stand war größer als meine gesamte Wohnung, die ich in Deutschland hatte. Und den Rest hier hatte ich noch gar nicht gesehen.

„Was hast du denn, Kleines?“, fragte er.

Ich holte einmal tief Luft, dann sah ich ihn an und sagte: „Nur ein Größenproblem, sonst ist alles gut.“

Er lächelte mich an und meinte: „Ich dachte schon, es gefällt dir nicht.“

Ich sah ihn kopfschüttelnd an, aber verzichtete auf jeden weiteren Kommentar und sagte nur: „Na, dann zeig mir mal dein Himmelreich.“

Er zog mich in seinen Arm und wir gingen los. Die ganze Wohnung war hell und luftig. Wie auch bei meiner Wohnung kam man von jedem Raum aus auf die Terrasse, nur dass ich dafür nur eine Balkontür hatte und hier die ganzen Wände eine Tür waren. Alles war aus Glas. Es war total faszinierend. Das Badezimmer, war neben dem Wohnzimmer das Erste, was ich zu sehen bekam. Es war ein einziger Traum. Wunderschöne, hell marmorierte Fliesen und eine riesige, runde Badewanne mitten im Raum. Direkt neben dem Bad befand sich das Schlafzimmer. Super hell, super modern. Er öffnete auch hier die große Schiebetür zur Terrasse und der Luftzug, der dabei entstand, ließ die leichten Vorhänge sich leise hin und her bewegen. Wir traten hinaus auf die Terrasse und die Aussicht war einfach unfassbar. Unter uns lag still und regungslos der See und über uns gab es nur noch den Himmel.

Es war unglaublich. Jörn stand hinter mir und flüsterte mir ins Ohr: „Und gefällt es dir?"

Ich drehte mich in seinen Armen um, sodass ich ihn ansehen konnte, und sagte lächelnd: „Wie viele Frauen hast du das hier schon gefragt?"

Er strich mir liebevoll eine Haarsträhne aus dem Gesicht und sagte ziemlich ernst: „Keiner, denn du bist außer Paula die erste Frau, die jemals einen Fuß in diese Wohnung gesetzt hat und so soll es auch bleiben. Ich habe die Wohnung noch nicht so lange, denn ich habe sie erst gekauft, nachdem ich diesen großen Streit mit meinem Vater hatte und nicht mehr oben in der Villa wohnen wollte."

Er küsste mich. Liebevoll und zärtlich, so als gäbe es nichts anderes mehr auf der Welt. Seine Hand glitt über mein Dekolleté und sein Zeigefinger blieb in meinem Blusenausschnitt hängen. Er zog den Stoff ein wenig nach vorne und versuchte hineinzuschauen. Ich hörte nur ein „Mmhh" und dann küsste er den Ansatz meiner Brüste. Er begann an den Knöpfen meiner Bluse herumzuspielen und öffnete ganz langsam einen nach dem anderen.

Mein leises Aufstöhnen gefiel ihm und animierte ihn zum Weitermachen, doch ich hielt seine Hände fest und sagte:

„Hey, wir sind hier draußen, das können wir nicht machen."

Er befreite seine Hände und streichelte mein Gesicht.

Dabei küsste er mich ständig und murmelte dazwischen nur:

„Na und, wo ist das Problem? Wir sind hier oben ganz alleine. Es gibt außer uns niemanden. Nur der Himmel kann uns sehen und ich glaube, dem ist das ziemlich egal, was wir hier machen."

Ich schaute mich kurz um und sah, dass er Recht hatte. Es gab weit und breit kein Haus, das höher war als dieses hier und über uns war tatsächlich nur der Himmel. Er streifte mir die Bluse von den Schultern und ließ sie langsam zu Boden gleiten, dann nahm er mich auf die Arme und trug mich zur anderen Seite der Terrasse, wo eine kleine Wohnlandschaft stand. Es gab verschiedene Sitz- und Liegemöglichkeiten, kleine Tische und eine hübsch arrangierte Blumen- und Palmeninsel, was dem Ganzen einen südländischen Touch verlieh. Er trug mich zu einer bequem aussehenden Liegefläche, die unter einer großen Palme stand, und legte mich behutsam ab. Seine Lippen saugten sich an meinen fest. Und so sehr sein Mund mit meinem beschäftigt war, so sehr waren seine Hände mit meiner Kleidung beschäftigt, derer ich Stück für Stück entledigt wurde. Seine Hände glitten über meine Haut und er erforschte wieder einmal jeden Zentimeter meines Körpers. Ich zitterte vor Erregung und genoss seine Berührungen. Seine Küsse wurden stürmischer und leidenschaftlicher. Ich zog ihm das Hemd über den Kopf und öffnete den Gürtel seiner Hose. Er stöhnte leise auf. Er drückte mich fest an sich und ich spürte seine nackte Haut auf meinem Körper, was mich jedes Mal fast um den Verstand brachte. Ich liebte den Geruch seiner Haut und ich spürte alles an ihm, manches sogar mehr als deutlich. Unsere Körper vereinigten sich in höchster Ekstase und explodierten gemeinsam unter dem klaren Sternenhimmel. Nachdem die Erschöpfung etwas nachgelassen hatte, lagen wir eng umschlungen nebeneinander. Ich spürte, wie schnell sein Herz schlug und streichelte ihm über die Brust.

„Da drin sitzt ein kleiner Trommelmann", sagte ich lachend.

„Ja", sagte er, „und den hast du da hinein gezaubert."

Ich gab ihm einen Kuss und knabberte leicht an seiner Unterlippe herum.

„Hast du Hunger?", fragte er schelmisch.

„Nein", antwortete ich, „wie kommst du denn darauf? Ich hatte doch alles: ein gutes Essen und ein exzellentes Dessert."

Er lachte. „Dann hat das Menu also gehalten, was es versprochen hat", fragte er.

Ich sah ihn spitzbübisch grinsend an und sagte: „Ja, vor allem das Dessert."

Er zog mich in seine Arme und küsste mich sanft und zärtlich. „Ich liebe dich", flüsterte er mir ins Ohr.

Ich sah ihn an. Aus seinen Augen strahlte so viel Wärme und er sah mich so verliebt an, dass es mir wie selbstverständlich über die Lippen kam: „Ich dich auch."

Und das meinte ich auch ehrlich und aus tiefstem Herzen. Er atmete hörbar ein und drückte mich dabei an seine Brust und ich glaube, wir haben in diesem Moment das Gleiche gedacht, nämlich, dass in zwei Wochen die Saison zu Ende war und ich gehen würde. Mir wurde ganz schlecht, wenn ich nur daran dachte, aber ich wusste auch, dass ich gehen musste. Ich konnte nicht hierbleiben, denn ich würde im Winter keine Chance auf Arbeit haben, da es hier nur die Sommersaison gab. Ich musste aufstehen, sonst hätte ich angefangen zu heulen. So fing ich an meine Kleider einzusammeln und zog mich an.

Jörn tat das auch und fragte mich dabei: „Hast du auch Durst?"

„Ja", sagte ich, „etwas zu trinken wäre nicht schlecht."

„Lass uns in die Küche gehen", sagte er.

Die Küche war der Ort hier, den ich bisher noch nicht gesehen hatte. Aber auch sie war ein Traum. Eine Küche wie aus einem Magazin. Es gab nichts, was es hier nicht gab – der Traum einer jeden Frau.

Er holte uns etwas zu trinken aus dem Kühlschrank und ich fragte ihn: „Kochst du hier?"

„Nein", antwortete er, „was soll ich hier für mich alleine machen? Ich esse meistens unterwegs und die letzte Zeit war ich ja eh oben in der Villa." Er sah mich an und sagte: „Es wäre schön, wenn wir hier für uns gemeinsam etwas kochen könnten." Und nach einer kurzen Pause fügte er hinzu: „Und das jeden Tag."

Ich wusste genau, worauf er anspielte und musst mich umdrehen, denn ich hatte schon wieder Tränen in den Augen, aber er hielt mich fest und fragte: „Warum kannst du es dir denn nicht vorstellen, hier bei mir zu bleiben?"

Ich schluckte den dicken Kloß in meinem Hals hinunter und sagte: „Weil es nicht geht. Weil mein Leben nun einmal in Deutschland ist und... und weil ich hier über den Winter niemals Arbeit finden würde. Obwohl... wenn ich mir das hier so anschaue, dann kannst du mich über den Winter als Putzfrau anstellen, da hätte ich mehr als genug zu tun!"

Jörn sah mich total entsetzt an und sagte: „Denise, du bist meine Frau, aber ganz sicher nicht meine Putzfrau!"

Ich sah ihn an und sagte: „Ich bin weder das eine noch das andere."

Damit drehte ich mich um und wollte aus der Küche gehen, doch er hielt mich fest und drehte mich mit einem Schwung wieder zu sich hin.

Dann sagte er: „Das eine können wir ja ändern und das andere wird nie passieren."

Ich sah ihn mit gerunzelter Stirn an und überlegte, was er mir damit jetzt sagen wollte. Bevor ich aber anfangen konnte, darüber nachzudenken, nahm er meine Hände, küsste meine Handinnenflächen und fragte: „Willst du mich heiraten?"

Ich stand da wie vom Donner gerührt und starrte ihn an.

Ich musste kurz meine Gedanken sortieren, ob ich das eben richtig verstanden hatte, dann fing ich an herumzustottern:

„Äh ... Ähm ..."

Aber bevor ich auch nur irgendetwas Vernünftiges über meine Lippen brachte, sagte er: „Du willst nicht, richtig?"

Das klang sehr traurig und irgendwie resigniert und ich sagte: „Nein!" Dabei musste ich ein wenig lachen.

Er wollte etwas sagen, aber ich hielt ihm den Mund zu und sagte: „Nein – es ist nicht richtig und ja, – ich will dich heiraten."

Er sah mich mit riesengroßen Augen an, so als konnte er es nicht fassen, was ich gerade gesagt hatte.

„Aber", sagte ich weiter, „ich werde trotzdem in zwei Wochen nach Deutschland zurückgehen. Ich muss einige Dinge regeln. Vor allem muss ich meiner Familie beibringen, was ich hier angestellt habe, denn die wissen ja noch von nichts und die sollten so langsam einmal von dir erfahren."

Jörn zog mich ganz eng an sich und sagte: „Wenn du nur wieder zu mir zurückkommst, dann ist mir alles egal. Dann werde ich auch die Zeit, die ich alleine sein muss, überstehen. Aber die Vorstellung, ohne dich leben zu müssen, ist grausam."

Er hielt mich im Arm und drückte mich fest an sich. Dann nahm er mich an der Hand und ging mit mir ins Wohnzimmer. Dort ließ er mich stehen und ging zu der Kommode, auf die er beim Hereinkommen seine Autoschlüssel gelegt hatte. Aus der obersten Schublade nahm er eine kleine Schachtel und kam damit zu mir zurück. Er öffnete sie und schwupps, hatte ich ein blitzendes und blinkendes Etwas an meinem Finger stecken. Ich starrte zuerst auf diesen Ring und dann zu ihm.

Die erste Frage, die mir über die Lippen kam war: „Woher wissen Männer immer, welche Größe passt?"

Er lachte und sagte: „Das bleibt das Geheimnis der Männer."

Ich sah ihn an und sagte: „Du bist ja total verrückt."

„Ja", sagte er, „nach dir."

Dann hob er mich hoch und wirbelte mich im Zimmer herum, dass mir fast schwindelig wurde. Mein ganzes Gesicht war feucht von seinen Küssen, denn er war total aus dem Häuschen und wollte gar nicht mehr aufhören an mir herumzuknabbern. Als er mich endlich absetzte, hielt er mich im Arm fest und sah mich an. Er machte einen sehr zufriedenen Eindruck, als er sagte: „Dein Ja macht mich zum glücklichsten Menschen auf diesem Planeten, denn ich liebe dich so sehr und ich kann und vor allem ich will mir ein Leben ohne dich nicht mehr vorstellen. Seit ich dich kenne, bin ich wieder glücklich und mein Leben hat einen Sinn. Dieses Gefühl hatte ich schon sehr lange nicht mehr."

Oh, mein Gott, diese gefühlvollen Worte machten mir weiche Knie, denn er sprach mir aus dem Herzen. Ich konnte mir ein Leben ohne ihn auch nicht mehr vorstellen, obwohl das für mich bedeutete, dass ich dafür mein Leben in Deutschland aufgeben musste und das würde mir nicht leicht fallen. Aber ich wusste auch, dass es keine andere Möglichkeit geben würde. Denn auch wenn Jörn bereit wäre, mit mir nach Deutschland zu kommen, ich wusste, dass er dort nicht glücklich sein würde. Ob ich es hier sein konnte? Das wusste ich im Moment auch nicht, aber dass ich ohne ihn unglücklich sein würde, das wusste ich ganz sicher.

Plötzlich hörte ich seine Stimme sagen: „Hey, Kleines, wo bist du denn?"

Ich schrak leicht zusammen und merkte erst jetzt, wie gedankenversunken ich gewesen war.

Er sah mich an und fragte: „Worüber denkst du nach? Du bereust es doch nicht etwa schon Ja gesagt zu haben, oder?"

Ich musste lachen. „Nein", sagte ich, das bereue ich nicht, aber mir gehen schon viele Gedanken durch den Kopf, da hast du Recht. Du weißt schon, dass ein Leben mit dir hier für mich bedeutet mein gesamtes bisheriges Leben aufzugeben."

Er nahm mich in den Arm und drückte mich an seine Brust. Ich spürte, wie er mir einen leichten Kuss auf die Haare drückte, dann sagte er: „Ja, das weiß ich und ich kann mir auch vorstellen, was das für dich bedeutet, aber ich verspreche dir, dass du auch hier ein schönes Leben haben wirst. Ich werde dir die Sterne vom Himmel holen!" Dabei lächelte er mich liebevoll an.

Ich sah zu ihm auf und sagte: „Vielleicht ist genau das das Problem. Ich weiß nicht, ob ich mich an diese Größenverhältnisse hier so problemlos gewöhnen kann."

Er fing aus vollem Halse an zu lachen und sagte: „Kleines, ich glaube, du bist die einzige Frau auf dieser Welt, der ein Mann zu reich ist."

„Ja, lach mich ruhig aus", sagte ich, was ihn nur noch zu heftigeren Lachanfällen führte.

Ich löste mich aus seinen Armen, schnappte mir eines der unzähligen Kissen, die auf der Couch lagen, und warf es nach ihm. Er fing es geschickt auf und hielt es sich vor das Gesicht, um damit sein Lachen zu unterdrücken. Ich sah nur noch seine blitzenden Augen über dem Kissenrand, aber ich sah ihm an, dass er immer noch lachte. Er kam auf mich zu und seine Augen strahlten mich an.

Als er vor mir stand, legte er das Kissen zur Seite und sagte ernst: „Lass uns doch einfach ein schönes Leben zusammen haben und mach dir nicht so viele Gedanken. Ich kann ja schließlich auch nichts dafür, dass ich kein armer Schlucker bin."

„Na ja", sagte ich, „ich weiß, ich werde mich wohl oder übel daran gewöhnen müssen, denn ohne dieses ganze Klimbim drum herum bist du ja nicht zu haben."

Er lächelte und fragte: „Schlimm?"

„Das weiß ich noch nicht", antwortete ich ebenfalls lächelnd. „Das Einzige, was ich weiß ist, dass ich dich liebe."

Er strahlte über das ganze Gesicht, nahm mich in den Arm und sagte: „Der Himmel hat mir dich geschickt."

Ich lachte und sagte: „Na, wohl eher der Berg. Apropos Berg, was hast du da oben eigentlich gemacht? Gearbeitet ja wohl nicht, so wie ich damals angenommen hatte, oder?"

„Nein, so wirklich nicht. Ein guter Freund von mir betreibt da oben eine Skischule und bei ihm habe ich mich damals verkrochen. Das war nach dem Streit mit meinem Vater und ich musste hier weg. Ich habe es einfach nicht mehr ausgehalten. Und da ich dann schon einmal dort war, habe ich ihn natürlich schon etwas unterstützt."

„Also ist indirekt ja dein Vater daran schuld, dass wir uns kennengelernt haben", sagte ich zu ihm.

Jörn sah mich mit großen Augen an und meinte: „Ja, eigentlich schon, da hast du Recht, aber so habe ich das noch nie gesehen."

„Na, vielleicht hilft es dir dabei ihm das Eine oder Andere zu verzeihen", sagte ich.

Er nahm mein Gesicht in seine Hände und küsste mich. „Darüber muss ich einmal nachdenken."

Das fand ich eine sehr gute Idee.

Es war mittlerweile schon recht spät geworden und ich war müde und wollte gerne schlafen gehen. Ich sah mich nach meiner Tasche um und musste feststellen, dass ich sie wohl im Auto vergessen hatte, denn hier konnte ich sie nirgendwo sehen.

Jörn sah meinen suchenden Blick und fragte: „Vermisst du etwas?"

„Ja, meine Tasche. Die habe ich wohl im Auto vergessen."

„Kein Problem, ich hole sie dir."

Er schnappte sich die Autoschlüssel, die er vorhin achtlos auf die Kommode geworfen hatte, öffnete die Aufzugstür und war verschwunden.

Nun stand ich alleine ich dieser riesigen Wohnung und fühlte mich völlig verloren. Da die Schiebetür noch immer geöffnet war, ging ich nach draußen auf die Terrasse. Der See unter mir spiegelte sich sanft im warmen Mondlicht und der Himmel über mir war voll blinkender Sterne. Ich stand an das Geländer gelehnt und meine Gedanken spielten mit der Vorstellung, wie das wohl sein würde, hier zu leben. Irgendwie überkam mich dabei ein merkwürdiges Gefühl. Hatte ich die ganze Zeit damit gehadert, dass mir hier alles zu viel, zu groß, zu teuer und was sonst noch war, wusste ich in diesem Moment, dass das alles gar keine Rolle spielte, denn es war mir völlig egal, ob Jörn arm oder reich war. Ich liebte ihn und dieses Leben hier gehörte eben dazu. Es war seines und ich hatte mich mit meinem Ja dazu entschieden, es nun einmal mit ihm zu teilen. Das war mir in diesem Moment zum ersten Mal völlig bewusst, und diese Erkenntnis löste ein wunderschönes Gefühl in mir aus, das mein Herz hüpfen ließ. Ich fühlte mich unendlich glücklich, als ich plötzlich Jörns Stimme hörte, der nach mir rief.

„Ich bin hier draußen", rief ich zurück.

Ich hörte, wie er die Terrasse betrat, aber ich drehte mich nicht um. Als er mich am Geländer stehen sah, stellte er sich hinter mich, legte seine Hände rechts und links von meinen auf das Geländer und fragte: „Zählst du die Sterne?"

Ich drehte mich zu ihm um und sagte: „Nein, das überlasse ich dir."

„Ja, antwortete er, „ich werde sie zählen, wenn ich sie dir vom Himmel hole." Dann küsste er mich.

Ich drückte ihn ein wenig von mir weg und sagte: „Ich möchte mich gerne von Leonore verabschieden, bevor ich nach Deutschland zurückgehe."

„Ja, natürlich musst du das. Und nicht nur das. Ich muss doch schließlich meiner Familie sagen, dass mich die Frau, die ich über alles liebe, heiraten wird."

„Da hast du natürlich Recht, das sollten wir tun", sagte ich, „aber lass uns bitte morgen darüber sprechen, ich bin müde und möchte gerne schlafen gehen."

„Dann komm!", sagte er, nahm mich an der Hand und führte mich ins Schlafzimmer.

Wir kuschelten uns in das riesige Bett und schliefen die ganze Nacht eng umschlungen. Am Morgen wurden wir durch die warmen Sonnenstrahlen geweckt, die sich vorwitzig durch die Gardinen stahlen. Es war ein schöner Morgen. Draußen die strahlende Sonne und neben mir ein strahlender Jörn. Er war glücklich und das strahlte auch tatsächlich jede Pore von ihm aus. Wir standen auf und gingen unter die Dusche. Im Badezimmer gab es nicht nur eine riesige Badewanne, sondern auch eine große Dusche, in der man sehr bequem zusammen duschen konnte, was wir auch ausgiebig taten. Als wir fertig waren, hüllte Jörn mich in ein Riesenbadetuch ein. Ich band mir ein Handtuch um die Haare und steckte das Badetuch fest. Jörn hatte sich einen Bademantel angezogen und rubbelte sich gerade die Haare mit einem Handtuch, als er wie nebenbei fragte: „Wollen wir eine Runde schwimmen gehen?"

Ich drehte mich um und fragte: „Schwimmen, wo denn?"

„Im Pool", kam lachend seine Antwort.

„In welchem Pool", fragte ich leicht irritiert.

Er lächelte mich an, nahm mich an der Hand und zog mich durch das Wohnzimmer auf die Terrasse. Neben der Tür gab es eine kleine Metallplatte mit verschiedenen Knöpfen, von denen Jörn einige drückte und auf einmal begann sich der Terrassenboden zu bewegen. Die Holzdielen fuhren wie von Geisterhand bewegt einfach zur Seite und darunter kam ein kristallklarer Pool zum Vorschein. Ich stand da und beobachtete das Schauspiel.

Jörn sah mich lächelnd an und fragte: „Und, wollen wir?"

Aber er wartete erst gar nicht auf meine Antwort, sondern ließ seinen Bademantel auf den Boden fallen, zog einmal an meinem Badetuch, nahm mich auf die Arme und sprang mit mir in den Pool. Ich hielt mich reflexartig an seinem Hals fest, bis wir wieder auftauchten.

Ich schnappte nach Luft, wie ein Fisch auf dem Trockenen und japste: „Bist du verrückt geworden?"

Jörn lachte und verschloss meinen Mund mit einem Kuss.

Ich trommelte spielerisch mit meinen Fäusten auf ihm herum und versuchte mich von seinen Lippen zu lösen. Als ich das geschafft hatte, sagte ich: „Lass mich sofort los, du Schuft!"

Er lachte und sagte: „Bist du sicher, dass du das möchtest?"

„Ja, natürlich bin ich mir sicher."

„Na gut", sagte er immer noch lachend und ließ mich los.

Ich hatte dabei nur eines nicht bedacht, nämlich die Wassertiefe. Nur weil er hier stehen konnte, bedeutete das noch lange nicht, dass ich das auch konnte. Und bis ich das kapiert hatte, war ich auch schon wieder unter Wasser. Ich drückte mich vom Boden ab und schoss prustend nach oben, wo ich in sein lachendes Gesicht sah. Aber da ich schwimmen musste, um nicht gleich wieder unterzugehen, hatte ich keine Chance irgendetwas zu tun. So spritzte ich ihm nur eine Handvoll Wasser in das Gesicht und schwamm von ihm weg. Ich hörte ihn nur lachen, dann tauchte er unter mir durch und kam direkt vor mir wieder hoch. Ich kreischte kurz auf und wollte in die andere Richtung wegschwimmen, aber er hielt mich am Fuß fest und ich kam nicht von der Stelle. Er zog mich langsam zu sich hin. Ich ruderte wie wild mit den Armen, um nicht unterzugehen.

„Na, siehst du jetzt was passiert, wenn ich dich loslasse." Mittlerweile hatte er mich ganz nah zu sich hingezogen, sodass er mich in die Arme nehmen konnte.

Ich legte meine Arme um seinen Hals und er hielt mich ganz fest. „Ich lass dich nie mehr los", flüsterte er mir dabei ins Ohr.

Wir küssten uns und unsere nackten Körper klebten aneinander. Er trug mich zum Beckenrand und setzte mich dort ab, während er selber im Wasser stehen blieb. Ich strich ihm die nassen Haare aus dem Gesicht und sah ihn an. Allein sein Anblick löste ein wunderschönes Gefühl in mir aus und ich sehnte mich nach seiner Nähe. Er drückte sich am Beckenrand ab und schwang sich aus dem Wasser direkt neben mich. Ich lehnte mich an ihn und er legte, wie beschützend seinen Arm um mich. Die Sonne schien auf unsere nassen Körper und wärmte uns.

Ich erinnerte mich an unser Gespräch von gestern Abend und fragte: „Wann sollen wir denn nun zu Leonore fahren?"

Er überlegte kurz und fragte dann: „Wie lange musst du denn noch arbeiten?"

„Noch bis Ende nächster Woche", antwortete ich.

„Könntest du danach vielleicht noch ein paar Tage bleiben? Dann könnten wir noch etwas Zeit oben in der Villa verbringen."

Ich überlegte kurz und sagte: „Ja, natürlich könnte ich das. Das wäre ja vor allem für dich einfacher mit dem Arbeiten, wenn du nicht immer hier runter fahren musst. Ja, das ist eine gute Idee, so machen wir das."

Ich wollte aufstehen, aber er hielt mich fest und fragte: „Wo willst du hin?"

„Mich anziehen", antwortete ich.

„Warum denn das? Mir gefällt, was ich hier sehe", sagte er und drückte mich sanft nach unten.

Der Bereich um den Pool war gefliest und durch die Sonne schon ziemlich aufgeheizt. So spürte ich die warmen Fliesen unter mir und Jörns Hände auf mir. Seine Berührungen machten mir eine Gänsehaut und ein wohliger Schauer durchlief meinen Körper. Er merkte das sofort und das ermutigte ihn, seine Hände auf Entdeckungsreise zu schicken.

Ich hielt sie fest und sagte: „Jetzt nicht."

Er sah mich leicht schmollend an und sagte: „Schade", und küsste meine Brüste.

Ich richtete mich ein wenig auf und drückte ihn dadurch mit dem Rücken auf den Boden. „Wir müssen heute doch beide noch arbeiten oder etwa nicht?", sagte ich.

„Oh, nein, du bist immer so schrecklich realistisch", sagte er gespielt zerknirscht und machte ein beleidigtes Gesicht, was mich zum Lachen brachte.

„Mir würden jetzt aber andere Dinge viel mehr Spaß machen", sage er und drückte mich an sich.

„Ja, ja", sagte ich lachend, „aber man bekommt eben nicht immer das, was man will."

„Oh, du bist so grausam zu mir", kam es gequält aus seinem Mund. „Das ist Folter pur, was du hier mit mir machst."

Ich stand lachend auf und ging nach drinnen. Im Vorbeigehen hob ich das Badetuch auf, das am Boden lag, und nahm es mit. Er sprang mit einem Satz vom Beckenrand hoch und kam mit schnellen Schritten hinter mir her. Kaum hatte er mich erreicht, hatte er mir das Badetuch auch schon aus der Hand genommen und es sich lässig über die Schulter geworfen.

„Was wird das jetzt?"

„Oh, nur zur Vorsorge, nicht dass du etwa auf die Idee kommst, es dir umzubinden", sagte er lächelnd. „So gefällt es mir nämlich viel besser!

„Oh, du Lüstling", sagte ich, und gab ihm einen leichten Klaps.

„Ja, bei einem so verführerischen Anblick", sagte er spitzbübisch grinsend.

„Ich gehe mich jetzt anziehen, sonst kommst du noch auf dumme Gedanken."

„Och, so dumm fände ich die Gedanken gar nicht."

„Das Badezimmer gehört die nächste halbe Stunde mir und wage es ja nicht reinzukommen", sagte ich, und verschwand lachend hinter der Tür.

Als ich fertig war und wieder nach draußen ging, lag er nackt im Liegestuhl und hatte die Augen geschlossen.

Ich schlich mich leise neben ihn und sagte: „Mmhh, was für ein reizvoller Anblick."

Er öffnete die Augen und lächelte mich an. Ich setzte mich neben ihn auf die Liege und er zog mich zu sich. Seine Haut war von der Sonne ziemlich aufgeheizt und ich spürte die Wärme durch meine Kleidung.

„Ich wünschte, wir müssten heute nicht arbeiten", sagte er, und strich mir eine Haarsträhne aus dem Gesicht.

Ich hielt seine Hand fest und küsste sie.

„Na ja", sagte ich schmunzelnd, „ich könnte nicht sagen, dass ich da etwas dagegen hätte. Aber da dem nicht so ist, solltest du jetzt einmal deinen Luxuskörper in deine Hose schwingen und mich nach Hause fahren."

Er grinste bis über beide Ohren, stand auf und verschwand im Badezimmer.

Kurz darauf kam er zurück und meinte: „Der Luxuskörper wäre jetzt eingepackt."

„Na, dann können wir ja los", sagte ich lachend.

Jörn schnappte sich meine Taschen und wir machten uns auf den Weg.

„Hast du nicht noch etwas Zeit, dass wir zusammen essen gehen könnten?", fragte er, während wir nach unten fuhren.

„Ja, ich schon", antwortete ich, „aber ich denke du wohl eher nicht, oder?"

„Die stehle ich mir jetzt einfach. Ich sage nur kurz Stefano Bescheid, dass ich etwas später komme.

Das Telefongespräch mit Stefano war kurz und knapp. Als wir in der Tiefgarage ankamen, packten wir meine Taschen in sein Auto und fuhren hinunter zum See.

„Wohin wollen wir?", fragte er.

„Lass uns zu Antonio gehen", sagte ich.

Antonio war, wie konnte es anders sein, ein guter Bekannter von Jörn und dementsprechend freudig wurden wir begrüßt. Wir aßen eine Kleinigkeit und dann brachte er mich nach Hause.

Ich hatte noch über eine Stunde Zeit, bis ich zur Arbeit gehen musste, und konnte mich in Ruhe umziehen. Als ich fertig war, machte ich mich langsam auf den Weg. Ich schlenderte gemächlich am See entlang und hing meinen Gedanken nach. War es wirklich schon sieben Monate her, seit ich hierher gekommen war? Es war unglaublich, wie schnell die Zeit vergangen war und vor allem, was in dieser Zeit alles passiert war. Ich war verlobt. Und das mit einem der reichsten Männer der ganzen Gegend und wir würden heiraten. Aber so sehr ich diesen Mann auch liebte, manchmal wurde mir etwas bange, wenn ich daran dachte, was noch alles auf mich zukommen würde. Aber dann gab es auch diese andere Seite, wo ich mich unheimlich auf ein Leben mit Jörn freute und diese Vorstellung löste ein wunderschönes Gefühl in mir aus, sodass ich ziemlich strahlend bei der Arbeit ankam.

Ich hatte wieder einmal Spätschicht mit Hannelie und sie kam auch kurz nach mir an. Ich hatte mich gerade umgezogen, als sie hereingeschossen kam.

„Hallo Denise", rief sie, „na, wie geht...?" Sie sah mein strahlendes Gesicht und sagte: „Dir geht es gut, das brauche ich gar nicht zu fragen, das sieht man. Du strahlst wie eine Hunderttausend-Watt-Birne."

„Mmhh", antwortet ich, „so fühle ich mich auch.

„Das heißt, dein Abend war ein voller Erfolg", sagte sie.

„Kann man so sagen", antwortete ich schmunzelnd. Ich stand vor dem Spiegel und zupfte meine Haare zurecht, als sie plötzlich einen Schrei ausstieß und meine Hand festhielt.

„Was ist das an deinem Finger?", fragte sie mit großen Augen.

„Nach was sieht es denn aus?", fragte ich gelassen.

„Denise", sagte sie, und riss an meinem Arm herum, „sag nicht, dass das ein Verlobungsring ist."

Ich sah sie an und musste lachen. Sie stand vor mir, gespannt wie ein Flitzebogen und konnte kaum meine Antwort abwarten.

„Doch ist es", antwortete ich.

Hannelie wechselte ihren Gesichtsausdruck wie ein Chamäleon die Farbe.

„Du willst diesen Typen wirklich heiraten?", fragte sie.

„Ja, will ich", sagte ich und nun beruhige dich erst einmal, schließlich müssen wir jetzt arbeiten. Ich erzähle dir schon noch, wie es dazu gekommen ist."

„Oh, Denise, wie soll ich denn jetzt arbeiten?", jammerte sie, „das ist ja nicht zum Aushalten."

„Tja, meine Liebe, da musst du jetzt durch. Und nun komm endlich, es ist höchste Zeit." Ich nahm ihre Hand und schleppte sie einfach mit. Sie stolperte hinter mir die Treppe hinunter und jammerte in einer Tour.

„Halt endlich deine Klappe", sagte ich lachend, „ich muss mich jetzt auf meine Arbeit konzentrieren und kann mir nicht länger dein Gejammer anhören. Lass uns zusehen, dass wir hier früh rauskommen, dann gehen wir etwas trinken."

„O.k.", sagte sie, „das ist eine sehr gute Idee, dann los."

Wir stürzten uns in unsere Arbeit und die Chance auf einen frühen Feierabend stand gar nicht so schlecht. Die Saison neigte sich ja dem Ende entgegen und deshalb waren auch nur noch wenige Gäste da. Und auch wenn die Tage noch immer sonnig und warm waren, am Abend, wenn die Sonne untergegangen war, wurde es kühl und auf der Terrasse war dann nur noch wenig Betrieb. Es war jetzt so, wie am Anfang der Saison und da hatten wir ja auch oft früh Feierabend gehabt. Ganz so früh wie erhofft wurde es dann aber doch nicht, aber wir gingen trotzdem noch etwas trinken, denn ich glaube, Hannelie hätte sonst in der Nacht nicht schlafen können. Wir gingen in unsere Lieblingsbar und verdrückten uns in eine ruhige Ecke.

Kaum dass wir saßen, platzte sie auch schon heraus: „Los, erzähl!"

„Mein Gott", sagte ich, „wie kann man nur so neugierig sein?"

„Ich bring dich gleich um, wenn du nicht sofort anfängst zu reden", sagte sie.

Ich lachte mich halb kaputt, bevor ich überhaupt nur ein Wort sagen konnte, aber dann erzählte ich ihr, wie das alles geschehen war.

„Oh, Denise", sagte sie, „das ist ja wie im Märchen."

„Ja", sagte ich, „inklusive dem Märchenprinz."

„Und wie geht das jetzt weiter mit euch, bleibst du hier?", fragte sie.

„Nein", antwortete ich. „Wenn die Saison nächsten Sonntag zu Ende ist, bleibe ich noch eine Woche hier und dann gehe ich zurück nach Deutschland. Meine Familie hat noch keine Ahnung, was ich hier angestellt habe, denn die wissen noch nichts von Jörn. Ich werde meine Wohnung auflösen und alles regeln und dann werde ich hierher zurückkommen."

„Habt ihr schon einen Hochzeitstermin?", fragte sie.

„Nein, darüber haben wir noch nicht gesprochen. Aber ich möchte auf jeden Fall im Sommer und nicht im Winter heiraten. Aber zuerst einmal müssen wir das seiner Familie beibringen, denn die wissen auch noch nichts von unseren Plänen", sagte ich lachend.

„Wann wollt ihr das denn sagen?", fragte sie.

„Ich weiß nicht, aber Jörn hat etwas vor, allerdings hat er mir noch nicht verraten, was", antwortete ich. „Aber das ist mir im Moment auch ziemlich egal. Wir werden auf jeden Fall noch ein paar Tage zusammen haben, bevor ich gehe", sagte ich.

„Wie lange willst du denn in Deutschland bleiben?", fragte sie.

„Ja, ich denke so sechs bis acht Wochen. Ich hoffe zumindest, dass ich es in dieser Zeit schaffen werde, alles zu regeln. Die Wohnung aufzulösen wird wohl das größte Problem werden, denn außer ein paar persönliche Sachen muss ich ja nichts mitbringen. Also muss ich zusehen, dass ich alles in Deutschland loswerde", sagte ich.

„Oh, du Glückliche", freute sich Hannelie. „Und wo werdet ihr wohnen?"

„Das kommt etwas auf die Umstände an", sagte ich.

„Ich hoffe, dass Lorenzo wieder gesund ist, wenn ich zurückkomme, denn dann muss Jörn nicht unbedingt oben auf dem Gut sein und wir könnten in seinem Appartement unten am See wohnen. Sollte Lorenzo aber noch immer krank sein, werden wir oben in der Villa wohnen. Denn wenn Jörn jeden Tag dort arbeiten muss, ist das natürlich viel einfacher, als wenn er ständig hoch und runter fahren müsste. Aber das werden wir sehen."

Sie nahm meine Hände, hielt sie fest und sagte: „Ich freue mich so für dich." Dann sagte sie verschmitzt grinsend: „Sag mal, hat der nicht zufällig noch einen Bruder?"

„Nein", sagte ich lachend, „leider nur eine Schwester."

„Schade", sagte sie, „ich glaube, an so ein Leben könnte ich mich glatt gewöhnen!" Dabei zwinkerte sie mir lachend zu.

„So", sagte ich zu ihr, „nun hoffe ich, dass du beruhigt schlafen kannst heute Nacht, denn ich bin müde und möchte jetzt nach Hause."

„Wie arbeitest du morgen?", fragte sie.

„Ich habe bis zum Ende nur noch Spätdienst", antwortete ich.

„Oh prima, ich auch", rief sie freudig, „dann arbeiten wir zusammen bis zum Schluss."

Und so war es dann auch.

Die letzte Woche verging wie im Fluge und unser letzter Arbeitstag war der Samstag. Hannelie und ich wollten so etwas wie unseren „Abschied" feiern und gingen nach der Arbeit noch ein letztes Mal zusammen aus. Da ich Jörn versprochen hatte, die letzte Woche gemeinsam mit ihm oben in der Villa zu verbringen, hatte ich mit ihm vereinbart, dass er mich am Sonntagvormittag abholen sollte. Und so geschah es. Hannelie und ich hatten einen vergnügten letzten Abend. Sie erzählte mir, dass sie im Winter oben in den Bergen arbeiten würde und im nächsten Sommer wieder hierher zurückkommt.

„Ja, das will ich hoffen, dass du wieder kommst", sagte ich, „du musst ja auf jeden Fall bei unserer Hochzeit dabei sein."

Sie strahlte mich an und sagte mit großen Augen: „Echt?"

„Ja, natürlich", sagte ich, „ich kann doch nicht ohne dich heiraten."

Sie freute sich riesig und war ganz aus dem Häuschen.

Später am Abend gingen wir zum letzten Mal gemeinsam den Weg zu ihrer Wohnung. Dort verabschiedeten wir uns und ich nahm ihr das Versprechen ab, sich sofort zu melden, wenn sie wieder hier war. Dann ging ich wieder, wie so unzählige Male in dieser Saison, das letzte Stück bis zu meiner Wohnung alleine. Ich fuhr wie immer mit dem Aufzug nach oben, so wie ich es schon hundert Mal getan hatte, aber heute war irgendetwas anders. Ich betrat meine Wohnung und es war ein merkwürdiges Gefühl zu wissen, dass das heute die letzte Nacht hier sein würde. Es war eine wunderschöne Zeit, die ich hier verbracht hatte und ich war etwas wehmütig. Ich ging nach draußen auf die Terrasse und ließ meinen Blick noch einmal umherschweifen. Vor sieben Monaten war ich hierher gekommen und dachte, ich würde für eine Saison bleiben und dann wieder nach Hause fahren. Was aber jetzt in dieser Zeit alles passiert war, hätte ich mir in meinen kühnsten Träumen nicht vorstellen können. Ich hatte mit Hannelie eine wunderbare Freundin gefunden und mit Jörn den Mann fürs Leben. Na, wenn das mal kein ereignisreicher Sommer war, dann wusste ich auch nicht. Ich schlief in dieser Nacht nicht besonders gut und auch nicht sehr lange, denn ich war früh wach. Nachdem ich geduscht hatte, fing ich an meine Koffer zu packen und das war gar nicht so einfach, denn ich musste mir genau überlegen, was ich wohin packte, da ich ja noch eine Woche mit Jörn oben in der Villa wohnen würde. Es war nicht leicht zu entscheiden, was ich für dort mitnehmen wollte, vor allem da auch das Wetter mittlerweile sehr unbeständig war. Aber letztendlich hatte ich es doch irgendwann geschafft und es war alles in Koffer und Kisten verstaut

und stapelte sich im Schlafzimmer. Den Koffer, den ich mitnehmen wollte, stellte ich an die Garderobe zu meiner Handtasche. Nachdenklich ging ich zurück ins Schlafzimmer und
blieb an der offenen Terrassentür stehen. Der Himmel war
heute etwas bedeckt und die Sonne nur selten zu sehen. Ich
stand im Türrahmen und hing meinen Gedanken nach, als es
plötzlich klingelte. Ich schrak aus meinen Gedanken hoch
und ging zur Sprechanlage. Wie erwartet war es Jörn. Ich
drückte auf den Türöffner und wartete an der Wohnungstür.
Kurz danach öffnete sich der Aufzug und ein strahlender und
sehr gut gelaunter Jörn stieg aus.

„Hallo, Kleines“, rief er mir entgegen und strahlte mich an.

Mit wenigen Schritten war er bei mir angekommen, nahm
mich in den Arm und wirbelte mich herum.

„Nanu“, sagte ich, „was ist denn mit dir los?“

Er sah mich liebevoll an und sagte: „Ich freue mich auf die
Woche mit dir.“

„Na, dann freu dich nur mal nicht zu früh“, sagte ich.

Er sah mich an und wurde leichenblass im Gesicht. „Warum“, fragte er entsetzt, „hast du es dir etwa anders überlegt?“

„Nein, natürlich nicht“, antwortete ich lachend, aber vielleicht bist du froh, wenn du mich nach dieser Woche wieder
los bist.“

Er zog mich in seine Arme und sagte: „Wie kannst du nur
so etwas sagen, Kleines“, sagte er leicht vorwurfsvoll und sah
mich an.

Ich musste lachen. „Es war ein Scherz“, sagte ich, und gab
ihm einen Kuss. Dann nahm ich ihn an der Hand und zog ihn
mit nach drinnen.

„Du hast schon gepackt?“, fragte er leicht überrascht, als er
mein Gepäck sah.

„Ja“, sagte ich, „alles verpackt und verstaut. Aber jetzt brauche ich nur den Koffer, der an der Garderobe steht.“

Er drehte sich um und sah in den Flur.

„Das heißt also du bist fertig und wir können gleich los?“,
fragte er.

Ich nickte und sagte: „Ja, können wir.“

Ich ging noch einmal durch die Wohnung und sah nach, ob alle Fenster und Türen geschlossen waren und dann ging es los. Jörn hatte den Koffer schon genommen und stand an der Tür bereit. Als ich von meinem Rundgang zurückkam, brauchte ich nur noch meine Handtasche zu nehmen und wir konnten gehen. Wir fuhren mit dem Aufzug nach unten und verließen das Haus. Jörn hatte auf einem der freien Parkplätze direkt vor der Haustür geparkt und so hatten wir nur wenige Schritte zu gehen. Er lud meinen Koffer in den Kofferraum, dann öffnete er mir, galant wie immer, die Tür und ließ mich einsteigen. Mit großen Schritten ging er um das Auto herum und ließ sich hinter das Lenkrad fallen. Als er den Wagen startete, dachte ich nur, dass das jetzt auch für mich der Start in eine neue und ungewisse Zukunft ist und ich wusste im Moment gerade nicht, wie ich das finden sollte. Diesbezüglich schlugen immer noch zwei Herzen in meiner Brust. Einerseits freute ich mich auf die Zeit mit Jörn, aber andererseits machte es mir auch ein wenig Angst. Ich merkte, dass Jörn mich von der Seite ansah. Irgendwie schien es, als könnte er meine Gedanken lesen.

Er strich mir zärtlich über die Wange und fragte: „Alles in Ordnung bei dir?"

Ich lächelte ihn an und sagte: „Ja, schon", was zwar nicht ganz der Wahrheit entsprach, aber ich wollte mit ihm darüber jetzt nicht diskutieren. Er freute sich so sehr auf diese gemeinsame Zeit, dass ich ihm diese Vorfreude nicht durch meine Zweifel zerstören wollte. Ich freute mich ja durchaus auch, nur gab es halt bei mir auch ein paar wehmütige Gedanken. Aber diese sollten uns jetzt nicht den Auftakt zu unserer ersten, gemeinsamen Zeit verderben.

„Auf wann hast du uns bei deiner Mutter denn angekündigt?", fragte ich ihn.

Er sah mich lächelnd an und sagte: „Gar nicht."

„Was meinst du mit gar nicht? Soll das etwa heißen, die wissen nicht, dass du mich mitbringst?"

„Genau, das heißt es", sagte er. Sein Grinsen verriet mir, dass das einen bestimmten Grund haben musste.

„Du führst doch etwas im Schilde", sagte ich und sah ihn an. „Was hast du vor?"

„Och, nichts Besonderes", kam grinsend die Antwort.

„Das glaube ich dir nicht", sagte ich.

Sein Grinsen wurde noch etwas breiter, aber es war absolut nichts aus ihm rauszubekommen. Ich war gespannt wie ein Flitzebogen, was er vor hatte.

Als wir an der Villa ankamen, parkten wir das Auto, wie beim letzten Mal auch, direkt vor der Terrasse. Das Wetter war heute zwar nicht besonders schön, aber die Temperatur immer noch angenehm, sodass man draußen sitzen konnte. Als wir ausstiegen, streckte Paula ihren Kopf über das Terrassengeländer und winkte uns freudig zu. Dann drehte sie sich um und ich hörte sie nach hinten, zu wem auch immer rufen:

„Es sind Jörn und Denise."

Wir stiegen die große Steintreppe hinauf, da kam sie uns oben schon entgegen und fiel uns um den Hals. Sie freute sich wie verrückt. Am Tisch saßen noch Leonore und Ronny mit den Kindern.

Auch Leonore war aufgestanden und kam auf uns zu. „Denise, wie schön, dich wieder einmal zu sehen", sagte sie erfreut.

Jörn hatte den Arm um mich gelegt und sagte in total ernstem Ton: „Wir sind nur gekommen, weil sich Denise verabschieden möchte, denn sie fährt am Wochenende zurück nach Deutschland."

Leonore sah mich völlig entsetzt an und Paula stieß einen Schrei aus: „Denise, nein, das kannst du nicht machen", rief sie. Sie kam auf mich zu und rüttelte an meinem Arm herum.

„Warum denn das?", fragte sie traurig.

Auch Leonore sah mich an und fragte mit sehr trauriger Stimme: „Stimmt das, du gehst wirklich zurück nach Deutschland?"

Ich sah die beiden an und sagte: „Ja, das stimmt…"

Paula begann zu weinen, bevor ich den Satz zu Ende sprechen konnte. Ich sah zu Jörn hin und meine Augen signalisierten ihm, dieses Drama hier zu beenden. Ich konnte das nicht länger ertragen, wie er die beiden hinhielt.

Er grinste und sagte: „Schwesterchen, wenn du einfach einmal deine Klappe halten und mich ausreden lassen würdest, dann könntest du dir deine Tränen sparen. Also noch einmal von vorne. Denise ist heute gekommen, um sich von euch zu verabschieden, da sie am Wochenende nach Deutschland zurückfährt, aber … sie wird in ein paar Wochen zurückkommen, weil sie mich nämlich heiraten wird. So, Paula, und jetzt kannst du meinetwegen heulen.“

Paula stand mit großen Augen und offenem Mund da und starrte uns an, bevor sie zu jubeln begann. Leonore kam zu uns und strahlte über das ganze Gesicht. Sie nahm mich in den Arm und drückte mich.

Dann nahm sie Jörn in den Arm und sagte: „Mein lieber Sohn, das ist die schönste Nachricht, die du uns überbringen konntest.“ Sie drückte und herzte ihn und strich ihm liebevoll über das Gesicht. „Da hast du eine gute Entscheidung getroffen.“

Paula hüpfte herum wie Rumpelstilzchen und freute sich. Sie kam zu mir und küsste mich und nahm mich in den Arm.

„Oh, Denise, ich freue mich so. Das ist wunderschön.“

Auch Ronny war aufgestanden und zu uns gekommen. Er gratulierte uns und klopfte Jörn auf die Schulter:

„Gut gemacht, alter Junge.“ Dabei grinste er ihn an.

Nora und Tino, die beiden Kinder von Ronny und Paula, saßen am Tisch und sahen diesem Spektakel verständnislos zu. Plötzlich fragte Tino: „Was macht ihr da denn alle? Und Mama, warum weinst du?“

Paula rannte zu ihren Kindern und nahm sie in den Arm.

„Oh, Kinder“, sagte sie, „es ist alles gut. Das sind Freudentränen, die da bei mir kullern.“

„Warum?“, fragte Tino.

„Weil ich so glücklich bin, dass Denise Onkel Jörn heiraten und hier bei uns bleiben wird.“

„Oh, prima“, rief er, „dann kann sie mit uns spielen!“

Wir mussten alle lachen. So einfach war das für Kinder … Die Welt war in Ordnung, wenn sie jemanden zum Spielen hatten. Mehr brauchten sie nicht zum Glücklichsein.

Plötzlich stand Paula auf und sagte: „Das trifft sich sehr gut, dass ihr heute hier seid, denn ich muss meinem Mann noch etwas sagen."

Ronny sah sie fragend an und verstand nicht, was sie meinte. Jörn und ich sahen uns an und auch Leonore verstand nichts. Paula hingegen war schon aufgestanden und zu ihrer Tasche gegangen. Sie kramte darin herum und zog ein Stück Papier heraus. Als sie an uns vorbei ging, zwinkerte sie mir zu. Sie ging an den Tisch zurück und stellte sich hinter Ronny, der sich mittlerweile wieder hingesetzt hatte. Sie beugte sich an ihm vorbei und legte dieses Stück Papier vor ihn hin auf den Tisch. Wir sahen uns alle mehr oder weniger verständnislos an, bis Ronny mit einem Satz von seinem Stuhl hochfuhr. Paula konnte gerade noch einen Schritt zur Seite machen, sonst hätte er sie umgeworfen.

Er stand vor ihr und hielt sie fest. „Soll das heißen, du bist…?"

Er konnte den Satz gar nicht zu Ende sprechen, denn sie sagte: „Ja, das soll heißen, dass du in sechs Monaten ziemlich unruhige Nächte haben wirst, weil dein Sohn dich auf Trab halten wird."

Ronny war kurz vor dem Überschnappen.

„Du bist schwanger und es wird ein Junge …", sagte er.

„Falsch", sagte Paula, „nicht es wird, sondern es ist ein Junge. Es ist nämlich schon alles dran."

Dabei fing sie an zu lachen.

Wir sahen uns alle an und waren sprachlos. Paula war schwanger und Ronny kurz vor einem Herzinfarkt. Er hatte sich schon so lange ein drittes Kind gewünscht, aber Paula wollte nicht und jetzt hatte sie ihn so überrascht. Er war völlig fertig. Auch die Kinder hatten verstanden, dass sie bald ein Geschwisterchen bekommen würden, und freuten sich. Ein Blick in Leonores Gesicht sagte mehr als tausend Worte, denn sie strahlte mit der Sonne um die Wette. Für sie war das heute ein besonderer Glückstag; ihre beiden Kinder so glücklich zu sehen und das machte sie mehr als zufrieden.

Ich verbrachte eine wunderschöne Woche in der Villa. Jörn hatte auch etwas mehr Zeit, da es im Moment auf dem Gut nicht mehr so viel zu tun gab und wir verbrachten jede freie Minute zusammen. Er war sehr darum bemüht, dass es mir gut ging und dass mir das Leben bei seiner Familie gefiel. Ich brauchte mich um gar nichts zu kümmern. Wenn wir morgens aufstanden oder auch wenn ich alleine aufstand, weil Jörn schon bei der Arbeit war, stand das Frühstück bereit. Wenn ich danach den Frühstückstisch abräumen wollte, kam schon Emma, das Hausmädchen, und nahm mir alles aus den Händen, weil „das nämlich ihr Job" war, wie sie ständig betonte und „nicht meiner". So konnte ich die Tage in der Villa mit süßem Nichtstun verbringen und ich musste mir eingestehen, dass mir diese Ruhe sehr gut tat, da die Saison doch ziemlich anstrengend gewesen war. Jörn ließ sich immer wieder etwas einfallen, was wir zusammen unternehmen konnten. Und auch die Tage, die ich alleine war, weil er arbeitete, wurde ich bestens unterhalten und versorgt, denn Paula war ebenfalls immer für eine Überraschung gut. Aber am schönsten waren für mich die Abende, wenn Jörn da war. Auf der Terrasse konnte man abends nicht mehr sitzen, dafür war es schon zu kühl, deshalb machten wir es uns oft drinnen vor dem Kamin gemütlich. Ab und zu gesellte sich auch Leonore zu uns, aber meistens nicht sehr lange, denn sie ging immer recht früh zu Bett. Paula und Ronny hingegen kamen oft vorbei. Sie bewohnten mit ihren Kindern den hinteren Teil der Villa, der auch unglaublich schön war, aber sie suchten trotzdem oft unsere Gesellschaft und so verbrachten wir einige Abende zusammen, was mir auch gut gefiel, denn ich mochte die beiden wirklich sehr.
  So verging die Woche wie im Flug und meine Abreise rückte immer näher. Der Samstagabend war unser letzter gemeinsamer Abend und ich verabschiedete mich von allen, nicht ohne dass ich zu hören bekam, dass ich so schnell wie möglich zu-

rückkommen sollte. Für Jörn und mich war es die letzte gemeinsame Nacht und er war etwas bedrückt. Er verstand natürlich, dass ich gehen musste, weil es einfach nötig war, meine Sachen in Deutschland zu regeln, aber trotzdem fiel es ihm schwer, mich gehen zu lassen. Und mitkommen konnte er nun einmal nicht, da Lorenzo noch immer nicht arbeitsfähig war. Er sagte mir bestimmt tausend Mal in dieser Nacht, dass er mich liebte und ohne mich nicht leben konnte und dass ich ganz schnell wieder kommen müsste. Mir fiel der Abschied auch schwer, obwohl ich mich natürlich auch auf mein Zuhause und auf meine Kinder freute, aber die Aussicht, ohne ihn sein zu müssen, gefiel mir auch nicht, doch es ließ sich nun einmal nicht ändern.

Am nächsten Morgen brachte mich Jörn zu meiner Wohnung, wo wir meine bereits gepackten Koffer abholten. Er parkte das Auto direkt vor meinem Haus und wir luden die Koffer ein. Wir standen fast an der gleichen Stelle, an der wir uns das erste Mal geküsst hatten, als wir damals von Silvio gekommen waren und er mich nach Hause gebracht hatte. Ich musste lächeln, als ich daran dachte. Der Abschied fiel mir unheimlich schwer und die Vorstellung heute Nacht nicht in seinen Armen liegen zu können, war fast unerträglich. Aber es half alles nichts, ich musste gehen. Jörn brachte mich zum Bahnhof und ich machte mich schweren Herzens auf die Reise. Ich hatte einige Stunden Zugfahrt vor mir, aber dann würde ich in meiner Heimat sein. Dort musste ich meinen Kindern erklären, dass ich mich unsterblich verliebt hatte… dass ich mit einem Mann verlobt war, den sie nicht kannten …. dass ich meine Wohnung auflösen würde und das so schnell wie möglich… und dass ich danach sofort wieder in die Schweiz zurückkehren würde, um diesen Mann zu heiraten. Puhh, das war ganz schön viel auf einmal, dachte ich. Und dann hatte ich ja auch überhaupt keine Ahnung, wie meine Kinder und Freunde darauf reagieren würden. Aber wenn ich genau darüber nachdachte, war mir das eigentlich auch ziemlich egal, denn ich hatte mich ja schon entschieden. Ich wollte diesen Mann heiraten und mein Leben mit ihm teilen. Und wie ich gerade feststellte, löste diese Vorstellung ein wunderschönes Gefühl in mir aus und ich freute mich. Und in diesem Moment wusste ich auch, dass ich so schnell wie möglich zu Jörn zurück wollte. Ich liebte diesen Mann und ich würde ihn heiraten. Ich war mir jetzt ganz sicher, dass ich bereit war für den Start in eine neue, gemeinsame Zukunft mit ihm.

Die Heimfahrt verlief ruhig und problemlos und als ich zu Hause ankam, wurde ich schon sehnsüchtig erwartet. Ich freute mich auch sehr darauf, meine Kinder und Freunde wiederzusehen und sie waren auch alle gekommen, um mich zu begrüßen und natürlich auch, um neugierige Fragen zu stellen. Schließlich war ich noch nie so lange von zu Hause weg und alle waren gespannt, was ich wohl zu erzählen hatte. Deshalb hatten sie auch alle beschlossen, mich schon am nächsten Wochenende zu besuchen. Gut, dachte ich, wenn ihr das alle schon so beschlossen habt, ohne mich zu fragen, dann kommt ruhig, ich habe nämlich eine Überraschung für euch. Es bereitete mir eine diebische Freude zu sehen, wie sie dachten, dass sie mich mit diesem selbst organisierten Treffen bei mir überrascht haben. Ich dachte nur: Na, dann wartet einmal ab, ihr werdet Augen machen.

Die paar Tage bis zum Wochenende vergingen wie im Flug und ich konnte kaum abwarten, bis sie alle da sein waren. Sie hatten sich auf den Nachmittag eingeladen und wollten dazu alles mitbringen, sodass ich mich nur um den Kaffee zu kümmern brauchte. Ich richtete im Wohnzimmer eine große Kaffeetafel und bereitete alles vor. Da ich nicht wusste, was sie alles mitbringen würden, stellte ich einmal vorsichtshalber einen Stapel Teller und ein paar Kuchenplatten bereit. Ich war gerade fertig geworden, als es auch schon an meiner Tür klingelte und die ganze Truppe anmarschiert kam. In meinem Wohnzimmer sah es aus wie in einer Konditorei. Und nachdem ich den Kaffee aus der Küche geholt und jeder ein Stück Kuchen auf seinem Teller hatte, sahen sie mich mit großen Augen erwartungsvoll an.

„Nun erzähl schon", sagte meine Freundin, „wie war es?"

„Schön", antwortete ich und konnte mir ein Grinsen nicht verkneifen.

Sie sah mich merkwürdig von der Seite an, sagte aber nichts. Dann fingen die anderen an mich zu löchern und ich erzählte der Reihe nach alles, nur nichts von Jörn. Das wollte ich mir noch ein bisschen aufsparen. Alle hörten mir zu und stellten immer noch mehr Fragen, nur meine Freundin nicht. Sie sah mich nur an und ich dachte mir schon, dass sie etwas ahnte.

Es war ein wunderschöner Nachmittag, und als dann irgendwann einmal die Fragerei aufhörte, sah ich in die Runde und sagte: „Nun, nachdem ich jetzt eure Neugier befriedigt habe, hätte ich auch noch etwas zu sagen."

Alle sahen mich an und waren gespannt, was denn noch kommt.

Und so sagte ich: „Ich hatte nicht nur, was das Arbeiten angeht, eine wunderschöne Saison", die Fragezeichen in den Augen wurden etwas größer, „sondern ich habe auch jemand kennengelernt und ich werde diesen Jemand heiraten."

Es herrsche Totenstille im Raum und man hätte eine Stecknadel fallen hören können, bis eine meiner Töchter sagte: „Du wirst was?"

Ich sah lachend in die Runde und sagte: „Ich werde Jörn heiraten!"

Die Nennung des Namens schlug ein, wie eine Bombe, denn jetzt war der Jemand nicht mehr namenlos.

„Du willst wirklich heiraten?", fragte meine Freundin fassungslos.

„Ja", sagte ich, und legte meine Hand mit dem Ring am Finger auf den Tisch.

Alle starrten wie hypnotisiert auf meine Hand. Meine Freundin fing sich als Erste wieder, strich über den Ring und sagte: „Mein Gott, ist der schön. Der sieht aber auch ziemlich teuer aus, oder?"

Ich musste lachen und sagte: „Das war er bestimmt auch."

Dabei fiel mir auf, dass ich mir darüber noch nie Gedanken gemacht hatte, was der wohl gekostet haben mag.

Mein Sohn sah mich an und fragte: „Du meinst das wirklich ernst?"

Ich sah zuerst ihn an und dann die anderen und sagte: „Ja, das meine ich total ernst. Ich bin nur nach Deutschland gekommen, um euch das zu sagen und die Wohnung aufzulösen. Das wollte ich auf gar keinen Fall telefonisch machen, denn dann hätte ich ja nicht eure verblüfften Gesichter sehen können und das allein war es mir schon wert, hierherzukommen. Ich konnte vor lauter Lachen kaum noch weiter sprechen und es war einfach herrlich.

Meine Freundin war die Erste, die ihre Sprache wiedergefunden hatte. Sie nahm mich in den Arm und drückte mich wie verrückt, denn sie freute sich total.

„Na dann, erzähl uns doch mal von deinem Jörn", sagte sie.

„Na, das würde ich doch auch meinen", sagte meine jüngere Tochter.

„Habt ihr denn so viel Zeit?", fragte ich scherzend.

„Na und ob", kam es einstimmig zurück.

„Also gut", sagte ich und dann erzählte ich in aller Ausführlichkeit wie ich Jörn kennengelernt und wie wir uns im Sommer wiedergetroffen hatten und vor allem, was daraus geworden ist.

„Und wie soll das jetzt konkret weitergehen?", fragte mein Sohn, als ich mit dem Erzählen fertig war.

„Ich dachte, dass wir dieses Jahr noch einmal alle zusammen Weihnachten feiern, ich bis dahin sehe, dass ich die Wohnung aufgelöst bekomme, gekündigt habe ich sie schon, und ich dann Anfang nächsten Jahres zu Jörn zurückkehren werde."

„Na, das hast du ja schon alles gut organisiert", sagte er.

„Du kennst doch deine Mutter", sagte meine Freundin lachend, „wenn sie etwas macht, dann richtig."

Alle lachten und stimmten ihr zu. Es wurde noch ein langer Abend, denn sie wollten natürlich alles über den Mann wissen, für den ich bereit war, mein ganzes Leben aufzugeben.

Mein Sohn schlief in dieser Nacht wieder einmal zu Hause. Das war ein seltenes Erlebnis, denn er lebte mittlerweile in einer Studenten-WG. Am nächsten Morgen frühstückten wir gemeinsam, dann machte er sich wieder auf den Weg und ich war alleine. Ich ging leise vor mich hin trällernd durch die Wohnung und freute mich, dass jetzt alle Bescheid wussten und nun natürlich umso neugieriger auf Jörn waren. Allein wenn ich an seinen Namen dachte, bekam ich Herzflattern. Ich vermisste ihn schrecklich und hatte große Sehnsucht nach ihm, aber ich wusste, dass ich trotzdem noch einige Wochen ohne ihn sein musste. Wir telefonierten täglich miteinander und es war jedes Mal schön, seine Stimme zu hören. Und obwohl ich ihn so sehr vermisste, vergingen die Wochen wie im Fluge und Weihnachten rückte immer näher.

Eines Tages rief mich meine Freundin an und fragte, ob meine Wohnung schon weiter vermietet ist, denn sie hätte im Bekanntenkreis eine Frau, die dringend eine Wohnung bräuchte. Da ich das nicht wusste, rief ich meinen Vermieter an und fragte nach, und welch Wunder, sie war tatsächlich noch frei. Ich sagte ihm, dass es jemand gibt, der sich dafür interessiert und ich bot an, einen Besichtigungstermin zu vereinbaren. Er war sofort damit einverstanden und so benachrichtigte ich meine Freundin. Ein paar Tage später kam sie dann mit dieser Bekannten – Bea – vorbei, um die Wohnung zu besichtigen. Bea war sowohl von der Wohnung als auch von der Einrichtung total begeistert und da ihr meine Freundin schon gesagt hatte, dass ich die Wohnung total auflösen würde, fragte sie, ob sie denn ein paar Möbel übernehmen könnte.

Ich lachte und sagte: „Na, von mir aus alle."

Sie sah mich an und fragte: „Im Ernst?"

Ich hatte das eigentlich als Scherz gemeint, aber sie interessierte sich wirklich dafür und so sagte ich: „Ja, natürlich, denn ich brauche außer meinen persönlichen Sachen nichts von alledem hier."

Ein Strahlen ging über ihr Gesicht und sie sagte: „Ich nehme alles."

Ich sah sie mit großen Augen an, denn damit hätte ich nun nicht wirklich gerechnet. Aber das war natürlich eine geniale Lösung und damit war ich mein größtes Problem mit einem Schlag los. Wir einigten uns über den Preis und ich klärte das Prozedere mit meinem Vermieter. Er war sofort damit einverstanden und glücklich, dass er sich um nichts kümmern musste. Am Abend telefonierte ich mit Jörn und erzählte ihm, was sich heute ereignet hatte. Er freute sich darüber und meinte, dass ich dann ja schon bald zu ihm zurückkommen könnte. Das ging natürlich trotzdem nicht so schnell, denn jetzt stand erst einmal Weihnachten vor der Tür und dafür gab es ja nun auch noch einiges zu tun.

Ich war jetzt mittlerweile schon fast sechs Wochen in Deutschland und dachte immer wieder: Mein Gott, wie doch die Zeit vergeht. Wir hatten vereinbart, dass wir alle zusammen Weihnachten feiern wollten und dazu gehörten natürlich auch Weihnachtsplätzchen und diese mussten nun erst einmal gebacken werden. Meine Töchter hatten sich angeboten zu helfen und wollten schon am Vormittag vorbeikommen, deshalb war ich morgens schon früh aufgestanden und hatte verschiedene Teigsorten vorbereitet. Als die Mädels dann kamen, fingen wir auch sofort an. Wir waren fleißig am Backen und mit der Zeit verbreitete sich in der ganzen Wohnung ein wunderbarer Duft. Ich rührte und knetete immer neue Teige zusammen und meine Töchter stachen daraus Plätzchen aus und setzten sie auf die Backbleche. Wir hörten nebenbei Weihnachtsmusik und in meiner Küche herrschte eine adventliche Stimmung. Als ich wieder einmal bis über beide Ellbogen in einem Teig steckte, klingelte es.
Wir sahen uns überrascht an und meine Tochter sagte: „Ich gehe nachsehen."
Ich hörte, wie sie die Tür öffnete und dann hörte ich eine Männerstimme. Ich verstand nicht, was die beiden sprachen, aber plötzlich sagte meine Tochter: „Mum, da möchte dich jemand sprechen."

Oje, das war jetzt gerade sehr ungünstig, denn ich steckte ja im Teig, deshalb rief ich nach draußen: „Wer auch immer es ist, er muss kurz warten, ich kann gerade nicht."

Da hörte ich eine Stimme hinter mir sagen: „Ich habe jetzt aber lange genug auf dich gewartet, ich mag nicht mehr."

Ich stand da, wie vom Blitz getroffen und traute meinen Ohren nicht. Langsam löste ich die Hände aus meiner Teigkugel und drehte mich um. Das konnte eigentlich ja gar nicht möglich sein, dachte ich, aber als ich mich umdrehte, sah ich, dass es eben doch möglich war, denn vor mir stand Jörn. Ich stand da mit teigverschmierten Armen und sah ihn mit großen Augen an, unfähig auch nur irgendetwas zu sagen.

Er strahlte mich an und meinte lächelnd: „Du siehst zuckersüß aus und es riecht hier unverschämt gut."

Mit diesen Worten kam er zu mir her, nahm mich in den Arm und küsste mich. Meine beiden Töchter standen grinsend an der Tür und sahen uns an.

„Das also ist der Typ, den du heiraten willst", sagte meine jüngere Tochter.

Ich warf ihr einen bösen Blick zu, denn ich fand das etwas respektlos. Jörn hingegen aber überhaupt nicht, denn er drehte sich lachend um und meinte: „Ja, das hofft der Typ doch sehr!", und zwinkerte ihr zu.

Diese Geste hatte schon ausgereicht um das Eis zwischen ihnen zu brechen. Ich stellte ihm meine beiden Mädels vor und es dauerte nicht lange und sie fragten ihm ein Loch in den Bauch.

Nachdem ich mich wieder von meinem Schock erholt hatte, sagte ich zu ihm: „Wieso bist du denn hier? Ich denke, du musst arbeiten?!"

Er zog mich in seine Arme und meinte: „Nein, das muss ich nicht mehr, denn Lorenzo ist wieder gesund und arbeitet schon seit einer Woche wieder und da dachte ich, ich schau mal vorbei." Er strich mir sanft über das Gesicht und flüsterte mir ins Ohr „Ich liebe dich".

Plötzlich hörte ich die Mädels sagen: „Also wenn wir euch alleine lassen sollen, müsst ihr es nur sagen."

Ich sah an Jörn vorbei in zwei verschmitzt lachende Gesichter. Die beiden amüsierten sich gerade köstlich daran, ihre Mutter in den Armen eines Mannes zu sehen.

Ich schlüpfte aus Jörns Umarmung und sagte: „Nein, meine Damen, ihr müsst uns nicht alleine lassen, denn wir sind hier immer noch am Arbeiten. Und das werden wir jetzt auch weiterhin tun, denn ich möchte gerne heute noch fertig werden."

„Oh", meinte Jörn, „ich kann ja vielleicht helfen."

Ich konnte mir gerade gar nicht vorstellen, dass er so etwas schon jemals in seinem Leben getan hatte, und fragte dementsprechend zweifelnd: „Hast du das schon einmal gemacht?"

Er sagte ziemlich belustigt: „Nein, bis jetzt noch nicht, aber einmal muss man ja anfangen."

Er zog seine Jacke aus und warf sie achtlos auf einen Stuhl. Dann schnappte er sich eine Küchenschürze, die am Haken hing, band sie sich um und fragte: „Also, was soll ich machen?"

Es sah zum Schreien komisch aus und wir lachten uns halb kaputt, wie er so in die Schürze eingewickelt in der Küche stand und uns mit großen Augen ansah. Aber dann erbarmten sich die Mädels und führten ihn in die große Kunst des Plätzchenbackens ein. Er stellte sich gar nicht einmal so ungeschickt an und war wirklich eine Hilfe. Und so waren am Ende des Tages unsere Keksdosen wohlgefüllt und Weihnachten konnte kommen.

Jörn musste tatsächlich nicht mehr arbeiten und konnte hier bleiben, darüber freute ich mich unglaublich. Als die beiden Mädels sich verabschiedet hatten und wir alleine waren, zeigte ich ihm mein kleines Reich und obwohl es ja nun wirklich Lichtjahre von dem entfernt war, was er so gewohnt war, gefiel es ihm. Und das war nicht nur so daher gesagt, denn ich merkte, dass er sich hier sehr wohl fühlte. Es gefiel ihm auch sehr, dass ich für uns kochte und wir saßen stundenlang in der Küche und unterhielten uns. Er half auch sofort die Küche wieder in Ordnung zu bringen und unterstützte mich, wo er nur konnte. Es waren jetzt nur noch wenige Tage bis Weihnachten und es musste noch so einiges organisiert werden. Aber wir schafften alles und feierten ein wunderschönes Weihnachtsfest mit meinen Kindern und mit meinen engsten Freunden. Es war zwar ein bisschen eng hier und die Wohnung platzte fast aus den Nähten, aber das trübte unsere Freude nicht. Da außer meinen beiden Töchtern ja noch keiner wusste, dass Jörn hier war, waren die anderen natürlich entsprechend überrascht, als sie einen fremden Mann in meiner Wohnung vorfanden. Auch mein Sohn war etwas sprachlos, als ich ihm Jörn vorstellte, aber die beiden verstanden sich auf Anhieb bestens und hatten den ganzen Abend Gesprächsstoff. Es wurde ein langer und sehr angenehmer Abend und es war sehr spät, als wir ins Bett gingen. Ich war total geschafft.

Jörn zog mich ganz nah zu sich und küsste mich sanft auf die Wange: „Das war ein wunderschöner Abend", sagte er, „und du hast wirklich tolle Kinder!"

„Ja", sagte ich, „und ich freue mich, dass ihr euch so gut versteht."

„Das freut mich noch viel mehr, denn davor hatte ich ziemlich Angst", sagte er.

Ich drehte mich zu ihm um, sah ihn an und sagte: „Das glaube ich dir, aber das hätte ich dir schon vorher sagen können, dass das kein Problem sein wird."

„Wieso bist du dir da so sicher?", fragte er.

Ich schmunzelte und sagte: „Erstens kenne ich meine Kinder, zweitens kennen meine Kinder ihre Mutter und wissen, dass sie, wenn sie sich etwas in den Kopf gesetzt oder eine Entscheidung getroffen hat, dazu stehen wird, egal, was ihre Kinder dazu sagen und drittens würden sich meine Kinder nie meinem Glück in den Weg stellen."

„Und das hast du gewusst?", fragte er.

„Ja, natürlich", antwortete ich.

„Und warum hast du mir das nicht gesagt?", fragte er.

„Na, du hast mich ja nicht gefragt", antwortete ich lachend.

Er zog mich in seine Arme und küsste mich.

„Weißt du eigentlich, wie schrecklich die Zeit ohne dich für mich war und wie sehr ich dich vermisst habe?"

Ich streichelte ihm sanft über das Gesicht und sagte: „Da haben wir etwas gemeinsam, mein Schatz. Aber jetzt lass uns bitte schlafen, denn ich bin todmüde, es war ein anstrengender Tag."

Ich kuschelte mich in seine Arme und er hielt mich fest umschlungen. So schliefen wir die ganze Nacht und ich wachte morgens in seinen Armen auf. Das war ein schönes Gefühl. Ich freute mich jeden Tag mehr, dass er hier war und dass wir die Tage miteinander verbringen konnten, ohne an Arbeiten denken zu müssen.

Da wir uns beide nichts aus Silvester machten, hatten wir beschlossen, an diesem Tag in die Schweiz zurückzufahren, und als wir darüber sprachen, fiel mir plötzlich ein, dass wir ja jetzt zwei Autos hier hatten. Daran hatte ich bisher noch gar nicht gedacht. Als ich ihm das sagte, meinte er: „Ja, dann lass dein Auto doch hier, bei uns wirst du es nicht brauchen, du kannst meines fahren."

Ich sah ihn etwas irritiert an und fragte: „Und womit fährst du?"

Er sah mich wieder einmal lachend an und antwortete: „Wir haben mehr als ein Auto und es stehen uns genügend zur Auswahl."

„Oh", ich fasste mir dabei theatralisch mit der Hand an die Stirn und sagte, „wie konnte ich nur vergessen, dass es bei euch ein klein wenig anders ist, als bei anderen Leuten."

Er nahm mich in den Arm und lachte. „Ja", sagte er, „daran musst du dich nun gewöhnen."

Er streichelte mir über das Gesicht, küsste mich zärtlich und sagte: „Ich liebe dich, und ich freue mich sehr, wenn ich dich endlich für immer bei mir habe. Die letzten Tage hier mit dir, waren wunderschön."

„Das finde ich auch", sagte ich, und gab ihm einen Kuss auf die Nasenspitze. „Wollen wir nicht einfach hier bleiben?", fragte ich.

Er sah mich an und sagte: „Wenn du das möchtest, dann bleiben wir hier."

„Du würdest tatsächlich hier bleiben?", fragte ich.

„Ja, natürlich", antwortete er, „Lorenzo ist ja wieder da, ich muss also nicht unbedingt zurück.

„Das ist sehr lieb von dir, mein Schatz", sagte ich, „aber das können wir nicht mehr, denn ich habe die Wohnung schon gekündigt und die Möbel sind auch schon alle verkauft. Ich muss hier Ende des Monats ausziehen, und deshalb hast du gar keine andere Wahl mehr, als mich mitzunehmen, sonst muss ich unter der Brücke schlafen."

Er lächelte mich an und zog mich in seine Arme. Dann vergrub er sein Gesicht in meinen Haaren und sagte: „Ich verspreche dir, dass ich alles in meiner Macht stehende tun werde, damit es dir bei mir gefallen wird, und dass du dich in deiner neuen Heimat wohlfühlst. Und glaube mir, dass ich mir absolut darüber bewusst bin, was du für mich hier alles aufgibst."

„Ja, das weiß ich", sagte ich lächelnd und drückte ihm einen Kuss auf den Mund.

Die nächsten zwei Tage vergingen wie im Flug. Die Sache mit meinem Auto hatte sich auch ziemlich schnell geklärt, denn Bea brauchte nicht nur eine Wohnung, sondern auch ein Auto und so übernahm sie das auch gleich mit. Es passte alles. Sie war glücklich, dass sie alles übernehmen konnte, und ich war noch glücklicher, dass ich alles so unkompliziert losgeworden war. Meine Sachen, die ich mitnehmen wollte, hatte ich schon in Kartons verpackt, sodass wir sie nur noch ins Auto laden mussten, was schnell erledigt war. Am Tag unserer Abreise ließ ich dann sowohl den Haustür- als auch den Autoschlüssel bei meiner Freundin, wo ihn sich Bea abholen würde. Und nachdem wir uns dann endgültig von allen verabschiedet hatten, machten wir uns auf den Weg. Es war ein kalter, sonniger Wintertag, als wir in unsere neue, gemeinsame Zukunft starteten und dem Glück entgegenfuhren.

Die größte Chance meines Lebens

Nach einer wahren Geschichte

Wie viel Glück Gesundheit im Leben bedeutet, versteht man meistens erst dann, wenn man krank ist und sich nichts sehnlicher wünscht, als wieder gesund zu sein. Doch was tut man, wenn es keine Aussicht auf Heilung gibt? Wenn man sich von Schmerzen und Ängsten geplagt, auf Therapien einlässt, die mehr schaden als nutzen, Diagnosen unklar sind und die Medizin nicht helfen kann? Es gibt zwei Möglichkeiten. Entweder man verfällt in eine tiefe Depression und ergibt sich in sein Schicksal, oder man nimmt den Kampf auf.

Ina Christiane Sasida hat sich für die zweite Möglichkeit entschieden. In diesem Buch erzählt sie ihre wahre Geschichte, wie sie einer Autoimmunerkrankung, die von heute auf morgen ihr gesamtes Leben auf den Kopf stellte, und Ärzten, die nicht helfen konnten, die Stirn geboten, und ihren ganz eigenen Weg aus diesem Dilemma gefunden hat.

ISBN 978-3-7412-5337-9 Paperback - 12,99 Euro

ISBN 978-3-7412-5969-2 Ebook - 8,99 Euro

www.sasida.de

Planlos in ein neues Leben

Romantik & Spannung zum Mitfiebern

Marie steht kurz vor ihrer Hochzeit mit Victor, dem reichsten und begehrtesten Junggesellen der Stadt, als sie ihn in flagranti ertappt. In einem kleinen Hotel am Meer, wohin sie von ihrer Freundin Ella geschleppt wird, kann sie sich langsam von ihrem Schock erholen. Nicht zuletzt durch den Fischer Nikolaos, der selber mit einem unendlich traurigen Schicksal zu kämpfen hat, kann Marie sich wieder öffnen und lernt ihm zu vertrauen. Doch eines Tages steht plötzlich Victor vor ihr und bittet sie um Verzeihung. Ein dummes Missverständnis führt dazu, dass Nikolaos sich von Marie abwendet und sie deshalb bitter enttäuscht mit Victor nach Deutschland zurückgeht. In den Wirren der Hochzeitsvorbereitungen zwingt ein dramatisches Ereignis Marie jedoch dazu, nach Griechenland zurückzukehren. Doch Victor folgt ihr ein weiteres Mal. Können nun endlich die Hochzeitsglocken läuten oder hält das Schicksal noch weitere Überraschungen bereit?

ISBN 978-3756-2144-33 Paperback - 11,99 Euro

ISBN 978-3-7562-6825-2 Ebook - 7,99 Euro

www.sasida.de